Fantasy

Herausgegeben von Wolfgang Jeschke

Von Philip José Farmer erschienen in der Reihe
HEYNE SCIENCE FICTION & FANTASY:

Die Irrfahrten des Mr. Green · 06/3127, auch ∕ 06/1004
Das Tor der Zeit · 06/3144, auch ∕ 06/1006
Als die Zeit stillstand · 06/3173, auch ∕ 06/1011
Der Sonnenheld · 06/3265, auch ∕ 06/3975
Der Mondkrieg · 06/3302
Die synthetische Seele · 06/3326
Der Steingott erwacht · 06/3376, auch ∕ 06/1005
Lord Tyger · 06/3450
Das echte Log des Phileas Fogg · 06/3494, auch ∕ 06/3980
Die Flußwelt der Zeit · 06/3639
Auf dem Zeitstrom · 06/3653
Das dunkle Muster · 06/3693
Das magische Labyrinth · 06/3836
Die Götter der Flußwelt · 06/4256
Jenseits von Raum und Zeit · 06/4387
Fleisch · 06/4558

Das Dungeon:

1. Roman: *Der schwarze Turm*
   (von Richard A. Lupoff) · 06/4750
2. Roman: *Der dunkle Abgrund*
   (von Bruce Coville) · 06/4751
3. Roman: *Das Tal des Donners*
   (von Charles de Lint) · 06/4752
4. Roman: *Der See aus Feuer*
   (von Robin W. Bailey) · 06/4753
5. Roman: *Die verborgene Stadt*
   (von Charles de Lint) · 06/4754
6. Roman: *Das letzte Gefecht*
   (von Richard A. Lupoff) · 06/4755

Diese Liste ist eine Bibliographie erschienener Titel
KEIN VERZEICHNIS LIEFERBARER BÜCHER!

PHILIP JOSÉ FARMER

DAS DUNGEON

Zweiter Roman

DER DUNKLE ABGRUND

von
Bruce Coville

Deutsche Erstausgabe

Fantasy

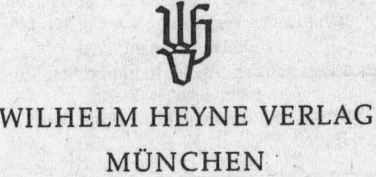

WILHELM HEYNE VERLAG
MÜNCHEN

HEYNE SCIENCE FICTION & FANTASY
Band 06/4751

Titel der amerikanischen Originalausgabe
PHILIP JOSÉ FARMER'S THE DUNGEON
BOOK 2: THE DARK ABYSS
Deutsche Übersetzung von Alfons Winkelmann
Das Umschlagbild schuf Robert Gould
Die Illustrationen im Anhang sind von Alex Jay

Redaktion: E. Senftbauer
Copyright © 1989 by Byron Preiss Visual Publications, Inc.
Copyright © 1990 der deutschen Übersetzung
by Wilhelm Heyne Verlag GmbH & Co. KG, München
Printed in Germany 1990
Umschlaggestaltung: Atelier Ingrid Schütz, München
Satz: Schaber, Wels
Druck und Bindung: Elsnerdruck, Berlin

ISBN 3-453-04503-3

INHALT

Vorwort 7

Kapitel 1	Flucht	17
Kapitel 2	Die grüne Hölle	24
Kapitel 3	Er, der schläft	32
Kapitel 4	Die blaue Schlacht	35
Kapitel 5	Allein	51
Kapitel 6	Ma-sand ‹Klick›	53
Kapitel 7	Die Ethik der Biologie	60
Kapitel 8	Blutsbande	68
Kapitel 9	Doppelt verbunden	78
Kapitel 10	Dreimal die Frauen	86
Kapitel 11	L'Claar	98
Kapitel 12	Weg mit den Krügen!	100
Kapitel 13	Emmy Sturm	118
Kapitel 14	Die Höhle des Zerberus	130
Kapitel 15	Die Finnboggi	147
Kapitel 16	Eins tiefer	159
Kapitel 17	Ich werde immer wiederkehren	165
Kapitel 18	Über den Rand	167
Kapitel 19	Ein dunkles und lebloses Meer	178
Kapitel 20	Die Meerleute	184
Kapitel 21	Blitzableiter	190
Kapitel 22	Der grüne Hafen	195
Kapitel 23	Es kommt die Erntezeit	208
Kapitel 24	Das Bewußtsein des Horace Smythe.	210
Kapitel 25	Eine Schlange im Gras	218
Kapitel 26	Kühne Fahrt	236
Kapitel 27	Der abgewrackte Fred	250

INHALT

Kapitel 28	Zahnärztliche Behandlung	265
Kapitel 29	Ein anderes Bewußtsein	271
Kapitel 30	Abendfeier	273
Kapitel 31	Inselspringen	292
Kapitel 32	Gur-nann	304
Kapitel 33	Ein Krake!	313
Kapitel 34	Das Maul der Hölle	325
Kapitel 35	Der Wurm	336
Kapitel 36	»Mein Name ist L'Claar«	338
Kapitel 37	Willkommen im Fegefeuer	344
Kapitel 38	Die Würmer von Q'oorna	352
Kapitel 39	Die Ehrwürdigen	360
Kapitel 40	Die Ernte der Seelen	368
Kapitel 41	Bischof Neville	378
Kapitel 42	Wurm	391

Auswahl aus dem Skizzenbuch des Major
   Clive Folliot 399

Vorwort

Bücher sollten brennen, nicht verbrannt werden.
Was sie tun oder was mit ihnen getan wird, hängt vom Leser ab, der Person, die das Buch in Händen hält. Einige Bücher strahlen in der Tat eine große Hitze aus und flammen in einem Licht, das blind macht, das jedoch, paradoxerweise, jemanden sehen läßt wie nie zuvor. Einige Bücher glühen in sanfter Hitze, und man möchte das milde Feuer immer und immer wieder verspüren. Einige sind wie Streichhölzer, die Kälte und Dunkelheit nur innerhalb eines kleinen Bereichs vertreiben. Diese können, sobald sie erloschen sind, nicht wieder entzündet werden. Man streicht ein anderes Streichholz an — das heißt, liest ein anderes Buch —, genießt das nicht allzu strahlende Licht und das schwache Feuer. Wenn es erloschen ist, kann man's nicht wieder entzünden, und man will's auch nicht tun.

Dann gibt es Bücher, die fühlen sich wie vollgesogen an, wenn man sie öffnet, und die tropfen, wenn man sie beendet, falls es soweit kommen sollte. Sie haben jegliches Feuer gelöscht, das im Bewußtsein des Lesers vorhanden gewesen sein mochte.

Andere, und es tut mir leid, das zu sagen, schmerzen lediglich, ähnlich wie Hämorrhoiden.

Das seltsame bei der ganzen Sache ist, daß das gleiche Buch bei dem einen Leser zum nassen Klumpen werden kann, im Bewußtsein des anderen Lesers jedoch ein Feuer entfacht.

Mein eigener Standpunkt ist der, daß ein Buch objektiv beurteilt werden kann. Allerdings nicht durch ein Mitglied des Homo sapiens. Vielleicht gibt's im Himmel einen Engel, der, obgleich er zu den Auserwählten zählt, immer noch für seine auf der Erde begangenen

Sünden büßen muß. Ihm ist die Aufgabe übertragen worden, jedes belletristische Buch, das auf Erden hergestellt wird, zu lesen. Über alle muß er Kritiken schreiben, die auf himmlischen Disketten gespeichert werden. Alle Glanzlichter werden festgehalten. Desgleichen alle Fehlschläge. Ein weiterer Engel, dessen Sünden noch größer sind, muß alle Geschichten auf himmlischen Standard umschreiben. Wenn dann der ursprüngliche Autor oder die Autorin in den Himmel kommt, muß er oder sie die Kritiken und die Neufassungen seiner/ihrer Werke lesen. Das ist Strafe genug, um durch die Ewigkeit widerzuhallen. Aber letztlich befinden wir uns doch im Himmel. Der Engel, der die Geschichte neu geschrieben hat, tätschelt dem schluchzenden Wesen den Kopf und sagt: »Komm, komm. Du hast dein Bestes gegeben. Das ist's, was hier oben zählt.«

Wenn der Autor fragt, was mit Schreiberlingen geschieht, die nicht ihr Bestes gegeben haben, sagt der Engel nichts, sondern deutet ›nach unten‹. Einfach nach unten.

Der oben geschilderte Einfall kam mir, als ich mich niedersetzte, um dieses Vorwort zu schreiben. Bis meine vier Buchstaben den Stuhl berührten, hatte ich keine Ahnung, was mir im Hinterkopf herumschwirrte. Aber die Berührung mit dem Sitz war der Funke, der den Kontakt schloß. Die Wahrheit will hinaus, gleich, wie seltsam ihre Form sein mag.

Was das Obengenannte geboren hat, waren, glaube ich, das Verlangen sowie eine überwältigende Neugier, das endgültige Ergebnis dieses vielbändigen Buchs zu sehen. Auf meinem Tisch liegt ein Repro des Umschlags, vorzüglich ausgeführt von Robert Gould. Ich habe noch nicht die Illustrationen im Innern gesehen, aber ich erwarte, daß sie zum Cover passen werden. Sie tun mehr, als auf das Geheimnis und das große Abenteuer und die schauerliche Aufgabe und die noch schauerlicheren Dinge hinter dem phallusförmigen Schlüsselloch hinzudeuten, durch das der Held (oder ist er der Bösewicht?) gerade hindurchgeht. Er schaut sich gerade um, um jeden zu sehen, der versucht, hinter ihm herzuschleichen. Er schaut gleichfalls gerade Sie an, den Leser, und er fordert Sie heraus, ihm zu folgen.

Während ich diese Einführung in das Buch schreibe, spielt die Canadian Brass Street Group ›That's a Plenty‹ auf meinem CFD 5. Die Musik strahlt vor Zufriedenheit und Freude, vor Entzücken über die Fülle des Lebens. Ich hoffe, daß Sie diesen Band sowie den vorangegangenen — und jedes einzelne Buch dieser Serie — als genauso erfüllt vom vielfacettigen Juwel des Lebens finden wie ›That's a Plenty‹. Ich bin optimistisch, daß Sie's tun werden, weil ich selbst das Gefühl habe, daß *Das Dungeon* ein Gefäß ist, das sich langsam mit goldfarbenem Likör füllt. Was bedeutet, daß es noch kein gefülltes Gefäß ist, sondern erst die Fähigkeit besitzt, ein solches zu werden. Die Figuren vergnügen sich mit Sicherheit nicht gerade, aber der Leser sollte sich das Abenteuer schmecken lassen.

Auch die Schreiber lassen sich ihr Projekt schmecken. Sie kennen, wie ich, die Klassiker sowohl der Mainstream- als auch der Science-Fiction-Literatur, und sie kennen die Groschenhefte. Meine Abenteuergeschichten kamen zustande durch ein Verschmelzen des vorwärtsstrebenden Geistes der Groschenhefte, die durch die Klassiker etwas Ruhe gewonnen haben. Lupoff und Coville gehen ähnlich vor, nicht weil ihnen gesagt wurde, sie sollten mich nachahmen, sondern weil sie's von Natur aus so tun würden. Und ihnen ist ein Platz im Himmel sicher. Sie geben stets ihr Bestes. Es ist für sie keine Lohnschreiberei.

Ihr Ziel ist es, dem *Geist* meiner Werke Substanz zu verleihen. Ihre Werke sind kein Abklatsch meiner Fiktionen. Sie setzen nicht die Welten oder Charaktere fort, die ich in früheren Büchern geschaffen habe. Sie versuchen nicht, meinen Stil nachzuahmen, was auf jeden Fall schwer wäre, denn ich habe mehr als einen.

Diese *Dungeon*-Schreiber leben von der Psyche, der Philosophie, den Themen meiner Science-Fiction-Abenteuergeschichten, obwohl sie natürlich ihre eigenen während der Entwicklung der eigenen Werke einführen werden. Jede Person ist einzigartig. Sie hat ihren eigenen erstaunlichen Reiz.

(Ich muß einen Nebengedanken niederschreiben, und zwar hinsichtlich der bewunderswerten Zurückhaltung von Lupoff und Coville, die nicht meiner unglücklichen Liebe zum Wortspiel frönen. Sie besitzen Klasse.)

Was sind die Themen, die Philosophie, der Geist meiner Werke?

Es sind die folgenden:

1. Immer, oder jedenfalls fast immer der Trieb des Protagonisten vom Bekannten zum Unbekannten. Richard Francis Burton, die Hauptfigur meiner Flußwelt-Serie, sagt: »Einige von euch haben gefragt, warum wir uns in Richtung auf ein Ziel aufmachen, von dem wir nicht wissen, wie weit entfernt es liegt oder das noch nicht einmal existieren mag. Ich sage euch, daß wir die Segel hissen, weil das Unbekannte existiert und weil wir es zu etwas Bekanntem machen wollen. Das ist alles!«

Das ist natürlich nicht *alles*, aber das Verlangen ist der ursprüngliche Antrieb.

2. Jede Strömung hat eine Gegenströmung. Daher ist unser *Dungeon*-Protagonist Clive Folliot die Kehrseite des unruhigen Geistes und des ewig umherstreifenden Burton. Er findet sich im Unbekannten, nicht weil es ihn danach verlangte zu wissen, sondern weil er genötigt wurde, seinen verlorenen Zwillingsbruder zu finden. Wenn es nicht wegen einer unvermeidlichen Aufgabe gewesen wäre, wäre er zufrieden damit gewesen, im Bekannten eingebettet zu bleiben. Es gibt soweit kein Anzeichen dafür, daß er irgendeinen Wunsch danach ver-

spürt, hier (im Unbekannten) zu bleiben oder weiter darin vorzustoßen, weil er die Neugier eines Burton hätte.

Aber indem er dafür kämpft, seinen Zwillingsbruder zu retten und auf die Erde zurückzukehren, die er kennt, treibt er immer tiefer in das gefahrvolle und überschattete Unbekannte. Es mag jedoch sein, daß eine Person nur dann das Bekannte kennt, wenn sie bestrebt ist, das Unbekannte zu kennen. Das, was noch nicht erforscht worden ist, aber jetzt erfahren wird, wirft Licht auf dasjenige, von dem wir glauben es zu kennen, es aber nicht wirklich tun. Die Schatten einer jeden Gefahr werden von dem Licht ausgelöscht, das das eine auf das andere wirft. Unglücklicherweise, wie es stets in diesem unserem Prüf-nach-und-wäge-ab-Universum zugeht (und in dem anderer, da bin ich mir sicher), erzeugen die beiden Lichter auch mehr Schatten. Diese waren schon immer vorhanden, aber man konnte sie so lange nicht sehen, bis sich die beiden Lichter wie Schwerter der Realität kreuzten.

Kein Ende findet diese Dunkelheit, die uns manchmal den Schlaf ermöglicht und uns zu anderer Zeit hellwach und zitternd daliegen läßt.

Das Dungeon ist eine Welt, in der Schlaf, obgleich es einen häufig sehr danach verlangt, nicht unbedingt gewährleistet ist.

Ich weiß nicht, wie diese Serie enden wird. Ich erwarte, daß sich Folliots Charakter ändern wird (zum Besseren). Er wird nicht mehr genau derselbe Mann sein, der er gewesen war, als er in die Ander-Welt fiel. Er mag sogar zu dem Ergebnis kommen, daß die Erde, die er kennt, abstoßend ist, und von der Welt des Schwarzen Turms weitergehen, um eine Welt zu suchen, die besser ist als alle beide, die er kennt. Oder zu kennen glaubt.

3. Die dunklen Kontinente der physischen Welt und die des Bewußtseins des Homo sapiens. Meine Protago-

nisten wagen sich nicht nur in die steinerne Härte des Unerforschten, sondern sie sind auch, während sie dies tun, auf einer Safari ins eigene Bewußtsein. Sie durchdringen die beiden dunklen Afrikas. Die Löwen und Leoparden, die Kannibalen, die Mühen und das Fieber, die verlorenen Rassen und goldenen Städte, die mit Händen zu greifen sind, finden ihre Parallele in der Psyche des Helden. Jedoch sind es in diesen Situationen die physischen und die mentalen Parallelen, die aufeinandertreffen.

Mainstream-Literatur ist euklidische Geometrie; Science Fiction und Fantasy Riemannsche. Mainstream ist die Algebra des Bekannten; Science Fiction und Fantasy die des Unbekannten.

Das Dungeon hat Menschen aus vielen Zeitaltern und Nichtmenschen/Beinahe-Menschen aus vielen Zeitperioden und Räumen zusammengeführt. Sie sind alle von irgendeiner rätselhaften Macht, irgendwelchen rätselhaften Mächten, die denen, die dorthin gebracht wurden, unsichtbar erscheint, erscheinen, in bestimmter Absicht zusammengebracht worden. Oder vielleicht tun das die Mächte auch nur aus krankhaftem Spaß oder aus Lust an der Macht. Oder vielleicht ist das Zusammentreffen so vieler unterschiedlicher Wesen das Ergebnis eines bis dato noch nicht bekannten Naturphänomens. Auf jeden Fall ist die Welt des Dungeon für die unfreiwilligen Immigranten äußerst unangenehm. Vergleichsweise dazu ist ein Besuch der Vorstädte von Detroit wie ein Ausflug zum Prickingshof in Westfalen. Der Herrscher dieser Welt besitzt starke geistige Verwandtschaft mit Iwan dem Schrecklichen. Und soweit ich weiß, mag Ivan durchaus die bedrohliche Kraft hinter dem dunklen Thron darstellen.

4. Die Dinge sind niemals das, was sie zu sein scheinen. Das ist ein häufig wiederkehrendes Thema meiner Geschichten. Die Idee ist keinesfalls originell, aber meine Prämisse basiert auf dem, was ich auf der Erde beob-

achte. Selbst wenn sie niemand je gebracht hätte, hätte ich sie formuliert. Ich hab's getan, als ich noch sehr jung war und ehe ich die Bücher las, die von dieser Prämisse ausgingen. Darum mißverstehen sowohl meine eigenen Charaktere als auch die dieser Serie so häufig Personen und Situationen. Genau wie im wirklichen Leben. Oder der Protagonist weiß nicht genug über den Schlamassel, in den er geraten ist, um Hintergründe und Verwicklungen richtig einzuschätzen. Genau wie im richtigen Leben. Der Protagonist mag gleichfalls nicht genügend über seine eigene Identität wissen, nicht in dem Sinne, daß er an Amnesie leidet oder der verlorene Millionenerbe ist, sondern in dem Sinne, daß er sich über sich selbst täuscht. Vorstellungen über sich selbst, die wenig mit dem wirklichen Charakter einer Person zu tun haben, sind beim Homo sapiens eine weitverbreitete Krankheit. Diese falschen Vorstellungen über sich selbst können einen in größere Schwierigkeiten bringen, als andere Leute es tun oder zu tun wünschen.

Die ersten beiden Bände dieses umfangreichen Werkes zeigen das klar genug. Unser Held ist froh, daß andere eifrig, ja begierig sind, ihm zu zeigen, worin der Unterschied zwischen dem besteht, was er ist, und dem, was er als seine wahre Persönlichkeit ansieht. Sie arbeiten an ihm wie ein alter Olmeke, der aus einem Jadeblock eine wohlgeformte Statue herausschleift.

5. Archetypen. Manchmal, wenn ich meine eigenen Werke erneut lese, wird mir klar, daß ich unbewußt manches schrieb, das direkt aus dem Hinterkopf gekommen ist. Dies sind die archetypischen Bilder und Situationen. Einige sind persönlicher Art; einige von der Art, die Jung und andere dem kollektiven Unterbewußtsein der Menschheit zuordnen. In beiden *Dungeon*-Bändern schwingen sie mit. Speziell: Das Floß, das durch die Zwillingsklippen in diesem Werk treibt. Diese spiegeln die schmalen Tore der Hölle wider, die Wahl zwischen Scylla und Charybdis. Oder, wenn man so

will, den direkten Weg vom Mutterleib zur Geburt oder vom Tod ins Leben danach. Und in beiden Werken gibt es die Trolle unter der Brücke. Wie oft hatte sich während eines unruhigen Schlafs mein Bewußtsein, das in dem tiefen dunklen Graben um den schwarzen Turm der Nacht fischte, in einer der Alptraumkreaturen verhakt. Und dann schreckerfüllt erlebt, wie diese Kreaturen sich gelöst und sich auf mich geworfen hatten, ehe ich erwachte.

Ich bemerke gleichfalls, wenn ich meine Werke erneut lese, daß ich das Untergrundmotiv verwendet habe, die Tunnel und Höhlen tief unter der Erde, und zwar viel zu oft, als daß es hätte bewußt sein können. Obgleich das vielleicht auch daher kommen mag, daß ich das meiste im Souterrain geschrieben habe.

6. Das große Abenteuer. Gleich, was mein Hauptthema ist, dies ist der Antrieb aller meiner längeren Werke.

Es gibt weitere Elemente, die ich in diesem Essay ausbreiten könnte: nichtmenschlicher-menschlicher Sex (davon gibt's einiges in Covilles Werk), die vielen verschiedenen Ebenen von Dramaturgie und Charakter (in beiden Bänden), die Frage nach der Existenz des freien Willens und des Lebens nach dem Tod (machen Folliots Abenteuer aus ihm einen sozial konditionierten Roboter, und ist die Dungeonwelt ein weiteres Universum nach dem Tod, eine echte Hölle?), Verdammnis und Lobpreis von Religion, manchmal im gleichen Buch zusammen mit anderen Elementen, die ich in diesem Essay nicht nennen will. Das große Ding ist die Erzählung. Wir sind genau wie die Höhlenmenschen, die sich des Nachts vor dem Feuer aneinander kauerten und dem Geschichtenerzähler des Stammes lauschten. Deren Geschichten und die unsrigen mögen ein wenig verschieden voneinander sein. Aber die unseren nehmen die Form der großen Reise ins Unbekannte an, des Kampfes ums Überleben gegen das exotische Andere (obwohl dies einen selbst einschließt) sowie des Geheimnisses, das aufgeklärt werden muß.

Also immer, sowohl im Sinne der Dramaturgie als auch im religiösen Sinne, das Mysterium.

Philip José Farmer

KAPITEL 1

Flucht

Einige werden ins Dungeon gerufen,
manch andre aus freien Stücken kommen;
doch vor dem Ende hat jeder die Macht
Seiner dunklen, dunklen Stimme vernommen.

Die Art, wie diese Worte herausgestoßen wurden, ließ Clive Folliot an einen Priester denken, der eine Anrufung zelebriert. Aber jeder Schein von Helligkeit um den Mann, der sie ausgesprochen hatte, wurde durch den glänzenden amerikanischen Marinecolt zunichte gemacht, den dieser Clive auf die Brust gerichtet hielt.

Ohne die Augen von Clive abzuwenden, langte der Fremde mit der freien Hand hinab und schloß das große, in Leder gebundene Buch, in dem er geschrieben hatte. Clive sah, wie die kraftvollen Muskeln unter dem schöngeschnittenen viktorianischen Jackett spielten.

»Wo ist mein Bruder?« fragte Clive.

Der Mann hob die Schultern. »Ihr Bruder ist neugieriger, als ihm guttut. Er wird am Ende natürlich einen hohen Preis für diesen Verrat zahlen.«

Clive Folliot starrte in die Augen des Fremden, graue Augen in grüne Augen. »Und worin wird der Preis bestehen?« fragte er. Während er sprach, überlegte er — nicht zum ersten Mal —, was ihnen Nevilles Rücksichtslosigkeit eingebrockt hätte.

Der Mann ignorierte Clives Frage. »Nehmen Sie die Krone ab«, sagte er und deutete mit dem Lauf des Revolvers auf Clives Stirn.

Clive zögerte. Abgesehen von der Tatsache, daß sie ihm von zwei Frauen, um die er etwas gab, aufs Haupt gesetzt worden war — 'Nrrc'kth und Annabelle Leigh —, besaß die Krone für ihn keinerlei persönlichen Wert. Die Tatsache jedoch, daß sie begonnen hatte zu glänzen, als sie seine Stirn berührte, hatte die Bewohner dieses seltsamen Schlosses davon überzeugt, daß Clive ihr rechtmäßiger Herrscher war — ein Glaube, den er sicherlich zum eigenen Vorteil ausnützen könnte, wenn es ihm gelänge, lebend aus diesem Raum zu gelangen.

»Beeilung!« sagte der Fremde und bewegte die Waffe. »Ich habe keine Lust zu warten.«

Als wollte er diesem Punkt Nachdruck verleihen, krümmte er den Finger um den Abzug des Revolvers. Aber während er das tat, brach er zum ersten Mal, seitdem er aufgestanden war, den Blickkontakt ab und sah an Clive vorbei zur offenen Tür.

War da nicht ein Anzeichen von Nervosität in seinem Blick?

Clive hob die Hände, um die Krone abzunehmen. Obwohl er sich langsam bewegte, rasten seine Gedanken. Wenn der Mann die Krone haben wollte, mußte sie irgendeine Bedeutung besitzen, irgendeine Bedeutung, die über dieses Schloß hinausging.

Könnte sie der Schlüssel zu den Rätseln des Dungeon sein?

Clive merkte, daß er immer weniger gewillt war, die Krone zu übergeben.

»Muß ich Sie erst umbringen?« fragte der Fremde so höflich, wie er Clive vielleicht auch gefragt hätte, ob er ein oder zwei Stückchen Zucker bevorzuge.

Clive nahm die Krone vom Kopf. Er fand es interessant zu sehen, daß sie noch immer glänzte; er hatte angenommen, daß sie, wenn er sie abnähme, erneut unsichtbar würde, wie sie's gewesen war, als Annie sie getragen hatte.

Er schritt auf den Mann zu und hielt dabei die Krone vor sich hin. Während er sich bewegte, versuchte er, Kraft und Schnelligkeit des Mannes abzuschätzen, wobei er sich fragte, ob es ihm gelingen könnte, die Pistole beiseitezuschlagen und von Mann zu Mann mit ihm zu kämpfen.

»Bleiben Sie da stehen«, sagte der Mann und bewegte erneut die Waffe. Mit der freien Hand hob er das große Buch auf, in dem er geschrieben hatte. »Legen Sie die Krone hier drauf«, sagte er.

Clive setzte die Krone auf den Einband des Buchs. Er spannte die Muskeln an, bereitete sich auf eine Bewegung vor. Aber zu seinem Erstaunen schloß der Mann die Augen, wisperte ein Wort und verschwand allmählich.

»Warte!« schrie Clive. Er schnellte auf den Fremden zu.

Es war zu spät: Mann, Krone, Buch und Revolver waren allesamt verschwunden. Clives Arme umschlossen die leere Luft, und er fand sich wieder, wie er unbeholfen über dem mit Papieren übersäten Tisch ausgespreizt dalag.

»Merkwürdiger alter Knabe«, sagte eine vertraute Stimme hinter ihm. »Wär vielleicht 'n großer Knüller in den Musikkneipen zu Hause, die Sache mit dem Verschwinden. Frag mich, ob das schwer zu erlernen ist. Geht's Ihnen gut, Sör?«

Clive wandte sich um und sah seinen alten Kämpen Quartiermeister Sergeant Horace Hamilton Smythe im Eingang stehen. Der Mann durchquerte den Raum und streckte eine Hand aus, um Clive auf die Beine zu helfen.

»Abgesehen von meiner angeschlagenen Würde geht's mir ganz gut«, sagte Clive. »Obwohl ich nichts dagegen gehabt hätte, wenn du ein paar Augenblicke früher gekommen wärst.«

»Tut mir leid, Sör«, sagte Horace völlig ausdruckslos. »Wir haben unser Bestes getan. Aber Sie haben uns zu 'ner fröhlichen Jagd verholfen.«

Clive schüttelte den Kopf. »Ein wenig feines Ende meiner Krönung, muß ich gestehen«, sagte er, wobei er sich auf die improvisierte Zeremonie bezog, die im Audienzsaal des Schlosses stattgefunden hatte. »Aber als ich diesen Schurken N'wrbb hinter mir hörte, dachte ich, daß er nichts Gutes im Schilde führte.«

Ein Schrei des Entsetzens hinderte Horace an einer Antwort. »Die Krone! Du hast die Krone verloren!«

Er kam von 'Nrrc'kth, die Horace zusammen mit den anderen Mitgliedern aus Clives innerem Zirkel in den Raum gefolgt war. Sie geriet ins Stolpern. Die muskulöse alte Frau, die Oma genannt wurde, streckte die Hand aus, um ihren Schützling zu stützen. 'Nrrc'kth wiederholte benommen, wobei die schneeweiße Haut bleicher denn je aussah: »Clive, du hast die Krone verloren.«

»Man könnte glauben, sie wäre diejenige gewesen, die sie gefunden hat«, sagte Annabelle Leigh. Die dunkelhaarige junge Frau stand in der Tür, an den Türrahmen gelehnt.

Clive war überrascht, das Mädchen zu sehen, das er einmal als Benutzer Annie gekannt hatte. Oben im Audienzsaal des Schlosses hatte sie erschöpft ausgesehen — ein Umstand, der seiner Meinung nach mit ziemlicher Sicherheit dem allzu intensiven Gebrauch des Baalbec A-9 zuzuschreiben war. Er hätte ihr nicht genügend Kraft für die halsbrecherische Jagd durch die Gänge des Schlosses zugetraut, die die in diesem Raum versammelte Gruppe unternommen hatte. Dann wurde ihm klar, daß sie von Finnbogg getragen worden sein mußte, dem mächtigen, bulldogähnlichen Zwerg, der jetzt neben ihr kauerte und hechelte und mit Bewunderung in den enormen braunen Augen zu ihr aufsah.

»Diese ganze Sache hätte vermieden werden können, wenn du N'wrbb getötet hättest, als du die Gelegenheit dazu hattest.«

Clive warf einen Blick nach rechts. Chang Guafe, der letzte aus der Gruppe, der hinzukam, strahlte deutliche Mißbilligung aus. Clive vermochte so eben, ein Schaudern zu unterdrücken. Die Kreatur — der *Cyborg*, wie er sich an Annies korrekten Ausdruck erinnerte — war eine monströse Mischung aus Fleisch und Blut und mechanischen Teilen. Er war ein überlegener Kämpfer. Aber Clive argwöhnte allmählich, daß weder Mitleid noch Leidenschaft unter Chang Guafes vielen Komponenten zu finden waren.

»Ich glaube, wir heben uns diese Diskussion für später auf«, sagte Horace. »So wie es sich anhört, werden wir bald Gesellschaft bekommen.«

Clive schaute an Chang Guafe vorbei. Horace stand neben Annie im Eingang, durch den die Gruppe hereingekommen war. Dahinter vernahmen sie das Gemurmel zorniger Stimmen.

»Unsere Leute?« fragte er hoffnungsvoll.

Möglich, sagte eine Stimme in seinem Kopf. *Sieht aber mehr nach N'wrbbs restlichen Verbündeten aus.*

Clive wandte sich dem Ursprung der Stimme zu und nickte.

Shriek nickte zurück. Die roten Augen — Spinnenaugen — leuchteten im Gaslicht. Sie war gut zwei Meter groß und überragte den kleinen portugiesischen Seemann mit Namen Tomàs, der neben ihr stand.

»'Nrrc'kth«, sagte Clive. »Du warst die Herrin des Schlosses. Kennst du keinen anderen Weg hier heraus?«

Wellen grünen Haars schimmerten über kalkweißen Schultern, als 'Nrrc'kth den Kopf schüttelte. »Wir befinden uns sehr tief in den Katakomben«, sagte sie. »Sehr tief. Ich bin hier nie zuvor gewesen.«

Clive schaute sich im Raum um und wunderte sich erneut über das viktorianische Arbeitszimmer, das hier in den Tiefen des seltsamen Schlosses verborgen lag. Obgleich der Raum zwei weitere Türen besaß, hatte er keine Vorstellung davon, wohin sie führten — und kein Interesse daran, die Gruppe in eine Sackgasse zu führen, wo sie vom Rückzug abgeschnitten werden könnten. »Horace, hast du eine Vorstellung davon, wie viele da draußen sind?«

Horace Hamilton Smythe spähte um die Ecke. »Kann ich noch nich' genau erkennen«, sagte er. »Aber von den Geräuschen her würd' ich sagen, es is' 'ne ganz schöne Menge.«

»Gut, dann versuchen wir's mit den anderen Türen«, sagte Clive und überlegte gleichzeitig, wie lange die Gruppe seiner Führung ohne Fragen folgen würde. Bei Horace konnte er sich natürlich sicher sein. Einige der übrigen mochten sich jedoch als problematisch herausstellen. Einen Augenblick lang blitzte in ihm der Gedanke auf, daß einer von ihnen tatsächlich ein besserer Anführer wäre als er selbst. Aber diese Vorstellung war für ihn als gedrillten britischen Offizier so abwegig, daß er sie verwarf, und der Gedanke schwand rasch. Dennoch war sich Clive schmerzlich bewußt, daß die Frage der Führung niemals aufgetaucht wäre, wenn statt seiner Neville hier wäre; Neville hätte einfach das Kommando, und das wär's.

»Shriek, Chang Guafe — befaßt euch mit den Türen.«

Diese Wahl war nur natürlich, denn für beide Wesen machte es keinen Unterschied, ob Türen verschlossen waren oder nicht. Die von Chang Guafe war's nicht. Die von Shriek war's, doch die Spinnenfrau faßte ganz einfach den Rahmen mit drei Armen — der vierte war während der Schlacht draußen vor dem Schloß verlorengegangen — und zog die Türe aus der Wand.

»Eine Kammer«, sagte sie, wobei die Kieferknochen klickten. »Hier geht's nicht raus.«

Chang Guafe hatte mehr Glück gehabt. Die Tür des Cyborgs öffnete sich in ein kleines Umkleidezimmer, und das Umkleidezimmer besaß in der Rückwand eine weitere Tür, die Zutritt zu einem schmalen Durchgang erlaubte.

Clive war nicht weiter überrascht. Er konnte sich vorstellen, daß sein Bruder sich einen Fluchtweg offengehalten hätte.

»Chang Guafe, du gehst als erster. Horace, du folgst

ihm. Dann du, 'Nrrc'kth.« Er fuhr fort, seine Leute aufzuteilen, mit Finnbogg und Annie in der Mitte und ihm und Shriek als Rückendeckung. Selbst inmitten der allgemeinen Verwirrung fand Clive noch die Zeit, Genugtuung über sein Arrangement zu empfinden. Chang Guafes noch immer unerforschte mechanische Fähigkeiten machten ihn logischerweise zum Anführer des Rückzugs; er wußte zum Beispiel, daß der Cyborg, wenn sie in einen dunklen Tunnel gerieten, ein künstliches Licht hervorrufen könnte. Und Shrieks Fähigkeit, ihre innere Chemie so zu verändern, daß sie die stacheligen Haare, die ihren Körper bedeckten, zu einem Gift werden lassen konnte, sowie die Geschicklichkeit, mit der sie sie warf, machten aus ihr einen tödlichen Kämpfer. Zusammen mit Clives eigener Fechtkunst konnten die beiden die Angreifer länger abwehren, als es jedem anderen in der Gruppe möglich gewesen wäre. Seine einzige wirkliche Sorge galt Tomàs. Während er den kleinen Seemann beobachtet hatte, hatte er entdeckt, daß dieser Mann trotz seiner kühnen Ausdrucksweise keine wirkliche Kämpfernatur war. Doch war jetzt nicht die Zeit, sich darüber Sorgen zu machen! Der Mob im Gang war schon sehr nahe, und er konnte nichts mehr weiter tun.

Clive schob Tomàs vor sich her, schloß die Tür und legte den Riegel vor. Er bezweifelte, daß er die Menge länger als vier oder fünf Sekunden aufhalten könnte.

Aber in einer Situation wie dieser hier konnten vier oder fünf Sekunden den Unterschied zwischen Leben und Tod bedeuten.

KAPITEL 2

Die grüne Hölle

An einem Mittsommerabend des Jahres 1845, dem Jahr, in dem Clive und Neville zehn wurden, nahm sie ihr Vater mit zu einem Besuch auf einem Landsitz eines Freundes der Familie. Hinter dem altertümlichen Landhaus erstreckte sich ein enormes Labyrinth aus Hecken, das nahezu ein Jahrhundert zuvor gepflanzt worden war. In den frühen Abendstunden ging Lord Tewkesbury mit seinen Söhnen zum Eingang des Labyrinths und sagte ihnen, daß sie, wenn sie wollten, hineingehen und spielen könnten. Neville war begeistert gewesen, Clive vorsichtig; es hatte ihn nicht sonderlich überrascht, als Neville keine fünf Minuten, nachdem sie das Labyrinth betreten hatten, davongeschossen und verschwunden war.

Selbst ohne Neville, oder vielleicht gerade wegen Nevilles Abwesenheit, hatte es Clive als angenehm empfunden, durch die kühlen dunkelgrünen Gänge zwischen den hochragenden Hecken zu wandern. Aber als die Stunden, die Nevilles Verschwinden folgten, dahingingen, steigerten sich die Gefühle in Clive langsam, aber stetig von einem sanften Unbehagen über Ärger und Furcht und Schrecken zu dem Gefühl, daß er aus unverständlichen Gründen dazu auserwählt worden war, einen Vorgeschmack der Hölle zu bekommen.

Mit dem Unbehagen hatte es sich leicht umgehen lassen; durch das Zusammenleben mit Neville war dieses Gefühl zu einer fast alltäglichen Erfahrung geworden. Der Ärger unterschied sich nicht wesentlich davon. Aber während die Zeit verging, während er von einer Sackgasse zur nächsten stolperte, empfand der junge Clive allmählich eine Furcht, die ihm weniger vertraut war. Er hatte keine Angst davor, sterben zu müssen (ein Gefühl, das er, obgleich erst zehn Jahre alt, mehr als einmal gehabt hatte, nachdem er seinem ungestümen Zwillingsbruder getreu in die eine oder andere kleinere Katastrophe gefolgt war). Clives Furcht war jetzt mehr die, daß er weiterleben müßte und niemals die Erlaubnis bekäme, diesem Ort zu entrinnen. Es war eine Furcht, die jedes Mal dann stärker wurde, wenn er an derselben kleinen Grotte vorüberging — einer grasbewachsenen Lichtung, wo in einem moosbedeckten Bassin ein murmelnder Quell von den heimtückischen Blicken einer Pan-Statue bewacht wurde —, ohne daß er den Eindruck hatte, als wäre er aus der gleichen Richtung gekommen.

Ein Teil von Clive wußte, daß diese Furcht irrational war. Aber dieses Wissen ließ die Furcht nicht weniger stark werden. Auch nicht die Tatsache, daß er rational wirklich glauben konnte, sein Vater wäre gewillt, ihn im Labyrinth zu lassen, bis er selbst den Weg hinausgefunden hätte — wäre gewillt, ihn über Nacht dort zu lassen, falls es sich als nötig erwiese.

Zweimal hörte er seinen Bruder irgendwo vor sich lachen. Einmal kam Nevilles Stimme direkt durch die Hecke. Dann schien er völlig verschwunden zu sein.

Als der Abend weiter voranschritt, entdeckte Clive einige der unangenehmen Geheimnisse des Labyrinths. So ging er um eine ganz unschuldig aussehende Ecke und fand sich von Angesicht zu Angesicht einer abscheulichen Statue gegenüber. Ihre dämonischen Züge, die durch die langen Schatten noch schrecklicher wurden, schienen einen Hinweis auf etwas zu bergen, das wartete, das dunkle Versprechen irgendeines schreckerregenden Wandels, der mit der einbrechenden Nacht käme. Einmal hatte er eine kleine, nur schulterhohe Tür gefunden. Erfüllt von der jähen Hoffnung, daß sie ihn aus dieser grünen Hölle ins Freie führen würde, hatte Clive die Türe geöffnet und dann aufgekreischt, als ihn etwas aus Fell und Knochen ansprang. Die Entdeckung, daß es sich nur um etwas handelte, das auf eine Feder montiert worden war, linderte das Zittern nicht, das ihn ergriffen hatte.

Er hörte ein Gelächter. Wieder Neville? Oder jemand anderes? Mit den Erfahrungen, die er bislang gemacht hatte, war's nur zu leicht zu glauben, daß irgend jemand oder irgend etwas sich hier hereingeschlichen und jahrelang geblieben war, ohne entdeckt zu werden, und das einzige Anzeichen für sein Vorhandensein wäre die traurige Tatsache, daß dann und wann ein kleiner Junge in das Labyrinth ginge und niemals mehr herauskäme.

Er rannte los. Er vernahm Gelächter hinter der Ecke und hörte eine schwache Stimme, die ihn beim Namen rief. »Clive ... Clive, wir erwarten dich.«

Wer erwartete ihn? Neville und sein Vater? Oder die Wesen des Labyrinths?

Er lief schneller. Die Schatten wurden tiefer. Die Blätter wisperten und raschelten um ihn herum, aber er wußte nicht, ob's nur der Abendwind war oder etwas anderes, das durch die Äste lief. Blind vor Furcht taumelte er von einer Seite zur anderen, Gesicht und Hände von Kratzern blutig, als hätte er die Masern. Er keuchte vor Erschöpfung, jeder Atemzug rasselte rauh in seiner Kehle. Tränen rannen ihm das Gesicht herab, und das Salz biß in den Kratzern. Der Duft von Rosen und der Gestank von Fäulnis vermengten sich seltsam in der schweren Abendluft. Er stolperte über einen Stein und erbrach sich, als er zu Boden fiel.

Er lag da und weinte.

Es wurde dunkler.

»Clive, Clive!«

Die Stimme, die so drängend von der anderen Seite der Hecke auf ihn einflüsterte, hatte er noch nie zuvor vernommen. Er hob den Kopf vom Boden. »Wer bist du?« flüsterte er.

»Du wirst es eines Tages herausfinden. Im Augenblick müssen wir dich hier herausbringen. Steh auf!«

Clive tat, was ihm geheißen ward.

»Geh direkt geradeaus, bis du zur zweiten Öffnung rechts kommst. Geh rechts, dann links, dann rechts. Das wird dich zurück zur Grotte des Pan bringen. Warte dort auf mich.«

Clive strich sich die Kleidung glatt und ging los. Es war dunkel, und die Sicht war schlecht. Geflügelte Insekten prallten gegen ihn, und die kleineren blieben im Schweiß des Nackens und in dem Erbrochenen hängen, das ihm noch immer am Kinn klebte, trotz aller Versuche, es wegzuwischen.

Er erreichte die Grotte. Ein buckliger Mond erleuchtete die Oberseite der Hecke und erschuf Seen von Silber und Schatten. Pan schien in dem silbrigen Licht böser denn je herabzuschielen. Als er die Statue im Mondlicht anblickte, merkte Clive, wie sich etwas in seinem Unterleib regte; erst Jahre später erkannte er dieses Gefühl als die erste Regung der eigenen aufkeimenden Sexualität.

Er ging zu dem moosbewachsenen Bassin und reinigte sich in dem quellenden Wasser Gesicht und Arme. Das Wasser fühlte sich kühl und angenehm an auf der zerkratzten, schweißnassen Haut. Er zog das Hemd aus, wusch sich etwas vollständiger, schüttelte sich und benutzte dann das Hemd als Handtuch, um das restliche Wasser abzureiben.

Wo war sein unbekannter Freund?

Wie als Antwort auf den Gedanken ertönte die Stimme hinter der Hecke: »Gut, daß ich dir nicht alles sagen muß. Ich habe dich hierhergebracht, damit du dich reinigst. Du solltest so gefaßt und unauffällig wie möglich aussehen, wenn du deinen Vater wiedertriffst.«

Irgend etwas lag in der Stimme, bei dem er sich sicher fühlte, und Clive spürte, wie das Zittern seiner Hände nachließ, während er sich das Hemd zuknöpfte.

»Wer bist du?« fragte er erneut.

»Du kannst den Mond anschauen«, sagte die Stimme und ignorierte seine Frage. »Oder du kannst ihn über der linken Schulter haben.«

»Was meinst du damit?« fragte Clive.

Aber es erfolgte keine Antwort.

Er blickte den Mond an und ging los. Wenn eine Abbiegung bewirkte, daß er ihn über der linken Schulter hatte, nahm er sie. Wenn nicht, ging er weiter. Zwei weitere Male sprach ihn die Stimme an, nichts weiter von Bedeutung, einfach eine Ermunterung, daß er richtig handelte.

Nach einer halben Stunde erreichte er das Ende des Labyrinths. Als er es verlassen wollte, sprach ihn die Stimme ein letztes Mal an.

»Clive!« Er blieb stehen und lauschte. »Zwei Dinge. Zunächst erinnere dich immer daran, nach dem Muster Ausschau zu halten.«

Clive nickte. Als die Stimme nicht weitersprach, fragte er: »Und was noch?«

»Erlerne das Schachspiel!«

Diese Bemerkung war so unerwartet, daß er wütend schnaubte. »Wer bist du?« fragte er zum dritten Mal.

Es erfolgte keine Antwort.

Er trat aus dem Layrinth heraus. Sein Vater saß mit übereinandergelegten Beinen auf einer schmiedeeisernen Bank, den Spazierstock im Schoß, die Pfeife zwischen den Zähnen. Rauch kringelte sich um seinen Kopf. Hinter Lord Tewkesbury breitete sich der kurzgeschorene Rasen wie ein See aus Silber aus. Neville stand an einem Ende der Bank und lächelte zufrieden. Neben ihm stand ein Mädchen in einem langen weißen Gewand. Als Clive aus dem Labyrinth heraustrat, applaudierten sie alle.

Das war der Augenblick, in dem Clive endlich die Tatsache akzeptierte, daß er, aus welchen Gründen auch immer, sich stets mehr anstrengen müßte als Neville. Ob es die Strafe für die Sünden eines vergangenen Lebens, ein Vorfall in den Sternen während der Geburt oder einfach die Welt als solche war, die ihre Häßlichkeit bestätigen wollte, auf immer würden die Dinge seinem Bruder leichter zufallen. In diesem einen Augenblick haßte Clive seinen Zwillingsbruder mit einer Reinheit des Gefühls, die er später niemals mehr erreichte.

Am nächsten Tag begann er, das Schachspiel zu erlernen

Das war jetzt nahezu dreiundzwanzig Jahre her. Clive hatte niemals erfahren, wer ihn aus dem Labyrinth herausgeführt hatte, obwohl er jahrelang nach der Stimme gelauscht hatte in der Hoffnung, seinem unbekannten Wohltäter danken zu können. Später, als er in miltärische Dienste getreten war, hatte er sein Bestes getan, den ganzen Vorfall zu vergessen. Furcht stand einem Offizier nicht an. Aber jetzt, da er sich durch die gewundenen Gänge schraubte, die sich unter dem Schloß von N'wrbb Crrd'f dahinschlängelten, verfolgt von einem Mob von Gehilfen dieses schneeweißen Lords, fühlte Clive sich jäh so wie in dem Labyrinth an dem Mittsommerabend. Es schien, als gäb's ringsum nur Gefahr, und keine Wegbiegung wäre sicher, kein Gang ohne Bedrohung.

Und dann kam ihm schlagartig die Erkenntnis, daß nicht nur diese Katakomben, sondern diese gesamte Welt dem schrecklichen Labyrinth sehr ähnlich waren.

Clive Folliot war kein ängstlicher Mann. Aber er hatte vor langer Zeit gelernt, daß Gefühle niemals sterben. Wie eine Krankheit, die sich abkapselte, mochten sie in der Erinnerung verblassen, ohne je wirklich zu verschwinden. Irgendwo im Herzen oder im Kopf, im Blut oder in den Knochen lauerten sie und warteten auf das Zeichen, das sie wieder zum Leben erweckte. Unverwüstlicher noch als Lazarus benötigten sie nicht einmal den Ruf des Herrn, um aufzuerstehen — noch Anzeichen eines vertrauten Anblicks oder Geräuschs oder Geruchs.

So kam es, daß Clives Schrecken der Kindheit, während er durch den gewundenen Tunnel lief, langsam wieder lebendig wurde, und er verspürte den Würgegriff der alten Furcht, daß er für immer an diesem schrecklichen Ort gefangen wäre. Das Gefühl war so jäh und so absolut, als wäre er in eisiges Wasser geworfen worden, und einen Augenblick lang vermochte er nicht zu atmen.

Shriek, die hinter ihm lief, sah ihn taumeln. Sie faßte ihn mit dem übriggebliebenen unteren Arm am Ellbogen und hielt ihn auf den Füßen. Erst Tage später wurde sich Clive der Ironie bewußt, daß er von einem Wesen freundlich behandelt worden war, das weitaus häßlicher war als alles, was er sich an Vorstellungen von diesem Ding, das ihm dabei geholfen hatte, die lähmende Furcht zu bekämpfen, in jener Nacht gemacht hatte.

Sie liefen weiter.

Die Gänge, durch die sie kamen, hatten dunkelblaue Wände, die aus irgendeiner glasähnlichen Substanz hergestellt worden waren. Sie waren nicht gerader als eine sich windende Schlange, bogen mal nach links und mal nach rechts ab, so daß es unmöglich war zu sagen, welche Entfernung sie zwischen sich und die Verfolger gebracht hatten. In der Mitte der Decke schimmerte schwach ein dünner Streifen blauen Materials von der Breite einer Männerhand. Das war ihr einziges Licht. Vor sich sah Clive eine Stelle, an der sich der Gang gabelte. Er würde es Chang Guafe überlassen, welchen Weg sie wählten.

Der Cyborg wandte sich nach rechts.

Clive war das recht. In diesem Augenblick schien eine Richtung so gut wie die andere zu sein. Oder zumindest sah das bis zu dem Augenblick so aus, in dem er selbst die Gabelung erreichte und einen breitschultrigen Mann mit dickem kastanienbraunen Haar erblickte, der um die Ecke verschwand.

Neville! Er war nicht vollkommen überzeugt, daß es

sein Zwillingsbruder war. Aber er war auch nicht vollkommen überzeugt, daß er's nicht war.

»Zurück!« rief er und versuchte, mit einem einzigen Befehl sowohl Neville als auch den restlichen Trupp zum Stehen zu bringen.

»Was ist los?« klickte Shriek, die neben ihm stehengeblieben war.

»Ich glaube, ich habe Neville gesehen.« Clive rang um Luft. »Wir müssen diesen Weg einschlagen.«

Shriek schaute nach rechts. »Die anderen laufen noch immer. Ich weiß nicht, ob du sie noch zurückholen kannst.«

Clive zögerte, dann wurde ihm rasch klar, daß er, wenn er den anderen Weg wählte, möglicherweise verloren wäre. Denn die ersten ihrer Verfolger waren in Sicht gekommen.

Er seufzte.

Sie waren zahlreicher, als er erwartet hatte.

KAPITEL 3

Er, der schläft

Er wimmerte. Ein ungewöhnlicher Laut für einen Mann, der einmal ›die tapferste Seele auf zwei Kontinenten‹ genannt worden war. Er hatte schallend gelacht, als er diese Bemerkung gehört hatte. Aber der belgische Forscher, der diese Feststellung getroffen hatte, war in der Lage, das zu beurteilen, und als sie in einer Versammlung der bemerkenswertesten Abenteurer der Zeit wiederholt wurde, hatten sie einfach genickt und gelächelt.

Natürlich war das lange her; lange, bevor der endlose Traum begonnen hatte.

Er wimmerte erneut, und er durchlebte erneut die Schlacht, seine letzte Erinnerung an etwas, das ihm einredete, er wäre noch am Leben. Der Alptraum war lebendig und so fürchertlich, daß er ihn beinahe über die Schwelle zur Bewußtlosigkeit getrieben hätte, während er darum kämpfte, sich von ihm zu befreien: zur Schwelle, aber niemals darüber hinaus.

Obwohl es nicht der Alptraum war, der ihn wimmern ließ; es war der endlose Schmerz, der ihn begleitete.

Er hatte gelegentlich lichte Momente gehabt, als er versuchte zu erwachen. Aber sein rebellisches Bewußtsein hatte sich stets geweigert, den Übergang zu vollziehen; tatsächlich hatte der bloße Gedanke ans Erwachen einen Mechanismus in Gang gesetzt, der ihn zurück in seine Träume warf, als entschiede ein tiefverborgener Teil seiner selbst, daß der Traum dem Schmerz des Wachzustandes vorzuziehen wäre.

Nicht alles war schlimm. Gelegentlich waren die Träume mit einer warmen Freude übergossen, die nahezu orgasmisch war. Häufiger jedoch waren sie schrekkenerregend, fürchterlicher sogar als die Alpträume, die er als Kind durchlebt hatte, nachdem er gesehen hatte, wie sein Vater von einer riesigen Raubkatze übel zugerichtet und getötet worden war.

Er wimmerte erneut, als er versuchte, aus dem seltsamen Schlaf zu erwachen. Aus irgendeinem Grund schien es dringlicher denn je zu sein, daß er erwachte.

Aber das Erwachen erwies sich als unmöglich — bis der Schmerz schließlich ernstlich begann, ein Schmerz von einer solchen Intensität, daß die Flucht in den Schlaf herabgerissen wurde, wie man ein Pflaster von einer Wunde herabreißt. Jetzt wünschte er sich, wieder zurück in die Träume fallen zu können, die, wie ihm klar wurde, eine Flucht vor einem Schmerz gewesen waren, der nicht nachgelassen hatte, seitdem er von der Kreatur geschluckt worden war, die sie angegriffen hatte, als sie die Brücke über dem großen Abgrund von Q'oorna überquert hatten. Aber genauso, wie ihn der Schmerz in diesen Zustand getrieben hatte, zwang ihn dessen steigende Intensität dazu, ihn wieder zu verlassen.

Blitze schienen ihm das Gehirn zu versengen, als der schreckliche Druck auf dem Kopf noch zunahm. Er stöhnte und fragte sich, ob er kurz davor war zu sterben oder ob er tatsächlich schon gestorben war.

Und das langsame Mahlen verstärkte sich noch immer.

Er versuchte zu schreien, aber nichts geschah.

Kein Laut.

Wie lange war es her, seitdem er irgend etwas gehört hatte?

Herrgott, der Schmerz! Es fühlte sich an, als würde ihm der Schädel zerspringen. Sein Körper zitterte, und er versuchte, um sich zu schlagen, sich hinauszuwinden aus dem, was diese schrecklichen Qualen hervorrief.

Nichts geschah. Er hatte kein Gefühl von Bewegung. Er hatte tatsächlich, abgesehen von dem Schmerz, kein

Gefühl dafür, daß er mit einem Körper verbunden war.

Vielleicht hatten die Christen ja recht, dachte er in einem der lichten Momente, die zwischen den Wellen von Agonie lagen. Es war ein entsetzlicher Gedanke. Aber sobald er einmal gefaßt war, wollte er nicht mehr verschwinden. War dies die Hölle? Sollte diese Agonie vielleicht für immer so weitergehen?

Er erinnerte sich daran, wie die Missionare gesungen hatten: »Der Herr dein Gott ist ein barmherziger Gott.« Es hatte ihn stets amüsiert, daß diese Worte gewöhnlich das Vorspiel zu einer plastischen Darstellung derjenigen Schrecken war, die solche erwarteten, die sich nicht genau so verhielten, wie der barmherzige Gott es forderte.

Er war einmal dafür verprügelt worden, daß er über den barmherzigen Gott der Missionare gelacht hatte.

Gnade! dachte er verzweifelt, bevor die nächste Welle von Schmerz einen lautlosen Schrei seiner Kehle entriß, von deren tatsächlicher Existenz er nicht mehr überzeugt war.

Wenn er am Leben wäre, hätte er sich gewünscht, tot zu sein. Aber er war sich nicht sicher, daß das nicht schon der Fall war.

Gnade, bat er erneut im stillen.

Aber der Schmerz, gleichgültig gegenüber seiner Bitte, wurde nur noch schlimmer.

KAPITEL 4

Die blaue Schlacht

Clive zögerte, und verfluchte sich wegen seines Zögerns. Seine Freunde waren unten in einem der Gänge verschwunden. Jemand, der gut Neville hätte sein können, war in dem anderen Gang verschwunden. Und eine Bande von N'wrrbs blutdürstigen Gnomen raste auf ihn zu.

»Lauf links, lauf rechts, mach Dampf! Oder bleib, und stell dich dem Kampf!«

Die Erinnerung an den Spottvers aus seiner Kindheit den Neville gesungen hatte, wann immer es ihm gelungen war, Clive bei einer Prügelei in die Ecke zu drängen, klang Clive in den Ohren.

Er zögerte nicht mehr länger und schimpfte sich selbst einen Narren. Wieviel von diesem Dilemma beruhte auf der Tatsache, daß er seine Rolle als Anführer aufgegeben hatte, indem er Chang Guafe an die Spitze der Gruppe gestellt hatte? Vorhin noch schien es eine gute Idee gewesen zu sein. Aber sie überließ es dem Cyborg, Entscheidungen zu fällen — genau das, was Clive tun sollte, wenn er auch nur ein wenig von seiner Führungsrolle beibehalten wollte.

Und er war dazu bestimmt, Anführer zu sein. Er hatte sich viel zu lange von den Ereignissen vorantreiben lassen — sowohl hier im Dungeon als auch in der wirklichen Welt.

»Nach links«, rief er Shriek zu, und er machte sich in diese Richtung auf.

Die Gnome näherten sich von hinten.

»Mach dich schon mal zum Kampf bereit!« keuchte Clive, während sie den schlüpfrigen blauen Gang hinabtrabten.

Eine überflüssige Bemerkung. Shriek war bereits fertig zum Kampf.

Sie erreichten eine der Stellen, an denen sich der Gang verengte, und auf Clives Befehl hin wandten sie sich um, den Kampf aufzunehmen. Sein Mut sank, als er die Zahl der Feinde erblickte. Und noch schlimmer: die Gnome waren jetzt von einer Gruppe großer, rothaariger Krieger begleitet, die lediglich mit Kilten und Lederharnischen bekleidet waren, deren Gurte kreuz und quer über die breiten behaarten Brustkörbe verliefen.

Die Zahl erschien überwältigend. Aber Clive wußte, daß sie ihren Verfolgern nicht auf ewig davonlaufen konnten, und er zog es vor, hier in dieser Verengung zu kämpfen, wo niemals mehr als drei oder vier Feinde gleichzeitig ihnen gegenübertreten konnten, anstatt einer breiteren Stelle, wo sie hätten umzingelt werden können.

Shriek vollführte den ersten Schlag. Es war kein physischer, sondern ein hörbarer, und Clive lächelte, als er das Entsetzen sah, das ihre Feinde überlief, während seine spinnenhafte Kameradin den seltsamen heulenden Kampfschrei ausstieß. Einige blieben stehen und schlugen die Hände auf die Ohren und versuchten so, die schrillen Klänge von sich abzuwehren. Andere, tapferere (oder vielleicht weniger gut hörende) drängten weiter voran.

Clive zog das Schwert und warf sich in den Kampf. *Monsieur D'Artagnan* hätte das gefallen! dachte er bei sich, als sein Schwert das Herz eines axtschwingenden Gnoms durchbohrte. Alexandre Dumas' Buch über den legendären Franzosen hatte zu Clives Lieblingslektüre gezählt, als er noch jünger war, und als Junge hatte er sich oft vorgestellt, wie er dabei unerbittlichen Absonderlichkeiten von Angesicht zu Angesicht gegenüberstünde. Aber niemals an einem solch bizarren Ort, gegen eine so seltsam gemischte Gruppe von Gegnern!

Ein weiterer Gnom kletterte über den Körper eines gefallenen Kameraden. Clive sprang zurück, als die Axt des kleinen Mannes einen Bogen beschrieb, der ihm die Knie aufgeschlitzt hätte, wenn er stehengeblieben wäre. Er warf sich mit dem Schwert vorwärts, aber der Gnom war verschwunden, die mächtige Shriek hatte mit dem unteren Arm zur Seite gelangt und ihn hochgehoben. Clive spürte Spritzer einer heißen Flüssigkeit an sich herablaufen, als Shriek den kleinen Mann gegen die Wand warf. Gleichzeitig unterlief einem anderen Gnom das Mißgeschick, in Clives Schwert zu laufen. Er kreischte, als er starb. Clive zog die blutige Klinge aus dem Körper des Gnoms und schlug nach einem von dessen Kameraden.

Neben ihm kämpfte Shriek mit ihrer üblichen ausgezeichneten Schlagkraft. Während die beiden oberen Arme damit beschäftigt waren, die Gnome an der Front des Haufens zu bekämpfen, benutzte sie den einzigen unteren Arm dazu, sich lange, steife Haare — beinahe Stacheln — aus dem Unterleib zu ziehen. Anschließend bewarf sie die Gegner mit diesen Haaren. Sie waren mit einem raschwirkenden Gift gefüllt, das einen Mann in Sekunden fällen konnte, und sie schienen besonders wirkungsvoll gegen die Gnome zu sein, und deren schwärzliche, anschwellende Körper lagen nicht nur ihr zu Füßen, sondern sie waren auch in der Menge von jammernden Kriegern verstreut.

Und ihr merkwürdiger Kriegsschrei schmetterte weiter.

Unglücklicherweise hatten nicht alle Spezies die gleiche Körperchemie, und als Shrieks Projektil sich zum ersten Mal in die Schulter eines der rothaarigen Krieger grub, grinste er einfach, zog es heraus und warf es über die Schulter.

Dieser Vorgang entlockte Shriek einen Zornesschrei, der drohte, die blauen Wände des Gangs, in dem sie kämpften, zum Einsturz zu bringen. Einige der Gnome warfen sich in Deckung. Andere eilten heran, um ihre Stelle einzunehmen. Und die rothaarigen Krieger begannen ihren Angriff, wobei sie über diejenigen Gnome hinwegrannten, die von Shrieks Gift gefallen waren, und andere einfach beiseiteschoben. Blaue Augen und silberne Schwerter leuchteten im gleichen hungrigen Schein. Clive schluckte. Der kleinste der Rotschöpfe war leicht einen knappen halben Meter größer als er selbst, und die Reichweite entsprach der Größe. Wenn sich sein Schachzug nicht bald bezahlt machte, sah es so aus, als wäre alles hier zu Ende.

Die meisten der Gnome hatten sich zurückgezogen. Clive enthauptete einen letzten hartnäckigen Kämpfer und fühlte sich ein wenig krank, als der Gnom, dessen Axt nur um wenige Zentimeter verfehlt hatte, ihm den Bauch aufzuschlitzen, zweigeteilt zu Boden fiel. Das Gesicht, das zu ihm hochstarrte, war im Tod beinahe kindlich geworden. Plötzlich schien es etwas Schreckliches zu sein, mit Leuten zu kämpfen, die um so vieles kleiner waren als er selbst. Aber diese Männer, wenn sie denn Männer waren, erweckten den Anschein, als ob sie glücklich darüber wären, ihm das Fleisch von den Rippen zu schälen, wenn sie die Gelegenheit dazu bekämen.

Jetzt hatte jemand anderer die Chance.

Er spürte eine Berührung an der Schulter.

Mut, Clive Folliot, dachte ihn Shriek an, wobei sie ihre Fähigkeit benutzte, wortlos mit ihm zu sprechen — eine Fähigkeit, die sie jedem anderen Mitglied der Gruppe verschafft hatte, sobald ein physischer Kontakt entstand. *Mut. Ich will bei diesen Männern ein anderes Gift probieren. Kämpfe tapfer!* Dann schrillte ihr Kampfschrei, und er hörte ihn nicht nur, er fühlte ihn — er fühlte ihn, er verstand jedoch nicht, was Shriek, außer einer gesteigerten Sexualität, erlebte, wenn sie sich in den Kampf stürzte, er fühlte, daß dies so schrecklich fremd für seine englischen Gefühle war, daß er es selbst dann nicht verstehen konnte, wenn sie direkt, ohne den Hemmschuh des Wortes, in Verbindung traten.

Aber irgend etwas hatte ihn ergriffen, eine Wut und Leidenschaft, die ihm sowohl Stärke als auch unbekümmerte Gleichgültigkeit dem eigenen Leben gegenüber verlieh, eine Gleichgültigkeit, die einem erlaubte, brillant zu kämpfen — bis zu dem Augenblick, in dem man fiel.

Ein Kampfschrei riß sich von irgendwo aus seinem tiefsten Innern los. »Gott für Harry, England und den Heiligen Georg!« Indem er die Klinge über dem Kopf schwang, preschte Clive zum ersten Schlag vor, und er verspürte eine Welle der Befriedigung, als ein stämmiger Zweimeterfünfzig-Mann auf seinen Schlag hin stürzte.

Jetzt half ihm die Enge des Gangs nicht mehr, als sie es beim Kampf gegen die Gnome getan hatte, denn die Rotschöpfe waren zu groß, als daß sie zu zweit nebeneinander effektiv hätten kämpfen können. Doch selbst so war ihre Zahl so groß — und ihre Kampfeslust so mächtig —, daß Clive und Shriek allmählich zurückgedrängt wurden.

Immer und immer wieder hallte der fürchterliche Schrei der Arachnida durch den dämmrigen blauen Gang. Immer und immer wieder fiel einer der Krieger, nur um einem anderen Platz zu machen. Immer und immer wieder wurden sie langsam und unerbittlich zurückgedrängt, um eine Biegung herum, die sich, wie Clive jäh bemerkte, in eine große runde Kammer öffnete.

Verzweiflung ergriff ihn. Sobald sie einmal diesen Raum betreten hätten, wäre die Schlacht — und ziemlich sicher auch das eigene Leben — beendet. Dort in dem offenen Raum wären die Rotschöpfe in der Lage, die beiden zu umzingeln. Dann könnten sie sie so leicht von hinten niederschlagen, wie ein Kind ein Paar Gänseblümchen pflückt.

»Vorwärts!« schrie er Shriek zu, und als sie einen der

Krieger mit den kraftvollen oberen Armen aufhob und ihn gegen seine Gefolgsleute warf, gelang es ihnen tatsächlich, ein paar Meter zurückzugewinnen. Aber die Zahl war zu überwältigend, und sie wurden erneut in Richtung auf die Kammer zurückgedrängt.

Clive versuchte, den Impuls zu bekämpfen, einen Blick über die Schulter zu werfen, denn er wußte, daß er jedesmal, wenn er das täte, einem Angriff ungeschützt gegenüberstünde. Dennoch warf er im nächsten etwas ruhigeren Augenblick einen verstohlenen Blick nach hinten und hätte beinahe vor Verzweiflung das Schwert hingeworfen. Sie waren nur noch Zentimeter von der Kammer entfernt.

Der ihm am nächsten stehende Rotschopf sah den Blick, las Clives Reaktion, lächelte eiskalt und entblößte dabei Reihen spitzer Zähne, die einem Raubtier angemessener gewesen wären. Er verstärkte den Druck. Clive stolperte, aber ehe er zu Boden fiel, langte Shriek nach ihm und ergriff ihn. Sie stellte ihn auf die Beine und schrie dann vor Wut und Schmerz auf, als ein silbriger Blitz ihr an der Seite entlangfuhr und die Stelle wieder bloßlegte, an der ihr der Arm abgetrennt worden war. Clive fühlte sich einen Augenblick lang krank, als er die grüne Flüssigkeit erblickte, die ihr aus der Wunde tropfte. Gleichzeitig erfüllte ihn erneut Wut, und sie verlieh im die Kraft, sich vorwärts zu werfen und den Krieger niederzustrecken, der Shriek verwundet hatte.

Jetzt lag ein neuer Ton im Kampfschrei des Spinnenwesens, schärfer, schneidender, und Ärger und Schmerz vermischten sich zu einem einzigen schrecklichen Geräusch, das über die Wände des Gangs kratzte und kreischte.

Aber Shriek ließ nach. Clive senkte das Schwert in den Lederharnisch des nächsten Kriegers, der selbst dann weiter vorandrängte, als ihm das Blut aus der Seite spritzte. Die Kammer war jetzt Zentimeter hinter ihnen.

Und dann machte sich Clives Schachzug bezahlt.

Hinter den Gegnern ertönte ein neues Geräusch, ein Basso-Profundo-Rumpeln, das mit einiger Mühe als Finnboggs Version von ›God Save the Queen‹ verstanden werden konnte — eines der Lieder, die der Zwerg mit den Bulldogzähnen zu singen liebte, wenn er sich in den Kampf stürzte.

Und er stürzte sich buchstäblich hinein, er brach in die rückwärtige Flanke mit grimmigen und tödlichen Zähnen und Fäusten, die die Gnome nach allen Richtungen fliegen ließen, mochten sie nun tatsächlich vor dieser jähen Raserei fliehen oder hochgeschleudert werden, als sich Finnbogg in die Schlacht stürzte.

Hinter Finnbogg kamen die übrigen: Horace und Benutzer Annie, Chang Guafe und Tomàs, Oma und 'Nrrc'kth. In der gerade zugeschnappten Falle gefangen, kämpften die dunkelhaarigen Gnome und die rothaarigen Giganten voller Verzweiflung. Aber der Vorstoß von Finnboggs geiferndem Angriff hatte eine Verwirrung hervorgerufen, die sich angesichts der kalten, methodischen Vorgehensweise noch steigerte, mit der Chang Guafe seine Opfer auswählte und vernichtete.

In der kurzen Atempause, die er erhalten hatte, als seine unmittelbaren Gegner von dem Chaos hinter ihnen abgelenkt wurden, bemerkte Clive, daß er sich einem neuen Problem gegenübersah. Der Vorteil des schmalen Gangs, mochte er sich auch nicht ausgesprochen gegen sie gerichtet haben, machte es nahezu unmöglich, diese Schlacht zu beenden, ohne die eine oder andere Seite vollkommen zu vernichten. Solange er die Feinde nicht irgendwie dazu bringen konnte zu kapitulieren, müßten sie weiterkämpfen, bis niemand mehr übrigbliebe. Er war zuversichtlich, daß seine Gruppe gewinnen könnte. Er war weniger zuversichtlich, daß sie's ohne ernsthafte Blessuren könnte. Darüber hinaus war da noch die Tatsache, daß er wirklich nicht den Wunsch verspürte, das Gemetzel weiter fortzusetzen. Blutvergießen mit Blutvergießen zu vergelten war nicht seine Sache.

»Legt die Schwerter nieder!« rief Clive. »Legt eure Schwerter nieder, und wir werden euch ziehen lassen!«

Aber seine Stimme war in dem Chaos nicht zu vernehmen. Die schmalen Gänge hallten wider von Shrieks Kriegsgeschrei, Finnboggs verwirrendem Gesang, dem Wimmern der Verwundeten und dem Klirren von Stahl auf Stahl. Die blauen Wände waren rotbespritzt, und der heiße Gestank von Blut erfüllte die Luft.

Clive befürchtete, daß ihm übel werden würde.

»Legt eure Schwerter nieder!« schrie er erneut, wobei er im Zweifel war, ob ihn die Rotköpfe überhaupt verstehen könnten. Die Schlacht tobte weiter. Zwischen Chang Guafe und Finnbogg hatte sich die Nachhut zu einer Marschkolonne formiert. Die Rotköpfe waren bereit zum Rückzug, aber der Weg war versperrt. Sie wandten sich um und drückten wieder auf Clive und Shriek. Shriek, besessen von Kampfeslust, griff sich den ersten und hob ihn sich ans Gesicht. Ihre Kieferknochen schlitzten ihm den Nacken auf, und Blut spritzte ihr über die Brust. Clive zog sich neben sie zurück und schuf somit eine Öffnung. Die Rotköpfe begriffen sogleich den Vorteil dieser Öffnung und strömten hindurch. Shriek, die von ihrem gegenwärtigen Opfer abgelenkt war, tat zunächst nichts, um sie aufzuhalten. Als sie die Hülle des Mannes wegwarf, den sie gerade getötet hatte, kreischte sie vor Wut auf. »Warum läßt du sie entkommen?« schrie sie und griff sich einen weiteren der Rotköpfe. Clive hörte ein ekelhaftes Krachen, bei dem er dachte, daß sie vielleicht einen oder beide Arme des Mannes gebrochen hätte.

Die Feinde hatten ihre Flucht beinahe beendet. »Bleib zurück, Finnbogg!« rief Clive, als der letzte der Männer an ihm vorüberlief. Finnbogg, der mit den massigen Kieferknochen nach den Fersen der Gegner geschnappt hatte, blieb neben Clive stehen, als wäre er an einer unsichtbaren Leine gezogen worden. Er bellte wie ein Hund, stellte sich jetzt auf zwei Füße, dann auf alle vier, und schnappte und knurrte, bewegte sich jedoch keinen Zentimeter weiter voran.

Chang Guafe, der direkt neben Finnbogg gekämpft hatte, stolperte beinahe über den wütenden Zwerg. »Dummkopf«, sagte er zu Clive. Seine Stimme war so kalt wie immer, aber Clive verspürte etwas, das Ärger so nahekam wie möglich. »Warum hast du sie entkommen lassen?«

»Unser Streit betrifft nicht sie«, sagte Clive. »Sondern N'wrbb. Wir können nichts dabei gewinnen, wenn wir sie töten.«

»Wir können auch nichts dabei verlieren«, sagte Chang Guafe so bestimmt, daß Clive erkannte, daß er seine Gefühle dem Cyborg niemals würde erklären können. Der Zwerg stand jetzt wieder aufrecht, was bedeutete, daß sich der Kopf ein paar Zentimeter unterhalb von Clives Schulter befand. Ein bedrohliches Knurren rumpelte noch immer in seiner Brust, als er den Gang hinunterstarrte, wohin ihre Feinde geflohen waren. Clive warf einen Blick nach rechts. Shriek, die vor Wut zitterte und der der bewußtlose rothaarige Krieger noch immer von den oberen Armen herabhing, starrte ihn voller Ärger und Erstaunen an. Er schüttelte den Kopf. Wie konnte er seine Gefühle so erklären, daß sie nicht von ihm glaubten, er wäre völlig verrückt oder einfach ein weichlicher Feigling?

Es war eine Erleichterung, die anderen wieder bei sich zu haben. Der Anblick von Horace, Annie und Tomàs rief in ihm ein Gefühl von Wirklichkeit hervor, eine Verbindung zu einer Welt, von der er in Erinnerung hatte, daß sie vernünftiger war als dieses verrückte Dungeon. Oma und 'Nrrc'kth waren bei ihnen, und ihre fremdartige Verbindung von menschlicher Form mit alabasterfarbener Haut und Smaragdhaar schuf eine Art Brücke zwischen denen, die in den Augen der Engländer ›wirkliche Menschen‹ waren, hin zu den bizarren Erscheinungsformen seiner übrigen Begleiter. Er bemerkte, daß die stämmigen Unterarme von Oma mit Blut bedeckt waren, und ihm wurde überrascht klar, daß sie wie alle anderen auch an der vor kurzem geschlagenen Schlacht teilgenommen hatte.

Sie betraten jetzt gemeinsam die Kammer, die Clive kurz zuvor so verzweifelt versucht hatte zu meiden. Der Raum war nahezu völlig rund, maß ungefähr sieben Meter im Querschnitt und bestand aus dem gleichen glatten blauen Material wie die Gänge. Der Streifen leuchtenden Materials, der über die Decke der Gänge lief, reichte bis in die Mitte des Raums, wo er auf vier gleichartige Stränge traf, die in weitere Gänge führten. Vorausgesetzt, daß sie nicht den selben Weg wieder zurückgingen, hatten sie also vier Wege zur Auswahl.

Aber sie wählten jetzt noch nicht. Es war klar, daß eine Auseinandersetzung in der Luft lag. Clive hätte darauf bestanden, die Suche nach Neville voranzutreiben. Aber wer es auch immer gewesen war, den er diesen Gang hatte hinablaufen sehen — Neville oder nur jemand, der ihm von hinten ähnlich sah —, er hätte während der Zeit, die sie im Kampf mit N'wrbbs Gefolgschaft verloren hatten, beinahe überallhin verschwinden können.

»Du bist ein sentimentaler Narr, Folliot«, sagte Chang Guafe. »Es gab nichts dabei zu gewinnen, diese Männer zu verschonen, aber eine Menge zu verlieren.«

Ehe Clive antworten konnte, mischte sich Benutzer Annie in die Debatte. »Lade ihr Blut auf dein Karma, 'borg. Mein Vorfahre hat genügend Antworten darauf parat.«

»Karma?« fragte der Cyborg.

»Deine kosmische Prüfstelle«, sagte Annie. »Für die Dinge, die du hier in dieser Zeit tust, mußt du im nächsten Leben bezahlen.«

Clive merkte, wie sich ihm der Magen umdrehte, als

Guafe einige der metallischen Bestandteile neu ordnete, die ihm vom rechten Auge zur Schulter hingen. »Hoffnung, mit den Tatsachen verwechselt, schafft Unsinn und Illusion«, sagte der Cyborg schließlich. »Diese Krieger waren nur Menschen. Sie werden nicht wieder leben. Noch wirst du's oder ich oder Folliot.«

»Um so mehr Grund dafür, unnötiges Töten zu vermeiden«, sagte Clive.

Ein kleines metallenes Tentakel trat aus dem Nacken des Cyborgs hervor und klinkte sich in einen Metallfalz ein, der ihm den Nacken bedeckte. »Menschen sind nur Menschen«, sagte Chang Guafe, während er mit der Arbeit fortfuhr. »Es wird dort, wo sie herkommen, noch mehr geben. Auf lange Sicht gesehen werden ein paar mehr oder weniger keinen Unterschied machen. Aber auf kurze Sicht gesehen sehr wohl. Sie mögen sich gerade jetzt wieder sammeln und sich darauf vorbereiten, zurückzukehren und uns erneut anzugreifen. Oder wir werden ihnen unterwegs in die Arme laufen. Sentimentalität und Krieg passen nicht zueinander. Wenn du angegriffen wirst, heißt das Krieg. Du bist sentimental, Folliot, was aus dir einen armseligen Kriegsmann macht.«

Clive zögerte, war sich unschlüssig, wie er antworten sollte. In gewisser Weise hatte der Cyborg recht. Aber er hatte nie die Absicht gehabt, ein Mann des Krieges zu werden. Er war Wächter des Reiches. Was schließlich nicht das gleiche war.

Oder doch?

»Vielleicht ein armseliger Kriegsmann, aber ein besserer Mensch«, warf 'Nrrc'kth spontan ein.

»Per definitionem untergeordnet«, entgegnete Guafe. »Menschen sind nur unkorrigierte Produkte der Naturkräfte. Jede Rasse von genügend Intelligenz wird Schritte unternehmen, sich zu verbessern.«

»Hat mich Gott deshalb ausgewählt, um mich zu prüfen«, wimmerte Tomàs, »daß ich jetzt gezwungen bin, mir endlose Gotteslästerungen anzuhören?« Er setzte sich nieder, hielt sich die Ohren zu und stieß leise Gebete auf portugiesisch aus.

»Armer kleiner Scheißer«, lachte Oma in sich hinein, während sie eine blutbespritzte Hand durch sein weißes Haar laufen ließ. »Ich frage mich, ob er je aufhören wird, daran zu glauben, daß sein Gott all das hier geschaffen hat, um ihn für seine schlechte Vergangenheit zu bestrafen. Scheint 'ne harte Arbeit für einen Pisser wie ihn zu sein.«

Clive bemerkte, daß es an der Zeit war, sich zu behaupten. In der Tat, allerhöchste Zeit; wenn Neville hiergewesen wäre, wäre die Debatte niemals so weit gekommen. »Der Punkt ist«, sagte er scharf, »daß ich, solange ich diese Gruppe anführe, derjenige bin, der solche Entscheidungen fällt. Gerade im Augenblick haben wir Wichtigeres zu tun als uns über Moral zu unterhalten. Zum Beispiel...«

»Moral ist eine Erfindung«, unterbrach Guafe. »Praxis ist ein Faktum. Anführer müssen praktisch orientiert sein. Du bist das nicht, und aus diesem Grunde solltest du auch nicht Anführer sein.«

Clive zögerte und versuchte währenddessen zu entscheiden, wie er den Cyborg davon überzeugen könnte, daß Mitleid und Pragmatismus Hand in Hand gehen könnten. Er zog ganz kurz in Betracht, Äsops Fabel vom ›Löwen und der Maus‹ zu zitieren, verwarf diese Idee jedoch rasch. Schließlich wurde er aus seinem Dilemma von Horace befreit, der sich in die Debatte einschaltete und Chang Guafe darüber informierte, daß nichts weniger praktisch wäre als eine Diskussion über die Führerschaft, wenn noch immer Gefahr drohte.

Clive verstand auf der Stelle, was Horace zu tun versuchte. Wenn ihn Chang Guafe in eine philosophische Debatte verwickelt hätte, hätte er verloren, gleich wie brillant er argumentiert hätte. Ein wirklicher Anführer, jemand wie Neville, hätte sich von solchen Streitereien gegenwärtig nicht ablenken lassen. *Mehr als zehn Jahre*, dachte Clive, *und Horace rettet mich noch immer vor meiner eigenen Dummheit.* Denn er war sich sicher, daß Smythe die Gefahr erkannt und in die Diskussion eingegriffen und ihn absichtlich herausgeholt hatte. Später jedoch, als er versuchte, dem Sergeanten für den Beistand zu danken, verhielt sich Smythe so, als hätte er völlig absichtslos gehandelt.

Was Clive Sorgen machte, war der nagende Verdacht, daß Horace aus seinen eigenen unerforschlichen Gründen heraus versuchte, ihn als Anführer der Gruppe zu halten. In der Tat, seitdem er und der Sergeant sich zum ersten Mal an Bord der *Empress Philippa* getroffen hatten, war sich Clive niemals sicher gewesen, in welche eigenen Intrigen sein alter Kamerad verstrickt war. Horace war damals als Mandarin verkleidet gereist. Der Zweck, der hinter dieser Maskerade gesteckt hatte, war ein Rätsel geblieben — wie es ein solches im Falle jeder anderen Persönlichkeit geblieben war, die Horace während ihrer Reise angenommen hatte.

Aber welche Rätsel er auch immer verbergen mochte, Horace Hamilton Smythe war ein kluger Verbündeter. Als er Chang Guafe den Rücken drehte, vor Clive salutierte und in seiner besten soldatischen Art sagte: »Was nun, Sör?«, beendete das entschieden, wenngleich nur momentan, den Streit um die Anführerschaft.

Und ließ Clive mit den Sorgen allein. *Was nun, in der Tat?* fragte er sich, während er sich in dem merkwürdigen blauen Raum umschaute. Er hatte keine Ahnung, wohin der Mann, den sie verfolgt hatten, verschwunden war. Das Material, aus dem der Gang bestand, war ebenso hart wie glatt, und nichts hinterließ darauf Spuren.

Zu anderen Gelegenheiten, wenn sie festsaßen, hatten sie in Nevilles Tagebuch um Rat nachgeschlagen. Sei es durch Wissenschaft, sei es durch Magie, sein verlorener Bruder hatte stets neue Botschaften auf die Seiten gebracht, wenngleich sie gewöhnlich so kryptisch waren wie begrenzt in ihrer Nützlichkeit. Auf jeden Fall hatte Clive, als er auf N'wrbbs Schloß gebracht worden war, das Buch bei ...

»Horace«, sagte er und wandte sich eifrig wieder an Smythe. »Hast du noch immer das Tagebuch meines Bruders?«

Horace verzog das Gesicht. »Tut mir leid, Sör«, sagte er bekümmert, »aber ich hab's während einer unserer Schlachten verloren. Ich versuchte, es nicht aus den Augen zu lassen. Aber es fällt schwer, auf so etwas zu achten, wenn da drei oder vier Burschen vor einem stehen, die alle versuchen, Hackfleisch aus einem zu machen.«

Clive nickte. Trotz seiner Enttäuschung schlug er Horace auf die Schulter. »Versteh schon. Und glaub mir, du bist für uns so, wie du bist, unendlich viel wertvoller denn als Hackfleisch. Obwohl ich sagen muß, daß ich mir wünschte, gerade jetzt einen Hund dabei zu haben.«

Der Gedanke traf beide Männer gleichzeitig.

»Finnbogg«, sagte Clive und wandte sich an den noch immer knurrenden Zwerg. »Wie gut bist du im Spurenverfolgen?«

»Gut, gut, sehr gut«, sagte Finnbogg eifrig. »Mächtiger Finnbogg hat mächtige Nase. Kann riechen, was niemand sonst kann riechen, folgen, was niemand sonst kann folgen ... wie in der Geschichte von Sechse kommen durch die ganze Welt.«

»Die Geschichte mußt du uns bald erzählen«, sagte Annie, die sich immer über des Zwerges Versionen vertrauter Geschichten amüsierte.

»Aber hier sind viele Männer«, beharrte Clive. »Kannst du einen Geruch aus all den anderen heraussortieren?«

»Ja, ja«, sagte Finnbogg. »Finnbogg Nase hat mächtige Kraft!«

»Vor uns ist hier ein Mann hergekommen«, sagte Clive. »Kein Zwerg. Keiner der gigantischen Rotköpfe. Er muß einen abweichenden Geruch ausströmen. Schau nach, ob du ihn finden kannst!«

Finnbogg ging zurück in den Gang. Er fiel auf alle viere und schnüffelte herum. Gelegentlich schüttelte er den Kopf, wobei die großen herabhängenden Wangen hin- und hergeworfen wurden und Speichel in alle Richtungen schleuderten. In dem dämmrigen blauen Licht machten die enormen Schultern und die aufragenden Fänge aus dem Zwerg eine wirklich imposante Gestalt. Clive wurde an das erste Mal erinnert, als sie das Wesen getroffen hatten, unten an der Brücke von Q'oorna, sowie daran, was es für eine Erleichterung gewesen war herauszufinden, daß er freundlich gesonnen war. Ohne seine Hilfe wären sie niemals über die Brücke gekommen. Wenngleich sie im weiteren Verlauf Sidi Bombay verloren hatten ...

Clives Erinnerungen wurden von Finnboggs Knurren unterbrochen. Der Zwerg kehrte schnüffelnd aus dem Gang zurück und lief direkt durch die Gruppe, stolperte dabei über den verzweifelt betenden Tomàs — der das Unglück hatte, Finnbogg im Weg zu knien —, als würde der überhaupt nicht existieren.

»Los«, sagte Clive und zog Tomàs hoch, wandte sich jedoch an die Gruppe im allgemeinen. »Setzen wir uns in Bewegung!«

Sie folgten Finnbogg in den Gang. Clive wurde allmählich nervös, als er bemerkte, daß der gewundene Pfad sie immer tiefer in die Katakomben unter N'wrbbs Palast führte. Er erblickte an verschiedenen Stellen des Wegs die nun vertraute Spirale von Sternen. Das Zeichen schien sowohl das Große Dungeon zu durchziehen, wie er diese Welt — oder diese Welten — zu nennen beschlossen hatte, als auch all die kleineren Dungeons, die sie unterwegs vorgefunden hatten.

Und sie gingen noch immer weiter. Clive spürte, wie ihm der Magen knurrte und damit auf unmißverständliche Weise ankündigte, daß es Essenszeit war.

Er tat sein Bestes, es zu ignorieren. Die Gruppe war erschöpft, die meisten litten unter den Verletzungen, die sie während der kürzlich geschlagenen Schlachten davongetragen hatten. Nur Finnbogg, besessen davon, dem Geruch von Clives mysteriösem Flüchtling zu folgen, schien unberührt.

Dennoch gab es, abgesehen von Tomàs regelmäßigen Anrufungen an seine Gottheit, ihn aus diesem Traum zu erlösen, wenig Klagen. *Sie wären gute englische Soldaten gewesen*, dachte Clive, als Finnbogg sie einen weiteren blauen Gang hinunterführte. Er fragte sich, wo sie sich in bezug auf N'wrbbs Versteck befanden. War es ihnen wirklich gelungen, eine gewisse Entfernung zwischen ihn und sich zu bringen? Oder bewegten sie sich einfach unterhalb des Schlosses im Kreis herum? Er wurde erneut an das Heckenlabyrinth seiner Jugend erinnert, und er fragte sich, ob sie jemals den Weg nach draußen finden würden.

Schwach tröstete ihn der offensichtlich logische Gedanke, daß sie, so lange sie einer Spur folgten, auf jeden Fall irgendwohin kommen müßten.

Schließlich versiegte auch dieser schwache Trost, als sich der blaue Gang, dem sie folgten, in einen weiteren Raum öffnete, wo Finnbogg mit wachsendem Kummer auf dem Fußboden umherkreiste, bis er sich schließlich auf die Hinterläufe niederließ und die Decke anbellte.

»Verschwunden!« schrie er. »Mann-Geruch verschwunden. Finnbogg hat versagt. Mächtiger Finnbogg hat Clive im Stich gelassen. Oh, schwarzer, schwarzer Tag für Finnbogg!«

Clive sah sich im Raum um, und ihm fiel plötzlich auf, daß die Redensart ›wo, zum Teufel, sind wir‹ genauer zuzutreffen schien, als er es je für möglich gehalten hätte.

KAPITEL 5

Allein

Ich bin ein Mensch.«
Er wiederholte den Satz wie eine Litanei. Der Satz war in Wahrheit ein Gebet um geistige Gesundheit. Seitdem er erwacht war — wie lange war das her? —, war die Erinnerung an seine Spezies das einzige, das ihm wirklich zu sein schien.

Was gab es sonst noch? Als er die Augen öffnete, sah er nur ein wäßriggelbes Licht. Gelegentlich bewegten sich dunkle Formen durch das Licht, ähnlich den Stäubchen, die sich über die Augen bewegten, wenn man den Himmel anstarrte. Der einzige Unterschied war der, daß diese Formen größer waren und sich in einer zielstrebigeren Weise zu bewegen schienen.

Diese paar Formen waren das einzige, das er wahrnehmen konnte. Er vermochte nichts zu hören, nichts zu riechen, nichts zu tasten.

Also war er am Ende doch nicht erwacht.

Vielleicht war er noch nicht einmal lebendig; war lediglich ein köperloses Bewußtsein, das im Äther trieb. Würde dies einen Geist aus ihm machen? Der nicht enden wollende Schmerz schien darauf hinzudeuten, daß er noch immer Arme und Beine, Füße und Hände besaß. Aber wenn dem so war, dann besaß er keinerlei Herrschaft darüber.

Er hatte den Versuch zu schreien längst aufgegeben. Niemals kam etwas heraus.

Einsamkeit hatte ihn zuvor noch nie gekümmert. Er war für Wochen, manchmal Monate, durch einige der verlassensten Gegenden der Welt gereist, Orte, an denen es niemanden gab, mit dem man hätte reden können.

Aber er hatte gewußt, daß diese Zeiten ein Ende finden würden. Jetzt hatte er keinerlei Gewißheit. Soweit er wußte, würde er für immer allein sein.

Er hätte geweint, wenn er gewußt hätte, wie.

Er brauchte jemanden, irgend jemanden, um — wozu? Zum Reden? Er schien nicht einmal mehr in der Lage zu sein zu reden.

Er mußte jemanden berühren.

Die nächste Welle von Schmerz überrollte ihn.

Aber dieses Mal machte das nichts aus, zumindest nicht soviel. Weil genau in dem Augenblick, ehe sie einsetzte, eine Stimme in seinem Bewußtsein anfing zu wispern.

Halte durch, du Tapferer. Ich bin bei dir.

KAPITEL 6

Ma-sand ‹Klick›

Als wäre es nicht genug, in einem Gewirr von Katakomben unterhalb eines mittelalterlichen Schlosses auf einer fremden Welt verloren zu sein, wurde Clive jäh klar, daß sie sich einem neuen Problem gegenübersahen.

Shriek war in Hitze.

Clive hatte tatsächlich geglaubt, er könnte vielleicht sogar mit dem sexuellen Gefühl umgehen, das in einer zwei Meter großen menschlichen Spinne — oder war es ein arachnoider Mensch? — aufstieg, wenn da nicht die Tatsache gewesen wäre, daß eines von Shrieks besonderen Talenten das der emphatischen Kommunikation war sowie die damit zusammenhängende Tatsache, daß sie bereits verschiedene Mitglieder der Gesellschaft zu einem Netz zusammengewebt hatte, das nicht aus Seide, sondern aus Geist bestand. Das bedeutete, daß sie häufig spüren konnten, was die übrigen fühlten, zumindest in allgemeinen Kategorien — Ärger, Freude oder Furcht waren die üblichen Dinge, die übertragen wurden. Das bedeutete gleichfalls, daß sie, wenn sie wollten und sich an den Händen faßten, eine Art mentaler Gemeinschaft erleben konnten, die alles übertraf, was Clive je zuvor erlebt oder von dem er je gehört hatte; eine Art von Telepathie, die meilenweit jenseits dieses Mystizismus lag, den sein Freund George du Maurier häufig während der mitternächtlichen Unterhaltungen am Kaminfeuer im Club beschrieben hatte.

Gewöhnlich jedoch mieden sie diese Art der Kommunikation, denn sie war eine Vereinigung, die keinerlei Geheimnisse gestattete. Jeder sah nicht nur alles vom anderen, er teilte auch alles — *alles!* — von sich selbst mit. Seit dem ersten Mal, als es geschehen war, fühlte Clive jedes Mal dann einen Anflug von Verlegenheit, wenn einer seiner tieferliegenden Gedanken an die Oberfläche seines Bewußtseins trieb. Er hatte Sehnsüchte, auf die er nicht stolz war, und Phantasien, die sicherlich nicht dafür gedacht waren, sie mit Freunden zu teilen.

Und das war schon schlimm genug. Aber jetzt sendete Shriek, die Verbindungsfrau, Wellen sexuellen Verlangens aus, die nicht nur das eigene Blut aufwühlten, sondern auch, wie anzunehmen war, das Blut aller anderen um ihn herum.

Er wurde zum ersten Mal auf dieses Problem aufmerksam, als er noch immer versuchte, das Verlangen, die Führung zu behalten, mit der Erkenntnis, daß er keine Ahnung hatte, welcher der verschiedenen verfügbaren Tunnel sie zurück zur Oberfläche bringen mochte, auszuloten. Das Unvermittelte daran erinnerte ihn an einen Tag, als er dreizehn Jahre alt gewesen war. Er und Neville waren in London in ein Museum gegangen. Während sie so herumgingen und die Bilder betrachteten, hatte er überrascht bemerkt, daß er auf eines der Bilder nicht mit dem Kopf, sondern mit dem Unterleib reagierte. Es war ein Erlebnis, das sowohl angenehm als auch rätselhaft gewesen war, und nicht wenig erschreckend. Es war ihm so vorgekommen, als hätte ein Teil des Körpers plötzlich eigenes Leben angenommen, und zwar unabhängig von seiner Herrschaft.

Im Lauf der Zeit hatte er gelernt, sein sexuelles Verlangen zu erkennen und in einem extremen Maß zu kontrollieren. Aber jetzt, da er dastand und in die Tunnel starrte, fühlte er eine Wärme im Unterleib, die so unerwartet und unangemessen war wie an jenem Tag im Museum. Er hatte seit langem die Tatsache anerkannt, daß der rebellische Körper die Gedanken mit kleinen Stichen von Verlangen behelligte. Aber das geschah normalerweise in müßigen Augenblicken — und

nicht, wenn er Entscheidungen zu treffen hatte, bei denen es um Leben oder Tod ging.
Er versuchte, das Gefühl wegzustoßen.
Aber es blieb hartnäckig. Es wurde sogar noch stärker. Clive war überrascht. Er wußte, daß Erotik unberechenbar war, daß sie zuschlug, wann und wo sie wollte. Aber er hatte sich nahezu zwanzig Jahre darin geübt, sie zu beherrschen. Als er noch in der Pubertät gewesen war, war dieses Gefühl überwältigend gewesen. Jetzt erwartete er, in der Lage zu sein, es wegzustoßen, und zwar mit dem Hintergedanken, daß er es später um so mehr genießen würde. Aber das Gefühl wollte in diesem Moment nicht weggestoßen werden. Er spürte, wie er errötete, als die Hitze in seinen Lenden stärker wurde.
»Ma-sand ‹Klick›«, sagte Shriek mit einem kleinen Wimmern.
»Was?« fragte Clive.
»Ma-sand ‹Klick›«, wiederholte sie. »Ein Zustand, der dann auftritt, wenn unsere Paarungszeit mit einer großen Schlacht zusammenfällt. Die Lust, die wir dann verspüren, ist wie keine andere. Es ist ein Zustand, den man sowohl wünscht als auch fürchtet.«
Sie zitterte, während sie sprach. Aus der Wunde an der Seite sickerte es erneut grün heraus.
Clive schaute sich um. Lediglich Chang Guafe schien unberührt von Shrieks Zustand zu sein. Annie war bleich und hatte die Augen weit geöffnet, und ein Schweißschimmer glänzte ihr auf der Stirn. Tomàs lag erneut auf den Knien und betete um Erlösung von dieser neuen Heimsuchung. Finnbogg rannte völlig unentschlossen umher, während Horace still dastand, die Augen fest zugedrückt, als kämpfte er mit irgendeinem inneren Teufel. Im Gegensatz zu Horace waren Omas grüne Augen weit geöffnet; sie starrte den Sergeanten mit offensichtlichem Hunger an.
Clive fragte sich, ob die ältere Frau über die gleichen

Möglichkeiten verfügte wie ihre Nichte. Er warf 'Nrrc'kth einen Blick zu und bemerkte plötzlich, daß sie in diesem Augenblick die bedrückendste Gefahr darstellte. Er erinnerte sich sehr wohl seiner ersten Nacht in N'wrbbs Haushalt, an die Macht ihrer Berührung. Diese Berührung an sich schien sexuell erregend zu sein, als wäre die Chemie ihres Körpers dazu da, die Lust in einem Mann hervorzurufen. Es hatte ausgereicht, daß sie seine Haut mit den Lippen berührte, um ihn zu einem Akt der Leidenschaft hinzureißen, der niemals vollendet wurde und zur Folge hatte, daß sie beide in das Gefängnis unter dem Palast geworfen wurden. Jetzt sah sie ihn mit einem Ausdruck an, an den er sich von dieser ersten Begegnung her erinnerte. Er schaute nervös weg.

Er mußte die Gruppe in Bewegung setzen. Aber wie? Welchen Weg sollten sie nehmen?

Das Verlangen, das von Shriek ausging und im eigenen Körper wiedererschaffen wurde, machte es unmöglich, klar zu denken.

»Shriek«, fragte er verzweifelt, »kannst du's nicht abschotten?«

Die Spinnenfrau schüttelte mitleiderregend den Kopf. »Ma-sand ‹Klick› muß ihren eigenen Lauf nehmen.« Der Körper wurde von einem Schauder erschüttert, der in dem schlanken Rumpf begann und in Wellen durch den großen Unterleib lief. Die vier kraftvollen Beine bebten vor Verlangen. Ein Schwall grüner Flüssigkeit ergoß sich aus der Wunde an ihrer Seite.

Mit einer heftigen Abneigung bemerkte Clive, daß die Arachnida in der Intensität ihres Verlangens ihn als möglichen Gatten betrachtete. Er versuchte, den abgrundtiefen Ekel zu verbergen, aber er konnte aus dem verletzten Ausdruck, den ihre fremdartigen Züge annahmen, klar schließen, daß sie seine Reaktion absorbiert hatte. Ein Mann brauchte etwas Zurückgezogenheit — besonders in einer Situation wie dieser hier.

Andererseits konnte ein wenig Telepathie ein paar nützliche Informationen verschaffen, wie Folliot schreckerfüllt bemerkte, als ihm die Rückkoppelung seiner Verbindung mit Shriek das Bewußtsein mit Bildern ihrer Rasse füllte, wie sie sich in der Paarungszeit verhielt. Gefangen im Griff von Ma-sand durchlebte Shriek erneut ihre letzte große Leidenschaft, die damit geendet hatte, wie es bei Ma-sand immer der Fall ist, daß das Weibchen das Männchen fraß. Der lustvolle Blick, den sie in Clives Richtung geworfen hatte, nahm jäh eine neue Bedeutung an, und er schauderte beim Gedanken an die Konsequenzen.

»Ekele dich nicht, o Folliot«, bat Shriek. »Das ist unsere Biologie.«

Eine weitere Welle des Verlangens durchlief ihren Körper und veranlaßte den großen Unterleib dazu, sich zusammenzuziehen und sich dann bei der nächsten Welle von Verlangen wieder auszudehnen.

»Biologie«, sagte Chang Guafe, der mit der üblicherweise emotionslosen Stimme so nah an den Ausdruck eines Gefühls — in diesem Falle Ekel — herankam, wie es Clive bislang noch nie gehört hatte. »Das Allerletzte an Ineffektivität. Folliot, wirst du uns nun hier herausführen, oder müssen wir für eine Orgie einen Halt einlegen?«

Der Cyborg hatte recht: Die Lage entartete zusehends. Wenn Clive nicht etwas unternähme, um die erotische Energie abzulenken, die sich in dem Raum aufbaute, würde sie in einer Szene ihren Höhepunkt erreichen, neben der einige der verbotenen Bücher, die er als errötender Jugendlicher gelesen hatte, völlig harmlos erschienen.

Aber welchen Weg sollten sie einschlagen? Er vermochte nicht zu denken, sich nicht zu konzentrieren. Alles, was er wirklich wollte, war, eine der Frauen — Annie, 'Nrrc'kth, Oma, in diesem Stadium war das wirklich nicht mehr von Bedeutung — in einen der Gänge mitzunehmen und wundervolle, unaussprechliche Akte zu vollführen, bis dieses unerträgliche Verlangen befriedigt wäre.

Er barg den Kopf zwischen den Händen und war von Selbsthaß erfüllt. Um der Liebe des Himmels willen, was dachte er da gerade? Annie war seine eigene Ur-Urenkelin!

Gäbe es doch nur ein Zeichen, einen Schlüssel, irgendeine Art von Führer, dem er folgen könnte.

Die Worte, die ihm vor so langer Zeit in dem Heckenlabyrinth zugeflüstert worden waren, klingelten ihm in den Ohren: »Erinnere dich stets daran, nach dem Muster Ausschau zu halten.«

Das Muster. Was war das Muster? War es die Regel, die ihm damals im Labyrinth gelehrt worden war? Er flüsterte sich jetzt selbst zu:

»Du kannst den Mond anschauen, oder du kannst ihn über der linken Schulter haben.«

Das war alles schön und gut, nur, daß es hier keinen Mond gab. *Vielleicht auch gut*, dachte er; er holte tief Atem und versuchte, die neue Welle von Lust zu bekämpfen, die durch ihn hindurchrollte. *Es würde alles nur schlimmer machen*. Sein Bewußtsein, das jetzt, gegen seinen Willen, vieles von der eigenen erotischen Vergangenheit abspulte, rief mehrere Erinnerungen an Liebesabenteuer herauf, die durch die Gegenwart von Mond und Sternen noch erregender gewesen waren. Es stimmte. Helle Lichter in einem dunklen Himmel hatten einen unzweifelhaft erregenden Effekt auf ihn!

Helle Lichter in einem dunklen Himmel!

Kein Mond, überhaupt kein Mond. Aber könnte nicht — ah, könnte nicht eine Spirale von Sternen als Mond betrachtet werden? Nicht buchstäblich, das natürlich nicht. Aber ein Kreis von Licht im Himmel. Ein Kreis von Licht im Himmel!

Du kannst den Mond anschauen, oder du kannst ihn über der linken Schulter haben.

Clive begann, wie ein Wahnsinniger im Raum umherzulaufen, wobei er vor jedem Gang innehielt. »Hier nicht, hier nicht, hier nicht«, murmelte er, und seine Stimme war von wachsender Verzweiflung erfüllt. Die anderen bemerkten ihn kaum, so absorbiert waren sie von ihrem eigenen Verlangen.

Er fand die Sternenspirale an der Wand zwischen den letzten beiden Gängen. »Du kannst den Mond anschauen, oder du kannst ihn über der linken Schulter haben«, flüsterte er. Dann wandte er sich um und schaute die anderen an. »Hier entlang!« befahl er in einem Ton, den er üblicherweise reserviert hatte, um die Truppe zur Räson zu bringen. Ohne darauf zu warten, ob sie ihm folgten, lief er den Gang nach rechts hinab und hielt dabei die Sterne zu seiner Linken.

KAPITEL 7

Die Ethik
der Biologie

Während er einen der blauen Gänge entlangtrabte, überlegte Clive, daß er keine Ahnung hatte, ob er wirklich den Schlüssel für das Entkommen aus diesem unterirdischen Labyrinth entdeckt hatte. Aber ihm ging allmählich auf, daß ein gewisser Trost darin lag, eine Taktik zu haben, selbst wenn es die falsche wäre. Er fragte sich (was für ein lästerlicher Gedanke!), ob der Sinn für Sicherheit, der daher rührte, einen Plan zu haben, *irgendeinen* Plan, ein bestimmter Faktor bei einigen der militärischen Idiotien war, deren er in den vergangenen zehn Jahren Zeuge geworden war.

Gleichfalls befremdlich für ihn war die Art und Weise, in der sich die übrigen Mitglieder in Reih und Glied formiert hatten, sobald er erst einmal mit allen Anzeichen davon, daß er wüßte, was er täte, durch die azurblauen Gänge marschierte.

Es war natürlich nicht auf Anhieb geschehen. Horace war's gewesen, loyal wie immer, der als erster seinem Anführer gefolgt war. »Dumme Geschichte, die dahinten abgeht«, sagte er zu Clive, als er ihn eingeholt hatte.

Oma kam als nächste. Während Clive es vorgezogen hätte zu glauben, daß sie einfach seiner demonstrativen Führung gefolgt war, war er ehrlich genug zuzugeben, daß dieses Verhalten zumindest teilweise ihrer gegenwärtigen Fixiertheit auf Sergeant Smythe zu verdanken war. Und selbst unter diesen schlimmen Umständen fand es Clive ziemlich unterhaltsam, das Vergnügen seines Kameraden dabei zu beobachten, daß eine breitschultrige, smaragdhaarige Frau unbestimmten Alters mit amourösen Absichten liebäugelte.

Annie und Tomàs waren kurz nacheinander gefolgt, letzterer zählte die Perlen seines Rosenkranzes, erstere war noch immer bleich und atemlos. Als Clive zurückschaute, traf ihn der Anblick von Annies dunklen Augen, den leicht geöffneten Lippen und dem wogenden Busen so mächtig, wie es das Gemälde an jenem Tag im Museum getan hatte. Es kostete ihn all seine Kraft, sich abzuwenden und den Weg fortzusetzen.

Kurz danach verriet ihm ein melancholisches Heulen, daß Finnbogg sich der Prozession angeschlossen hatte. *Armer Kerl*, dachte Clive. *Wenn ihn das genauso hart trifft wie seine Vorfahren, muß er sich scheußlich fühlen — besonders, da kein weiblicher Finnbogg in Sicht ist!*

Eine Stimme im Kopf wisperte: *Nur noch die große Frau und der Cyborg sind zurückgeblieben, o Folliot. Ich werde als letzte kommen. Vielleicht kann ich, wenn ich ein wenig zurückbleibe, verhindern, daß die übrigen von meinem Verlangen angesteckt werden.*

Scheint der beste Plan zu sein, entgegnete Clive, obgleich er bemerkte, daß dieser flüchtige mentale Kontakt mit der Spinne das Feuer in den Lenden wieder entfachte. Er schloß die Augen und atmete mehrere Male tief durch. Es half, wenngleich nicht viel.

Auf diese Weise hatte sich Clives kleiner Trupp wieder zusammengefunden. Die ins Auge fallende Veränderung in der Art und Weise, wie sie sich voranbewegten, war die, daß sie zuvor in geschlossener Formation marschiert waren, während sie jetzt in großen Abständen voneinander gingen. *Wir sind wie Bergsteiger, die einen horizontalen Hang besteigen*, dachte Clive, *nur daß wir statt mit einem Seil mit Bewußtseinssträngen verbunden sind.*

Wie seinem alten Freund du Maurier das gefallen hätte!

Der Grund für die räumliche Trennung war natürlich ganz simpel. Jeder von ihnen versuchte, sowohl den anderen Raum zu geben als auch gleichzeitig einem Verlangen zu widerstehen, das sie, sobald sie ihm einmal nachgegeben hätten, am Ende tief beschämt zurückgelassen hätte.

Clive wußte von vorausgegangenen Unterhaltungen, daß Annies Ansichten in diesen Angelegenheiten weitaus liberaler waren als seine eigenen. So war es denn so etwas wie eine Erleichterung gewesen, daß seine Ur-Urenkelin nicht vorgeschlagen hatte, ein jeder sollte einfach seine Hemmungen überwinden und in dem blauen Raum loslegen. Vielleicht gab es ja noch ein bißchen Hoffnung für sie.

In Wirklichkeit war's Shriek, um die er sich am meisten sorgte, obgleich es ihn überraschte, daß er Mitleid mit etwas fühlen konnte, das so fremdartig war. Es fiel schwer zu glauben, daß die Spinnenfrau nicht äußerst beschämt war sowohl über die Zerreißprobe als auch wegen der Tatsache, daß sie ihr sexuelles Verlangen auf sie alle ausstrahlte — nein, ihnen aufdrängte. Obwohl er versuchte, es nicht zu tun, war er selbst jetzt in der Lage zu ›sehen‹, und zwar durch die seltsame Verbindung, die sie geschaffen hatte, wie das erregte Wesen den stechenden Unterleib in der Qual des Verlangens im Raum herumzerrte.

Weine nicht um Shriek, o Folliot, sendete die Spinne in ihrem merkwürdig archaischen Stil. *Meine Leute haben vor langer Zeit gelernt, ihre Biologie anzunehmen. Wir hassen nicht das, was wir sind, wie es eure Leute anscheinend tun.*

Dieser Botschaft war eine Spur aufrichtigen Erstaunens unterlegt, das Clive verärgerte. Wer war dieses Wesen, daß es die Moral seines Planeten in Frage stellte? Als er später versuchte, Annie das zu erklären, schnaubte sie zu seinem Verdruß höhnisch und fragte ihn, wer er denn wäre zu glauben, daß jeder auf dem Planeten über Sex so dächte wie er. Was typisch für die Probleme war, die er dabei hatte, wenn er mit seinem jungen Nachkömmling redete; sie hatte den Dreh heraus, wie sie ihn dazu brachte, sich schuldig zu fühlen, nur weil er lebte.

Clive fragte sich allmählich, wie lange Ma-sand gewöhnlich dauerte. War es ein kurzer Zustand der Leidenschaft oder etwas von längerer Dauer? Ihn schauderte bei der Vorstellung, daß es das Äquivalent zu dem Zustand einer läufigen Hündin wäre, der eine Woche oder so andauerte. Dann fiel ihm auf, daß er noch immer in den Bahnen seiner eigenen Welt dachte. Soweit er wußte, konnte Ma-sand monatelang dauern. Was, wenn die arachnide Biologie so ausgelegt wäre, daß Ma-sand, einmal in Gang gesetzt, nicht eher aufhörte, bis das Opfer (denn so dachte er unter diesen Umständen von Shriek) in der Lage wäre, seine Lust zu befriedigen?

Die Frage wurde hypothetisch, als ihn ein Gefühl angenehmer Wärme durchströmte und Clive mit einigem Schrecken verstand, daß er Shrieks sexuelle Befriedigung teilte.

Was war geschehen? Soweit er die letzten Kontakte mit Shriek verstanden hatte, war es ihm ziemlich wahrscheinlich erschienen, daß sie in der Lage war, ihr Verlangen selbst zu stillen. Aus dem Keuchen, das hinter ihm im Gang ertönte, schloß Clive, daß die anderen es gleichfalls gefühlt hatten. Er warf einen Blick über die Schulter und wandte sich dann rasch wieder nach vorn, wobei er sich vorkam wie ein Spanner, der einen höchst intimen Augenblick stört.

Aber wie hatte das Wesen seine Lust befriedigt? Und was war mit der wahnsinnigen Lust des Verzehrens, von der er wußte, daß sie folgen mußte? Letzteres wurde fast sofort beantwortet, als Clive spürte, wie sich ihm der Magen in einem jähen Hungeranfall zusammenzog, der alles übertraf, was er je erlebt hatte. Der Körper spannte sich vor Leere. Er fiel gegen die Wand. Wenn es irgend etwas Organisches in Reichweite gegeben hätte, er hätte es in den Mund geschoben. Zum Entsetzen eines abgetrennten Teils seines Bewußtseins, das alles das von außen zu beobachten schien, zog er allen Ernstes in Betracht, zu seinen Begleitern zurückzukehren, einzig und allein zu dem Zweck, etwas — irgend etwas! — zu finden, um diesen unheiligen Hunger zu stillen.

Er schloß die Augen und drückte sich an die Wand und zitterte vor Verlangen sowie vor Schreck über die tatsächliche Existenz dieses Verlangens.

Und dann schien der Hunger beinahe wunderbarerweise zu vergehen. *Wenn nur die Erinnerung daran gleichfalls verschwände*, dachte Clive.

Aber sie tat's nicht, und sie würde es auch nicht tun, und er konnte das Wissen nicht beiseite schieben, wie nahe er daran gewesen war, etwas zu tun, das ihn im Nachhinein physisch krank machte, wenn er nur daran dachte.

Er konnte den übrigen nicht ins Gesicht sehen. Die Tatsache, daß das Verlangen nicht das eigene gewesen war, daß es von einem Wesen stammte, das im Griff eines biologischen Imperativs gewesen war, trug nichts dazu bei, die Beschämung abzumildern. Er hätte in der Lage sein müssen zu widerstehen, und er wußte, daß er, wenn der Hunger nicht verschwunden wäre, nicht hätte widerstehen können, daß er ihm nachgegeben hätte. Er konnte sein rebellisches Bewußtsein daran hindern, es in Worte zu fassen. Aber das Bild, die Vorstellung dessen, was er gewillt war zu tun, um diesen rasenden Hunger zu stillen, wollte nicht schwinden.

Es schüttelte ihn vor Selbstverachtung.

Dein Ekel ist wie ein Dolch in meinem Herzen, o Folliot, telepathierte Shriek. *Das, was du verachtest, bin ich. Obgleich ich weiß, daß ich nicht schlecht bin. Kannst du dir nicht selbst vergeben — und mir?*

Du bist, was du bist, antwortete Clive wortlos. *Ich versteh's nicht. Aber ich kann versuchen, es zu vergessen. Ich kann für mich selbst nicht so viel tun. Das wäre nicht — annehmbar.*

Was seid ihr doch für seltsame Wesen! entgegnete sie. *Die*

Welt ist, was sie ist. Ein Baum steht moralisch gesehen nicht höher als ein Vulkan, genausowenig wie der Tod über dem Leben.

Was wir damit anfangen, was wir sind, ist alles, was zählt, konterte Clive. *Ich glaube, ich hätte es besser machen sollen.*

Dann kann ich dir nicht helfen, antwortete Shriek. *Ich kann dir nur meine Entschuldigung anbieten. Aber ich möchte dir erneut sagen, daß ich das nur tue, weil ich Respekt vor dir verspüre, und zwar wegen anderer Aspekte, die du verkörperst, so daß ich dich nicht zu einem Kampf um Leben und Tod herausfordern werde, sobald wir uns ein weiteres Mal von Angesicht zu Angesicht gegenüberstehen werden. In jedem Augenblick, den du damit verbringst, dich selbst für das zu schmähen, was du gerade gefühlt hast, verwirfst du mich und alle meiner Art. Ich bin kein böses Wesen, o Folliot. Dennoch überschüttest du mich mit Verachtung.*

Clive sagte eine Weile lang nichts. *Du bist, was du bist,* dachte er schließlich. *Genauso wie ich.*

Gut gedacht, antwortete sie, bevor sie die Verbindung abbrach.

Clive erwog einen Augenblick lang, hinauszulangen und die Verbindung wieder herzustellen, denn seine Neugier, was geschehen war, um Ma-sand zu lösen, war wie eine andere Art von Hunger. Aber er hielt sich zurück. Er blieb einen Augenblick lang stehen, um Haltung zurückzugewinnen, und ging dann weiter, wobei er darauf vertraute, daß ihm die übrigen folgten. Der Gang gabelte sich, und er benutzte erneut die Sternenspirale als Führung.

Ohne daß er hinter sich geblickt hätte, spürte er, wie sich die übrigen einander näherten, eine Erkenntnis, die durch die Stimme von Quartiermeister Sergeant Horace Hamilton Smythe nicht weit hinter ihm bestärkt wurde.

»Nun, Sör«, sagte der Sergeant in betont neutralem Ton, »das war das, was wir eine interessante Erfahrung nennen, da, wo ich herkomme.«

Clive brach in Gelächter aus. »Horace«, sagte er, sobald er wieder zu Atem gekommen war, »wenn das lediglich interessant war, war dein Leben entweder weit aufregender, als ich weiß, oder du entstammst einer Familie mit einer positiven Begabung dafür, alles zu verstehen.«

»Ich schätze, ein wenig von beidem«, sagte Smythe vorsichtig.

Clive wandte sich um und schlug dem alten Freund auf die Schulter. »Sergeant Smythe, du bist ein Fels. Und ein Fels ist das, was ich gerade jetzt gebraucht habe.«

Smythe lächelte und senkte ein wenig den Kopf. »Freue mich, nützlich gewesen zu sein, Sör.«

Er nahm seinen Platz neben Clive ein, und sie warteten, bis die übrigen näher kamen. Keiner sprach im Augenblick ein Wort, aber es war gut, wieder beisammenzusein. Clive verstand. Sie waren dazu gezwungen gewesen, etwas äußerst Intimes miteinander zu teilen. Jetzt benötigten sie Zeit, um die Barrieren wieder aufzurichten.

Er wartete so lange, bis er sah, wie sich Shriek näherte, wartete erneut, bis sie nahe genug war zu sehen, wie er nickte, drehte sich dann um und ging wieder los, wobei er sich nicht zum ersten Mal fragte, wie lange sie wohl brauchten, um den Weg durch dieses Labyrinth zu finden.

Nach einer Weile fragte er sich gleichfalls, wie lange sie wohl brauchten, bis sie erneut etwas zu essen und zu trinken bekämen. Der Hunger, den er jetzt allmählich verspürte, war lediglich ein schwacher Abglanz dessen, den Shriek kurz zuvor ausgestrahlt hatte. Aber Clive wußte, daß dieser Hunger, anders als der kurze Ausbruch von Verlangen, allmählich stärker werden würde. Und wenn er nicht befriedigt werden könnte, würde er früher oder später ihn — und alle anderen — überwältigen.

Er befahl eine Rast und war überrascht, als Horace

gegen eine der gewundenen blauen Wände fiel und sich dann mit einem Ausruf des Erstaunens aufsetzte.

»Was ist los?« fragte Clive.

Obwohl Clives Stimme in einem Gewirr ähnlicher Fragen der restlichen Gruppe unterging, schien es ihm, als beantwortete Horace seine Frage.

»Sidi Bombay, Sör«, sagte er mit so etwas wie Erstaunen. »Er lebt!«

Horace schloß die Augen und bedeckte das Gesicht mit den Händen. Als er wieder aufschaute, waren die Augen dunkel vor Verzweiflung. »Er lebt, aber er steckt in fürchterlichen, fürchterlichen Schwierigkeiten!«

KAPITEL 8

Blutsbande

Der Gedanke, daß Sidi Bombay am Leben sein könnte, schien absurd zu sein. Clive hatte mit eigenen Augen gesehen, wie der Mann im Rachen des vieltentakeligen Schreckens verschwunden war, der sie über dem Abgrund von Q'oorna angegriffen hatte.

Andererseits hatte er auch Nevilles Körper im Sarg liegen sehen, und Neville war nicht tot; davon war er jetzt überzeugt. So war's vielleicht möglich, daß Sidi gleichfalls das überlebt hatte, was wie das sichere Verhängnis erschienen war.

In der Tat, überlegte Clive, gab es Zeiten, zu denen in dieser verrückten Welt alles möglich zu sein schien.

Er rief sich, mit einigem Verdruß, die erste Begegnung mit Sidi ins Gedächtnis zurück. Clive hatte außerhalb der *Boma* ihres afrikanischen Lagers gesessen, Pfeife geraucht und sowohl über den Abend als auch über das seltsame Abenteuer nachgedacht, das er seinem Vater zu Gefallen unternommen hatte. Hätte er damals gewußt, was die Suche nach dem verschwundenen Bruder alles mit sich brächte, wäre er dann weitergezogen? Oder wäre er zurückgekehrt, mit eingekniffenem Schwanz, aber noch immer sicher geborgen in der Welt seiner Geburt?

Clive wußte keine Antwort darauf. Aber er wußte, daß er sich gegenüber dem hageren, dunkelhäutigen Mann, der ihn mit seinem beinahe magischen Erscheinen draußen in der afrikanischen Nacht so überrascht hatte, kaum gönnerhafter hätte verhalten können.

Er war beinahe ebensosehr überrascht gewesen, daß Horace den Mann mit Turban und weißem Gewand begrüßt hatte, als wäre er ein lange verlorener Bruder.

»Wir sin' 'n langen Weg gemeinsam gegangen, der Sidi und ich, ja«, hatte ihm Horace bei mehr als einer Gelegenheit versichert. »Sie würden nich' viele finden, die Sidi Bombay das Wasser reichen können.« Und in der Tat, obgleich viel von Sidis Zeit, die er mit Clive verbracht hatte, genauso rätselhaft gewesen war wie sein erstes Auftreten, hatte der alte Inder ihnen auf der Fahrt ins Innere Afrikas zuverlässig gedient. Dann hatte er sie, aus Gründen, die rätselhaft geblieben waren, ins Dungeon geführt. In Wirklichkeit war's niemals ganz klar gewesen, ob Sidi wußte, was er zu diesem Zeitpunkt der Reise tat, genausowenig wie Horace. Dennoch konnte Clive niemals das Gefühl abschütteln, daß seine beiden Helfer irgendwie die Führung der Expedition übernommen und daß sie ihn absichtlich in dieses seltsame Tor gelenkt hatten, das von der Erde zur ersten Ebene des Dungeon geführt hatte. Gleichwohl, sobald sie einmal dort waren, waren die beiden oftmals anscheinend genauso überrascht wie er von dem gewesen, was vor sich ging. Und so, wie die Dinge jetzt standen, waren die wahren Rollen von Sidi Bombay und Horace Hamilton Smythe das quälendste Rätsel, das das Dungeon Clive auf den Weg gab.

Und immerhin war Sidi in den Tod gegangen, um Clive und dessen Gruppe zu schützen. Oder, falls Horace recht hatte, in etwas, das wie der Tod *ausgesehen* hatte.

In dem Augenblick, der jener überraschenden Eröffnung folgte, mengten sich alle diese Gedanken und noch weitere in Clives Bewußtsein und überließen schließlich einer Flut von Bildern den Platz: Sidi, der die Träger mit seiner naturgegebenen Kombination von Ruhe und Autorität kommandierte; Sidi, der eine Gazelle mit weniger Geräuschen verfolgte, als eine Feder von sich gibt, die durch den Wind gleitet; Sidis Gesicht, das in einem grimmigen Kampfeslächeln erstarrt war, als er den Stab gegen scheinbar unbezwingliche seltsame Gegner schwang; Sidi, der zart eine seltene Blume in der hohlen Hand hielt, wobei das häßliche Gesicht von einem Lächeln überstrahlt war; und, darüber hinaus, Sidi, der die Klaue benutzte, um an der verrückten Kreatur hinaufzuklettern, die sie über dem Abgrund von Q'oorna angegriffen hatte.

Clive schüttelte sich und versuchte damit, die Bilder auszublenden, so daß er sich auf den Augenblick konzentrieren konnte. »Warum sagst du so etwas«, fragte er Horace, der auf dem Boden des Tunnels saß und vor Erstaunen blinzelte.

»Weil es so ist«, sagte Horace.

»Nun, woher weißt du das?« fragte Clive und fühlte sich nicht wenig gereizt.

»Mach mal halblang, Opa«, sagte Benutzer Annie scharf. »Vielleicht bringt dich der Aufenthalt im Dungeon so durcheinander.«

»Finnbogg vermißt Sidi«, rief Finnbogg und sprang dabei wild herum. »Finnbogg Finnbogg von Finnbogg will Sidi zurück.«

Die restliche Gruppe, die dem hageren Inder niemals begegnet war, beobachtete diese Szene mit den verschiedensten Gefühlen, die von Chang Guafes völliger Gleichgültigkeit bis hin zu Omas milder Heiterkeit reichten. Clive wiederholte die Frage ein wenig sanfter.

»Weiß nich, Sör«, sagte Horace und schüttelte erstaunt den Kopf. »Hab bloß den Kopf gegen die Wand gelehnt, und da war's, so klar wie der Tag.«

Er lehnte den Kopf zurück, um es vorzuführen, aber dieses Mal geschah nichts.

»Na, is' das nich' komisch«, murmelte Horace und neigte den Kopf zur Seite. Seine Augen leuchteten. »Da isses«, flüsterte er erstaunt. »Da isses!«

Er sprang auf und starrte die Wand an, als dächte er, sie wäre vielleicht verhext. »Weiß nich', was es is', Sör«, flüsterte er heiser. »Aber wenn ich diese Wand in der richtigen Weise berühre, kann ich Sidi spüren, genauso sicher, als wäre er hier direkt vor mir. Komisch, Sör, das isses. Verdammt komisch. Ist wie etwas, das in meinem Gehirn klopft.«

Clive sah seinen normalerweise unerschütterlichen Helfer bestürzt an. Er kniete nieder und bewegte die Hände über dem Abschnitt der Wand, an dem Horace gesessen hatte. Er wußte nicht, was er suchte. Vielleicht eine Falltür? Auf jeden Fall irgend etwas, das Smythes seltsam unerschütterliche Behauptung erklärte.

Er fand nichts Ungewöhnliches, abgesehen von einem Streifen verschmierten Bluts da, wo Horace den Kopf an die Wand gedrückt hatte.

»Du scheinst verletzt zu sein, Sergeant«, sagte Clive.

»Sin' wir alle, Sör. Der vergangene Tag war'n bißchen hart.«

»Verdammich«, sagte Annie und hörte sich leicht amüsiert an. »Das gleiche verdammte ›Halt-die-Ohrensteif‹, das ihr Kerle auch im Jahr 1999 drauf hattet.«

Clive warf einen Blick auf seine zerlumpte Gruppe und bemerkte, daß das, was Smythe gesagt hatte, stimmte. Nur der Cyborg wirkte vergleichsweise unberührt. Er verfluchte sich dafür, daß er nicht früher angehalten und sich um die medizinische Versorgung gekümmert hatte. Er heftete den Blick auf die Spinnenfrau, weil ihm Shrieks Verwundung einfiel. Die leere Stelle, wo der Arm gewesen war, schien sich mit irgendeinem chitinösen grünen Material verschlossen zu haben.

Zürne nicht mit dir selbst, o Folliot, sendete sie zu ihm. *Es war bisher keine Zeit, Atem zu schöpfen.*

Er nickte Shriek einen Dank zu und richtete die Aufmerksamkeit wieder auf Horace. »Laß mich einen Blick auf die Wunde werfen, Sergeant.«

Horace stand auf und wandte sich um. Clive bewegte die Finger durch das dicke schwarze Haar des Mannes, bis er den Schnitt fand, der die Blutspur an der Wand hinterlassen hatte. Er war mindestens fünf Zentimeter lang. Er war zum Teil verkrustet, und in der Kruste hatte sich ein guter Teil des Haars verfangen; der übrige Teil klaffte auf.

»Könnte ein paar Stiche gebrauchen«, sagte Annie, die sich neben ihn gestellt hatte. »Aber zunächst sollte das Haar drum herum geschnitten werden.«

»Laßt mich mal«, sagte Chang Guafe, verließ die übrigen und kam zu ihnen herüber.

Ehe Clive etwas entgegnen konnte, hatte der Cyborg ein metallisches Tentakel ausgestreckt.

»Christus!« rief Horace, dem die Schnelligkeit dessen, was folgte, einen ungewöhnlichen Fluch von den Lippen gerissen hatte.

Clive blinzelte. Der Schädel seines Kameraden war einen Zentimeter weit in jeder Richtung von der Wunde vom Haar befreit worden. Die Aktion hatte einen Flekken nackter Haut von etwa drei Zentimetern Breite und beinahe sechs Zentimetern Länge auf dem Hinterkopf hinterlassen. Gleichzeitig hatte Chang Guafe die Kruste heruntergerissen, wobei er eine offene Wunde erzeugt hatte, die wie ein purpurrotes Tal durch die frischgeschorene Gegend verlief.

»Jetzt werde ich meinen Teil beitragen«, klickte Shriek. Sie schloß einen Moment lang die Augen, als wäre sie in Gedanken verloren. Dann zog sie sich eines der spitzen Haare aus dem Unterleib. Sie ließ das Haar über die Ränder der Wunde gleiten und warf es dann weg.

»Das wird diesen Bereich desinfizieren«, sagte sie als Antwort auf Clives fragenden Blick. »Die Wunde muß jedoch noch geschlossen werden, damit sie richtig heilt.«

Sie ging zur Wand zurück und berührte sie mit dem Unterleib. Dann zog sie den Unterleib, ohne den übrigen Körper zu bewegen, etwa zehn Zentimeter nach rechts. Sie trat von der Wand zurück, drehte sich um und bückte sich, um den Strang dicker Seide, den sie erzeugt hatte, aufzuheben. »Stillhalten«, befahl sie, als sie zu Horace zurückkehrte, der bestürzt zugesehen hatte. Sie legte die Seide auf den Hinterkopf, vernähte die Wunde und zog die Enden zusammen.

»Die Seide wird etwa sechs Tage lang halten«, sagte sie. »Wenn sie abfällt, sollte der Schnitt beinahe verheilt sein.«

»Danke sehr, Mami«, sagte Horace in bester Schuljungenmanier. »Und Ihnen auch, Meister Guafe«, fügte er hinzu, wobei er sich an den Cyborg wandte.

»Nichts zu danken«, entgegnete Chang Guafe, »obwohl ich dich dringend darum ersuche, nicht Pragmatismus mit Sentimentalität zu vermengen.«

»Ich werd mein Bestes tun, das zu vermeiden«, sagte Horace ernsthaft.

Erfreut von dem, was gerade geschehen war, ordnete Clive eine allgemeine Untersuchung an. Die Wunden in der Gruppe waren zahlreicher, wenngleich (abgesehen von Shrieks Arm) weniger ernsthaft, als er erwartet hatte. In seinem eigenen Fall war das größte Problem eine ernsthafte Verletzung am Kiefer, ein Souvenir aus dem Kampf mit einem der großen Rotschöpfe. Nur Tomàs war vergleichsweise heil davongekommen, etwas, das Clive dem von dem Iberer bevorzugten Platz in einer Schlacht zuschrieb: ganz weit hinten. Shriek wischte seine verlegenen Versuche beiseite, ihr sein Beileid wegen des verlorengegangenen Arms auszusprechen, indem sie hervorhob, daß es für sie nicht so schlimm war, wie es für alle anderen gewesen wäre.

Aus dem Augenwinkel bemerkte Clive, daß Horace seinen Platz auf dem Boden wieder eingenommen hatte. Der Sergeant lehnte den Kopf an die Wand und schloß die Augen, als versuchte er, sich zu konzentrieren. Diese Handlung wurde immer und immer wiederholt, und zwar mit anscheinend zunehmend enttäuschenden Resultaten.

»Ich hab's verloren«, sagte Horace bitter, als Clive herankam und sich neben ihn kniete. »Worin auch immer der Kontakt bestanden haben mochte, es ist verschwunden.«

»Das ist gut so«, sagte Clive.

Horace sah tatsächlich verärgert aus, ein Ausdruck, den Clive selten, wenn überhaupt jemals an dem Sergeanten ihm gegenüber bemerkt hatte. »Sie sind ein härterer Mann, als ich gedacht hatte, Major Folliot.«

»Nicht hart«, sagte Clive. »Pragmatisch, wie unser Freund Chang Guafe sagen würde. Sidi ist offensichtlich nicht hier, und zwar so offensichtlich, daß wir keinen Kontakt mit ihm zustande bringen. Es scheint klar zu sein, daß dein Gefühl einer Verbindung aus einer Kombination intensiven Verlangens und der Tatsache herrührt, daß du einen ziemlich ernsthaften Schlag auf den Kopf erhalten hast. Du und ich, wir haben derlei Schlachtfeld-Traumata schon zuvor erlebt, Horace.«

»Aber das war anders«, sagte Horace langsam, seiner Sache etwas weniger sicher.

»Nun, Sergeant Smythe«, sagte Clive jovial, »noch vor kurzem habe ich gesagt, du seist fest wie ein Fels. Zwing mich nicht dazu, die Worte zurückzunehmen.«

Horace errötete und wandte sich ab.

»Bist du wohl verflucht sicher, nicht wahr?« sagte eine weibliche Stimme hinter ihm. Clive wandte sich um und sah, wie Benutzer Annie auf ihn hinabstarrte. »Ist es dir jemals eingefallen, daß Horace vielleicht recht haben könnte?«

Clive zögerte und entschied sich dann, die Herausforderung nicht anzunehmen. »Angenommen, er könnte«, sagte er kalt. »Warum sprichst du's nicht mit ihm durch?«

Er erhob sich und stolzierte davon.

»Britisches Arschloch«, hörte er sie sagen.

Als sich Clive daran machte, die Gruppe wieder zusammenzustellen, fiel ihm etwas auf, das er für die Zukunft würde im Hinterkopf behalten müssen. So sehr sie diese Rast auch benötigt hatten, soviel hatte sie ihn jedoch gekostet, wenn man ans Weitergehen dachte. Sobald sie ihm erst einmal gefolgt waren, war es leicht genug gewesen, einfach weiterzugehen. Jetzt kostete es ihn eine ganz schöne Energie, sie durch Bitten und Betteln wieder in Bewegung zu bringen. 'Nrrc'kth, die bislang schön ruhig gewesen war, zeigte sich besonders widerspenstig.

»Ich muß etwas essen, bevor ich weitergehen kann«, sagte sie störrisch.

Clive war tief in den undankbaren Vorgang des Erklärens verstrickt, daß es keine Nahrung für irgend jemanden gäbe, als er durch einen Ausruf von Horace unterbrochen wurde.

»Ich hab ihn wiedergefunden!«

Er wandte sich um und erblickte Sergeant Smythe, wie er dastand und eine Hand gegen die Wand des Tunnels drückte. Die Augen des Sergeanten rollten nach oben. Die Knie knickten ein, und er glitt zu Boden. Der Weg der Hand war von verschmiertem Blut gekennzeichnet.

Clive eilte hinüber zu dem zusammengebrochenen Horace. »Was ist geschehen?« wollte er von Annie wissen, die direkt daneben stand und die dunklen Augen vor Erstaunen weit aufgerissen hatte.

»Er hat etwas vor sich hingemurmelt, daß er Sidi wiederfinden wollte«, flüsterte Annie. »Dann hat er sich geschnitten; einfach ein Messer gegriffen und es über die Hand gezogen. Dann hat er die Hand gegen die Wand geschlagen. Dann bist du gekommen.«

Clive kniete sich neben Horace nieder und schüttelte ihn sanft. Die Augen des Sergeanten öffneten sich. »Ich hab' ihn gefunden Sör«, flüsterte er.

»Was meinst du damit, Horace? Wie hast du ihn gefunden?«

»Blut, Sör. Blut ruft nach Blut, irgendwie. Wir sind Blutsbrüder, Sidi und ich. Das wußten Sie nicht, oder? Ich nehm' an, daß es Sie schockiert. Aber es ist die

Wahrheit, und es gibt keinen Mann, mit dem ich lieber mein Blut geteilt hätte als mit Sidi Bombay. Blut ist der Schlüssel. Ich wußte das, nachdem mir aufgegangen war, daß der Kontakt zustande gekommen war, als ich meine Wunde an die Wand gedrückt hatte. Ich mußte wieder mit ihm in Berührung kommen. Also habe ich mir eine neue Wunde zugefügt.«

Clive hob Horace' Arm und zog die Finger auf, die sich zur Faust geschlossen hatten. Ein häßlicher Schnitt verlief quer über die Handfläche.

»Wir müssen das schließen«, sagte Clive sanft.

»Nein, Sör!« erwiderte Horace grimmig und schloß die Hand, während er sprach. »Wenn das unsere Verbindung zu Sidi ist, muß es offen bleiben.«

Clive zögerte. Der Ausdruck in Horace' Blick machte ihm klar, daß ein direkter Befehl das Risiko einer Befehlsverweigerung mit sich brächte. Er war sich sehr wohl bewußt, daß seine Stellung als Anführer der Gruppe auf der unerschütterlichen Loyalität von Sergeant Smythe beruhte. Er konnte es sich nicht leisten, den Mann zu weit zu treiben. »Versuche stets zu vermeiden, einen Mann in einer Situation zurückzustoßen, in der sein einziger Weg durch dich hindurchführt«, hatte ein älterer Offizier einmal zu Clive gesagt, und das hatte sich als ein nützlicher Ratschlag erwiesen. Er änderte den Kurs.

»Wo ist Sidi?«

»Weiß nich', Sör. Ich hab ihn gefunden, aber er is' nich' hier.«

»Horace«, entgegnete Clive streng, »ich habe geglaubt, wir hätten diesen ganzen mystischen Unsinn hinter uns gebracht, sobald du mir die Geschichte deiner Begegnung mit den Ransomes und Philo Goode erzählt hattest. Es ist nicht gut für dich, wenn du mit den Dingen hinterm Berg hältst.«

»Es schmerzt mich, daß Sie das sagen, Sör«, sagte Horace traurig. »Obgleich ich annehme, daß Sie einen guten Grund dafür haben. Aber bei meinem Leben, ich bin immer so aufrichtig zu Ihnen, wie ich's kann.«

Die übrigen hatten sich um sie geschart und hörten der Unterhaltung zu.

»Laß mich es versuchen«, sagte Shriek.

Sie stellte sich neben Horace und forderte ihn auf, die Hand erneut an die Wand zu drücken. Dann langte sie aus und faßte ihn bei der anderen Hand. Sie schrie fast augenblicklich überrascht auf und brach den Kontakt ab.

Wir können den Mann nicht ausfindig machen, o Folliot, sendete sie in Clives Bewußtsein. *Aber die Verbindung ist klar und deutlich, ein direkter Tunnel in einen Schmerz, wie ich ihn zuvor noch niemals erlebt habe. Smythe ist ein tapferer Mann, daß er die Verbindung freiwillig wieder aufgenommen hat.*

Clive nickte. Er überlegte, ob sie die Botschaft nur ihm gesendet oder ob sie die übrigen in das Gedankennetz eingeschlossen hatte.

Er kniete sich neben Horace nieder. Die Augen des Mannes waren fest zugedrückt, das Gesicht zu einer Maske von Schmerz verzerrt. »Genug«, sagte er sanft, wobei er Horace' Hand von der Wand wegzog. »Genug für jetzt. Es gibt nichts, das du für ihn tun kannst.«

»Oh, aber ja. Sör. Ich kann ihn finden und ihn aus dem Schlamassel herausholen. Der alte Sidi würde das für mich tun. Ich kann nicht weniger für ihn tun.«

»Und wie willst du das anstellen, Sergeant Smythe?«

»Ich weiß es nicht, Sör. Aber beim Herzen meiner Mutter, ich schwöre, daß ich Sidi Bombay finden oder bei dem Versuch sterben werde.«

KAPITEL 9

Doppelt verbunden

Sie waren wieder in Bewegung, was gut war, obgleich sich Clive nicht sicher war, wie lange er diesen Zustand aufrechterhalten konnte. Nahrung und Wasser wurden in wachsendem Ausmaß zu einem drängenden Bedürfnis, und 'Nrrc'kth kündigte von Zeit zu Zeit an, daß sie ohne diese beiden Dinge nicht einen Schritt weitergehen könnte.

Er hatte weder eine Ahnung, wie lange sie durch diese blauen Tunnel gegangen sein mochten — noch, wo sie sich in bezug auf ihren Ausgangspunkt befanden. Es war durchaus möglich (deprimierender Gedanke!), daß sie sich spiralförmig unter dem Schloß von N'wrbb bewegten und nicht weit entfernt von der Stelle, wo sie losgegangen waren, wieder herauskämen.

Wenn wir überhaupt herauskommen, dachte Clive düster bei sich.

Wir werden's schaffen, o Folliot, sendete Shriek heiter. *Ich setze großes Vertrauen in dich.*

Laß das sein! entgegnete Clive ärgerlich.

Was?

Ohne zu fragen in meinem Kopf herumzuwühlen. Das nervt mich.

Shriek signalisierte Unverständnis, und Clive fand sich mit der Tatsache ab, daß es manche Dinge gab, die man zwischen den verschiedenen Spezies einfach nicht übersetzen konnte. Aber er entschloß sich, Nutzen aus der Situation zu ziehen und seine Neugier zu befriedigen.

So lange wir unter uns sind, sendete er, wobei er sich fragte, ob Shriek für sich jede Nuance oder lediglich die allgemeine Bedeutung übersetzen konnte, *was ist in dem blauen Raum geschehen? Wie ist es dir gelungen, Ma-sand zu beenden?*

Shriek signalisierte Überraschung. *Ich war sicher, daß du's wußtest. Es gab schließlich nur eine Möglichkeit.*

Jetzt war Clive an der Reihe, Überraschung zu signalisieren.

Verständnis dämmert, entgegnete Shriek. *Du bleibst in deiner eigenen Hemmung befangen, o Folliot — ein Problem, das du überwinden mußt, wenn du im Dungeon überleben willst. Der Cyborg hat sich meiner Probleme mittels manueller Stimulation angenommen. Er war der einzige, der stark genug war, daß er sich vor der Raserei des Fressens schützen konnte, die dem sexuellen Höhepunkt folgt.*

Clive versuchte verzweifelt, seinen Schock zu verbergen.

Versuch's nicht zu verbergen, o Folliot, lautete ihre Antwort, *ich verstehe jetzt, wie verkrüppelt du durch deine Erziehung bist, also versuche ich, deine Reaktionen nicht persönlich zu nehmen.*

Nun verurteilst du mich, antwortete Clive.

Stimmt, obgleich alles, was ich verurteile, deine Urteile sind. Ein interessantes Problem, findest du nicht?

Ehe Clive die Diskussion fortsetzen konnte, waren sie auch schon da. Oder, berichtigte er sich, wenigstens an einem anderen Ort. Nach Stunden in dem blauen Tunnel sah er jetzt zu seiner Rechten nicht die typische Gabelung, sondern eine hölzerne Tür. Er langte nach dem Griff. Zu seiner Überraschung schwang die Tür leicht auf.

»Ich hatte gedacht, daß hier nichts erlaubt wäre, was so einfach ist«, sagte Annie, die hinter ihm stand.

»Mach dir keine Sorgen«, sagte Clive, »hinter der nächsten Biegung wartet vielleicht eine kleine Armee zweiköpfiger Monster.« Er spähte in den Tunnel hinter der Tür. Er schien eher aus dem Fels geschnitten worden zu sein denn aus dem merkwürdigen blauen Material, das ihnen vertraut geworden war. »Abgesehen davon gibt's in dem hier kein Licht. Das allein sollte Interesse erwecken.«

Als er sich umdrehte, sah er, daß sich die übrigen um sie geschart hatten.

»Endlich!« rief 'Nrrc'kth, wobei sie den Ausgang mit einem Ausdruck anschaute, der an Lust grenzte. »Beeilen wir uns, meine Lieben. 'Nrrc'kth hungert.«

Clive ignorierte Annies Reaktion auf den Ausdruck von Zärtlichkeit seitens 'Nrrc'kth. Er mußte sich mit etwas weit Beunruhigenderem auseinandersetzen: Nirgendwo in der Nähe der Tür fand sich eine Sternspirale.

Obgleich er mit keinem darüber gesprochen hatte (wußte es Shriek dennoch? fragte er sich plötzlich), hatte er sie nur zu dieser Stelle geführt, weil er der Spirale und dem Ratschlag gefolgt war, den er als Kind erhalten hatte. Es war einfach eine Ahnung gewesen. Aber sie schien gewirkt zu haben.

Oder? Soweit er wußte, hätten sie den Weg hinaus auf einem anderen Weg viel schneller finden können.

Der Kopf rauchte ihm allmählich vor lauter Fragen. War seine Taktik es wert, daß er sie eingesetzt hatte? Wenn dem so war, dann hatten sie die Sterne zu diesem Fluchtweg geführt — oder war dies hier einfach ein Punkt, an dem man vorüber mußte, wenn man dem mit Sternen markierten Weg folgte?

»Wo liegen die Schwierigkeiten, Opa?« fragte Annie.

Er zog es vor, den Köder zu ignorieren und einfach ihre Frage zu beantworten: »Ich bin mir nicht sicher, ob das der Weg ist, den wir gehen sollen.«

»Wir müssen!« rief 'Nrrc'kth. »Ansonsten werden wir für immer in diesem Tunnel bleiben. Oder zumindest ich, denn ihr könnt meinen Körper zurücklassen, wenn ich vor Hunger sterbe, was ich tun werde, wenn ich nicht bald etwas esse.«

»Puste mal etwas leiser ins Horn«, fauchte Annie. »Der Rest von uns hält's aus. Das kannst du auch.«

»Nein, kann sie nicht«, sagte Oma mit drohendem

Blick. »In unserer Welt werden die Frauen des Palastes anders geboren und aufgezogen als die meisten. Meine Nichte ist nicht schwierig. Sie konstatiert einfach eine Tatsache.«

»Großartig«, grummelte Annie. »Eine kostbare Blüte. Sie hier lebend durchzubringen ist genauso, als wollte man mit einer Kaulquappe an der Leine durch die Wüste ziehen.«

»Halt's Maul«, schnappte Clive, ein wenig zur eigenen Überraschung. »Horace, ich möchte, daß du ein bißchen vorausgehst. Sieh nach, was du herausfinden kannst. Bewege dich ruhig und versuche, ohne jemanden im Kielwasser zurückzukommen.«

»Jawohl, Sör«, sagte Horace ruhig.

Clive sah seinen alten Kameraden überrascht an, denn er hatte von Horace erwartet, daß er die Aufgabe mit seiner üblichen Vitalität begrüßen würde. Aber Horace gab ihm keine Gelegenheit dazu, die in der Luft hängende Frage zu stellen; er war bereits auf dem Weg in den neuen Tunnel.

Er kehrte fast sofort zurück. »Zwei Biegungen und dann ein Tür, Sör. Die Tür ist unverschlossen. Sie führt ins Freie.«

Annies Jubelgeschrei war Ausdruck dessen, was alle übrigen empfanden, außer Chang Guafe und, zu Clives Erstaunen, Quartiermeister Sergeant Horace Hamilton Smythe, der ausgesprochen grimmig dreinschaute.

»Was ist los, Sergeant?« fragte er. »Irgendwas Schreckliches draußen, von dem du uns bislang noch nichts gesagt hast?«

»Nein, Sör. Nicht im geringsten. Alle diese Sonnen scheinen so, daß man schier aus dem Häuschen gerät. Das Gras ist grün. Alles in allem ganz hübsch.«

»Wo sind wir im Verhältnis zum Schloß?«

»Hinter ihm. Der Tunnel kommt in einer Art Grotte heraus, an einem felsigen Ort etwa fünfzig Meter vom Graben entfernt.«

»Irgend jemand in der Nähe?«

»Soweit ich sehen konnte, nein, Sör. Scheint ganz ruhig zu sein. Ich stell' mir vor, daß sie jetzt alle irgendwo herumliegen und sich die Wunden lecken.«

»Gibt's dort Nahrung?« fragte 'Nrrc'kth.

»Soweit ich sehen konnte, nein, meine Dame«, sagte Horace. »Aber ich hab mich auch nicht allzu lange umgeschaut. Ich wollte dem Major schnellstens Bericht erstatten.«

»Hört sich so gut an, wie wir hätten hoffen können, Horace. Meine schlimmste Furcht war die, daß wir innerhalb des Schlosses herauskämen.«

»In der Tat, Sör.«

Clive sah seinen Freund ungeduldig an. »Warum bist du dann so mürrisch?«

Horace zögerte, bevor er sprach. »Wegen Sidi Bombay, Sör. Wenn wir dort hinausgehen, werd ich nicht mehr in der Lage sein, wieder mit ihm Kontakt aufzunehmen.«

Clive wollte sprechen, hielt inne. Das war tatsächlich ein feiner Schlamassel. Wenn er ihn nachdrücklich aufforderte, hätte Horace keine andere Wahl, als ihm zu folgen. *Oder?* fragte sich Clive. War es möglich, daß sein Freund und Kamerad tatsächlich meuterte und sich auf die Suche nach Sidi Bombay machte?

Und was, wenn er's nicht täte? Eine von Horace' größten Eigenschaften war seine Loyalität. Wenn ihn Clive dazu zwingen würde, illoyal einem Kameraden gegenüber zu sein, was würde das bedeuten?

Das alte Problem, wenn man Anführer ist, o Folliot, ist dies, daß du niemanden hast, der die Entscheidungen für dich trifft.

Hör endlich auf, meine Gedanken zu lesen! entgegnete Clive beinahe automatisch.

Die Antwort der Arachnida war wie ein Gelächter in seinem Kopf. *Ich habe deine kostbare Intimsphäre nicht verletzt, o Folliot. Ich habe einfach dein Dilemma beobachtet. Ge-*

dankenlesen ist nicht erforderlich, wenn die Situation so offensichtlich ist.

Entschuldige, sendete Clive. *Aber solange du keine Vorschläge hast, wär's mir lieber, du ließest mich in Ruhe, so daß ich überlegen kann, was zu tun ist.*

Vorschläge drängen sich auf, Fragen führen zu etwas.

Clive sendete Verwirrung.

Macht es dir etwas aus, wenn ich mit deinem Sergeanten rede, o Folliot?

Clive sendete das mentale Äquivalent eines Schulterzuckens zurück.

Dann bitte mich darum! entgegnete sie. Die Sendung fühlte sich ungeduldig an, als hätte sie's mit einem begriffsstutzigen Kind zu tun.

»Shriek«, sagte er. »Du bist die einzige, die diese Verbindung erlebt hat. Würdest du bitte mit Horace sprechen?«

»Gerne«, sagte sie. Sie trat aus der Gruppe heraus und stellte sich neben Smythe. »Hast du kürzlich Verbindung aufgenommen?« fragte sie, wobei ihre Kieferknochen klickten vor Anstrengung, hörbar zu sprechen.

»Nein, Mami«, sagte Horace. »Aber ich schätze, jetzt ist eine genauso gute Zeit wie jede andere auch.« Er schaute auf seine rechte Hand hinab, die er geschlossen gehalten hatte. Er öffnete sie mit einem Ruck. Er ergriff die Finger mit der anderen Hand, zog daran und bog sie zurück. Die Bewegung hatte ihren Zweck erfüllt; der Schnitt auf dem Handteller riß auf. Er preßte die Zähne aufeinander, als er die Hand an die Wand hielt. »Gott!« rief er aus, wobei der Körper von der Heftigkeit der Verbindung geschüttelt wurde.

Sogleich langte Shriek aus und faßte Smythe an der anderen Hand. Sie hielt sie unerbittlich fest, wenngleich sie offensichtlich das Verlangen bekämpfte, die Verbindung auf der Stelle abzubrechen.

»Genug!« sagte sie schließlich. Clive hatte inzwischen bis sieben gezählt.

Horace nahm die Hand von der Wand.

Shriek schaute ihn an, und ihre Verwirrung schien echt zu sein. »Scheint dein Freund näher zu sein als zuvor?« fragte sie.

Horace schüttelte den Kopf.

»Weiter weg?«

Er schüttelte erneut den Kopf.

»Wie willst du dann nach ihm suchen?«

»Kann ich nicht richtig sagen, Mami.«

»Ist er hier in den blauen Tunnel?«

»Weiß ich nich'.«

»Kannst du ihn durch die blauen Tunnel erreichen?«

Horace schien sich im wachsenden Ausmaß unbehaglich zu fühlen. »Ich weiß es nich'.«

Shriek klickte mit den Kieferknochen und zeigte offensichtlich Sympathie. »Was willst du dann tun? Willst du zurückgehen oder vor? Und willst du an der nächsten Abzweigung nach links oder rechts gehen?«

»Ich weiß es nicht!« rief Horace enttäuscht.

»Wie willst du dann deinen Freund finden? Es gibt hier weder Nahrung noch Wasser; wie lange kannst du ihn suchen?«

»Nicht lange«, gab Horace grollend zu.

»Was würde dein Freund tun müssen?«

Horace drehte sich weg und starrte lange Zeit hinunter in die blauen Tunnel. Er machte keine Bewegung, außer daß er die Schultern rollte, so daß sie sich in regelmäßigen Abständen hoben.

Als er sich zurückdrehte, war sein Gesicht ruhig. »Nun, ich schätze, daß der Major recht hatte. Es hat nicht sehr viel Zweck hierzubleiben, nicht wahr?«

Clive trat einen Schritt vor. »Ich bin durch einen Schwur gebunden, meinen Bruder zu finden, Horace. Mit deinen kürzlich gesprochenen Worten hast du dich daran gebunden, das gleiche für Sidi Bombay zu tun. Jetzt werde ich selbst einen weiteren Schwur leisten: wenn wir deinen Freund am Ende unserer Suche nach

Neville nicht gefunden haben, werde ich umkehren und dir genauso vertrauensvoll helfen, wie du mir geholfen hast.«

»Der Herr segne Sie«, sagte Horace ruhig. »Und wir wollen uns auf den Weg machen. Je eher begonnen, desto eher beendet, wie meine Mami zu sagen pflegte. Obwohl ich denke, daß ich für eine Weile die Nachhut bilden werde, wenn's Ihnen nichts ausmacht.«

»Nicht im geringsten, Sergeant Smythe, nicht im geringsten.« Als Clive sich umwandte, um seine Leute aus dem Tunnel zu führen, schlüpfte Annie an seine Seite und sagte: »Sehr rührend, Großvater — sehr loyal. Natürlich verstehe ich, daß du meiner Ur-Urgroßmutter gegenüber ein gleiches Gelübde abgelegt hast. Macht es dich eigentlich nicht nervös, Dinge zu versprechen, die du vielleicht nicht halten kannst?«

Ehe Clive antworten konnte, war sie davongeschlüpft und gesellte sich zu Finnbogg, der, wie stets, völlig aufgeregt war, weil er ihre Aufmerksamkeit besaß.

KAPITEL 10

Dreimal die Frauen

»Ich geb' nich' viel um 'ne Welt, wo die Sonne nich' untergeht, Sör«, sagte Horace.

Sie saßen in der Öffnung der Grotte und warteten auf den wirbelnden Kreis von sternähnlichen Objekten, der diese fremde Welt in ein Dämmerlicht tauchen würde, ein Phänomen, das mit einer gewissen Regelmäßigkeit auftrat und somit eine schwache Annäherung an Tag und Nacht ergab.

»Zum einen«, fuhr Horace fort, »kann man niemals sagen, wie spät es ist — oder wie lang es bis zum Einbruch der Dunkelheit dauert.«

Letzteres war eine besonders drängende Frage, denn sie hatten sich entschieden, daß es zu riskant wäre, die Grotte während des Tageslichts zu verlassen. Die Türmchen von N'wrbbs Schloß drohten unheilvoll zu ihrer Linken, und es wäre für einen Späher — oder sogar für einen zufälligen Beobachter — ein leichtes, ihre Gruppe auszumachen, sollten sie versuchen, den Wald zu erreichen, der sich etwa einen halben Kilometer entfernt in entgegengesetzter Richtung befand.

»Ich kann nicht bis zur Dunkelheit warten«, jammerte 'Nrrc'kth. »Ich muß jetzt etwas essen.«

Als jedoch Chang Guafe mit einem metallenen Tentakel hinauslangte und ein kleines, bepelztes Ding fing, das den Fehler begangen hatte, an der Grotte vorüberzuflitzen, weigerte sich 'Nrrc'kth, es anzunehmen.

»Muß doch nich' so hungrig sein, wie sie gedacht hat«, bemerkte Horace trocken.

Soweit es Clive betraf, war der Hunger ein geringes Übel im Vergleich zu dem Durst, den er jetzt verspürte — ein Durst, der alles noch verrückter werden ließ wegen der Tatsache, daß N'wrbbs Graben sich eine Gehminute von ihrem Versteck entfernt befand. Nicht, daß er's riskieren wollte, aus dem Graben zu trinken; er hatte während der Schlacht, die vor dem Schloß stattgefunden hatte, zu viele seltsame Kreaturen gesehen, die an die Oberfläche stiegen, wenn die Leute hineinfielen. Er hatte das Gefühl, daß ein Mann, der sich darüber beugte, um von diesem Wasser zu trinken, das Gesicht verlöre, ehe er den ersten Schluck getan hätte.

»Gibt's überhaupt eine Möglichkeit, die Zeit abzuschätzen?« fragte er 'Nrrc'kth, die länger als jeder andere in der Gruppe auf dieser Ebene des Dungeon eine freie Person gewesen war.

Sie schüttelte bedrückt den Kopf. »Der Kreis von Sternen nimmt zu und nimmt ab nach seinem ureigenen Rhythmus«, sagte sie, als wiederholte sie eine Zeile aus einem Gedicht, die sie vor langer Zeit gelernt hatte.

»Keine Kirchenglocken, die die Stunden schlagen?« fragte Tomàs aus der Ecke, in der er saß und mit seinem Rosenkranz hantierte.

»Du wirst in N'wrrbs Machtbereich keine Kirchenglocke finden, Dummkopf«, schnaubte Oma. »Noch nicht mal 'ne Kirche, um genau zu sein.«

Tomàs bekreuzigte sich und murmelte ein weiteres Gebet, das jedoch von einem Knurren Finnboggs erstickt wurde, der neben Annies Füßen schlief. Clive schoß ihr einen warnenden Blick zu, und sie langte hinab, um den träumenden Zwerg zu beruhigen.

Clive wandte sich um und schaute erneut aus der Grotte hinaus. Er war noch immer von dem Rüffel verletzt, den ihm Annie während ihrer Flucht aus dem blauen Labyrinth versetzt hatte.

Nur Chang Guafe schien zufrieden zu sein. Clive fragte sich, warum, bis er schließlich bemerkte, daß der Cyborg einfach die meisten seiner Funktionen eingestellt hatte.

Schätze, mechanisch zu sein hat letztlich doch einige Vorteile, dachte er mürrisch.

Shrieks Stimme raschelte in sein Bewußtsein: *Du bist verdrossen, o Folliot. Dabei ist uns doch gerade eine wunderbare Flucht unter deiner Führung gelungen. Du solltest fröhlich sein!*

Die Untätigkeit nervt mich, entgegnete Clive, *was seltsam ist, weil ich nämlich gewöhnlich ein eher ruhiger Mann bin. Vielleicht macht das ständige Abenteuer süchtig — wie Opium.*

Shriek signalisierte eine Frage.

Eine Droge in unserer Welt, entgegnete Clive, *sehr schwer, sie nicht mehr zu nehmen, sobald man einmal angefangen hat.*

Ja, wir besitzen auch solche Dinge. Aber ich spüre, daß dir etwas anderes durch den Kopf geht, mein Freund. Ich habe nicht versucht, es herauszufinden, weil ich weiß, daß es dich ärgern würde. Jedoch auch so ...

Clive lächelte. *Man kann dir nicht entkommen, nicht wahr? Ich fragte mich einfach, ob ich die Fähigkeit besitze, die Gruppe anzuführen. Ich hätte Horace dort hinten in den Tunneln verloren, wenn du nicht eingegriffen hättest.*

Hadere nicht mit dir selbst, o Folliot. Es war kein Fehler, daß ich das Problem gelöst habe. Das Delegieren von Aufgaben ist einer der Schlüssel der Führerschaft. Darum brachte ich dich dahin, mich laut zu fragen — so wußten die übrigen, daß es deine Entscheidung war.

Aber das war sie nicht! entgegnete Clive bitter.

Natürlich war sie das. Der Vorschlag stammte von mir. Aber die Entscheidung, mich handeln zu lassen, war die deine. Wenn du abgelehnt hättest, hätte ich mich nicht eingemischt.

Warum hilfst du mir so? fragte Clive.

Ah, kicherte Shriek, *willst du alle meine Geheimnisse wissen, o Folliot? Oder habe ich nicht gleichfalls das Recht auf ein bißchen Intimsphäre?*

Genau das, was ich brauche — ein weiteres Rätsel!

Alle Frauen sind rätselhaft, o Folliot. Sicherlich hast du soviel in deinem Leben schon gelernt.

In der Tat. In der Tat sind sie das, Freundin Shriek. Aber wenn sie alle so hilfreich wären wie du, wäre das Los eines Mannes viel einfacher.

Ihre Antwort war wie ein vergnügtes Augenzwinkern: *Und hast du vergessen, daß ich meinen Gatten unter gewissen Umständen verschlinge?*

Eine weitere Lektion, entgegnete Clive, ehe er die Verbindung abbrach. *Man sollte niemals mit einer Spinne über Ethik diskutieren!*

Horace stieß ihn in die Seite. »Ich denke, daß es allmählich dunkel wird, Sör!«

Clive schaute auf. Es fiel schwer, sich ein Urteil zu bilden, aber es schien möglich, daß die kreisenden Sterne langsam abnahmen. In der Zeit, die er benötigte, zehn Mal von der einen zur anderen Seite der Grotte zu gehen, war die Sache von einer wahrscheinlichen zu einer sicheren geworden.

Als es völlig dunkel war, verließen sie die Höhle und machten sich auf den Weg zum Wald. Der Lichtkreis über ihnen hatte sich zu bloßen Pünktchen verdunkelt, die eine Beleuchtung ergaben, die der einer klaren Nacht mit dem Mond im ersten Viertel auf der Erde entsprach. Kurz nachdem sie den Wald betreten hatten, hörten sie einen Fluß. Als sie ihren Durst gestillt hatten, fand 'Nrrc'kth einige Büsche mit Beeren, von denen sie behauptete, daß sie gut zu essen wären, und sie aß so viele davon, daß Clive befürchtete, sie würde krank davon. Fast alle anderen aßen von der gleichen Frucht, wenngleich etwas zurückhaltender. Shriek und Chang Guafe gingen zusammen davon. Als sie etwa eine halbe Stunde später zurückkehrten, ließ die Spinnenfrau Clive wissen, daß sie beide in der Lage gewesen waren, angemessene Nahrung zu finden.

Er entschloß sich, nicht weiter nach Details zu fragen.

Trotz der allgemeinen Erschöpfung bestand Clive

darauf weiterzugehen, bis sie zwischen sich und das Schloß eine größere Entfernung gebracht hätten. Als es schließlich klar war, daß zumindest 'Nrrc'kth nicht mehr weitergehen konnte, schlugen sie auf einer kleinen Lichtung an einem weiteren Fluß ihr Lager auf.

Dann, und erst dann, gestattete sich Clive, der Tatsache ins Auge zu sehen, daß er keine Ahnung hatte, was als nächstes zu tun wäre. Er war Neville so weit gefolgt — und hatte jetzt keine Vorstellung davon, wo Neville war, und schon gar nicht, welchen Weg er eingeschlagen hatte. Laut N'wrbb war Neville tatsächlich im Schloß gewesen. Aber wenn dem so war, warum hatte er keinen Finger gerührt, um Clive zu befreien, nachdem er eingekerkert worden war? War es möglich, daß er's nicht gewußt hatte? Das schien sehr unwahrscheinlich. Neville wußte stets, was los war. Hatte es ihn nicht gekümmert? Vielleicht. Gott wußte, daß zwischen den beiden niemals eine besondere Liebe bestanden hatte. Aber wenn das der Fall war, warum dann all die mysteriösen Botschaften in dem Tagebuch, die ihn vorangetrieben hatten?

Oder hatte N'wrbb einfach gelogen?

Clive lächelte. Das war eine Erklärung, die zu leicht zu glauben gewesen wäre.

Er warf 'Nrrc'kth einen Blick zu. Trotz der Zeit, die sie zusammen eingekerkert gewesen waren, hatte er wenig Gelegenheit gehabt, mit ihr zu sprechen. So beschützend und stark sie war, hatte Oma ihre Nichte ganz schön isoliert gehalten, während sie sich von der grausamen Behandlung durch N'wrbb erholte. Während dieser Zeit war Clive mit Fluchtplänen beschäftigt gewesen.

Nun, man sollte die Gunst der Stunde nutzen.

»'Nrrc'kth«, sagte er, »hat sich mein Bruder tatsächlich auf dem Schloß aufgehalten?«

»Es hat da einen Mann gegeben, der dir sehr ähnlich sah«, sagte 'Nrrc'kth. »Mein Gatte nannte ihn stets Brigadier Folliot. Er lebte nicht im Schloß, aber er war ein regelmäßiger Besucher.«

»Wie lange hast du ihn gekannt?«

'Nrrc'kth sah verwirrt aus. Clive wurde klar, daß es, was für Einheiten sie auch als Antwort wählte — Tage, Monate, Jahre —, für ihn nicht das bedeutete, was es für sie bedeutete.

»Genauso lang, wie ich schon hier bin«, sagte sie schließlich.

Clive dachte über diese Feststellung eine Weile lang nach, konnte dem Ganzen aber keinen Sinn entnehmen, gleich, wie er's auch anpackte. Aus allem, was sie ihm zuvor gesagt hatte, war er sich ziemlich sicher, daß 'Nrrc'kth einige Zeit vor dem Verschwinden seines Zwillingsbruders in Afrika in das Dungeon gebracht worden war. War ›der Brigadier‹ wirklich sein Bruder oder trat jemand anderer als Neville auf? Und falls letzteres der Fall war, was wäre dann der Grund für eine solch bizarre Scharade?

»Hast du eine Vorstellung davon, wohin dieser Mann ging, wenn er nicht bei euch war?«

»Überallhin«, sagte 'Nrrc'kth mit einiger Festigkeit. »N'wrbb begrüßte den Briten stets eifrig, weil er viele Neuigkeiten mitbrachte. Er war ein ganz großer Reisender.«

Sie schlug Clive leicht auf den Arm. Er zitterte bei der Berührung, die so ganz anders war als alle, die er bislang erlebt hatte. »Ich habe Angst, Clive«, flüsterte sie. Das Licht des Lagerfeuers tanzte in den grünen Augen, schimmerte im smaragdgrünen Haar. Sie sah aus, als gehörte sie zum Wald, obgleich sie offensichtlich nicht dafür ausgebildet war, unter solchen Umständen zu überleben. »N'wrbb wird mich nicht einfach gehen lassen. Er wird versuchen, mir auf der Spur zu bleiben. Wirst du mich beschützen?«

»Mit meinem Leben«, entgegnete Clive und fragte sich dabei, wie viele solcher Schwüre er leisten könnte, bevor ihn schließlich einer einholte. Irgendwo zu seiner Linken hörte er Annie höhnisch schnauben.

'Nrrc'kth nickte, wobei das grüne Haar herausfordernd auf den alabasterfarbenen Schultern rauschte. »Auf der anderen Seite dieses Waldes liegt eine kleine Stadt namens Go-Mar«, sagte sie. »Ich weiß, daß der Brigadier dort oft hindurchgekommen ist, denn wenn er zu uns kam, gab er N'wrbb gewöhnlich Kunde von der Stimmungslage in der Bevölkerung.«

Clive spürte, wie ihn eine Welle von Hoffnung überlief. Mit Sicherheit könnten sie, wenn sie zu dieser Stadt gingen, Nevilles Spur wiederfinden. »Erzähl mir mehr über diesen Ort«, sagte er zu 'Nrrc'kth.

Sie zog die Brauen zusammen. »Er wird von einem von N'wrbbs Leuten beherrscht. Mein Gemahl besitzt eine Menge Verbündeter in Go-Mar. Aber er hat gleichfalls viele Feinde, und daher kommt es, daß er immer so begierig auf Neuigkeiten von dort war. Ich glaube, daß es der nächstgelegene Ort ist, wo wir uns ausruhen und etwas echte Nahrung bekommen können. Aber wir können dort nicht bleiben; er ist durchseucht von N'wrbbs Spionen. Du verstehst, Clive, daß wir jetzt Flüchtlinge sind?« Sie schüttelte reumütig den Kopf. »Du hättest N'wrbb töten sollen, als du die Gelegenheit dazu hattest. Niemand von uns wird sicher sein, bis er nicht tot ist.«

»Das ist nicht meine Art«, sagte Clive.

Sie schaute ihn an, als versuchte sie, die Gedankengänge eines Bewußtseins zu ergründen, das ihr völlig fremd war. »Ich sehne mich noch immer nach dir«, flüsterte sie schließlich, und sie wußte, daß sie an ihr unterbrochenes Beisammensein dachte, das sie gleich zu Beginn in N'wrbbs Katakomben gebracht hatte.

»Das ist jetzt nicht die Zeit für uns«, antwortete Clive, wobei er versuchte, so diplomatisch wie möglich zu sein. Die Chemie von 'Nrrc'kths Berührung ließ noch immer seine Leidenschaft aufflammen. Aber die Zeit nach ihrer ersten Begegnung hatte ihm genügend Gelegenheit gegeben, sich zu fragen, ob ein intimes Techtelmechtel mit der schlanken fremden Frau sehr gescheit wäre.

Er strich ihr mit den Fingerspitzen durchs Haar und ging dann zu der Stelle, wo er sein Lager aufgeschlagen hatte.

Chang Guafe, der skeptisch war, ob irgend jemand sonst in der Lage war wachzubleiben, übernahm freiwillig die erste Wache. Clive fiel rasch in einen tiefen Schlaf. Aber er dauerte nicht lang. Er durchlief allmählich einen seltsamen Traum von Labyrinthen und Tunneln und wurde von einer Unrast gepackt, die ihn schließlich erwachen ließ. Als er die Augen öffnete und sich aufrichtete, sah er Benutzer Annie, die ihm genau gegenüber saß. Ein silberner Dolch hing zwischen ihren Fingerspitzen. Licht von den Sternen, das sich durch die Baumkronen verirrt hatte, blitzte auf der Schneide der Klinge.

»Warum schläfst du nicht?« fragte er ruhig und versuchte dabei, nicht die übrigen zu wecken.

»Ich hab' über 'ne Menge nachdenken müssen«, sagte sie, hob den Dolch und prüfte die Schneide.

»Zum Beispiel?«

Sie hob die Schultern. »Mir ist der Gedanke gekommen, daß ich dich jetzt vielleicht töten sollte, während ich die Gelegenheit dazu habe.«

»Ich würd' es vorziehen, du würdest das nicht tun«, sagte er und fragte sich dabei, wie ernst das von ihr gemeint war.

»Ich auch«, gab sie zu. »Aber dieser ganze Zeitmist ist äußerst verwirrend, weißt du. Du hast schon mit meiner Ur-Urgroßmutter gevögelt. Insofern hast du deinen Teil bereits erledigt, was den familiären Genpool betrifft. Die Kette, die zu mir führt, ist klar. Aber was, wenn du lebend aus dem Dungeon herauskommst? Wirst du zurückgehen und sie heiraten? Das würde die gesamte Familienstruktur ändern. Wenn das geschieht, was geschieht dann mit mir? Verschwinde ich einfach in der Luft?«

»Das weiß ich nicht«, sagte Clive.

»Natürlich, die Tatsache, daß ich jetzt existiere, bedeutet, daß du vielleicht nicht hier herausgekommen bist — es sei denn, du bist wirklich dieser Hurensohn, von dem die Familiensaga spricht, und gehst niemals mehr zurück zu ihr. Also wollen wir mal sagen, daß du nicht hier rauskommst. Warum hast du's nicht gepackt, Großpapa Clive? Weil ich dich heute nacht getötet habe, so daß du die Familienbande nicht zerstören kannst?«

Sie warf das Messer von einer Hand in die andere, und Clive spürte, wie sich ihm die Kehle zuschnürte. Annie hatte ihm während der Reise genügend erzählt, so daß er wußte, daß die Welt, aus der sie stammte, von Gewalt durchsetzt war. War diese Welt gewalttätig genug, daß sie sie darauf vorbereitet hatte, ihren Vorfahren zu töten?

»Die Sache ist die, so lange du lebst, stellst du eine Bedrohung für mich dar. In dem Augenblick, in dem du tot bist, brauche ich mir weiter keine Sorgen mehr darüber zu machen.« Sie umfaßte den Griff des Messers fester und lächelte. »Ich frage mich, ob dies der erste Fall von Ur-Urgroßvatermord in der Welt ist. Ich denke mir, daß die Griechen ihre Freude daran gehabt hätten. Wie siehst du das?«

»Meinst du das ernst?« fragte er und versuchte, die Stimme so gleichmütig wie möglich klingen zu lassen.

Sie hob die Schultern. »Du hast mich gefragt, was mich so beschäftigt. Das ist die Antwort.«

Er starrte die Klinge an. »Hast du häufig darüber nachgedacht?«

»Wenn ich Zeit dazu hatte«, sagte sie. »Gewöhnlich bin ich zu beschäftigt damit, am Leben zu bleiben, um darüber nachzudenken. Natürlich frage ich mich auch, wieviel davon auf deine Kappe geht — auf deine und die deines Affenarschs von Bruder.«

Er hatte eine Braue gehoben, doch das Licht war zu schwach, als daß sie es bemerkt hätte.

»Weiter, weiter«, sagte er sanft.

»Ja, weiter«, entgegnete sie spöttisch. »Gott, Clive, ich hab mir schon ausgemalt, wie ich dich nennen würde. Ur-Urgroßvater war mir zu lang. Opa schien besser zu sein, aber es schien nicht recht zu passen. Jetzt, glaube ich, hab ich's. Du bist mehr eine Anstandstante als alles andere, was mir einfallen will. Wie wär's mit Tantchen Clive? Was hältst du davon?«

»Mir wär's lieber, du würdest es noch weiter versuchen.«

Sie lachte. »Angemessene britische Entgegnung. Du bist so vorhersagbar, Clive. Ich schätze, daß du dich dabei auf irgendeine langweilige Art wohl fühlst.«

Er war froh darum, daß es dunkel genug war, so daß sie nicht sehen konnte, wie er errötete — und noch froher darum, daß sie, im Gegensatz zu Shriek, seine Gedanken nicht lesen konnte, ohne wirklich seine Hand zu berühren. Seine Gefühle Annie gegenüber waren ein unheiliges Wirrwarr aus väterlichem Stolz, sexueller Anziehung, Ärger und, zumindest im Augenblick, Furcht. Er wollte die Gefühle überhaupt nicht mit seinem jungen Nachkömmling teilen.

»Du hast davon gesprochen, wieviel von den Gefahren, denen du begegnet bist, auf meine Kappe geht«, sagte er. »Aber wenn ich mich recht entsinne, war das Gefängnis, in dem wir uns zuerst begegnet sind, auch nicht der sicherste Platz auf Erden.«

»Du bist so erdbezogen, Clive. Wir sind *nicht* mehr auf der Erde. Oder ist das noch nicht bis in deinen kranken britischen Schädel gedrungen? Abgesehen davon, wer hat denn wessen Arsch gerettet, als es an der Zeit war, dieses Gefängnis zu verlassen? Oder sollte man sagen, wessen *Ärsche*? Aber davon rede ich jetzt nich'. Ich schätze, wir stecken hier alle zusammen drin. Aber die Frage ist, *warum?* Ich meine, findste es nich' 'n bißchen seltsam, daß von allen Leuten, die hierhergebracht word'n sin', schließlich ausgerechnet ich mit meinem Tantchen Clive umherbummeln soll? Ich kann mir einfach nich' vorstellen, warum die Leute, die für diesen Platz hier verantwortlich sin', auch nur ein Fitzelchen um die kleine Annabelle Leigh geben sollten — außer, daß Onkel Neville die geschäftigste Person in der ganzen Stadt ist. Also frag ich mich immer so von Zeit zu Zeit: ›Annie, warum bist du hier?‹ Ich erhalte gewöhnlich zwei Antworten: A: ›Warum gibt es hier Luft?‹ und B: ›Schlechte Verwandtschaft‹. Um dir die Wahrheit zu sagen, letzteres ergibt 'n bißchen mehr Sinn.«

Clive befühlte seine Kieferknochen, die noch immer von einem Schlag schmerzten, den er während des letzten Kampfs erhalten hatte. »Ich frage mich gleichfalls, welche Verrenkung des Schicksals uns hier zusammengebracht hat. Aber Nevilles Bruder zu sein, war schon schwer genug. Ich bin nicht gewillt, die Schuld für alles Üble, das mit ihm zusammenhängt, mitzutragen.«

Annie lachte. »Nun, Tantchen Clive, ich glaube, das war das menschlichste, was ich dich je hab' sagen hören. Und die ganze Zeit über hab' ich mich gefragt, ob du nich' auch ein verkleideter Cyborg bist.«

»Mitnichten, kleine Annie, nur Fleisch und Blut — und alles nur zu bereit für die Sünden des Fleischs, und letzlich alles zu blutig.«

»Hör mal, Onkel, ich mach' dir 'nen Vorschlag. Du nennst mich nich' ›kleine Annie‹ und ich laß das mit der ›Tantchen-Clive‹-Kiste sein, hm?«

»Ein ausgezeichneter Kompromiß«, sagte Clive.

Annie legte das Messer nieder. »Du hast die Absicht, 'Nrrc'kth zu verladen?«

Clive zögerte, kämpfte mal wieder darum, Annies seltsame Sprachverdrehungen zu interpretieren. »Wenn das das heißen sollte, was ich glaube, was, du meinst, dann nein, habe ich nicht. Außerdem glaube ich nicht, daß das etwas ist, das eine junge Dame mit ihrem Ur-Urgroßvater diskutieren sollte.«

Annie lachte. »Nun, wenn du allein schläfst, Großpapa, würde es dir was ausmachen, wenn wir uns aneinander kuscheln, wie wir's taten, ehe wir das herausbekommen haben? Es is' so was wie kalt und dunkel heut' abend in den Wäldern.«

Clive klopfte neben sich auf die Erde. Annie streckte sich neben ihm aus und legte ihm den Kopf auf die Brust. »Gott, wie ich diesen Ort hier hasse«, flüsterte sie.

Er legte ihr den Arm um die Schulter und bekämpfte erfolgreich den Impuls, ihr zu versprechen, daß er sie hier herausholen würde. Er hatte bereits zu viele Versprechen gemacht. Und das war eines, von dem er wirklich nicht glaubte, es halten zu können. Er zog sie ein wenig näher zu sich heran. »Ich hasse ihn gleichfalls«, sagte er heiser. »Aber wie dem auch sei, ich werde immer dafür dankbar sein, daß es mir erlaubt war, Fräulein Annabelle Leigh aus San Francisco kennenzulernen.«

»Du bist so 'n Dummkopf, Clive«, flüsterte sie. Dann schien ihr Kopf schwerer auf den Schultern zu werden, und der regelmäßige Atem sagte ihm, daß sie eingeschlafen war.

Clive Folliot fand nicht so rasch Schlaf; er lag eine lange Zeit wach und starrte den Ring von Sternen an und versuchte, sich der Wärme der Frau neben sich nicht zu sehr bewußt zu werden.

KAPITEL 11

L'Claar

Sie betrat sein Bewußtsein ganz sanft, und ihre Berührung war wie die von Eis auf einer verbrannten Stelle, wie Wasser auf einer ausgedörrten Zunge, wie eine Kerze in einem dunklen Zimmer, wie der Geruch von Salzwasser für einen Seemann, der lange Zeit an Land gewesen war.

Ich bin hier, mein Tapferer, wisperte sie, wie sie's oft zuvor schon getan hatte. *Du bist nicht allein.*

Er wurde kräftiger. Als sie das erste Mal zu ihm gekommen war, hatte er keine Antwort geben können. Es war lediglich ihre Intuition gewesen, die sie davon überzeugt hatte, daß er noch lebte, daß er noch — wie sie es ausdrückte — gerettet werden könnte.

O du Ehrwürdiger, willst du nicht mit mir sprechen?

Er hatte schon lange Zeit versucht, mit ihr zu sprechen, aber sein Bewußtsein war von dem endlosen Schmerz jenseits aller Worte getrieben worden. Er hatte die Intervalle zwischen ihren Kontaktversuchen damit verbracht, nach Worten zu suchen, sich daran zu erinnern, wie er sie gebrauchen müßte, um einen Weg zu finden, ihr Antwort zu geben.

Seine größte Furcht war die, daß sie aufgeben und niemals zurückkehren würde. Jedes Mal, wenn sie den Kontakt beendete, verfiel er in eine Panik, die sogar die Wellen des Schmerzes überwältigten, unter dem er während einer Zeitspanne gelitten hatte, die mehrere tausend Ewigkeiten zu umfassen schien.

Verzweifelt versuchte er, die Worte zu wiederholen, die er nach dem letzten Kontakt so eifrig gesammelt hatte. Eng vertraut mit Träumen, erkannte er die Furcht und die Enttäuschung, die er jetzt als gewöhnliches

Traummotiv verspürte: er mußte verzweifelt rennen, war jedoch nicht in der Lage, sich schneller zu bewegen als eine Schnecke. Der Gedanke war mit Bildern und Gefühlen besser ausgedrückt denn mit Worten.

Worte. Ein Wort. Wer. Das war's, das war der Anfang des Gedankens, den zu formen ihn so viel Mühe gekostet hatte. Wo war der Rest? Warum konnte er die Worte nicht finden?

Aber das erste Wort sollte der Köder sein, der andere anlockte. Sie schwammen hinauf aus der Dunkelheit dessen, das einmal sein Bewußtsein gewesen war, stellten sich von alleine zusammen und formten die Botschaft: *Wer bist du?*

Die Freude, die diese Leistung begleitete, stieß beinahe den Schmerz beiseite.

Sie beantwortete seine Frage.

Ich bin L'Claar. Und du?

Und als hätte das Auffinden dieser Worte irgendein Gefängnis geöffnet, in dem die übrigen seiner Worte gefangen gewesen waren, erreichte ihn die Antwort rasch und wie ein jäher Ausbruch von Sonnenlicht. Er hätte es gerufen, wenn er dazu in der Lage gewesen wäre. So, wie die Dinge jetzt standen, dachte er es mit jeder Fiber, die von seinem Wesen übriggeblieben war.

Mein Name ist Sidi Bombay!

KAPITEL 12

Weg mit den Krügen!

Der Zorn von N'wrbb ist etwas Schreckliches.«
'Nrrc'kth stand unter einem Baum, der entfernt an eine Lärche erinnerte, und wandte sich an die gesamte Gruppe. »Ich kann euch versichern, mein ehemaliger Gemahl wird niemals vergeben noch die Tatsache vergessen, daß wir ihm entkommen sind. Wir müssen ständig auf der Hut sein, denn er wird nach uns suchen, wird hoffen, uns zurückzuholen, um uns zu bestrafen.«

»Wie weit reicht sein Einfluß?« fragte Clive. »Es wird doch sicherlich so sein, daß wir, wenn wir nur weit genug gekommen sind, seinem Griff entronnen sind.«

»Ich fürchte nein«, entgegnete 'Nrrc'kth. »Sein Arm reicht in der Tat sehr weit, denn er stellt im Dungeon eine Macht dar und besitzt viele Freunde.«

Clive runzelte die Stirn. Als hätten sie nicht auch so schon genug Schwierigkeiten! Nachdem er sich mit Horace besprochen hatte, hatte er schließlich entschieden, daß sie die Stunden des Tageslichts im Wald verbringen und sich dann auf den Weg in die Stadt machen sollten, wenn sie die Dunkelheit verbarg. Dies rief eine kurze Debatte darüber hervor, ob sie oder ob sie nicht auf die Straße vertrauen könnten, die sie aus dem Wald führte, und ob, falls sie's könnten, die Möglichkeit bestünde, auf Reisende zu stoßen. Schließlich entschied Clive, daß sie, da es keinen anderen Weg für sie gab, aus dem Schutz des Waldes zu kommen, der Straße folgen würden, jedoch parallel zu ihr, in der Hoffnung, daß sie's auf diese Weise vermeiden konnten, von jemandem gesehen zu werden.

Im Wald lebte etliches kleines Getier. Shriek und

Chang Guafe erwiesen sich bald als ausgezeichnete, wenngleich unkonventionelle Jäger, und bis zum Mittag hatten sie genügend von den kleinen Tieren gefangen, um ein sehr zufriedenstellendes Mahl zu bereiten.

Nach Clives Schätzung war es weniger als eine Stunde, nachdem sie gegessen hatten, als sie den Rand des Waldes ausmachten. Sie zogen sich ein wenig zurück und schlugen ein neues Lager auf, weit genug entfernt sowohl von der Straße als auch vom offenen Land, so daß sie kein zufällig Daherkommender sehen könnte. Der Rest des Tages verstrich langsam. Einige von ihnen machten ein Nickerchen. Andere wanderten ruhelos um das Lager herum. Annie und 'Nrrc'kth schienen einander zu umschleichen wie zwei Katzen, wobei sie es zu Clives Erleichterung irgendwie fertigbrachten, ein Gespräch miteinander zu vermeiden. Oma saß breitbeinig mit einem Stück Holz da und benutzte ihren Dolch, um ein großes Abbild von Tomàs' Kruzifix zu schnitzen.

Clive entfernte sich von der Gruppe. Die Bäume faszinierten ihn, denn während der Wald an sich so anmutete wie einer, den er als Junge in England gekannt hatte, gab es feine Unterschiede in der Anordnung der einzelnen Elemente. Er fand einen kleinen Baumbestand, der Eichen sehr ähnelte, und einen weiteren, der Eschen gleichsah. Aber die dominierendste Sorte war eine, die ihm völlig unvertraut war. Die Bäume waren von gelbgrünen, beinahe völlig runden Blättern bedeckt, und sie trugen kleine süße Nüsse, von denen ihm 'Nrrc'kth gesagt hatte, daß sie häufig von den Bauern auf dieser Ebene des Dungeon zum Kochen gebraucht würden.

Er war gerade dabei, eine Handvoll der Nüsse zu sammeln, als er zufällig bemerkte, wie Horace an einem nahegelegenen Stamm gelehnt stand und mit mißmutigem Ausdruck zu Boden sah. Er überlegte kurz, ob er Horace' Versunkenheit stören sollte. Schließlich rief er ein sanftes: »Hallo!« Horace blinzelte und sah sich um, als erwachte er aus einer Trance.

»Hallo, Sör«, sagte Horace. »War gerade dabei, 'n bißchen nachzudenken.«

»Hab ich gesehen«, sagte Clive. »Und wenn mich nicht alles trügt, so hatte es etwas mit Sidi Bombay zu tun.«

Horace lächelte kläglich. »Ah, vor Ihnen kann man nichts verbergen, Sör.«

Clive zog in Betracht, darauf hinzuweisen, daß es Horace in der Vergangenheit gelungen war, eine ganze Menge vor ihm zu verbergen, aber er entschloß sich, diesen Gedanken fallen zu lassen. Statt dessen nahm er unter einem anderen Nußbaum Platz und sagte: »Wollen wir einen Plausch halten, Horace, oder willst du lieber allein bleiben?«

Smythe spreizte die Hände. »Gibt nich' viel zu sagen, was Sie nich' wissen, Sör. Ich bin mir sicher, daß Shriek recht hatte, als sie mich dazu überredete, diesen blauen Tunnel zu verlassen. Aber ich hab' trotzdem ein dummes Gefühl dabei. Und natürlich frißt mich das Geheimnis um das alles gleichfalls auf. Ich möchte wissen, was diese Tunnel bedeuten. Sie sind nich' von 'ner Art, wie man sie unter so einem Schloß erwartet. Wer hat sie also gemacht? Und warum? Und was haben sie mit Sidi Bombay zu tun?«

Clive schüttelte den Kopf. »Ich weiß es nicht, Sergeant. Aber das ist nicht etwa Gleichgültigkeit, denn ich habe mir die gleichen Fragen gestellt, seitdem wir aus dem Labyrinth herausgefunden haben. Ich weiß nicht, wie es möglich ist, das zu überleben, was Sidi über dem Abgrund von Q'oorna zugestoßen ist. Aber da du mir versichert hast, daß er lebt, glaub ich's. Und ich glaube auch noch etwas anderes.« Er machte eine Pause und ließ die Nüsse, die er gesammelt hatte, von einer Hand in die andere gleiten. »So unermeßlich groß und fremd das Dungeon auch sein mag, es scheint da eine Bedrohung zu geben, die unsere Gruppe zusammenhält. Uns nicht bloß zusammenhält, sondern uns voranzieht.« Er schüttelte den Kopf. »Ich weiß, daß das schrecklich mystisch klingt. Aber du kennst mich lange genug, um zu wissen, daß ich mit solchen Dingen nichts zu tun haben will. Ich glaube nicht, daß wir uns hier in der Sphäre der Götter aufhalten, Horace. Aber im Dungeon ist etwas Seltsames am Werk, irgendeine Macht, vielleicht irgendein großes Bewußtsein, vielleicht eine Gruppe von Menschen oder Dingen, die als Menschen durchgehen mögen; auf jeden Fall irgend etwas weit Mächtigeres als alles, das wir je gekannt haben. Ich will nicht sagen, daß ich allmählich zu verstehen beginne, was das Ganze soll. Aber so sicher, wie ich hier sitze, glaube ich, daß es für alles eine ganz rationale Erklärung gibt.«

Er lehnte sich an den Baum zurück und sah eine Weile lang in die Ferne, bevor er fortfuhr: »Ich kann mir nicht helfen, ich glaube einfach, daß diese Macht mit uns irgend etwas geplant hat. Ich rede nicht übers Schicksal oder Kismet oder solchen Unsinn. Soweit ich weiß, spielt derjenige, der hinter allem steckt, ganz einfach mit uns, wie wir mit einem Kind spielen würden. Der springende Punkt ist der, daß ich glaube, daß wir Sidi, sofern er noch lebt, früher oder später finden werden; vielleicht sogar, ehe wir Neville finden. Weil Sidi Bombay, aus was für Gründen auch immer, mit uns verbunden ist und wir mit ihm. Ich glaube, daß wer auch immer oder was auch immer uns hierher gebracht hat, uns vereinen will. Ich fürchte, daß wir, wenn wir deinen alten Freund finden, uns auf den Kopf stellen werden, um ihn zu retten. Aber wenn wir ihn finden, werden wir's tun.«

Er stand auf und strich die Lederhose sauber, die er von N'wrrb Crrd'f erhalten hatte, ehe er sich den Haß des Mannes zugezogen hatte. »Und noch etwas, Sergeant Smythe. Als wir mit all dem hier angefangen haben, habe ich lediglich meinen Bruder gesucht. Aber jetzt führt alles weit darüber hinaus. Ich bin's müde, umhergestoßen und -gezerrt zu werden, ohne jeden

Gedanken daran, was ich will. Ich weiß nicht, warum ich hierhergebracht wurde, ich weiß nicht, wer dahinter steckt, aber, weiß Gott, ich werd's herausfinden oder bei dem Versuch, es zu tun, umkommen.«

Der Ausdruck auf Horace' Gesicht hatte sich völlig verändert. Die Lippen waren aufeinandergepreßt, als versuchte er, ein Grinsen zu unterdrücken. Er blinzelte ein wenig. »Major Folliot, ich habe zehn Jahre darauf gewartet, Sie so sprechen zu hören. Ich hab Ihnen schon gesagt, ein Soldat weiß, wann ein Offizier das hat, was nötig ist. Aber manchmal kann man einfach nicht rauskriegen, was man tun muß, um's aus ihm rauszukriegen. Ich komme mir vor wie — nun, Sör, ich weiß nich', wie ich mir vorkomm', außer wie ein hübsches Genie, weil ich gesehen hab', was in Ihnen steckte, als sie es so gut vor sich selbst verbargen. Ich sag Ihnen, ich hoffe, wir werden nach Hause kommen, und sei's nur aus einem einzigen Grund, daß ich meine fünf Pfund von dem alten Narren McGinty einstecken kann.«

Clive hob eine Braue, und Horace sah tatsächlich so aus, als würde er erröten. »Private Wette, Sör«, sagte er. »Ich möchte lieber nich' drüber reden, nur soviel, daß ich auf Ihrer Seite stehe.«

Clive wußte nicht, ob er auflachen oder beleidigt sein sollte. Schließlich schlug er Horace auf die Schulter und sagte: »Ich hoffe, daß du deine fünf Pfund bekommst, Sergeant Smythe. Zu unser beider Wohl.«

Aber noch während er das sagte, fielen ihm die Fragen wieder ein, die Annie ihm vergangene Nacht gestellt hatte, und er überlegte, was es für seinen jungen Nachkömmling bedeuten würde, wenn er tatsächlich seinen Weg aus dem Dungeon heraus fände.

Es wurde allmählich dunkel, als Clive und Horace sich auf den Weg dorthin machten, wo die übrigen warteten. Shriek saß am Rand des Kreises und saugte das Blut aus dem enthaupteten Körper eines der kleinen kaninchenähnlichen Wesen, die sie und Chang Guafe den ganzen Tag über gejagt hatten. *Alles in Ordnung, o Folliot?* telepathierte sie, als sie ihn erblickte.

So gut, wie man's erwarten könnte, entgegnete Clive. *Und wie stehen die Dinge hier?*

In Shrieks Antwort schwang so etwas wie Heiterkeit mit. *Der Cyborg hat beinahe den ganzen Tag mit ausgeschaltetem Stromkreis verbracht. Die unausgesprochene Spannung zwischen den beiden jüngeren Frauen ist angewachsen; ich denke, 'Nrrc'kth war nicht gerade vergnügt, als sie Benutzer Annie heute morgen an deiner Seite schlafend vorfand. Tomàs und Oma hatten eine Diskussion über religiöse Dinge, die damit endete, daß Oma drohte, ihm das Kreuz, das sie geschnitzt hatte, durchs Herz zu jagen. Finnbogg war melancholisch gewesen; wie dir scheint ihm das Nichtstun schwerzufallen. Und was mich selbst betrifft, ich habe deine Gesellschaft vermißt, aber mir ist's gelungen, meine Zeit damit zu füllen, daß ich meinen Bauch gefüllt habe. Ich hätte es vorgezogen, das zu tun, ehe du angekommen bist, denn ich bemerke, daß du meine Eßgewohnheiten ebenso schockierend findest wie meine sexuellen. Aber man tut halt, was man kann.*

Clive, der in der Tat vor dem Anblick der Spinnenfrau zurückgeschreckt war, die den noch immer zuckenden Körper des Wesens umklammert hielt, versuchte, seine Reaktion zu unterdrücken, aber ihm wurde sofort klar, daß das zwecklos wäre. Shriek würde automatisch wissen, wann er sich verstellte. *Gibt es auf deiner Welt irgendeine Intimsphäre?* fragte er ziemlich kläglich.

Nicht wirklich.

Das muß alles viel schwerer machen.

Sie sendete ihm das mentale Äquivalent eines Schulterzuckens. *Wir achten einander einfach viel mehr. Der Gedanke daran, so zu leben wie du, erfüllt mich mit überwältigender Einsamkeit. Alle so weit voneinander entfernt, so unwissend über den anderen.*

Er konnte ihr Schaudern fühlen, als wär's das eigene. *Wenn ich dein Bewußtsein so lesen könnte wie du das meine, könntest du mich nicht damit quälen, daß ich mich frage, warum du mir so hilfst*, neckte er sie.

Die Fern-Unterhaltung wurde von Horace unterbrochen, der Clive am Ärmel zupfte. »Geht's Ihnen gut, Sör?« fragte er.

»Mir geht's gut, Sergeant Smythe. Ich habe nur gerade ein kleines Gespräch mit Shriek geführt.«

»Aha, Sör. Nun, es wird jetzt Zeit, uns in Bewegung zu setzen. Ich dachte, daß Sie uns vielleicht die Ehre erweisen würden, zu uns zu sprechen.«

»Danke, Sergeant Smythe. Das werd ich tun.«

Und so setzten sie sich in Bewegung, eine so bunt zusammengewürfelte Gruppe, wie sie sich Clive nur in seinen kühnsten Vorstellungen hätte ausmalen können, unterwegs auf einer vom Licht der Sterne erleuchteten Straße zu einer fremdartigen Stadt, wo sie hofften, eine weitere Spur seines schwer faßbaren Bruders zu finden.

Mehrere Stunden später trabten sie durch Go-Mar, fußwund und ausgehungert. 'Nrrc'kth stand wieder auf den Beinen, wenngleich sie die Hälfte des Wegs über von Chang Guafe getragen worden war. Shriek hatte angeboten, einen Teil dieser Aufgabe zu übernehmen, aber 'Nrrc'kth war vor Schreck zurückgezuckt. Finnbogg, der vielleicht der stärkste von allen war, hatte gleichfalls versucht, seinen Teil beizutragen. Unglücklicherweise war er klein und 'Nrrc'kth so groß, daß irgendein Teil ihres Körpers, gleich, wie er sie auch halten mochte, über den Boden geschleift wurde. So war die Aufgabe meistenteils dem Cyborg zugefallen, der darüber weiter kein Wort verloren hatte, sowohl zu Clives Erleichterung als auch zu seinem Erstaunen.

Im Gegensatz zu dem Dorf, das sie auf der anderen Seite von N'wrbbs Schloß gefunden hatten und das ausgesehen hatte, als wär's direkt aus dem ländlichen England herausgenommen worden, erschien Go-Mar wie ein traumgleiches Wirrwarr von Stilen und Formen.

Häuser im Tudorstil, die so vertraut waren, daß sie Clive mit einem Gefühl von Heimweh erfüllten, das beinahe schmerzte, standen direkt neben Läden und Wohnhäusern, die offensichtlich maurischen Einfluß zeigten, sowie pagodenähnlichen Bauwerken, die an die Bilder erinnerten, die er vom Fernen Osten gesehen hatte. Aber die Mehrzahl der Gebäude kam ihm überhaupt nicht vertraut vor. Sie wanderten an einer Handvoll hoher, schlanker Spitzen vorüber, die im Licht der Sterne schimmerten, als wären sie aus Perlmutt hergestellt. Nicht weit hinter diesen Türmen befand sich eine Ansammlung ebenmäßiger Kugeln, so völlig schwarz gefärbt, daß sie Clive sofort an Q'oorna erinnerten, der ersten Welt, der sie auf ihrer Reise begegnet waren. Nicht weit davon entfernt stand ein winziges Gebäude, das ihn äußerst verwirrte, bis er erkannte, daß es nichts weiter war als der Eingang zu einem Wohnhaus, das völlig unter der Erde lag.

Das einzige, was all diese Gebäude miteinander verband, war ihre Befestigung. Die wenigen Fenster, die sie erblickten, waren klein und mit Gittern versehen. Die meisten Türen waren mit dicken Holzbohlen verstärkt; die einzigen Ausnahmen von dieser Regel waren die, die aus einem Material hergestellt waren, das Clive noch nie zuvor gesehen hatte.

Die Stadt umgab weder eine Mauer, noch war sie bewacht. Zuerst war sie ruhiger, als Clive erwartet hatte. Er vermutete, daß ihre Wanderung länger gedauert hatte, als er angenommen hatte, und daß der gesamte Ort schlief. Aber bald darauf erreichten sie eine Taverne, wo die Lichter glänzten, das Gelächter laut war und irgend etwas, das entfernt nach Musik klang, durch die geöffneten Fenster drang, die sie sahen.

»Essen!« rief 'Nrrc'kth.

»Bier«, murmelte Horace, fast leidend.

Tomàs zählte die Perlen seines Rosenkranzes.

Clive wollte etwas sagen, wurde jedoch unterbrochen, als sich die Tür der Taverne öffnete und ein winselndes Bündel von Armen und Beinen herausgewirbelt kam und auf die Pflastersteine schlug.

Die Umrisse eines stämmigen, blauhäutigen Mannes erfüllten die Tür, der ärgerlich etwas in einer Sprache rief, die nicht die entfernteste Ähnlichkeit mit einer hatte, die Clive je zuvor gehört hatte. So traf es ihn ziemlich schwer, als er mitten in dem Schwall von Vorwürfen drei deutlich verständliche englische Ausdrücke vernahm. Der erste war pounds, was ihn argwöhnen ließ, daß der arme Kerl auf den Pflastersteinen die Zeche nicht bezahlt hatte. Das zweite und dritte waren *the Brigadier*.

Diese Worte raubten ihm fast den Atem. War Neville kürzlich hier gewesen? Sicherlich konnte es im Dungeon nicht sehr viele Männer geben, die diesen Titel trugen.

Er war schon dabei, in die Bar hinüberzugehen und zu fragen, was man dort von Neville wüßte, als ihm klar wurde, daß es ein kleines Problem gab.

»Nrrc'kth, was benutzt man hier in der Stadt als Geld?« fragte er.

Die grünen Augen der Frau öffneten sich weit. »Ich habe keine Ahnung«, gestand sie. »Als Gemahlin von N'wrbb mußte ich niemals etwas kaufen.«

Clive schaute sich in der Gruppe um. »Hat irgend jemand irgend etwas, das hier als Zahlungsmittel durchgehen könnte?«

Nach einem kurzen ungemütlichen Schweigen stieß Oma Tomàs an. »Raus damit!« befahl sie. Tomàs blickte sie finster an, aber da sie ihm um zwanzig Zentimeter und einhundert Pfund überlegen war, kroch er schließlich vor ihrem Blick zu Kreuze. Er langte unter sein Hemd, zog einen kleinen Lederbeutel hervor und warf ihn Clive zu.

Als Clive ihn auffing, hörte er deutlich das Klingeln von Münzen.

Ehe er fragen konnte, woher Tomàs den Geldbeutel erhalten hatte, ergriff Oma erneut das Wort. »Jetzt noch das übrige«, sagte sie sanft.

Tomàs schnitt eine Grimasse, langte dann jedoch noch mal unter das Hemd und zog zwei weitere Börsen heraus. Oma starrte ihn an. Er blickte trotzig zurück. Oma bewegte sich so rasch, daß Clive nicht alle Details mitbekam, als sie sich hinter den kleinen portugiesischen Seemann stellte und ihm die Arme mit einem ihrer muskelbepackten Arme zurückzog. Sie ließ die rechte Hand vorn an seiner Hose herabgleiten. Während Tomàs vor Ärger und Verlegenheit aufheulte, tastete sie ein wenig herum und zog schließlich die Hand zurück, die einen weiteren Beutel umfaßt hielt.

»Ich dachte mir doch, daß du noch einen hier unten versteckt hattest«, sagte sie triumphierend. Sie stieß Tomàs beiseite, legte den Beutel zu den beiden anderen und überreichte sie Clive.

Tomàs stand etwas von der Gruppe entfernt, warf Oma einen Blick zu und grummelte etwas vor sich hin, das Clive den bestimmten Eindruck verschaffte, daß die weißhäutige Frau nach mehr als nur dem Beutel gegrapscht hatte, während sich ihre Hand in Tomàs' Hose befand.

»Woher stammen die?« fragte er und hielt die vier Beutel dabei in der Hand.

»Die gehören mir«, sagte Tomàs.

»Er hat sie während der Schlacht vor dem Graben N'wrbbs Leuten abgeschnitten«, sagte Oma. »Du hättest den kleinen Teufel sehen sollen. Er hat sich die meiste Zeit über aus allem herausgehalten, obwohl er gelegentlich, wenn er konnte, hineingehüpft ist und einen der Feinde von hinten genommen hat. Nun, das macht nichts. Krieg ist Krieg. Aber er lauschte stets mit einem Ohr auf den Klang eines fallenden Beutels. Erstaunlich, wie tapfer er war, wenn immer Geld zu Boden fiel.«

»Die Liebe zum Geld paßt schlecht zu der Theorie,

daß das Dungeon ein Ort ist, an dem du von Gott überprüft wirst«, sagte Clive, wobei er versuchte, seine Erheiterung zu verbergen.

»Eine alte Angewohnheit«, sagte Tomàs finster. »Und einer der vielen Gründe, warum mich der Herr hierhergeschickt hat, da bin ich mir sicher. Kann ich sie zurück haben?«

»Es wäre ein Verbrechen, dich in Versuchung zu führen«, sagte Clive, während er einen der Beutel Horace und einen weiteren Annie zuwarf. Er steckte den dritten in die Weste, wog den vierten in der Hand und warf ihn schließlich Tomàs zurück, der ihn mit gierigem Verlangen betrachtete, sich dann bekreuzigte und ihn 'Nrrc'kth überreichte. Aus dem Ausdruck auf seinem Gesicht schloß Clive, daß die Liebe zum Geld nicht die einzige irdische Sünde war, derentwegen Tomàs noch immer betete.

Er wandte sich der Taverne zu. Der Gedanke an starkes Bier und heißes Essen in einem gemütlichen Pub war beinahe überwältigend nach den letzten paar Wochen Gefangenenkost. Er wollte schon auf die Tür zugehen, als er mit einiger Bestürzung erkannte, daß sie, wenn N'wrbb tatsächlich hinter ihnen her war, viel zu verdächtig wären, um einen öffentlichen Ort gemeinsam zu betreten. Selbst im Dungeon fiele es schwer, eine Gruppe nicht zu bemerken, die aus einem Cyborg, einer zwei Meter großen Spinne, einem knapp eineinhalb Meter großen Zwerg mit einem Bulldoggengesicht und einer hohen grünhaarigen Frau von ätherischer Schönheit bestand.

»Ich weiß, was Sie denken, Sör«, sagte Horace, der ihm zur Rechten stand. »Gemeinsam fallen wir auf wie ein Rudel bunter Hunde.«

»Das war die allgemeine Überlegung, Sergeant, obgleich der Satz weniger volkstümlich formuliert war. Wie sollen wir uns jetzt verhalten?«

»Ich wär froh darum, draußen bleiben zu dürfen«,

sagte Chang Guafe. »Ich finde einen solchen Ort wenig verlockend.«

»Dank dir«, sagte Clive.

»Ich werde gleichfalls draußen bleiben.«

Clive zögerte. Er hatte mit der Gabe der Spinnenfrau gerechnet, wortlos zu kommunizieren, um jemanden zu finden, mit dem sie direkt sprechen könnten. Aber es stand außer Frage, daß Shriek das auffälligste Mitglied der Gesellschaft war. Er nahm ihr Angebot an und nahm sich vor, auf Annies Sprachbegabung zu zählen, um sie durchzubringen. Oma war hin- und hergerissen; es war klar, daß sie danach gierte, die Taverne zu betreten und einen Krug Ale hinunterzukippen, aber sie hatte gleichzeitig die Pflicht, ihre Nichte von diesem Ort fernzuhalten. Was diese betraf, so war 'Nrrc'kth eisern darin, daß sie nicht mit Shriek und Chang Guafe draußen bleiben wollte, so lange sie nicht von jemand anderem begleitet würde, der eine etwas ansehnlichere Gesellschaft darstellte. Am Ende behielt Omas Beschützerrolle die Oberhand, und sie blieb bei 'Nrrc'kth. Alle vier gingen hinüber in die Allee. Mit dem Versprechen, Essen und Ale mitzubringen, betraten Clive, Horace, Benutzer Annie, Finnbogg und Tomàs die Taverne.

»Wau«, flüsterte Annie und schob ihren Arm unter Clives Arm, als sie durch die Tür gingen. »Das is' ein Abklatsch der gesamten Star-Wars-Kantine.«

»Comverbindung fehlerhaft«, entgegnete Clive und überraschte sie mit dem Jargon, den sie dazu benutzt hatte, um ihn auf Distanz zu halten, als sie sich das erste Mal getroffen hatten.

Sie lachte. »Tut mir leid, Großpapa. Das war eine Szene in einem meiner alten Lieblingsfilme, als ich noch klein war. Die Helden betreten darin eine Bar, die von jeder Art fast-menschlicher Wesen erfüllt ist, die du dir nur denken kannst.«

Clive nickte. Das war mit Sicherheit eine gute Beschreibung dessen, was ihre Augen jetzt erblickten. Der

Raum war niedrig und verräuchert. Rohgeschnittene Balken von der Dicke seines Rumpfs verliefen unter der Decke. Andere Balken, fast genauso groß, reichten diagonal von der Decke zu den Wänden und dienten als Stützbalken. Und überall standen Wesen herum, die keiner Definition von Menschen entsprachen, die Clive benutzt hätte, sondern, laut Annie, ›reif fürs Irrenhaus waren‹.

Sie bahnten sich mit den Ellbogen ihren Weg zum Tresen, wo ein gelbhaariger Mann Getränke ausschenkte. Er hatte spitze Ohren und zwei Löcher dort, wo Clive normalerweise eine Nase zu finden erwartete, sah ansonsten jedoch ganz menschlich aus. Clive hielt die Hand mit gespreizten Fingern hoch, um fünf Getränke zu bestellen. Der Mann streckte die Hand aus, Handfläche nach oben.

»Vorausbezahlung?« fragte Clive.

Der Mann hob die Schultern und schlug leicht auf die Hand. Clive holte eine Münze aus dem Beutel, den er jetzt trug, und legte sie in die Hand des Wirts. Der schüttelte den Kopf, berührte die Münze mit einem außergewöhnlich langen Finger, tippte dann an zwei Stellen daneben auf die Handfläche. Clive spielte mit dem Gedanken zu feilschen, entschied dann, daß es die Sache nicht wert wäre, und legte zwei weitere Münzen nieder.

Weniger als sechzig Sekunden später hatten sie fünf Krüge, die mit einem würzigen Ale gefüllt waren, das, laut Horace, vielleicht das befriedigendste war, das er je getrunken hatte. »Nicht, daß es besonders gut ist, um Gottes willen«, sagte er Clive. »Aber ich glaube, das war die längste Zeit, daß ich ohne so was auskommen mußte.«

Aber während die übrigen das Gebräu beinahe augenblicklich hinunterstürzten, stand Tomàs nur da und starrte das seine eine lange Zeit an. Schließlich hob er es an die Lippen, wobei der Ausdruck auf seinem Gesicht genauso fromm war, als würde er beten, und tat einen Zug. Er hielt nicht eher inne, als bis er den Krug zur Neige geleert hatte. Er deutete hinüber zum Wirt, daß er ein weiteres wollte. Wahrscheinlich befriedigt darüber, daß Clive ein annehmbares Zahlungsmittel bei sich führte, brachte es der Mann ohne Vorauszahlung. Erneut starrte Tomàs es eine lange Zeit an, bevor er es in einem langen, tiefen Zug leerte.

Clive, der damit beschäftigt war, sich im Raum nach jemandem umzuschauen, der vielleicht englisch sprach, bekam nicht mit, wie Tomàs sich ein drittes Bier bestellte. Horace und Annie taten das nicht, wurden jedoch abgelenkt, als Clive andeutete, daß er glaubte, jemand starre sie auf verdächtige Weise an. Einer von N'wrbbs Leuten? Oder vielleicht, wie bereits schon mehr als einmal geschehen, jemand, der Neville gekannt hatte und sich nicht ganz sicher war, ob Clive derselbe wäre. Letzteres würde vielleicht bedeuten, daß sie aus dem Mann einige Informationen herausholen könnten. Das barg jedoch auch die Gefahr in sich, daß es jemand sein könnte, den Neville gelinkt hatte. Clive rieb sich die Kieferknochen, die ihm noch immer zu schaffen machten.

Der Mann, ein schwerfälliger, roher Mensch mit einer Axt, die er am Oberschenkel befestigt hatte, erhob sich von seinem Platz. Er ging geradewegs auf sie zu, als sich zu beiden Seiten ein Lärm erhob. Zu Clives Ärger schien er sich um Finnbogg und Tomàs zu konzentrieren.

Wie er die Dinge später rekonstruierte, hatte jemand an der Theke eine Geste gemacht, die Tomàs beleidigend fand. Tomàs, der gerade einen vierten Krug des starken Ale geleert hatte, hatte mit einer Schimpftirade geantwortet, deren Bedeutung in jeder Sprache klar war. Sekunden später flog der erste Krug, und von da an ging alles den Bach runter.

Aber alles, was Clive jetzt zu sehen bekam, war Tomàs auf dem Boden vor der Theke, der in einen Kampf mit einem weit größeren Mann verwickelt war. Der Halbkreis halbbetrunkener Männer, die sie umringten, wurde von einem grimmig knurrenden Finnbogg auf Distanz gehalten. Von der Schlacht vor sich abgelenkt, bekam Clive nichts mehr von dem mit, was sich hinter ihm abspielte, und es war lediglich ein Stoß von Horace in letzter Minute, der ihn davor bewahrte, daß ihm der Schädel von der Axt in zwei Teile gespalten wurde, als diese durch die Luft pfiff, um sich in der Theke zu vergraben.

Clives Instinkte hatten sich während seines Aufenthalts im Dungeon geschärft. Ohne einen Augenblick zu zögern, rollte er sich hinüber und stieß dem Angreifer den Fuß in die Genitalien. Der vierschrötige Mann kreischte vor Schmerz auf und fiel vornüber. Clive, der schon wieder auf den Knien war, nahm den Hinterkopf des Mannes in beide Hände und knallte ihn auf den Fußboden. Der Lärm um sie herum deutete darauf hin, daß sich der Tumult ausbreitete, aber Clive war im Augenblick wie betäubt von den Worten, die er von seinem Meuchelmörder vernommen hatte, bevor dieser das Bewußtsein verlor: »Verdammt sollst du sein, Folliot.«

Er wälzte den Mann auf den Rücken und schlug ihm ins Gesicht, womit er versuchte, ihn wieder aufzuwecken.

»Keine Zeit für sowas, Sör«, sagte Horace, der ihn am Arm zog. »Wir machen uns besser dünne. Wir dürfen nicht mehr Aufmerksamkeit als nötig erregen.«

Clive schaute auf und duckte sich, als ihm ein dreibeiniger Stuhl über den Kopf flog.

Horace hatte recht, wie gewöhnlich. Die gesamte Taverne schien in eine einzige Massenschlägerei einbezogen worden zu sein.

»Wo ist Annie?« fragte er, während er einen anstürmenden Mann beiseite schlug, der Schuppen anstatt Haut hatte.

Horace zeigte hinter sie. Clive wandte sich rechtzcitig

um, um mitzubekommen, wie Annie einen Steinkrug schwenkte und auf dem Kopf von jemandem zerschlug, der gerade dabei war, ein Messer in den Tumult zu schleudern. Finnbogg warf sich vor sie und knurrte jeden wild an, der es wagte, zu nahe zu kommen. Zwei Männer lagen vor dem erbosten Zwerg am Boden. Clive sah einen gezackten Knochen aus dem Ärmel des einen Mannes ragen, was darauf hindeutete, daß er mit den massigen Kiefern des Zwergs zu tun gehabt hatte. Alle anderen hielten sich auf Distanz.

»Laßt sie in Ruhe, und dann raus hier!« sagte Clive.

Horace nickte. Ohne auf Clive zu warten, watete er durch das Getümmel in Richtung Tomàs. Clive wandte sich um und ging auf Annie zu. Der Fußboden war schlüpfrig von Ale, die Luft dick von Rufen und Flüchen. Er bemerkte, als er sich durch das Gemenge von Männern und Frauen schob, daß sein größter Vorteil in dieser ganzen Situation der war, daß er lediglich Zeit für ein einziges Bier gehabt hatte. Indem er die Köpfe der letzten beiden Männer gegeneinander knallen ließ, die ihm im Weg standen und die beide zu tief ins Glas geschaut hatten und etwas von dem ›großen Hund‹ murmelten, rief Clive Finnbogg zu, er möge ihn vorbeilassen.

Der Zwerg war beinahe blind vor Wut bei dem Gedanken, jemand würde es wagen, seine geliebte Annie zu bedrohen, und er brauchte einen Augenblick, bis er Clive erkannte. Als er's tat, bewegte er sich mit einem heiseren Knurren zu Seite, um dann seine einmal eingenommene Wache wieder anzutreten.

»Auf meinen Rücken!« rief Clive. Annie sprang hinauf, legte ihm die Beine um den Bauch und die Arme um den Nacken. Dann rief er Finnbogg. Mit dem Bulldog-Zwerg voran, der ihnen den Weg frei machte, teilten sich die kämpfenden Betrunkenen vor ihnen wie die Wasser des Roten Meeres auf den Befehl Mosis. Aber selbst so mußte Annie Clives Schwert benutzen, um ein oder zwei Mal hinter sich zu schlagen.

Horace erwartete sie an der Tür. Er hielt Tomàs unter dem einen Arm und ein blutbedecktes Schwert in der Hand. Sie nickten einander zu und verließen eilig das Lokal.

Aber nicht eilig genug. Als sie bemerkten, daß die Urheber des gesamten Tumults dabei waren zu entkommen, lösten sich mehrere Männer aus dem Mob in der Taverne und quollen durch die Tür, wobei sie Tomàs' Kopf forderten.

Das sind mehr, als wir möglicherweise bewältigen können, dachte Clive verzweifelt, gerade bevor Shriek aus der Allee hervorbrach, ihren herzzerfetzenden Kampfschrei ausstieß und sich vor den Mob warf. Der Anblick der gigantischen Spinne ließ sie ihren Schritt so weit verlangsamen, daß Oma und Chang Guafe einen Gegenangriff von der Seite her unternehmen konnten. Clive nutzte ihre Verwirrung aus und nahm mit Shriek Kontakt auf.

Dort drinnen gibt's einen nahezu endlosen Nachschub von blutdürstigen Betrunkenen. Wir können nicht mit ihnen allen kämpfen. Alle sollen mir folgen!

Es soll so sein, wie du wünschest, o Folliot, entgegnete sie, *obwohl ich lieber hierbleiben und kämpfen würde.*

Shriek!

Das war nur Ausdruck dessen, was ich bevorzugen würde. Du läufst los. Ich will sofort mit den übrigen Kontakt aufnehmen.

Clive ergriff Horace und Annie bei den Händen und deutete eine nahegelegene Straße hinab. Dann warf er sich Tomàs über den Rücken und lief los, wobei er darauf vertraute, daß Shriek den Rest der Gruppe zusammensammelte.

Fünfzehn Minuten später flüchteten sie noch immer durch Alleen und um Ecken herum. Unglücklicherweise hatte sich die Größe des Mobs fast verdoppelt, weil zwei der Straßen, durch die sie gerannt waren, sie an Tavernen vorbeigebracht hatten, deren spätnächtliche

Besucher nur zu gewillt gewesen waren, sich in die Sache einzumischen, gleich, um was es ging.

Clive, der Tomàs Chang Guafe übergeben hatte, war sich nicht sicher, wie lange sie noch dem Mob davonlaufen könnten. Dann, wie um zu demonstrieren, daß es keine schlimme Situation gab, die nicht noch schlimmer werden könnte, liefen sie an zwei uniformierten Reitern vorüber, die sie erkannt haben mußten, denn sie riefen: »Anhalten, im Namen von N'wrbb Crrd'f!«

Die Reiter setzten ihnen nach, gerieten jedoch unter den Mob, der ihnen noch immer auf den Fersen war. Die Verwirrung gab Clive und seinen Leuten genügend Zeit, um eine Ecke zu laufen, und sie hatten den halben Wohnblock hinter sich gebracht, als sie vom Anblick einer Tür aufgehalten wurden, die aufschwang, und dem Klang einer Stimme, die rief: »Neville! Schnell! Du kannst dich hier verstecken!«

KAPITEL 13

Emmy Sturm

Clive war gewöhnt daran, daß man sich auf ihn stürzte, weil man ihn mit Neville verwechselte. So war's eine ziemliche Überraschung, daß jemand, der ihn für seinen Bruder hielt, ihnen Zuflucht bot. Aber als sich herausstellte, daß die Stimme, die sie angesprochen hatte, zu einer kleinen, ziemlich stämmigen Frau mit flammend rotem Haar gehörte, die die Arme um ihn warf und dabei ausrief: »Ach herrje, wie habe ich dich vermißt, mein Süßer«, machte Clives Gefühl der Erleichterung darüber, daß sie Zuflucht gefunden hatten, rasch einer nervösen Verlegenheit Platz. Was geschähe, wenn sie herausfände, daß er *nicht* Neville wäre? Würde sie aufschreien? Um Hilfe rufen? Sie wieder dem Mob überlassen?

Clive wurde jedoch klar, daß ihr letzteres schwerfallen würde, wenn sie nicht Freunde zur Hilfe zöge. Er wollte nicht hierbleiben, wenn sie nicht willkommen wären. Aber gleich, ob willkommen oder nicht, sie würden ihren Vorteil aus diesem Versteck ziehen, bis der Mob verschwunden wäre.

»Ach, Neville, Neville«, gurrte die Frau, »in was für eine Lage hast du dich denn dieses Mal wieder gebracht?« Sie rieb Clive mit den Händen über den Rücken und hielt das Gesicht noch immer an seine Brust gedrückt.

Clive zögerte. Der Flur, in dem sie standen, wurde schwach von einem Paar Öllampen erleuchtet. Unter solchen Umständen mochten er und Neville, obgleich sie nicht völlig identisch aussahen, schon miteinander verwechselt werden. Sollte er einfach den Irrtum ausnutzen?

Er entschied sich dagegen. Solch eine Täuschung wäre gegen seine Natur gewesen. Abgesehen davon, falls Neville tatsächlich irgendeine Beziehung zu dieser Frau hätte, gäbe es genügend Stellen, wo sie ihn entlarven könnte.

Aber in diesem Augenblick heulte der Mob noch immer auf der Straße. Vielleicht war's jetzt doch noch nicht an der Zeit, Licht in die Angelegenheit zu bringen. Er legte die Arme um sie und drückte sie fest an sich.

»Oh, Neville«, säuselte sie.

Er zählte die Sekunden. Die Geräusche des Mobs wurden schwächer. Gut. Betrunken, wie sie waren, setzten sie die Jagd in der Dunkelheit fort, ohne mitbekommen zu haben, daß ihr gejagtes Wild Zuflucht gefunden hatte.

Er wartete ein paar weitere Herzschläge ab und langte dann hinunter, um die Arme der Frau zu lösen. »Ich fürchte, da hat es ein Mißverständnis gegeben, meine Dame«, flüsterte er.

»Oh, Neville, mach solche Späße nicht mit mir. Du hast immer so viel Unsinn drauf, wenn du mich besuchen kommst. Warum gibst du deiner armen Emmy nicht einfach einen Kuß und hörst auf, mich so zu foppen?«

»Schauen Sie mich an«, sagte Clive höflich. Gleichzeitig sendete er Shriek eine Botschaft zu: *Sorg dafür, daß Horace sich bereit hält, mir dabei zu helfen, sie ruhigzustellen, falls sie aufschreit.*

Das soll geschehen, o Folliot. Wie gewöhnlich enthielt ihre Botschaft mehrere Bedeutungen; der Beiklang, der in seinem Bewußtsein raschelte, schien dieses Mal von Heiterkeit gefärbt zu sein.

»Schauen Sie mich an«, sagte Clive ernst.

Die Frau wich zurück und schaute ihm ins Gesicht. Sie war nicht übermäßig hübsch. Aber die Stupsnase und die gepuderten Sommersprossen auf den Wangen erfüllten ihn mit einem jähen Verlangen nach den schottischen Highlands, wo er als Junge die Sommertage verbracht hatte.

Der Schmerz in den blauen Augen, die sein Gesicht erforschten, wurde von jähem Verstehen ersetzt. »Du bist Clive!« verkündete sie mit einiger Freude.

Clive war befriedigt, daß es sein Bruder für nötig befunden hatte, ihn dieser Frau gegenüber zu erwähnen, und er war sich selbst böse, daß es ihn mit Befriedigung erfüllte.

»Das stimmt«, sagte er höflich. »Neville ist mein Bruder.«

»Oh, das weiß ich«, sagte die Frau freundlich. »Er hat dich bei mehreren Gelegenheiten erwähnt. Nun, steh doch nich' so hier rum. Komm ins Wohnzimmer.«

Sie faßte ihn an der Hand und zog ihn voran. Er war noch immer sehr erstaunt über ihre Reaktion, als er sich willig von ihr führen ließ. Die restliche Gruppe folgte ihnen, angeführt von Finnbogg, dem gegenwärtigen Besitzer des mittlerweile bewußtlosen Tomàs.

Emmy führte sie durch ein Paar dicker roter Vorhänge. Clive sah sich erstaunt um. Abgesehen von einer gewissen Roheit der Ausführung, hätte das Dekor ihres Wohnzimmers direkt aus seiner Welt stammen können. Der große Raum war angefüllt mit hochgepolsterten Stühlen und Sofas, die mit einem dunklen, samtähnlichen Stoff bezogen waren. Bestickte Deckchen lagen auf den kleinen Tischen, die neben den meisten Stühlen standen. Auf jedem Tisch stand eine Lampe mit heruntergedrehtem Docht, daneben zwei oder drei kleine Gläschen und eine Flasche mit einer bernsteinfarbenen Flüssigkeit.

So heimelig es das vertraute Mobiliar auch aussehen lassen mochte, es war ganz offensichtlich kein Heim. Clive benötigte einen Augenblick, bis er sich daran erinnerte, wo er zuletzt einen solchen Raum gesehen hatte. Als er's tat, errötete er.

»Denken Sie, was ich denke, Sör?« fragte Horace, der sich Clive zur Rechten gestellt hatte.

»Is' das nich' hübsch?« fragte Emmy freundlich. »'n bißchen vom alten England in diesem schrecklichen Dungeon. Nun, warum stellst du mich nicht deinen Freunden vor, Clive. Hat jemand von euch Hunger?« fragte sie und schaute die Gruppe mit plötzlich erwachter Besorgnis an.

»Ja, ich«, sagte 'Nrcc'kth begeistert.

Emmy ging hinüber zur Wand und zog an einem dicken roten Strick. Clive hörte, wie irgendwo in der Ferne ein Glöckchen bimmelte. Sekunden später trat ein großer, grüner Mann, der nichts weiter als ein Lendentuch trug, durch ein paar weitere Vorhänge in den Raum.

Emmy sprach ihn mit einem Namen an, der mit ›Mar‹ begann und mit einem Zischlaut endete, den sie dadurch hervorbrachte, daß sie die Oberlippe hob und durch die Vorderzähne blies. Als sie ihre Aufträge erteilt hatte, nickte er und verschwand. Er kehrte gerade in dem Moment zurück, als Clive seine übrigen Freunde vorgestellt hatte, und schob dabei einen mit Früchten und Käse beladenen Karren vor sich her.

Mit Hilfe von Mar-Zschsch stellte Emmy einige der Stühle zu einem großen Kreis zusammen. Diejenigen aus der Gruppe, die im wesentlichen menschenähnlich waren, waren dankbar für die Bequemlichkeiten. Die übrigen — Shriek, Chang Guafe und sogar Finnbogg — zogen ihre eigene Art der Entspannung vor: Shriek stellte sich hinter eines der Sofas, lehnte sich darüber und legte die Arme auf die Rückenlehne; Chang Guafe krabbelte auf eine Ottomane und machte sich daran, sich das Gesicht zu richten; und Finnbogg legte sich auf den Boden zu Annies Füßen.

»Nun, ihr«, sagte Emmy, »is' das nich' hübsch?«

Clive gestand sich selbst ein, daß es, da sie mit einem ausgezeichneten Essen in völlig ruhiger und friedlicher Atmosphäre aufwartete, in der Tat sehr hübsch war.

»Die Mädels haben heut' nacht ganz schön viel reingebracht«, sagte Emmy. »Ich wollte gerade abschließen, als ich den Krach draußen hörte. Könnt' euch glücklich schätzen, daß ich's gerade tat.«

»Glücklich, wie wahr«, sagte Clive, der ein Stückchen einer pinkfarbenen Frucht aufspießte, die von der Konsistenz her einer Melone ähnelte, vom Geschmack jedoch mehr gewürzten Birnen. »Und deine Gastfreundschaft wird dankbar angenommen.«

»Das und noch mehr für Neville Folliots Bruder«, sagte Emmy mit einem Lächeln. »Und noch mehr als das, wenn du nur halb so spritzig bist wie er.«

Die Reaktionen auf Emmys Bemerkung waren verschieden, wenngleich deutlich: Clive erblaßte, Horace hustete diskret, Annie kicherte, und 'Nrrc'kth gab einen Laut von sich, der einem Knurren nahekam.

Ist dies ein Teil des menschlichen Begattungsrituals? fragte Shriek diskret.

Gewöhnlich nicht! entgegnete Clive.

Emmy schaute sich im Raum um. »Hab ich etwas Falsches gesagt?« Ihre Wangen färbten sich fast in derselben Sekunde. »Verdammt soll ich sein, wenn ich's nich' hab«, sagte sie. »Du mußt mich entschuldigen, Clive. Ich arbeite schon so lang in diesem verfickten Dungeon, daß ich vergessen hab, wie's zu Hause is'. Nun, lassen wir das zunächst. Warum erzählst du mir nicht erst mal, was du so machst?«

»In der Hauptsache bin ich auf der Suche nach meinem Bruder«, sagte Clive, »obgleich diese Suche uns öfter als einmal in Schwierigkeiten gebracht hat.«

»Ich beneid' dich nich' um deinen Job«, sagte Emmy. »Der alte Neville bewegt sich schneller als jeder andere Mann, dem ich begegnet bin. Ich hätt' schwören können, daß irgend jemand hinter ihm her war.«

Clive zögerte. Vielleicht deshalb die Reisen seines Bruders? Versuchte jemand, ihn gefangenzunehmen? Das würde erklären, warum er niemals anhielt, um auf ihn zu warten. Aber falls das der Fall wäre, wer sollte das sein? Und warum?

»Hat er jemals was in der Richtung gesagt?« fragte Clive.

»Kaum!« sagte Emmy. »Er is' hier bloß reingefegt, hat mich flachgelegt und is' verschwunden, ehe ich überhaupt die Möglichkeit hatte, mit ihm zu reden.«

Während sie sprach, ließ sie die Augen über Clives Äußeres gleiten. Es war ganz offensichtlich, daß sie ihn mit seinem Bruder verglich.

»Wann hast du Neville zuletzt gesehen?« fragte Clive.

Emmy schloß die Augen und zählte mit den Fingern. »Ungefähr vor sechs Monaten, würd' ich sagen, obwohl's hier schwerfällt zu sagen, wie die Zeit vergeht.«

»Wie bist du hierhergekommen?« fragte Benutzer Annie.

Emmy schloß die Augen. »Hat der Ripper gemacht«, sagte sie nach einem Augenblick.

»Meinst du Jack the Ripper?« fragte Annie und rutschte unruhig im Sessel hin und her.

Clive wandte sich an Annie. »Ist dieser Jack Ripper jemand, den du kennst?«

»Natürlich nicht!« Dann schaute sie ihn an. »Aber du solltest ihn kennen. Oder ich denke zumindest, daß du's solltest. Scheiße. Mit diesen Daten hatte ich schon immer Schwierigkeiten. Aus welchem Jahr, hast du gesagt, kommst du?«

»Achtzehnhundertachtundsechzig«, entgegnete Clive.

Annie wandte sich an Emmy. »Und was für ein Jahr war's, als du hierhergekommen bist?«

»Achtzehnhundertachtundachtzig«, sagte Emmy.

»Nun, das ist die Erklärung, Großpapa: richtiges Jahrhundert, falsches Jahrzehnt. Jack the Ripper war dieser mordlustige Wahnsinnige, der zwanzig Jahre, nachdem du dich in das Dungeon aufgemacht hast, damit begonnen hat, in London die Huren aufzuschlitzen.«

Clives erster Instinkt war zu protestieren, daß er sich erst seit einem Monat oder maximal zwei im Dungeon aufhielte. Er wußte natürlich, daß Annie aus der Zukunft gekommen war, genau wie eine seltsame Truppe von japanischen Soldaten, mit denen sie einen Zusammenstoß gehabt hatten. Aber irgendwie hatte er sie als Anomalitäten betrachtet, als Leute, die aus ihrer Zeit herausgerissen und in sein Jahrzehnt gebracht worden waren. Bis jetzt war's ihm noch immer gelungen, sich selbst davon zu überzeugen, daß es in der wirklichen Welt noch immer das Jahr 1868 war. Aber jetzt war hier Emmy, die erste Person, der er begegnet war, die aus einer Zeit stammte, die so nah an seiner eigenen lag — so nahe, und doch so weit entfernt. Er wurde von einer verblüffenden Vision überfallen, einer Vision, in der die Zeit sich als endloses Gummiband darstellte, das sich vorwärts in die Zukunft und rückwärts in die Vergangenheit erstreckte. Waren die Herren des Dungeon tatsächlich imstande, Leute von jedem Teil dieses Bandes zu ergreifen, einfach so? Und was bedeutete das für ihn und seine Gruppe? Wenn es ihnen jemals *tatsächlich* gelänge zu fliehen, welche Zeit wär's dann in der wirklichen Welt?

Er bemerkte, daß Emmy gerade etwas sagte.

»... kurze Zeit verheiratet. Mein Mann war 'n lausiger Faulpelz, aber er hat mir einen hübschen Namen gegeben, findet ihr nicht auch? War gleichfalls gut fürs Geschäft. Die Seeleute haben immer gesagt, daß ihre Vorstellung vom Himmel ›ein Hafen in Emmy Sturm‹ wär'. Natürlich war das erst, als mich mein Alter verlassen hat. Sobald man mal hungrig genug ist, macht man alles, was man muß, um zu überleben, wißt ihr. Ich hatte auch 'ne feine Karriere, echt, bis das Haus, wo ich am arbeiten war, irgendso 'nen Polliticker vor die Birne stieß, und ich bin dann auffer Straße gelandet, genau zu der Zeit, als der alte Jack gerade *seine* Karriere begann. War dann 'ne Zeitlang ganz schön schaurig, kann ich euch sagen. Ich mein', war natürlich ganz klar nich' sicher nachts draußen auf der Straße, zumindest nich', wenn du deinem Gewerbe nachgegangen bis', wenn ihr versteht, was ich mein'. Aber 'n Mädel muß was zu essen haben, nich' wahr?«

Emmy zupfte ihr pinkfarbenes Gewand zurecht und schaute sich um, auf der Suche nach einer Art Bestätigung. »Auf jeden Fall, ich war draußen in 'ner Nacht und bin rumgewandert, als dieser feine Herr mich angequasselt hat. Ich hab mit ihm 'n bißchen rumgequatscht, aber irgendwas war komisch; ich kann nich' mehr sagen, ob wir 'nen Handel gemacht haben oder nich'. Nun, plötzlich bemerk ich, daß wir so 'ne Seitenstraße langlatschen, und niemand is' zu sehn. Der Nebel in dieser Nacht war ganz schön dick — konntest die eigenen Füße nich' sehn, wenn du dich nich' runtergebeugt has. Aus heiterem Himmel packt der da meine Arme und sacht: ›Ich habe ein Auge auf Sie geworfen, Fräulein Sturm‹.«

Emmy Sturms Augen waren bei der Erinnerung an das, was als nächstes geschehen war, vor Schreck weit geöffnet.

»Nun, ich wußt, daß mein letztes Stündlein geschlagen hatte. ›Du bis' Jack!‹ hab' ich geschrien. Ich zog mein' Arm weg und bin losgelaufen. Aber er hatte mich da in so 'ne Sackgasse gebracht. Ich hab' das Ende erreicht und hab' mich dann umgedreht. Jack is' auf mich zugekommen, so ganz langsam, bloß 'n Schatten im Nebel. Sein schwarzes Cape blähte sich hinter ihm auf, der Nebel wirbelte vorn. Ich hab' das Messer in seiner Hand sehen können; er hat's weit vor sich gehalten. War 'n ganz schön langes, könnt ihr mir glauben. Aber das is' ja nich' das schlimmste gewesen. Das schlimmste is' gewesen, daß er gelacht hat. Kein so'n großes Lachen; nur so'n kleines Kichern, als würd' er 'n Witz reißen.«

Ein Schauder überlief sie, und sie rieb sich die Arme mit den Händen. »Er is' näher und näher gekommen. Sein Atem hat nach Kaffee gestunken. Er hat mir das Messer an die Kehle gelegt. Ich hab' geschrien und mich an die Mauer gedrückt — und dann is' da einfach keine Mauer mehr nich' gewesen!« Sie kicherte, aber es war ein kraftloses Geräusch, unterhöhlt von der Erinnerung. »Das Gesicht von Jack the Ripper is' das letzte gewesen, was ich von zu Hause gesehn hab' — was, schätze ich, einer der Gründe dafür is', warum's mich nich' so sehr schert wie 'n paar andere.« Dieses Mal war ihr Lachen echter. »Ihr habt niemals in eurem Leben so'n überraschten Gesichtsausdruck wie den von Jack gesehen, als ich aus seinem Griff entwischt bin. Natürlich muß mein eigenes Gesicht auch ganz nett ausgesehn haben, schätze ich. Obwohl, ich hab' nich' lang gebraucht, um mich hier an das alles zu gewöhnen. Ich lande immer auf 'n Füßen. Das isses, was Willy Sturm gesagt hat, bevor er mich verlassen hat. ›Ich mach mir um dich keine Sorgen, Em. Du landest immer auf 'n Füßen.‹ Schätze, meine Füße sind ganz schön tief hier eingesunken. Das einzige, was mich noch immer durcheinanderbringt, is', warum sie mich hierhergebracht haben.«

Clive hob die Schultern. »Warum haben sie einen jeden von uns hierhergebracht?«

»Ich bin sicher, daß ich keine Ahnung habe«, sagte Emmy. »Aber laut Neville kommt niemand zufällig in das Dungeon.«

»Du meinst, die Leute werden aus ganz bestimmten Gründen ausgewählt?« fragte Clive, setzte sich auf und starrte sie an.

Emmy hob die Schultern. »Nun, so hat's sich bei Neville angehört.«

»Was hat dir Neville sonst noch über das Dungeon erzählt?« fragte Clive.

»Nich' gerade schrecklich viel. Ich meine, da gibt's so manches, was die meisten Leute wissen, wie zum Beispiel, daß es hier neun Ebenen gibt.« Sie schaute Clive an. »Du hast das gewußt, nicht wahr?«

Clive schüttelte den Kopf und kam sich unsagbar blöde vor.

»Da schau her«, sagte Emmy freundlich. »Man lernt jeden Tag was Neues, nich' wahr, ihr Schätzchen?«

»Auf welcher Ebene sind wir denn jetzt?« fragte Annie.

»Ich würde sagen, dies ist die zweite Ebene«, sagte Horace, »vorausgesetzt, Q'oorna war die erste.«

»Oh, isses, isses«, sagte Emmy. »Zumindest hat mir Neville das gesagt. Ich bin selbst nie dagewesen. Hier bin ich gelandet, und hier werd ich bleiben.«

»Hübsch«, sagte Annie. »Q'oorna ist nicht ganz das, was man das Ferienparadies des Kosmos nennen würde.«

»'Nrrc'kth«, sagte Clive, »weißt du etwas darüber?«

Die schlanke Frau schaute von der Melone auf, die sie sich systematisch einverleibte, und schüttelte den Kopf. »N'wrbb hat wichtige Staatsangelegenheiten nicht mit mir besprochen.«

»Ich weiß«, sagte Finnbogg.

»Ja, ich weiß, daß du's tust, Finn«, entgegnete Clive, wobei er vermied, darauf hinzuweisen, daß er vor einiger Zeit gelernt hatte, wie unmöglich es war zu entscheiden, was Finnbogg wußte und was er sich ausdachte.

Er wandte sich wieder an Emmy. »Nimm ruhig an, daß wir keine Ahnung haben«, sagte er. »Was unglücklicherweise nicht weit von der Wahrheit entfernt ist. Die meisten von uns sind auf der ersten Ebene gelandet. Und mit Ausnahme von Finnbogg sind die meisten von uns nicht sehr lange dort geblieben.«

In Wirklichkeit war er sich nicht sicher, ob Finnbogg sehr lange im Dungeon gewesen war; das war schwer zu entscheiden, denn als die Angelegenheit zum letzten Mal zur Sprache gekommen war, hatte der Zwerg behauptet, er wäre vor zehntausend Jahren hierhergebracht worden. *Und was ist mit Shriek,* fragte er sich. *Wie lange war sie schon hier, ehe wir ihr begegnet sind?*

Zu lange für meinen Geschmack, o Folliot, sendete sie. *Aber nicht lange genug, um die Antworten zu erhalten, die ich benötige.*

Ich habe dich gebeten, das nicht zu tun! schoß er zurück.

Sie schickte ihm eines ihrer speziellen mentalen Achselzucken. *Ich hörte, wie du meinen Namen riefst.*

Emmy, die nichts von dem privaten Dialog mitbekam, machte sich daran, seine Fragen zu beantworten. »Was kann ich euch sonst noch sagen? Ihr müßt euch natürlich vor den Chaffri vorsehen. Mit ihnen anzubändeln, is' 'ne schlimme Sache.«

»Was sind die Chaffri?« fragte Clive.

»Hab' nich' die leiseste Ahnung, Schätzchen«, entgegnete Emmy. »Aber du hast mich gebeten, alles zu sagen, was jeder weiß. Nun, das is' so was. ›Hüte dich vor den Chaffri‹. Is' was, was man recht bald hier in der Gegend mitbekommt. Natürlich beherrschen die Ren diesen Ort. Oh, das is' schwierig, Clive. Ich weiß nich', was ich dir sagen soll.«

»Fang mit den Ren an. Wer sind sie?«

»Was ich gesagt hab'. Die Leute, die diesen Ort hier beherrschen. Nun, ich weiß nich' genau, ob das Menschen sind. Ich hab' niemals wirklich einen gesehn. Kenne auch keinen, der's hat. Aber das is' halt etwas, das jeder weiß: die Ren sind für dieses Dungeon verantwortlich.«

»Ich dachte, das wären die Q'oornans«, sagte Clive.

Emmy schnaubte. »Das is' so, als würde man sagen, die Iren beherrschen die Engländer. Q'oorna is' bloß der Ort, den die Ren als Anker benutzten, als sie das Dungeon gebaut haben.«

»Warum haben sie es gebaut?« fragte Clive eifrig.

»Oh, weiß nich', mein Lieber. Warum baut 'n Vogel 'n Nest? Warum sind die Sterne am Himmel — nicht, daß es welche in dieser lausigen Stadt gäbe, wenigstens nicht das, was du echte nennen würdest. Aber du weißt, was ich meine. Ich meine, is' eben halt was, was sie getan haben.«

»Nun, wer sind sie?«

»Das hab' ich dir gerade gesagt. Das sind die, die das Dungeon gebaut haben.«

Clive machte einen Rückzieher.

»Verdammt noch mal, wo hab' ich denn bloß meinen Kopf«, rief Emmy und schlug sich gegen die Stirn. »Ich hab' doch was, was dir bei all dem helfen wird.«

»Was ist das?« fragte Clive begierig.

»Das Tagebuch deines Bruders. Er hat's bei mir zurückgelassen, hat mir gesagt, daß ich dir's geben soll, wenn ich dich je zu Gesicht bekomme.«

Clive hielt den Atem an. Annie wollte etwas sagen, aber er gebot ihr mit einem Wink zu schweigen.

»Wo ist es?« fragte er.

Sie kicherte. »Oben, in meinem Schlafzimmer.«

»Würdest du es mir bitte holen?« sagte Clive und versuchte, Ruhe zu bewahren.

Der spröde Blick wurde auf der Stelle frivol. »Warum kommst du nich' mit rauf und schaust es dir allein an, Schätzchen?«

Annie vermochte kaum, ihre Heiterkeit zu unterdrükken. 'Nrrc'kth jedoch gab erneut einen mißbilligenden Laut von sich.

»Ich schau's mir lieber hier unten an«, sagte Clive unbehaglich.

Emmy schüttelte den Kopf. »Neville hat mir gesagt, ich soll es dir geben, und nur dir. Ich glaube, du kommst besser mit hoch.« Sie wandte sich an die anderen. »Mar-Zschsch wird euch Schlafplätze zeigen. Wir sehn uns morgen.«

Dann faßte sie Clive beim Arm und führte ihn aus dem Zimmer.

KAPITEL 14

Die Höhle
des Zerberus

Emmy Sturm schloß die Tür zu ihrem Zimmer. »Is das nich' hübsch?« sagte sie, wandte sich Clive zu und drückte sich gegen ihn.

»Bemerkenswert«, entgegnete er.

Und das war es in der Tat. Das Zimmer wurde völlig von einem eleganten Himmelbett mit gerüschtem Baldachin beherrscht. Das Bett stand auf einer Empore, zwei Stufen über dem restlichen Fußboden. Rechts von der Empore stand ein großer Kleiderschrank mit sorgfältig geschnitzten Symbolen, die für Clive keine erkennbare Bedeutung hatten, die nichtsdestoweniger irgendwie mit versteckten Botschaften durchsetzt zu sein schienen. Eine Truhe, bemalt mit Bildern, die die gleichen Motive zeigten, stand rechts. Beide Möbelstücke waren sorgfältig geschliffen und poliert. In der Nähe des Ankleidetischs befand sich eine Waschecke mit einem eleganten Marmorkrug und einer eleganten Marmorschüssel. Der Bettüberwurf schien aus Seide zu sein; die Tapete war einer anderen nicht unähnlich, die er vor fünf Jahren in Paris gesehen hatte.

»Woher haben Sie das alles bekommen, Frau Sturm? Ich meine, das Dungeon scheint mir nicht gerade der Ort zu sein, wo man so etwas erwartet.«

»Mußt du mich Frau Sturm nennen?« fragte Emmy ein wenig schmollend. Sie spielte mit den Tressen an Clives Wams, ließ dann die Finger durch das dicke, kastanienbraune Haar gleiten, das darunter lag. »Das is' so formell.«

Er räusperte sich. »Tut mir leid ... Emmy.«

»Das klingt schon besser, Schätzchen«, sagte sie und

küßte ihn auf die Kinnspitze. »Und was deine Frage betrifft — wir wollen einfach sagen, daß ich erstklassige Kunden habe. 'n paar von den Mächtigen, wenn du weißt, was ich meine. Einige sind stolz genug auf mich, daß sie mir hin und wieder 'n Geschenk mitbringen.«

»Aber reisen sie tatsächlich in das Dungeon und wieder hinaus, um das zu tun?« fragte Clive, in dem plötzlich die Hoffnung aufkeimte, daß es am Ende doch einen Weg geben könnte zu fliehen.

»Schhh!« zischte Emmy. »Darüber reden wir hier nich'.«

»Hier kann uns doch sicher niemand hören«, sagte Clive.

Emmy schaute sich ängstlich um. »Wer weiß, was im Dungeon geschehen kann? Ich hab dich auf jeden Fall nich' hier hoch gebracht, um mit dir über so was zu reden.« Sie löste den Gürtel ihres Kleids. »Die Männer kommen von weit her zu mir, Clive, und sie bezahlen sehr gut. Aber für Neville Folliots Bruder — das geht auf Rechnung des Hauses, und das wird's wert sein, wenn du nur halb so gut bist, wie er's war.«

Bis zu diesem Augenblick hatte Clive ein wachsendes Verlangen nach Emmy Sturm verspürt; er hatte die Möglichkeit einer solchen Vereinigung die ganze Zeit über gesehen, während er ihr die Stufen zu ihrem Zimmer gefolgt war. Aber die Einladung, sich mit Neville auf einem weiteren Gebiet zu messen, hatte auf seine Libido den gleichen Effekt, als wäre er kurz in einen eisigen Gebirgsstrom getaucht worden. Sein Begehren schwand und wurde durch einen Ärger ersetzt, den er kaum verhehlen konnte.

»Mein Bruder und ich sind verschiedene Menschen, Frau Sturm. Meine Reise, um ihn zu finden, hat weit mehr zu tun mit einem Versprechen unserem gemeinsamen Vater gegenüber als mit irgendeiner Art von Verwandschaftsverhältnis. Ich wäre Ihnen sehr dankbar, wenn Sie jetzt das Tagebuch holten.«

Emmy Sturm zog sich von ihm zurück. In ihren Augen zeigte sich eine Folge von Gefühlen, die bei einem Schock begannen, sich durch Kummer hindurcharbeiteten, um schließlich im Ärger ihren Höhepunkt zu finden.

»Neville hat mir gesagt, du wärst ein Musterknabe«, zischte sie. »Er hat mir nicht gesagt, daß du aufgeblasen bis zum Geht-nicht-mehr bist.«

»Das Tagebuch, Frau Sturm.«

Während Clive zuschaute, wie sie hinüber zum Kleiderschrank ging, ertappte er sich dabei, wie er hoffte, daß Shriek diese Unterhaltung nicht mitgehört hatte.

Welche Unterhaltung? fragte die vertraute Stimme im Kopf.

Schon gut, entgegnete er. *Verschwinde. Ich werd's dir später erzählen.*

Dem mittlerweile vertrauten mentalen Achselzucken folgte ein kurzes Gefühl der Leere, das ihn wissen ließ, daß sie verschwunden war. Er richtete seine Aufmerksamkeit wieder auf Emmy, die die untere Schublade des Kleiderschranks geöffnet hatte. Nachdem sie einen Stapel Spitzenunterwäsche beiseite geräumt hatte, zog sie ein vertrautes Buch heraus. Es war in schwarzes Leder gebunden. Clive hielt den Atem an und vermochte kaum zu glauben, daß es möglich wäre. Dreimal hatte er bereits Nevilles Tagebuch verloren und auf mysteriöse Weise wiedergefunden. Es schien kaum möglich zu sein, daß das Wunder erneut geschehen könnte. Aber dann, überlegte Clive, wenn man die Geschichte des kleinen Buchs betrachtete, so war's vielleicht unausweichlich.

Emmy Sturm legte ihm das Buch in die Hände. Als sie zu ihm aufsah, erblickte er die Tränen, die in den Winkeln der großen blauen Augen hingen. Hatte er sie wirklich so sehr verletzt? Oder handelte sie nur zu seinem Besten? Er streckte die Hand aus um die Tränen wegzuwischen. Sie wandte den Kopf und küßte ihn leicht aufs Handgelenk, kam dann näher und legte ihm den Kopf sanft auf die Brust.

Als er eine Stunde später neben ihr lag und ihr zuschaute, wie sie atmete, kostete es Clive alle Kraft, die er aufbringen konnte, sie nicht zu fragen, ob er ihren Erwartungen entsprochen hätte. Sie streichelte ihm mit den Fingerspitzen die Wange. Er legte ihr die Hand auf den Bauch und schlief ein.

Er wurde von einem Hämmern an der Tür und dem Klang von Horace Hamilton Smythes Stimme geweckt.

»Sör! Wachen Sie endlich auf, Sör! Wir sind in Schwierigkeiten!«

Clive wälzte sich aus dem Bett und zog sich die mittelalterliche Kleidung an, die er in N'wrbb Crrd'fs Schloß erhalten hatte. Während die weichen Lederstiefel noch immer in Form waren, hatte der Rest der Kleidung während ihrer letzten Abenteuer sichtlichen Schaden genommen. Die kastanienbraune Hose, die gleichfalls aus Leder bestand, war am Knie zerrissen. Das scharlachrote Wams war an zahlreichen Stellen von eingetrocknetem Blut verfärbt. Ein Teil dieses Bluts war das eigene; das meiste gehörte anderen. Er schnappte sich Nevilles Tagebuch und öffnete die Tür. »Was ist los, Horace?«

Smythe sah noch erregter aus, als er geklungen hatte. »Wir haben Gesellschaft bekommen, Sör. Das Haus ist ganz gut befestigt, und Mar-Zschsch versucht, ihn hinzuhalten. Aber die Türen werden nicht mehr allzulang halten, wenn er wirklich reinkommen will.«

»Um Himmels willen, Sergeant Smythe, von wem redest du eigentlich?«

»Warum schauen Sie nicht selbst nach, Sör«, sagte Horace und deutete auf ein Fenster am Ende des Gangs.

Clive lief den Korridor entlang.

»Lassen Sie sich bloß nicht blicken!« rief Horace.

Er zog einen Damastvorhang beiseite und spähte hinunter auf die Straße. N'wrbb Crrd'f klopfte mit dem Knauf seines Schwertes an die Tür. Hinter dem großen, beinahe grotesk schlanken Mann stand eine Hundertschaft Soldaten.

Clive seufzte und fragte sich kurz, ob ihm der Himmel ein augenblickliches Strafgericht dafür schickte, daß er die Sünde des Fleischs mit Emmy Sturm begangen hatte. »Sind die anderen wach, Sergeant?«

»Sind auf, Sör. Haben schon gefrühstückt.«

Er machte sich auf den Weg zurück ins Schlafzimmer. Emmy war schon aus dem Bett und schlüpfte in ihr pinkfarbenes Gewand.

»Gibt's hier einen Hinterausgang?« fragte Clive.

Sie sah überrascht drein. »Natürlich, meine Schätzchen. Nich', daß es irgend jemanden kümmert, was andere Leute hier machen. Aber ich war so dran gewöhnt, einen Weg für Kunden zu haben, durch den sie ungesehen hinausschlüpfen konnten, daß ich so etwas mit eingebaut hab', als ich dieses Haus hier gekauft hab'.«

»Du bist ein Engel, Emmy Sturm«, sagte Clive und küßte sie auf die Stirn.

»Das sagen sie alle. Los jetzt, ich zeige euch den Weg, wenn du mir sagst, was das Ganze überhaupt soll.«

»Sergeant Smythe«, sagte Clive. »Wo sind die anderen?«

»In der Küche«, entgegnete Smythe. »Mar-Zschsch hat uns da hingeschickt, als der Krawall losging.«

»Das ist gut«, sagte Emmy, als sie die Treppe hinuntergingen. »Das bringt uns ganz nah zum Hinterausgang. Ich werde euch führen.«

Während sie durch den Korridor liefen, hörte Clive, wie Mar-Zschsch geduldig erklärte, daß er die Tür nicht ohne Erlaubnis der Dame öffnen könne, und, ja, natürlich hätte er jemanden losgeschickt, sie zu holen, aber da sie sehr fuchtig würde, wenn sie unerwartet geweckt würde, könnte es durchaus sein, daß der arme Unglückliche, der für diese Aufgabe ausgewählt worden sei, mit einigen Schrammen zurückkäme und vielleicht auch mit ein paar gebrochenen Knochen. Clive wünschte fast, sie könnten stehenbleiben und der weiteren Rezitation des grünhäutigen Mannes lauschen, die mit Sicherheit noch einige Minuten weiterginge, trotz der ärgerlichen Rufe von der anderen Seite der Tür.

»Er macht das ganz prima«, sage Emmy und führte sie in die Küche. Clives Leute waren bereits da sowie eine Anzahl weiblicher Gestalten verschiedener Spezies; die meisten zitterten vor Aufregung. Irgend etwas roch ausgezeichnet, und Clive bedauerte sich und die Tatsache, daß er dabei war, das Frühstück ausfallen lassen zu müssen.

»Hier lang«, sagte Emmy und ging aus der Küche hinaus in einen Raum, der offenbar als Vorratskammer diente. Sie griff in eines der Regale. Clive vernahm ein Klicken, und ein Abschnitt der Wand sprang an unsichtbaren Scharnieren nach innen und gab einen Gang mit schwarzen Holzpaneelen frei.

»Er führt in eine Allee hinter dem Haus. Auf der anderen Seite der Allee liegt ein verlassenes Gebäude. Ihr könnt euch dort bis zum Dunkelwerden verstecken — es wäre für euch nich' sicher, vorher durch die Stadt zu laufen. Geht jetzt!«

»Sei gesegnet, Emmy Sturm«, sagte Clive. Er zog sie zu sich heran und küßte sie, und noch während er das tat, war er sich bewußt, daß Chang Guafe dies als eine überflüssige Handlung bewerten würde. Er lief den Korridor hinab und schaute sich nicht um, selbst als er hörte, wie der Eingang hinter ihm zuschnappte.

Clive hielt Nevilles Tagebuch mehrere Minuten lang in Händen, ehe er sich ein Herz faßte und es öffnete. Obwohl es den Anschein hatte, als starrte er die goldenen Lettern an, die das ansonsten schwarze Leder des Einbands schmückten, sah er kaum etwas. Sein Bewußtsein war zu sehr damit beschäftigt, die Erinnerung an das erste Mal heraufzubeschwören, als er das mysteriöse Buch in Händen gehalten hatte.

Er hatte auf einem Felsen in Q'oorna gestanden, Horace Hamilton Smythe und Sidi Bombay zur Seite. Sie wußten noch nicht, daß sie sich in Q'oorna befanden — nur daß sie irgendwie aus ihrer eigenen Welt hinaus- und in irgendeinen schrecklichen neuen Ort hineingestolpert waren. Und als wäre das noch nicht erschreckend genug, hatten sie einen Sarg oben auf dem Felsen gefunden, den Horace geöffnet und der ihnen Nevilles Körper gezeigt hatte. Clives Finger zitterten bei der Erinnerung. Dieses Tagebuch hier war von den kalten Händen umklammert gewesen, die verschränkt auf der Brust des toten Zwillingsbruders gelegen hatten. Als er es öffnete, hatte er eine Botschaft seines Bruders vorgefunden. Das war schon merkwürdig genug gewesen. Aber ein wenig später, als er's erneut öffnete, hatte er eine neue Botschaft vorgefunden, die hineingeschrieben worden war, *nachdem* er das Tagebuch an sich genommen hatte.

Bis heute hatte es insgesamt vier Botschaften gegeben. Zweimal, und heute ein drittes Mal, war das Tagebuch auf mysteriöse Weise zu ihm zurückgekehrt, nachdem er's verloren hatte. Daß Neville nicht tot war, war jetzt sicher. Aber durch welche Taschenspielereien es ihm gelang, ständig neues Material in dieses Tagebuch zu schleusen, davon hatte Clive keine Ahnung.

Er strich mit den Fingern über den schwarzen Ledereinband. Welche Art von Botschaft fände er dieses Mal? Irgend etwas Hilfreiches — oder irgendeine der verrückten kryptischen Botschaften, die so gut die Weise widerspiegelten, in der Neville stets mit ihm umgesprungen war, jeder Beistand versteckt unter einer Narrenmaske, die gelegentlich Züge von Quälerei annahm?

Er seufzte und öffnete das Buch, von dem er aus Erfahrung wußte, daß es bis auf die Seite, auf der die neue Eintragung aufgezeichnet worden war, leer war.

In der Vergangenheit hatte die Farbe der Tinte manchmal zu der Botschaft einen Bezug gehabt — wie die grüne Tinte, die benutzt worden war, ehe er die smaragdhaarigen N'wrbb und 'Nrcc'kth getroffen hatte.

Dieses Mal war die Tinte blau.

Kleiner Bruder, du erstaunst mich. Wie unser Vater habe auch ich nicht die geringste Vorstellung davon, welches Durchhaltevermögen du wirklich besitzt — vielleicht genügend, um noch tiefer in die Mysterien des Dungeon einzudringen. Folge mir, soweit du kannst, denn jede tiefergelegene Ebene ist eine Ebene, die näher am Herzen all dieser Verrücktheiten liegt. Hole mich ein, wenn du's vermagst, und ich werde dir für immer dankbar sein.

Die nächste Ebene wartet. Aber du hast den leichten Zugang verpaßt, und, o weh, ich habe wenig Hoffnung auf deine Ankunft, denn der bleibende Weg stellt die absolute Definition des Selbstmords dar. Auch das Überleben ist gefährlich, denn selbst wenn du irgendwie den Weg durch die Höhle des Zerberus fändest, würdest du beinahe unausweichlich die Aufmerksamkeit sowohl der Ren als auch der Chaffri erregen.

Alles hier ist Gefahr, Clive. Alles ist Gefahr.

Clive starrte die Botschaft eine Zeitlang an, bevor er das Buch schloß.

»Nun«, fragte Annie. »Was hat der große Bruder dieses Mal zu sagen?«

»Nichts sehr Ermutigendes«, antwortete Clive. »Es sieht so aus, als müßten wir in die nächste Ebene des Dungeon vordringen, um Neville zu finden.«

Chang Guafe saß in einer Ecke. »Dann werden wir zusammen weiterreisen«, sagte er.

Clive, der sehr genau Guafes Wunsch mitbekommen hatte, diejenigen zu finden, die für seine Ankunft hier im Dungeon verantwortlich waren, nahm diese Ankündigung mit gemischten Gefühlen auf. Der Cyborg war eine ständige Herausforderung an seine Anführerschaft. Auf der anderen Seite brachte er in die Gruppe einiges an Stärke ein, Stärke, die sie zweifellos häufig benötigten, auf der Straße die vor ihnen lag.

»Ist Vergeltung wirklich pragmatisch?« sagte er und fragte sich gleichzeitig, ob er das mechanische Wesen wirklich verärgern könnte.

»Es ist pragmatisch, ein Ziel zu haben«, sagte Guafe. »Das hält einen in Schwung.«

Clive seufzte und wünschte sich, er hätte diese Frage niemals ins Spiel gebracht. Er war nicht in der Stimmung, mit jemandem von einem anderen Planeten Fragen der Semantik zu erörtern. Horace lenkte von der Sache ab, indem er die Aufmerksamkeit auf das Tagebuch zurücklenkte.

»Was sagte Ihr Bruder nun genau, Sör?« fragte er.

Clive zitierte Nevilles Kommentare so genau, wie er's vermochte, und er wußte ohne nachzusehen, daß die Botschaft verschwunden wäre, wenn er das Buch erneut öffnete.

'Nrrc'kth sah schockiert auf. »Die Höhle des Zerberus?« fragte sie.

Clive nickte.

»Selbst mein Gemahl hat von diesem Ort immer nur sehr vorsichtig gesprochen«, sagte die weißhäutige Frau.

»Das macht Neville gleichfalls«, sagte Clive. »Aber solange niemand einen besseren Vorschlag zu machen hat, ist das unser nächstes Ziel.«

Tomàs, noch immer mit glasigem Blick vom Besäufnis der vergangenen Nacht, schlug vor, doch einfach in Go-Mar zu bleiben. Clive lud ihn ein, das zu tun, falls er es wünschte. Der kleine Seemann dachte darüber nach, aber es war klar, daß die Aussicht auf den Verbleib in der feindseligen Stadt an sich schon bedrohlicher war, als dem Trupp dahin zu folgen, wo er auch immer hinzöge.

Zu Clives Erstaunen war Emmy in der Lage, ihnen genaue Anweisungen bezüglich ihres nächsten Ziels zu geben, als sie am späten Nachmittag persönlich mit Essen herüberkam und nicht Mar-Zschsch. »Hab' alles von 'n paar Kunden von mir gehört, Schätzchen«, sagte sie freundlich. Aber ihr Ton änderte sich, als ihr das einfiel, was sie gehört hatte. »Is' kein Ort für Leute wie euch, meine Lieben. Noch für sonst jemanden, der länger am Leben bleiben will«, fügte sie mit ernster Stimme hinzu.

»Warum?« fragte Clive. »Was werden wir dort antreffen?«

»Kann ich nich' genau sagen.« Emmy hob die Schultern. »Was das betrifft, sind sie ganz schön zugeknöpft. Haben bloß gesagt, daß es 'n schrecklicher Ort is'. Warum bleibt ihr nich' 'n bißchen bei mir, statt in weitere Schwierigkeiten reinzurennen?«

»Willst du wirklich, daß wir allesamt bei dir drüben aufkreuzen?« fragte Clive.

Emmy schaute sich im Raum um. »Hab' mehr an dich gedacht, Schätzchen«, flüsterte sie.

Clive schüttelte den Kopf. »Wir sind als Gruppe an deiner Türschwelle aufgetaucht, Emmy Sturm, und wir werden dich als Gruppe auch wieder verlassen. Selbst wenn ich allein ginge, könnte ich nicht bleiben, genausowenig, wie ich's genießen könnte. Ich muß zu viele Versprechen halten.«

»Das is' das Problem mit den Männern«, sagte Emmy ohne Groll. »Die guten sind alle so damit beschäftigt, in der Weltgeschichte rumzurennen und Versprechen zu halten, daß sie keine Zeit für dich haben. Nun, ich mag es gar nicht, dich gehen zu sehn, Clive Folliot, aber wenn du gehen mußt, dann werd' ich dir sagen, wo's langgeht.«

Nachdem sie den sichersten Weg aus der Stadt heraus beschrieben und ihnen dann alles das gesagt hatte, an was sie sich von dem Weg, den sie danach nehmen müßten, erinnerte, drückte ihr Clive einen der Beutel mit Münzen in die Hand.

»Das ist nicht für geleistete Dienste«, sagte er mit einem Lächeln, »sondern als Hilfe gedacht, den Schaden zu beheben, den N'wrbb und seine Leute verursachten, als sie dein Haus durchsuchten.«

»Nun, da du's so ausdrückst, Schätzchen, bin ich froh, daß ich's annehmen kann«, sagte Emmy und ließ den Beutel in ihren großzügigen Busen gleiten. Sie küßte ihn auf die Wange. »Gib auf dich acht, Clive Folliot. Die Welt besitzt nich' gerade viele Gentlemen von deiner Sorte, wie's scheint.«

Clive brauchte sich nicht umzudrehen, um zu wissen, daß das Schnauben, das er vernahm, von seiner Ur-Urenkelin herrührte.

Als die Dunkelheit einfiel, folgten sie Emmys Anweisungen und entkamen ohne jeden Zwischenfall aus Go-Mar.

Clive spähte nervös umher. Der Wald, den sie durchwanderten, schien die Definition von absoluter Bedrohung darzustellen. Seltsame Formen huschten durch die Bäume. Von weitem ertönten Schreien und Heulen. Das Licht der verblaßten Sterne warf groteske Schatten durch die verdrehten Äste und knorrigen alten Bäume. Dennoch war's nicht nur der unheimliche Wald, der ihn beunruhigte; ebensosehr fürchtete er, daß N'wrbb irgendwie entdeckte, wohin sie verschwunden waren, und seine Jagd auf sie fortsetzte.

Aber es war immerhin schon drei Tage her, daß sie Go-Mar verlassen hatten, und sie hatten von dem Mann nichts gehört oder gesehen.

Aber auch so hatten sie ihre alte Angewohnheit wieder angenommen, bei Nacht zu reisen und bei Tag zu schlafen. Der wichtigste Unterschied war der, daß sie jetzt ein bestimmtes Ziel vor Augen hatten: Den Eingang zur dritten Ebene des Dungeon.

Während er das Kinn betastete, das ihm noch immer zu schaffen machte, warf Clive einen verstohlenen Blick auf Shriek. Das grüne, chitinöse Material, das die Stelle bedeckte, wo sie ihren Arm verloren hatte, erschien etwas geschwollen. Er fragte sich, ob sie sich eine Infektion zugezogen hätte. Der Gedanke machte ihn besorgt. Er hatte zu viele Soldaten gekannt, die eine Schlacht überlebt hatten, nur um an den Folgeerscheinungen einer Verwundung umzukommen. Es erleichterte ihn, daß er den süß-fauligen Geruch nicht verspürte, der diesen Zustand häufig begleitete.

Aber andererseits: wer wußte, wie eine Spinne mit einem Brand röche?

Mach dir um mich keine Sorgen, o Folliot, flüsterte sie ihm ins Bewußtsein. *Ich werde wieder in Ordnung kommen. Ich mache mir mehr Sorgen darüber, was wir zu Gesicht bekommen werden, wenn wir die Höhle des Zerberus erreichen.*

Clive nickte. *Der Gedanke macht mir ebenfalls Sorgen.*

Ich nehme ein Bild auf, antwortete sie. *Hat dieser Name eine Bedeutung für dich?*

Da er Finnboggs Vorliebe dafür kannte, Legenden und Volksmärchen zu sammeln, und weil er dachte, daß er vielleicht eine bestimmte Affinität zu diesem Stoff haben müßte, rief Clive den Zwerg zu sich. Finnbogg kam herübergetrabt. Selbst in dem dämmrigen Licht der Sterne erkannte Clive, daß er breit lächelte, wie er's immer tat, wenn ihm jemand seine Aufmerksamkeit schenkte.

»Hier ist was, von dem ich glaube, daß es dir gefallen müßte, alter Freund. Diese Höhle, auf die wir uns zubewegen, hat einen Namen, der einer alten Legende meiner Welt entnommen zu sein scheint. Einige von unseren Leuten glaubten, daß der Eingang zur Hölle durch eine Höhle zu erreichen wäre, die von Zerberus bewacht würde, einem großen, dreiköpfigen Hund.«

Finnbogg zitterte, und Clive erkannte, daß es im

Dungeon nie besonders klug war, einen solchen Zusammenhang auf die leichte Schulter zu nehmen. Zu Hause konnte er aus guten Gründen erwarten, daß sich vor einer Höhle mit einem so phantasievollen Namen eine Felsformation befände, die an einen Hund oder an etwas ähnlich Harmloses erinnerte. Hier — nun, hier konnte es fast alles bedeuten. Vielleicht wurde die Höhle tatsächlich von einem monströsen hundeähnlichen Wesen bewacht. Wenn man all das berücksichtigte, was sie bereits erlebt hatten, wäre er kaum überrascht zu entdecken, daß dieser Eingang der zur Hölle selbst war.

Während Emmys Beschreibungen dessen, wie man die Höhle finden sollte, deutlich gewesen waren, schienen sie, was die Entfernung betraf, ein wenig verschwommen. Clive fragte sich allmählich, wie lange sie dafür benötigen würden, ihr Ziel zu erreichen. Er dachte noch immer über das Rätsel nach, was sie vorfinden würden, wenn sie dort ankämen, als sich der Himmel erhellte und sie zu einer Rast anhielten.

Clive bat Horace, etwas Nahrung zu verteilen. Mit seiner langjährigen Erfahrung als Quartiermeister war es sinnvoll erschienen, Smythe den zusätzlichen Proviant zu überantworten, den Emmy für ihre Reise vorbereitet hatte. Indem sie ihre Vorräte mit großen Mengen der kleinen süßen Nüsse ergänzt hatten, an die sie sich mittlerweile gewöhnt hatten, und zusammen mit dem Wild, das Shriek und Chang Guafe unterwegs fingen, konnten sie damit rechnen, die Nahrung über wenigstens drei weitere Märsche zu strecken.

Clive schnitt sich ein Stück Käse ab, als Oma hinzukam und sich neben ihm niederließ. Zu seiner Überraschung griff die muskulöse Frau nach seiner Hand und nahm somit Shrieks neuronales Kommunikationsnetz zu Hilfe. Sie schaute ihm in die Augen, und die Botschaft wurde übertragen, ohne daß ein Wort gesprochen wurde:

Ich mache mir Sorgen um 'Nrrc'kth. Ich weiß, daß sie der

Gruppe oft als Last erscheint. Ich wäre die erste, die zugäbe, daß sie nervös, überspannt und hypersensibel ist. Aber sie ist nicht freiwillig hierhergekommen, genausowenig wie ich selbst oder du. Sie hat sich nicht dieser Expedition angeschlossen, um die Dinge noch schwieriger zu machen.

Der springende Punkt ist der, daß ich nicht weiß, wie lange sie das alles noch durchzuhalten vermag.

Was soll ich deiner Meinung nach tun? fragte Clive.

Oma hob die Schultern. *Versuche, sie nicht zu hart zu behandeln. Gib ihr nicht das Gefühl, sie sei eine schreckliche Person, weil sie nicht so stark ist wie wir anderen. Verteidige sie vielleicht ein wenig vor den anderen.*

Hier strafte die Intimität der Verbindung Oma Lügen. Während sie versuchte, ihre Gedanken in Allgemeinheiten zu verbergen, verstand Clive sofort, daß die Reibungen zwischen Annie und 'Nrrc'kth eine der Hauptsorgen der Frau war. Diesem Wissen folgten sogleich weitere, ähnliche Gedanken auf den Fersen — Bilder von Annie und ihm selbst, durch Omas Augen gesehen, ein Gefühl, das sowohl Erheiterung als auch Mißbilligung war, sowie der Wunsch, daß er 'Nrrc'kth mehr Aufmerksamkeit widmen möchte.

Oma zog die Hand weg.

»Diese Spinnenfrau soll trotzdem verdammt sein«, sagte sie. »Ich hätte es besser wissen müssen, als diesen phantastischen Scheiß zu probieren. Für solche wie mich reicht es aus zu sprechen.«

Clive bekämpfte einen Impuls, sich gegen das zu verteidigen, was er als Beschuldigungen seitens Oma aufgefaßt hatte. Er versuchte verzweifelt, die Dinge so zusammenzuhalten, wie sie waren. Der Vorwurf, er ließe 'Nrrc'kth im Stich, ärgerte ihn. Er hielt jedoch einen Augenblick lang den Mund und erkannte dann, daß er, ungeachtet der Wirklichkeit, allein mit der *Vorstellung*, er würde sie im Stich lassen, umzugehen hätte.

Er erinnerte sich an Shrieks Worte: »Vorschläge bürden Lasten auf, Fragen führen weiter.« Das war bei Horace wirkungsvoll gewesen. Vielleicht würde es wieder funktionieren.

»Was soll ich deiner Meinung nach tun?« fragte er.

»Du kannst nicht viel tun«, sagte Oma. »Oh, vielleicht kannst du Annie eine Weile lang von ihr fernhalten. Aber das wirkliche Problem ist, daß das hier eine rauhe Welt ist und daß sie nicht dafür gemacht ist, Teil davon zu sein. Aber sie ist nun mal da.« Oma seufzte. »Vielleicht mußte ich bloß mit jemandem darüber reden. Du scheinst der richtige dafür zu sein.«

»Ich werde tun, was ich kann«, sagte Clive sanft.

»Das weiß ich, mein Schatz.« Oma tätschelte ihm die Wange, ein schalkhaftes Nachahmen von Emmy Sturm. »Du tust, was du für uns Mädel tun kannst.« Dann wurde ihr Gesicht wieder ernst. »Du bist ein guter Mann, Clive Folliot. Du machst das schon richtig.«

Mit einem Grunzen stand sie auf und ging davon. Clive schaute ihr nach und versuchte, ein Dutzend widerstreitender Gefühle auseinanderzusortieren, die die kurze Unterhaltung in ihm erregt hatte.

Als Annie ihn später fragte, ob sie neben ihm schlafen könnte, sprach er mit ihr über 'Nrrc'kth.

»Ich weiß«, seufzte sie. »Ich schätze, ich sollte das wirklich nicht so eng sehen. Aber ehrlich, Großpapa, diese Frau bringt mich noch um den Verstand.« Sie lächelte. »Ich hasse es, das zugeben zu müssen, aber du bist nicht der einzige, der seine kulturellen Vorurteile mit sich herumschleppt. Ich bin so erzogen worden, daß ich auf eigenen Füßen stehe. Dieses Mimöschen bringt mich zur Raserei.«

Während Clive nicht den genauen Bezug verstand, war die Bedeutung dessen, was sie gesagt hatte, klar.

»Wie dem auch sei«, fuhr sie fort. »Ich werde mir Mühe geben, das Mimöschen nicht mehr so hart anzupacken.«

Der nächste Marsch gab Annie nicht viel Gelegenheit dazu, ihren neuen Entschluß in die Tat umzusetzen. Ehe sie so weit gegangen waren, daß 'Nrrc'kth damit hätte anfangen können, sich zu beklagen, hatten sie den Felsblock erreicht, der ihnen laut Emmys Worten anzeigen würde, wo sie die Straße verlassen müßten.

Clive fragte sich, ob die Felsformation natürlich wäre, oder ob die Ren — oder wer das Dungeon nun auch geschaffen hatte — wirklich einen Sinn für Humor besaßen.

Der Felsblock, der zweimal so hoch war wie er selbst, sah dem Kopf eines gigantischen Hundes bemerkenswert ähnlich.

Sie lockerten ihre Waffen und gingen den Pfad hinab. Finnbogg wurde nervös. Als ihn Clive nach dem Grund hierfür fragte, behauptete er, es hätte mit den Gerüchen am Pfad zu tun.

Ihr Weg führte sie über einen breiten Strom, den sie mit Hilfe einiger Steine überquerten. Nicht weit danach wurde der Baumbestand dünner als das Terrain noch felsiger wurde.

Clive glaubte, von irgendwo weiter vorn das Bellen eines Hundes zu vernehmen.

»Bleibt eng zusammen«, warnte er. »Chang Guafe und Shriek, ihr kommt mit. Wir drei werden dem Ding, was es auch immer sein mag, zuerst entgegentreten.«

Der Pfad führte sie in eine felsige Schlucht, deren Ränder in wachsendem Ausmaß steiler wurden, während sie weitergingen. Sie erreichten eine Stelle, die fast völlig von Felsgeröll versperrt war. Nachdem sie diese Stelle umrundet hatten, stellte sich heraus, daß sich die Schlucht in eine große Sackgasse öffnete, die beinahe ländlich wirkte. Das Gebiet hatte einen Durchmesser von etwa fünfzig Metern. Saftiges grünes Gras, das Clive bis zum Knie reichte, war durchsetzt von einer erstaunlichen Vielfalt von Wildblumen; einige waren weiß, die meisten jedoch von großer farblicher Vielfalt. Zu ihrer Rechten fiel ein klarer Bach über den oberen Rand des Tals und schuf somit einen Wasserfall von beinahe dreißig Metern Höhe. Das Wasser sammelte sich in einem kleinen Teich am Fuß des Falls, der sich wiederum in einen Bach ergoß, der über die Wiese lief und dann in den Felsen auf der anderen Seite verschwand.

Die Rückwand der Sackgasse bestand aus nacktem Fels und war ein wenig höher als das übrige Tal. Am Fuß dieses Felsens, erreichbar über einen gewundenen Kiesweg, erblickte Clive eine große hölzerne Tür.

KAPITEL 15

Die Finnboggi

Clive stand vor der hölzernen Tür, Shriek zur Rechten, Chang Guafe zur Linken. Der Fels erhob sich über ihnen. Er zögerte. Wie lautete in einer solchen Situation das Protokoll? Sie standen hier am Eingang zur Höhle des Zerberus, und die Tür war verschlossen. Klopfte man und wartete darauf, daß jemand Antwort gab? Oder öffnete man einfach die Tür und versuchte sein Glück?

Die echte britische Erziehung gewann Oberhand; Clive klopfte an.

Auf der Stelle begann ein fürchterliches Heulen auf der anderen Seite der Tür. Clive sprang unwillkürlich zurück und fragte sich, welcher Art von Wesen sie gegenüberstünden, sobald die Tür sich endlich öffnete.

Shriek war auf der Stelle da und unterstützte ihn. *Mut, o Folliot,* sendete sie. *Du bist nicht allein.*

Seine Antwort war beinahe schnippisch: *Ich war überrascht, nicht furchtsam.*

Shriek antwortete mit wortloser Heiterkeit und wandte ihre Aufmerksamkeit dann der Tür zu, die sich langsam öffnete.

Clive hielt den Atem an. Das Heulen war von einem dumpfen, knurrenden Laut begleitet. Einen Augenblick später bellte eine dritte Stimme. Ihn schauderte. Drei Stimmen. War es jetzt tatsächlich soweit, daß sie den drei Köpfen des Zerberus ins Auge sahen?

Er trat einen Schritt zurück, als die Tür in seine Richtung aufschwang. Die Stimmen wurden lauter.

Clive bereitete sich auf das Schlimmste vor — und war kaum imstande, ein Lachen zu unterdrücken, als er der Wirklichkeit gegenüberstand. Weil er nämlich in

Wahrheit drei hundeähnliche Köpfe vor sich erblickte, die zu drei verschiedenen, wenngleich sehr vertrauten Körpern gehörten.

Clives ungläubiges Starren wurde von Finnbogg unterbrochen, der ihn fast zu Boden warf, als er heranstürmte und dabei ausrief: »Finnboggs! Finnboggs von Finnbogg!«

Und das waren sie in der Tat: ein Zwergentrio, das mit nahezu absoluter Sicherheit von derselben Rasse und vielleicht sogar Mitglied derselben Familie war wie der vertrauensvolle Gefährte in Clives Gruppe.

Er trat zurück, als das, was ein freudiges Wiedersehen zu sein schien, aus der Höhle herausdrang. Alle vier Zwerge riefen, lachten und bellten. Sekunden später wälzten sie sich in einem neckischen Kampf, der durchsetzt war von gelegentlichem Knurren, weit öfter jedoch von Ausrufen der Freude, am Boden.

Annie stellte sich neben ihn. »Drei Köpfe von Hunden sind nicht das gleiche wie ein dreiköpfiger Hund«, sagte sie und nahm ihn beim Arm.

»Wie war das mit dem Sprichwort, das du mir vor ein paar Tagen beigebracht hast?« fragte Clive. »So was wie ›reif fürs Irrenhaus‹ ...«

Annie lachte und drückte ihm den Arm. Finnbogg wälzte sich weiter mit seinen neuen Gefährten auf der Wiese herum.

Clive spürte, wie Shriek seufzte. Ohne es absichtlich versucht zu haben, drang er in ihre Gedanken ein, die von dem intensiven Verlangen erfüllt waren, auf andere ihrer Art zu treffen. Mit einiger Beschämung bemerkte er, daß er sich unabsichtlich des gleichen mentalen Horchens schuldig gemacht hatte, für das er sie so häufig gescholten hatte. Er versuchte, dies vor sich selbst zu rechtfertigen, indem er sich sagte, er wäre um sie besorgt, erkannte dann jedoch, daß das genau das gleiche war, was sie ihm hatte sagen wollen: daß sie sich um ihn sorgte. Vorsichtig zog er sich von dem Kontakt zu rück und fühlte sich ein wenig ernüchtert. Wenn sie bemerkt hatte, was geschehen war, war sie freundlich genug, darüber weiter kein Wort zu verlieren.

Die lachenden Zwerge standen mal wieder auf den Füßen, einer schlug dem anderen auf den Rücken, und sie schnüffelten aneinander herum, was Clive als eine hündische Form der Begrüßung auffaßte.

»Willst du uns nicht deinen Freunden vorstellen, Finn?« fragte Clive nach einer Zeit, die er als angemessene diplomatische Wartezeit erachtete.

»Sicher, sicher«, japste Finnbogg glücklich.

Er gab einige kehlige Laute von sich, und die drei übrigen Zwerge stellten sich nebeneinander und gaben sich den Anschein, als hörten sie aufmerksam zu. Sobald sie einmal ruhig waren, bemerkte Clive, daß es leichter fiel, sie auseinander zu halten, als er gedacht hatte. Ihre Ähnlichkeit mit Finnbogg war tatsächlich nicht größer als die eines menschlichen Wesens mit einem anderen. Seine Augen waren einfach nicht daran gewöhnt zu erkennen, was diese Wesen voneinander unterschied. Er schaute sie sich etwas eingehender an. Der Zwerg, der links in der Reihe stand, hatte eine etwas breitere Nase als die übrigen. Der in der Mitte war kleiner und ein wenig schlanker als seine Freunde, obgleich im Fall dieser besonderen Spezies der Ausdruck ›schlanker‹ naturgemäß relativ war; Clive bemerkte mit einiger Heiterkeit, daß dieser Knabe vielleicht als der Zwergochse des Wurfs bezeichnet werden konnte. Der dritte Zwerg besaß eine ausgesprochen betonte Stirn, unterstrichen durch die gesträubten Brauen, die vom Kopf wegsprangen wie das Sprühwasser bei einem Wasserfall.

»Finnboggs müssen Freunde kennenlernen«, sagte Finnbogg zu den Zwergen. Dann stellte er die acht restlichen Mitglieder von Clives Gesellschaft vor. Zu Clives Erstaunen beendete Finnbogg die Vorstellung, indem er die drei Zwerge als Finnbogg, Finnbogg und Finnbogg vorstellte.

»Aber wie heißen sie?« fragte er.

»Finnbogg«, sagte Finnbogg.

»Alle?« fragte Clive und wurde allmählich ärgerlich.

Jetzt schaute Finnbogg verwirrt drein. »Alles Finnboggs«, versicherte er.

»Aber wie nennt ihr euch untereinander?« beharrte Clive. »Sicherlich nennt ihr euch nicht alle beim gleichen Namen.«

Finnbogg sah unglücklich aus. »Finnboggs«, sagte er betrübt. Er duckte sich, als erwartete er, daß Clive ihn schlüge.

»He, he, alter Knabe«, sagte Clive. »Ich will dir doch nicht weh tun. Ich möchte das hier nur klarstellen. Du bist Finnbogg. Wenn ich diesen Knaben gleichfalls Finnbogg nenne, gibt's einige Verwirrung — aber nicht so schlimm, daß wir damit nicht umgehen könnten. Aber wenn ich euch beide Finnbogg nenne — und dann den — und den —, nun, woher wißt ihr dann, von wem ich rede?«

»Finnboggs werden wissen«, wimmerte Finnbogg.

»Nennt ihr einander Finnbogg?« fragte Clive.

Finnbogg schüttelte den Kopf.

»Nun, wie *nennt* ihr dann einander?«

Finnbogg schaute die drei übrigen Zwerge hilfesuchend an. Sie standen mit den Händen hinter dem Rücken da, die Kiefer geschlossen.

»Lassen Sie mich es versuchen, Sör«, sagte Horace und trat neben Clive.

»Bitte sehr, Sergeant Smythe.«

Horace wandte sich an Finnbogg. Er faßte ihn beim Arm und führte den Zwerg ein wenig von der übrigen Gruppe weg. Die übrigen drei Zwerge standen stoisch vor der Tür. Ihr Anfall von Überschwang war ganz offensichtlich eine Verletzung ihrer Pflichten gewesen. Nachdem sie sich jetzt einmal dorthin gepflanzt hatten, würde niemand die Höhle ohne ihre Erlaubnis betreten.

»Das ist magisch, Sör«, sagte Horace ein paar Augenblicke später, nachdem er mit Finnbogg im Schlepptau zurückgekehrt war. »Oder vielleicht sollte ich sagen ›Furcht vor Magie‹. Sehen Sie, Finnbogg und seine Kumpels glauben, daß jemand, wenn er deinen wirklichen Namen kennt, magische Kräfte über dich bekommt. Ich hab das in den vergangenen Jahren selbst hier und da gehört. Um die Wahrheit zu sagen, ich wäre nicht überrascht, wenn Bruder Finn es deshalb so schätzte, Geschichten und Legenden und solches Zeug zu sammeln, weil er glaubt, daß sie wahr sind. Ich bekomme allmählich das Gefühl, daß eine Menge davon zu dem paßt, was sie da glauben, von wo sie kommen.«

Clive warf dem stämmigen Zwerg, der etwa fünf Meter entfernt stand, einen Blick zu. Er hielt die Hände hinter dem Rücken verschränkt, und sein Blick war von einer betrübten Ernsthaftigkeit.

»Wollen Sie mir etwa sagen, Sergeant Smythe, daß sein Name in Wirklichkeit gar nicht Finnbogg ist?«

»Nicht ganz, Sör. Das ist nur nicht sein wirklicher Name.«

»Nun, wie lautet er dann?«

Horace sah erstaunt aus. »Das kann ich nich' sagen, Sör, selbst wenn er ihn mir gesagt hätte — was er nich' getan hat.«

»Willst du mir also sagen, Sergeant Smythe, daß du dich, selbst wenn du Finnboggs wirklichen Namen wüßtest, an dieses abergläubische Gewäsch gebunden fühltest und ihn bei dir behieltest?«

»Nein, Sör. Ich fühle mich an mein Wort gebunden. Wenn ein Mann mir ein Geheimnis anvertraut — und ich gehe davon aus, daß Finnbogg ein Mann ist —, sehe ich ein, daß es nicht meine Sache ist, die Gründe dafür zu beurteilen, warum er es als Geheimnis gewahrt sehen will. Hab' im Lauf der Zeit 'ne Menge solcher Geheimnisse erfahren, Sör.«

Clive zögerte, war sich unsicher, ob er einen Verweis

oder eine Lektion erhalten hatte — oder beides. »Nun, wie werden wir ihn dann also nennen?«

»Ich denke, ›Finnbogg‹ wird ganz in Ordnung sein«, sagte Horace. »War's bislang ja auch. Könnte ein Problem werden, falls die übrigen mit uns kommen wollen, aber ich glaube nicht, daß sie das vorhaben.«

Clive ging zu Finnbogg hinüber. »Sieh mal, alter Knabe«, sagte er. »Ich muß ein bißchen mehr über diese Sache mit den Namen erfahren. Warum nennt ihr euch alle bei den gleichen Namen?«

Eine Unterhaltung mit Finnbogg war nicht die leichteste Aufgabe, selbst unter den besten Umständen. Als Clive diese hier beendet hatte, war ihm ganz schwindelig von den Geschichten über den Planeten Finnbogg, den Leute von anderen Welten erobert hatten, die die Finnboggi gefangengenommen und auf verschiedene Planeten verteilt hatten. Es war schwer zu sagen, ob Finnboggs Leute die gesamte Welt von Finnbogg bewohnten oder lediglich eine abgeschiedene Ecke davon. Es war schwer, überhaupt etwas mit Sicherheit zu sagen, wenn man mit Finnbogg redete. Clive bekam heraus, daß die Eingeborenen gegen Leute von außerhalb gewisse Vorbehalte hatten, und daß sie darum zu einer gewissen Zeit — die Finnbogg wiederum als vor zehntausend Jahren ansetzte — die Taktik entwickelt hatten, sich selbst als Finnbogg zu bezeichnen.

Als Clive den Zwerg fragte, ob er seinen wahren Namen mitteilen wollte, wurde er mit einem Blick bedacht, der darauf hindeutete, daß Finnbogg diese Frage als beinahe pervers ansah.

Er wechselte das Thema. »Deine Brüder bewachen anscheinend die Höhle. Werden sie uns hindurchlassen?«

Finnbogg schien erleichtert darüber zu sein, daß sich die Unterhaltung wieder aktuellen Problemen zugewandt hatte.

»Nicht sicher«, sagte er. »Besser prüfen.«

Er ging davon, um mit dem Trio an der Höhle zu sprechen. Clive schaute sich um und war erfreut, daß die übrigen die Gelegenheit dazu benutzt hatten, die fast ländliche Umgebung zu genießen. 'Nrrc'kth und Oma saßen auf dem Gras und unterhielten sich mit Tomàs, der wie gewöhnlich seinen Rosenkranz hätschelte. Shriek war fast fünfzehn Meter den Felsen hinaufgeklettert, den Clive als unbesteigbar angesehen hatte. Sie hockte dort mit einer ernsthaften Gleichmut und genoß offensichtlich die mittägliche Wärme. Chang Guafe spielte mit seinen Einzelteilen und schien die landschaftlichen Attraktionen völlig vergessen zu haben. Horace und Annie gingen zu dem Fluß zurück, in dem Annie jetzt mit offensichtlichem Vergnügen umherwatete. Sie rutschte aus, fing sich wieder und lachte glücklich, als sie weiterging. Dieser Anblick erfüllte Clive mit einem unbestimmten Verlangen, das er lieber nicht näher ergründen wollte.

Seine Träumereien wurden von einem entsetzlichen Heulen unterbrochen, das von der Höhle her kam. Er wandte sich um und war erstaunt, daß die drei Wächter Finnbogg umzingelten. Er dachte, daß sie den armen Kerl angegriffen hätten, und lief los, um seinen Kameraden zu verteidigen. Aber er war noch nicht weit gekommen, als ihm klar wurde, daß das Heulen und Wimmern von Finnbogg herrührte, und daß das, was wie ein Angriff ausgesehen hatte, lediglich eine Umarmung der anderen war.

Shriek, die von ihrem Rastplatz die Szenerie beobachtete, nahm mit Clive Kontakt auf. *Sie scheinen in ihm eine verlorene Seele zu erblicken.*

Das ist eine äußerst ermutigende Reaktion, entgegnete Clive.

Nicht alle Furcht ist rational, o Folliot. Sie kam hastig den Felsen herunter, und ihre Bewegungen waren wegen des fehlenden Arms leicht behindert.

Clive ging weiter auf die Gruppe von Zwergen zu.

»Was ist los, Finnbogg?« rief er. Er fragte sich, während er das tat, wie viele von ihnen antworten würden.

Finnbogg der Erste, wie ihn Clive im Augenblick nannte, löste sich aus dem Haufen Hunde.

»Sie sagen, die Höhle ist sehr schlecht«, entgegnete Finnbogg. Er machte eine Pause und hörte währenddessen auf den Tumult hinter sich. »Nein — nicht die Höhle. Das Tor. Die anderen Finnboggi leben in der Höhle. Die Höhle ist gut. Die Höhle ist ein Zuhause. Aber das Tor ist schlecht. Sehr schlecht. Wir sollten zurückgehen, sollten diese schlechte Idee vergessen.«

»Warum ist das Tor so schlecht?« fragte Clive.

Finnbogg stieß einige kehlige Laute aus und wartete schweigend auf die Antwort.

»Tor ist schlecht. Finnboggs wissen nicht warum. Nur wissen, es ist. Chaffri ihnen gesagt. ›Bewacht Höhle‹, sie sagen. ›Bewacht Höhle. Laßt niemand durch. Tor ist sehr, sehr schlecht‹.«

»Klingt für mich danach, als wollten die Chaffri nur nicht, daß da jemand durchgeht, Sör«, sagte Horace.

»Das hab ich auch gerade gedacht, Sergeant Smythe. Finnbogg — sag deinen Freunden, daß wir hindurch müssen, und daß wir das als Freunde tun wollen.«

Finnbogg sah besorgt drein. »Wird schwer sein«, sagte er. »Finnbogg hassen, haben Wahl. Finnboggs wollen Pflicht wissen, dann tun. Wo ist Pflicht? Bei Chaffri? Oder bei Freunden?«

»Warum sind sie den Chaffris verpflichtet?« fragte Clive.

Finnbogg wandte sich an das Trio, das sich hinter sie gehockt hatte, und führte eine weitere kurze Unterhaltung. »Finnboggs geben Pfifferling für Chaffri«, entgegnete er, wobei er einen Ausdruck benutzte, den er von Horace aufgeschnappt hatte. »Finnboggs wollen am meisten, wir nicht verletzt werden.«

»Sag ihnen, daß wir unser Glück beim Schopf packen werden«, entgegnete Clive.

Ein weiteres längeres Palaver zwischen Finnbogg und seinen Brüdern endete damit, daß die drei traurig ausschauenden Zwerge die große hölzerne Tür aufstießen und sich danebenstellten, während die neun Abenteurer hindurchgingen.

Die Höhle der Finnboggi war etwa so groß wie Emmy Sturms Wohnzimmer. Sie war komfortabel ausgestattet, mit drei Betten, drei Stühlen und drei Waschgelegenheiten. Mit Ausnahme des großen hölzernen Tischs gab es tatsächlich von jedem Gegenstand, der von einiger Wichtigkeit war, drei Stück. Clive sah einige Stellen, wo die Wände offensichtlich von Hand behauen worden waren, aber zum größten Teil sahen sie so aus, als wären sie von Natur aus so geformt worden. Die Steine waren rötlich mit schwarzen Streifen. Das Ganze wurde von zahllosen Leuchtern erhellt, die dem Raum ein überraschend angenehmes Aussehen verliehen.

Clive schaute sich bewundernd um. Ehe er ein Wort sprechen konnte, hörte er 'Nrrc'kths Stimme: »Frag sie, ob sie etwas zu essen haben.«

Finnbogg übersetzte, und die drei Zwerge reagierten, als hätten sie einen königlichen Befehl erhalten. In weniger als einer Sekunde schien die Speisekammer geplündert zu sein, und Körbe mit Essen bedeckten den Tisch. Käse, Obst und Brot gab's in Überfülle. Aber am meisten vorhanden waren Würste, wunderbare Würste, die besten, die Clive jemals gekostet zu haben glaubte.

»Finnbogg Essen«, sagte Finnbogg stolz, während er herzhaft in eine der Würste biß. »Richtiges Essen!«

»Richtiges Essen«, pflichtete Clive bei und legte Finnbogg freundlich die Hand auf den Rücken. »In der Tat, richtiges Essen.«

Später, nachdem er den größten Hunger gestillt hatte, lehnte sich Clive zu Finnbogg hinüber und sagte: »Ich kann hier drin nichts gar so Schreckliches sehen. Frag sie, wo sich das Tor befindet, ja, Finn?«

Finnboggs Übersetzung der Frage wurde mit unglücklichen Blicken und einem Ausbruch kehliger Laute begrüßt.

»Dort hinten«, sagte Finnbogg und deutete dabei auf die rückwärtige Höhle.

An der Wand in der Richtung, in die er gedeutet hatte, hing eine Decke. Clive ging hinüber und hob eine Ecke an, wobei er erwartete, ein weiteres Hindernis vorzufinden, vielleicht eine schwer verrammelte Tür.

Alles, was er sah, war die Öffnung zu einer weiteren Höhle.

»Was sich auch immer da hinten befindet, es kann nicht sehr angriffslustig sein«, sagte er. Er wollte durch die Öffnung treten, wurde jedoch von einem Ausruf von Horace zurückgehalten. »Ich würd' das nich' tun, wenn ich Sie wäre, Sör«, sagte der Quartiermeister Sergeant. »Man weiß hier nie so recht, was mit den Türen los is'. Bruder Finnbogg soll noch 'n bißchen mehr für uns herausfinden.«

Nach Aussage der Finnboggi bestand jedoch keine Gefahr dabei, die nächste Kammer zu betreten. Die Gefahr bestand im Durchgang selbst.

Clive konnte die Spannung in der Gruppe spüren, als sich die übrigen versammelten, um in die nächste Kammer zu spähen. Einer der Finnboggs brachte eine Handvoll Leuchter und eine brennende Wachskerze herbei. Dann betraten sie die nächste Kammer, während ihr eigener Finnbogg die Decke zur Seite hielt. Die steinernen Wände, die warm und einladend gewirkt hätten, wenn die Schroffheit von heimeligem Mobiliar, einer riesigen Anzahl Leuchter und überquellender guter Laune abgemildert worden wäre, wurden jetzt abschreckend, beinahe furchterregend. Das Licht selbst schien gefangen zu sein, war nicht mehr in der Lage, mehr als einige Zentimeter um die Quelle herum zu erleuchten.

Das gefällt mir überhaupt nicht, kommentierte Shriek.

Die Nervosität der gewöhnlich unerbittlichen Arachnida trug mehr als alles übrige dazu bei, Clives Nerven bis zum Zerreißen anzuspannen. Sie fing natürlich sofort seine Reaktion auf.

Ich bitte dich um Vergebung, o Folliot. Ich hatte nicht die Absicht, dich zu ängstigen.

Schon gut, antwortete Clive. *Wenn ich schon den Vorzug habe, deine Unterstützung zu bekommen, dann bin ich natürlich auch gewillt, dann zuzuhören, wenn du dich ängstlich fühlst.*

Ihre Antwort — *Ich würde nicht so weit gehen zu sagen, daß ich mich ängstlich fühle* — enthielt eine Spur verletzter Würde, die Clive unter weniger bedrohlichen Umständen amüsiert hätte.

Nach kurzer Zeit öffnete sich der Gang und führte sie in eine dritte Höhle. Als die Mitglieder der Gruppe einer nach dem anderen eintraten, ergab die Ansammlung von Leuchtern genügend Licht, daß Clive ihre Umgebung in Augenschein nehmen konnte.

Die Höhle war kleiner als die ersten beiden — eine nahezu kugelförmige Kammer von etwa fünf Metern Durchmesser. In der Mitte des glatten Steinbodens befand sich eine hölzerne Tür. Sie war viereckig, mit etwa eineinhalb Metern Seitenlänge, und massiv gebaut. Ein massiger Griff war in der Seite eingelassen, die der Stelle, an der sie eingetreten waren, am nächsten lag. Dicke Scharniere aus irgendeinem bronzeähnlichen Material verbanden die Tür mit dem Fels auf der gegenüberliegenden Seite. Die Gruppe versammelte sich um die Öffnung. Clive setzte seinen Leuchter nieder, schaute sich unter den erwartungsvollen Gesichtern um und legte dann die Hand um den hölzernen Griff. Er stellte sich breitbeinig darüber und zog. Zunächst wollte sich die Tür nicht bewegen. Er versuchte es mit dem gleichen Erfolg ein zweites Mal. Er entschloß sich, daß er, wenn ein weiterer Versuch auch nichts einbrächte, die Aufgabe Chang Guafe übertragen würde, und er beugte sich herab und riß mit aller Kraft daran. Die hölzerne Tür öffnete sich so unvermittelt, daß es Clive nur deshalb fertigbrachte, nicht hindurchzufallen, weil er sich an ihr festhielt.

»Ach du lieber Gott«, murmelte er, als er mit äußerstem Erstaunen auf das hinabblickte, was er gerade aufgedeckt hatte.

KAPITEL 16

Eins tiefer

Clive hatte irgendeine Art Stiege erwartet oder vielleicht auch einen Tunnel — auf jeden Fall etwas, das sie weiter zur nächsten Ebene des Dungeon brächte. So war es für ihn etwas erstaunlich, daß das, was er tatsächlich erblickte, als er die Klapptüre im Boden der Höhle hochschlug, die nächste Ebene des Dungeon selbst war.

Was den Anblick besonders entsetzlich machte, war die Tatsache, daß sich die nächste Ebene einige tausend Meter direkt unter ihnen befand.

Clive, der in seiner Jugendzeit Berge in der Schweiz bestiegen hatte, hatte niemals einen Abgrund von solcher Höhe gesehen. Der Magen drückte sich ihm aus Protest gegen diesen Anblick gegen die Rippen. Die Knie knickten ihm ein. Und sein Gehirn wies die Vorstellung einfach von sich, daß das, was er erblickte, real wäre.

Er ließ die Tür zurückfallen und hockte sich auf den Boden. Er starrte vor sich hin. Er sah jedoch nichts von der Höhle. Sein Bewußtsein war von dem schrecklichen Anblick erfüllt, der hinter der Tür lag.

Er wurde von den Stimmen der übrigen zur Besinnung gebracht, die darauf bestanden, daß er ihnen sagen sollte, was er gesehen hätte.

Er stand verwirrt auf. Wie könnte er ihnen erklären, was unter dieser Tür lag, ohne so zu klingen, als wäre er verrückt?

»Wie ein Loch in der Welt«, sagte er schließlich. »Als wäre der Boden hier der Himmel für die nächste Ebene.«

»Was meinst du damit?« fragte Annie. Sie hörte sich

nervös an; nervöser, dachte Clive, als er sie je erlebt hatte.

Während er noch immer dahockte, klopfte er auf die Tür. »Auf der anderen Seite des Holzes befindet sich eine weitere Welt. Aber keine, die wir einfach betreten können.«

Er schloß die Augen und erinnerte sich an das, was er gesehen hatte.

»Ich will's einfach einen Abgrund nennen. Aber das trifft es nicht genau. Unter unseren Füßen befindet sich eine gesamte Welt. Sie ist nur — sehr weit weg.« Er schnitt eine enttäuschte Grimasse. »Ich kann's nicht erklären. Ihr müßt selbst sehen.«

Chang Guafe stellte sich nach Clives Anweisung an die linke Seite der Tür, Shriek an die rechte. Sobald er die Tür aus dem Rahmen gehoben hatte, sollten die beiden anderen sie ganz öffnen. Clive warnte die übrigen erneut, daß das, was sie zu sehen bekämen, sie schokkieren würde. Er sagte ihnen, daß er fürchtete, es würde sie davon abhalten, weiterzugehen. Aber er konnte es ihnen nicht anders erklären, als es ihnen zu zeigen.

Er hob die Tür an. Chang Guafe und Shriek ergriffen die Kanten der Tür und zogen sie hoch.

Sie sahen auf sechs Quadratmeter Himmel hinab.

Was sich danach abspielte, geschah zu rasch für Clive, als daß er es wirklich hätte verstehen können. Er hörte, wie Annie aufkreischte. Als er zurückblickte, sah er, daß sie in Ohnmacht fiel. Die Knie knickten unter ihr weg, und sie fiel auf das Loch zu.

'Nrrc'kth, die neben ihr stand, faßte zu und wollte sie halten. Annies Gewicht brachte die große, schlanke Frau aus dem Gleichgewicht. Sie bog den Rücken durch, und es gelang ihr, Annie vom Loch zurückzuwerfen.

Und dann war sie verschwunden.

Clives Impuls, nach ihr zu fassen, hätte ihn gleichfalls fast über den Rand geworfen. Er griff tatsächlich nach ihr und verlor dabei fast das Gleichgewicht, doch er konnte sich im letzten Augenblick halten, ehe er 'Nrrc'kth durch die Tür folgte. Er kniete an der felsigen Kante der Öffnung und starrte hoffnungslos und hilflos 'Nrrc'kths Körper nach, der auf einen Ozean so weit unter ihr fiel und fiel und fiel. Ihre Schreie wurden nach und nach schwächer. Nach einer Weile bemerkte er, daß sie durch das Geräusch von Omas Schluchzern ersetzt worden waren.

Er wandte sich um und sah, wie die weißhäutige Frau Benutzer Annie zu dem Loch schleppte. Annie, die zwar bei Bewußtsein, jedoch offensichtlich verwirrt und orientierungslos war, leistete nur schwach Widerstand.

»Du Hure!« kreischte Oma. »Du verdammte selbstgerechte Hure!«

Clive sprang auf die Füße. Horace erreichte die Frau noch vor ihm, aber Finnbogg erreichte sie vor allen beiden und knurrte und schnappte. Es erforderte die Kraft von allen dreien, um die halbverrückte Oma zu überwältigen.

»Sie hat mein Mädchen getötet!« wimmerte Oma dumpf, sobald sie sie zu Boden gerungen hatten. »Sie hat mein Mädchen getötet!«

Annie saß daneben und barg das Gesicht in den Händen. Finnbogg legte sich ihr zu Füßen und knurrte beschützend.

»Was war los?« flüsterte sie — obwohl der Ton in ihrer Stimme Clive annehmen ließ, daß sie's bereits wußte. Der Ausdruck in den Augen, als er ihr erzählte, was geschehen war, festigte dieses Gefühl: sie wußte, was geschehen war, aber sie hatte gehofft, sich geirrt zu haben.

»Ich hab' noch nie mit Höhe umgehen können«, sagte sie leise. »Sie erschreckt mich. Und das —« sie blickte in die Richtung des Lochs, durch das 'Nrrc'kth verschwunden war, »das sollte es eigentlich gar nicht geben.«

Sie wandte den Kopf ab. Clive sah, wie ihre Schultern bebten, und es verlangte ihn danach, sie in die Arme zu nehmen, sie zu beruhigen. Ihm wurde klar, daß er zumindest zum Teil von der Furcht zurückgehalten wurde, was Chang Guafe dazu sagen würde. Darüber hinaus war es Tatsache, daß er sich einfach damit abzufinden hatte, wie die gesamte Gruppe mit dieser neuen Lage fertigwurde.

Er legte Annie die Hand auf die Schulter. »Nicht deine Schuld«, flüsterte er und fragte sich gleichzeitig, ob das wirklich stimmte. Er ließ die Hand für einen Augenblick dort liegen und war bestürzt, wie zerbrechlich sie ihm mit einemmal erschien, und dann erhob er sich und ging zu der Öffnung zurück.

Oma war gegen die jenseitige Wand der Höhle gelehnt worden, und Horace und Shriek standen zu beiden Seiten Wache.

»Oma«, sagte Clive sanft, »es tut mir leid.«

Sie gab keine Antwort. Clive beugte sich zu ihr herab und berührte sie an der Schulter. Aber die alte Frau war zu tief in ihrem Kummer verstrickt, um zu antworten. Sie saß wie erfroren da und starrte vor sich hin.

Clive zögerte, richtete sich dann wieder auf und ging weg. Kummer, ob eigener oder ob Omas, war ein Luxus, den er sich jetzt nicht leisten konnte.

Tomàs hatte sich eineinhalb Meter vom Rand der Öffnung entfernt hingehockt und betete inbrünstig, Chang Guafe stand direkt am Rand und schien von der Tragödie, die gerade stattgefunden hatte, kein bißchen berührt zu sein, genausowenig wie von einer Furcht vor dem, was ihnen jetzt bevorstand. »Ich habe die Öffnung untersucht«, sagte der Cyborg. »Die Konstruktion ist faszinierend. Hier, versuch das einmal.« Chang Guafe ergriff den felsigen Rand der Öffnung und streckte ein Tentakel aus.

Clive, der sich seines Gleichgewichts nicht so sicher war wie das halbmechanische Wesen, legte sich auf den Bauch, ehe er Kopf und Schultern über die Felsenkante schob.

Er war froh, diese Vorsichtsmaßnahme getroffen zu haben, als das Schwindelgefühl, hervorgerufen durch den direkten Blick auf einen Ozean, der Tausende von Metern unter ihm wogte, stark genug wurde, daß es ihn hinter 'Nrrc'kth her stürzen lassen konnte. Er durchsuchte das Wasser nach einem Anzeichen der Frau, wobei er sehr wohl wußte, daß es ein hoffnungsloses Unterfangen war. Niemand konnte einen solchen Sturz überleben. Und selbst wenn ihr Körper irgendwo dort unten triebe, wäre er zu klein, als daß man ihn aus dieser Entfernung ausmachen könnte.

Die einzige Unterbrechung in dem sich schier endlos ausbreitenden Wasser war, wie er sah, ein Inselpaar weit entfernt zur Rechten.

»Lang hindurch«, sagte Chang Guafe. »Befühl die Unterseite.«

Clive streckte einen Arm aus und hob dabei den Kopf. Das Schwindelgefühl kehrte zurück. Bis jetzt war er so von dem in Anspruch genommen worden, was unter der Öffnung lag, daß er sie selbst noch nicht wirklich untersucht hatte. Der Fels, auf dem er lag, kam ihm bei weitem weniger fest vor, als er bemerkte, daß er lediglich drei Zentimeter dick war.

Auf Anweisung des Cyborgs streckte er einen Arm durch die Öffnung und drehte ihn, um die Unterseite dessen zu betasten, worauf er lag.

Er schrie vor Erstaunen auf, als er entdeckte, daß es keine Unterseite gab. Er hielt die Hand direkt unter der Brust und hatte erwartet, den kalten, glatten Fels zu fühlen, auf dem er lag. Der war nicht vorhanden. Noch schockierender war die Tatsache, daß er selbst nicht vorhanden war. Während er den Arm um den Rand der Öffnung hakte und weit genug hinauflangte, daß die Hand die eigene Brust hätte drücken sollen, vermochte Clive nichts als die dünne Luft zu verspüren.

Vorsichtig zog er sich weiter nach vorn und lehnte sich über die Kante.

Die Öffnung, in der er lag, erschien wie ein Loch im Himmel. Er wandte sich nach links und rechts und sah in allen Richtungen weit hingestrecktes Blau mit gelegentlichen Wolken.

Er legte die Hand auf den Rand der Öffnung, zog sich zurück und setzte sich auf, wobei sich ihm der Kopf drehte.

Horace trat heran und stellte sich neben ihn.

»Nun, Sör, was machen wir als nächstes?«

»Ich weiß es nicht, Horace. Es sieht so aus, als wären wir schließlich in eine Sackgasse geraten. Ich sehe keinen Weg, wie wir von hier zu nächsten Ebene hinunterkommen könnten.«

Er spürte, wie ihn Shriek am Bewußtsein zupfte. Aber ehe er die Botschaft verstehen konnte, die sie ihm zu senden versuchte, wurde er von einem Kratzen und Heulen in dem steinernen Durchgang abgelenkt, der in diese Kammer führte.

»Schwierigkeit!« rief einer der Finnboggs, der in die Kammer platzte. »Große Schwierigkeit!«

Der Zwerg versuchte, die Angelegenheit zu erklären, aber er beherrschte die übliche Sprache des Dungeon nicht genügend für diese Aufgabe. Finnbogg der Erste schaltete sich ein, und nach einer Unterhaltung in kurzen, knurrenden Lauten wandte er sich an Clive und sagte: »In der Tat Schwierigkeit. Schlechter N'wrbb ist gekommen. Er hat viele Männer. Er will Frau zurück.«

Etwas Bedrückendes schien sich über die Kammer zu legen, als jeder zu der Öffnung sah, durch die 'Nrrc'kth verschwunden war.

KAPITEL 17

Ich werde
immer wiederkehren

*W*o bin ich?
Nicht zum ersten Mal hatte Sidi Bombay seinem unbekannten Freund diese Frage gestellt. Eigentlich war's nicht ganz angemessen zu sagen ›unbekannt‹. Er wußte, daß der Freund weiblich und daß ihr Name L'Claar war.

Darüber hinaus blieb sie ein Rätsel — und rätselhaft.

Du bist hier, entgegnete sie, wie sie's immer tat, wenn er an diese Frage intensiv genug dachte, daß er sie zu einer Antwort zwang.

Er war diesem Kreis schon zuvor gefolgt:

Wo ist hier?

Wo wir uns aufhalten.

Es war, als argumentierte man mit einem Kind. Es entmutigte ihn, aber er hielt seinen Ärger zurück, denn er fürchtete um seinen einzigen Kontakt mit — mit was? Der Realität? Der Außenwelt? Überflüssig zu sagen ›seinen einzigen Kontakt‹. Denn es gab niemanden sonst. Nur Sidi und L'Claar.

Sie wich zurück, als ihn eine Welle von Schmerz überlief.

Das macht mich traurig, flüsterte sie ihm ins Bewußtsein, als der Schmerz verschwunden war und sie sicher zurückkehren konnte. *Ich sollte bei dir bleiben. Aber ich bin nicht stark genug. Also ziehe ich mich zurück und weine statt dessen.*

Schon gut, entgegnete er. *So lange du immer wieder zurückkehrst.*

Immer! Ich werde immer wiederkehren!

Der Gedanke war so stark, daß er ihn überraschte.

Bist du jemals verlassen worden? fragte er.

Jähe Trauer durchflutete ihn sowie ein Gefühl von solch intensiver Verlorenheit, daß es ihm schwergefallen wäre zu sagen, ob er den eigenen wiederkehrenden Schmerz, der bislang so qualvoll gewesen war, für die Last hingegeben hätte, die L'Claar trug.

Was ist geschehen? fragte er.

Aber sie war verschwunden.

Sie tat Sidi leid. Aber er war nicht mehr besorgt.

Er wußte, daß sie wiederkäme.

KAPITEL 18

Über den Rand

Clive schaute Finnbogg an. »Werden die Finnboggi versuchen, N'wrbb zurückzuhalten, oder werden sie ihn hereinlassen?«

Der Zwerg sah betrübt aus. »Finnboggs loyal. Finnboggs sterben, bevor sie schlechten Mann in Heim lassen.«

»Ich hoffe, daß es so weit nicht kommen wird«, sagte Clive. »Aber wenn sie die Tür vor N'wrbb verschließen werden — oder noch besser, wenn sie ihn davon überzeugen können, daß wir niemals hierhergekommen sind...«

Finnbogg knurrte. »Finnboggs erzählen keine Geschichten.«

Das war so offenkundig unwahr, daß Clive nicht wußte, was er darauf antworten sollte. Er brauchte die Unterstützung der Finnboggi. Aber er hatte nicht die Zeit, sich durch die verwickelte Argumentation der Finnboggi hindurchzukämpfen. Ehe er irgend etwas hätte sagen können, nahm Shriek mit ihm Kontakt auf.

Sie sollen die Tür verschließen und es dabei bewenden lassen.

Zu diesem Zeitpunkt vertraute Clive der Spinnenfrau völlig. Er gab den Befehl. Als Finnbogg durch den Gang davontrabte, wollte er Shriek fragen, was sie vorhätte.

Aber er hielt diesen Gedanken zurück. Shriek hatte sich an eine Wand der Höhle gedrückt. Die vielfacettigen Augen hielt sie geschlossen, und sie war offensichtlich so sehr konzentriert, daß Clive zögerte, sie zu stören.

Plötzlich sprang sie vor. Clive schrie vor Schreck auf, als er sah, wie sie direkt durch die Öffnung im Boden sprang.

Ihre Worte fielen ihm mit einer Spur von Heiterkeit ins Bewußtsein. *Mach dir keine Sorgen, o Folliot. Entspann dich, und folge mir.*

Als er ihre Worte empfing, sah er den dicken Strang von Seide, den sie an der Wand befestigt hatte. Er legte sich bäuchlings auf den Boden und spähte über den Rand der Öffnung. Seine Freundin baumelte etwa sieben Meter unter ihm und fiel langsam auf die ferne See zu, während sie weitere Seide aus ihren Spinndrüsen absonderte.

Clive wandte sich an Horace. »Hol Finnbogg«, sagte er. »Wir müssen rasch handeln. Man kann nicht sagen, wie lange die Finnboggi N'wrbb und seine Leute aufhalten können. Wir müssen hinunter, ehe sie sich ihren Weg hier herein erzwingen und diese Seide durchtrennen können.«

Horace nickte und verschwand im Gang. Clive schaute sich im Raum um. »Du zuerst, Tomàs«, sagte er.

Der portugiesische Seemann schaute ihn erstaunt an. »Da hinunter?« quietschte er. »Am Gespinst einer Arachnida hängend?«

»Du machst das, oder du bleibst hier und läßt dir von N'wrbb die Eingeweide aufschlitzen«, sagte Clive kalt. »Du hast so viel Zeit damit verbracht, in der Takelage des Schiffs herumzuklettern, daß dir das hier leichter als jedem sonst fallen sollte. Setz dich in Bewegung! Ihr anderen beobachtet ihn und schaut euch an, wie er's macht.«

Tomàs ergriff die Leine und kletterte über den Rand. Als Clive die Leine in Tomàs' Hand sah, wurde ihm klar, daß die Rettungsleine, von der sie jetzt bald abhängig waren, wenngleich für ein Spinnengewebe enorm dick, in Wahrheit weniger als halb so dick war wie sein kleiner Finger. Sie erschien ihm auf einmal erschreckend dünn.

Annie sah dumpf auf. »Clive, ich kann nicht«, flüsterte sie.

»Du mußt.«

Aber er wußte, bevor er die Worte ganz ausgesprochen hatte, daß sie den Abstieg niemals machen könnte. Das Bild von 'Nrrc'kth, die endlos durch den Himmel fiel, blitzte ihm durchs Bewußtsein. Er konnte es nicht ertragen, ein weiteres Mitglied der Gruppe auf diese Art zu verlieren.

Schon gar nicht Annie.

Er schaute sich um. Es waren nur drei da, von denen er das Gefühl hatte, daß sie stark genug wären, um sie sicher so weit hinunter zu tragen. Aber Shriek war bereits verschwunden. Und Finnbogg, kraftvoll, wie er war, wäre kaum in der Lage, sowohl Annie zu halten als auch den Abstieg zu bewältigen; seine Arme waren einfach zu kurz.

Da blieb nur eine Wahl. Clive sprach die Frage so vorsichtig aus, wie er nur konnte.

Jetzt ist nicht die Zeit für Diplomatie, o Folliot, sendete Shriek. *Übernimm die Führung, oder verliere sie!* Er spürte die Ungeduld unter ihren Worten, und die Wangen wurden ihm warm. Aber er nahm sich die Botschaft zu Herzen.

»Chang Guafe«, sagte er knapp, »du wirst Annie tragen. Folge Tomàs die Leine hinunter!«

Wortlos ging der Cyborg hinüber zu Annie und schlang ihr ein Paar metallener Tentakel um den Leib.

»Clive!« schrie sie, als sie der Cyborg hochhob und sich auf die Öffnung zu bewegte. »Das kann ich nicht tun!«

»Das mußt du auch nicht«, sagte Clive. »Chang Guafe wird es für dich tun. Schließ nur die Augen, und halte still.«

Aber ihr Entsetzen war zu groß. Sie kämpfte, um aus Guafes Griff freizukommen. Der Cyborg blieb stehen. »Ich werde sie tragen«, sagte er. »Aber ich werde nicht mit ihr kämpfen. Soll ich sie wieder bewußtlos machen, oder soll ich sie hierlassen?«

Clive zögerte nur einen Herzschlag lang. »Mach das,

was nötig ist«, sagte er kalt, während er versuchte, den wilden Aufruhr von Gefühlen zu verbergen, die er verspürte, als er dem schrecklichen Kampf seines Nachkömmlings zusah.

Annie schüttelte den Kopf. Ihre Augen wurden groß und wild. »Clive, du Sohn einer ...«

Sie erschlaffte jäh im Griff des Cyborgs. Während er die beiden Tentakel, die sie hielten, verknotete, streckte Chang Guafe ein drittes Tentakel aus und formte es um Shrieks Seidenschnur zu einer Schlinge. Zu Clives Erstaunen hielt der Cyborg inne, bevor er über den Rand rutschte.

»Hoffe, dich unten zu sehen«, klickte er.

Clive nickte, und Chang Guafe verschwand in der Öffnung.

Horace war noch nicht mit Finnbogg zurückgekehrt. Außer Clive war nur noch Oma in der Kammer zurückgeblieben. Sie war an der Wand zusammengesackt und starrte dumpf zu Boden.

Clive war im Begriff, sie anzuschnauzen, doch dann zögerte er. Er war sich nicht sicher, warum, bis ihm klar wurde, daß er auf einen Ratschlag von Shriek wartete. Aber die Spinnenfrau hatte im Augenblick ziemlich viel mit sich selbst zu tun.

Welches wäre die beste Taktik, die trauernde Oma mitzunehmen? Sollte er befehlen oder schmeicheln? Für letzteres blieb wenig Zeit, noch weniger jedoch dafür, eine Taktik anzuwenden, die überhaupt nicht funktionierte.

Er kniete neben der robusten grünhaarigen Frau nieder. »Komm schon, Oma«, sagte er freundlich. »Du bist an der Reihe.«

Sie rührte sich nicht.

Er nahm sie bei der Hand und zog sie auf die Füße.

Sie stand nur da.

»Oma«, sagte er drängend, »wir haben nicht soviel Zeit!«

Finnbogg und Horace kehrten zurück, als er sie zur Öffnung führte.

»Die Finnboggi verhandeln mit ihnen, Sör«, sagte Horace. »Hängt alles davon ab, wie lange N'wrbbs Geduld reicht, und das sollte 'n bißchen dauern.«

»Sehr gut, Sergeant Smythe. Warum gehst du nicht als nächster, zusammen mit Finnbogg?«

Smythe warf der offenkundig widerstrebenden Oma einen Blick zu. »Sin' Sie sicher, daß Sie nich' 'n bißchen Unterstützung hier nötig haben, Sör?« Ohne Clives Antwort abzuwarten, faßte er Omas anderen Arm und half dabei, sie zur Öffnung zu zerren. »Rüber mit dir, alte Dame«, sagte er freundlich.

Clive beugte sich vor, um Oma zu helfen, und er verspürte einen schockartigen Schwindelanfall, als er zu seinen Kameraden hinabsah, die in den Himmel unten hinabstiegen. Oma nahm die Leine in die Hände, rutschte über den Rand und folgte den übrigen an der seidenen Leine in die Tiefe.

»Ich mache mir Sorgen um sie, Horace«, sagte er sanft, sobald sie einige Meter weit weg war.

»Würd' ich nich', Sör«, sagte Horace. »Sie mag schrecklich mürrisch sein, aber ihr Typ läßt sich nicht leicht fallen. Das erste Mal, wenn sie 'n bißchen ausrutscht, wird sie nach dieser Leine von Shriek greifen wie 'n Kleinkind nach der Brustwarze. Sie is' nich' in der Lage, sich was anzutun. Sie is' von zu viel Leben voll, um's nur deshalb fahren zu lassen, weil sie was verloren hat. Nun denn, wer is der nächste, Sör?«

Finnbogg, dann Horace und dann Clive nahmen rasch hintereinander ihre Plätze beim Abstieg ein. Als er sich ein paar Meter unterhalb der Öffnung befand, schaute Clive hoch. Der Anblick war absolut furchterregend: klarer blauer Himmel erstreckte sich in jede Richtung, soweit er sehen konnte. Die einzige Ausnahme war das sechs Quadratmeter große Stück Höhle, das direkt über ihm dahintrieb wie ein Loch im Himmel.

Er faßte die Leine fester und schaute direkt nach vorn. Eine Windböe ließ ihn hin- und herschwanken. Abgesehen von einer gelegentlichen Wolke war alles, das er sehen konnte, wohin er sich auch wandte, eine Bläue, die anscheinend ewig weiterging.

Er ließ den Blick die lange weiße Leine hinunterwandern.

Finnbogg und Horace waren direkt unter ihm. Die nächste war Oma. Sie bewegte sich langsamer, als er's gewünscht hätte, aber sie schien schon etwas munterer zu sein. Er hoffte darauf, daß sich ihre Form noch steigerte. An einem Stück Spinnenseide mitten im Himmel baumelnd war wohl kaum die ideale Lage, sich mit den Problemen auseinanderzusetzen, die sich einstellten, wenn sie sich entschlösse, zu deprimiert zu sein, um weiterzumachen!

Während sich die übrigen Hand über Hand hinabbewegten, rutschte Chang Guafe regelrecht die Leine hinab. Der Cyborg schien etwas von einer Stelle ausgestreckt zu haben, die, soweit Clive sehen konnte, in der Kniegegend liegen mußte, um sich nicht zu schnell zu bewegen. Der Anblick von Annies bewegungslosem Körper, der schlaff an Guafes Seite hing, schloß sich Clive wie eine Faust ums Herz.

Einige Meter unter ihnen befand sich Tomàs. Trotz seiner Proteste und Hinweise auf seine Angst kletterte der drahtige Seemann so zuversichtlich die Leine hinab, daß es beinah so aussah, als wäre er hier im Himmel daheim.

Am Ende der langen weißen Schnur, über hundert Meter entfernt, baumelte Shriek. Sie fiel weiter hinab, während sie weitere Seide aus dem aufgeblähten Unterleib löste.

Wie lang wird das so weitergehen? fragte er sich, während er an ihr vorbei aufs Meer schaute. Er konnte die Entfernung, die sie noch zurückzulegen hatten, noch nicht einmal annähernd abschätzen.

Er drückte die Stirn gegen die Leine und war dankbar für die klebrige Substanz, die es erleichterte, sich festzuklammern. Der größere Teil seiner Bemühungen schien in der Tat nicht darauf gerichtet zu sein, sich an der Leine festzuhalten, sondern sie nicht loszulassen, so daß er den Abstieg fortsetzen konnte.

Alles in Ordnung, o Folliot? fragte Shriek.

So gut, wie man's erwarten kann, entgegnete Clive. Der Gedanke durchzuckte ihn, wie nützlich es war, mit ihr in Verbindung treten zu können, obgleich sie sich am anderen Ende der Kette befand. Welch ein Werkzeug wäre diese Art von Gedankenverbindung für das Militär! *Und wie schaut's bei dir aus?*

So gut, wie man's erwarten kann.

Sie konnte ihre Beunruhigung nicht verhehlen. Ohne sie wirklich in Worte zu fassen, sendete er ihr eine Frage.

Es ist eine sehr große Entfernung, entgegnete sie. *Ich bin mir nicht sicher, wie lange meine Seide reichen wird.*

Clive schaute hinunter und schluckte. Er dachte an 'Nrrc'kth, deren Körper in diesen fernen Wassern verschwunden war. Er schaute auf die übrigen hinab und bemerkte, daß sie ihm alle, selbst Tomàs und Guafe, sehr teuer geworden waren.

Tu, was du kannst, entgegnete er.

Ihre Antwort klang beinahe schnippisch: *Mach ich!*

Sie setzten ihren Abstieg fort.

Clive hatte keine Ahnung, wie lange es dauerte. Gelegentlich schaute er auf, um ihre Entfernung von der Öffnung abzuschätzen. Er fragte sich, wie die Finnboggi mit N'wrbb zurechtkämen. War es ihnen irgendwie gelungen, ihn zum Weggehen zu überreden? Oder riskierten sie noch immer ihr Leben, um die Tür gegen seine Armee zu halten? Wieviel Zeit bliebe ihnen, bis jemand käme und die Leine kappte und sie alle hinunter ins Meer schickte, das so weit unter ihnen war?

Nach einer ganzen Weile schaute er hinauf und sah,

daß irgend jemand die Tür geschlossen hatte. Ein Schaudern durchlief ihn. Es war schon seltsam genug gewesen, dieses Loch im Himmel. Jetzt kletterten sie eine dünne Seidenschnur hinab, die sich über ihm erstreckte und dann jäh verschwand, wie die Schnur beim indischen Seiltrick.

Eine steife Brise erhob sich. Sie kam in Böen und verwandelte die Leine in ein Pendel. Clive selbst war der Anker. Shriek stellte das Gewicht dar, und als er hinunterschaute, sah er voller Schrecken, welch großen Bogen ihre rundliche Form durch den Himmel beschrieb.

Bei einem Aufschrei von Oma blieb ihm beinahe das Herz stehen. Er schaute hinab und sah, daß ihre stämmige Gestalt anscheinend um die Leine geschlungen war.

»Sie is' ins Rutschen gekommen, Sör«, schrie Horace. »Hat sich gerade noch rechtzeitig fangen können. Glaub' nich', daß es wieder vorkommt. Hat der alten Dame nur den Schrecken gegeben, den sie gebraucht hat.«

»In Ordnung«, sagte Clive, der sich bei dem Hin- und Herschwingen der Leine allmählich ziemlich unwohl fühlte. Er drückte die Wange gegen die Seide und wünschte sich, daß sein Kiefer aufhörte zu schmerzen. Dieser lange, schweigsame Abstieg gab ihm zuviel Zeit, darüber nachzudenken!

Der einzige Trost war, daß er endlich spürte, daß sie einen Fortschritt machten, denn die Oberfläche des Meeres war keine glatte blaugrüne Ebene mehr, sondern eine unterbrochene, geriffelte Oberfläche mit vielen Schattierungen.

Arme und Schultern schmerzten ihn. Er wünschte sich verzweifelt, daß ihm irgendeine Art von Rast gestattet würde. Mit einigem Ärger wurde ihm klar, daß er, obgleich er geglaubt hatte, von Natur aus ein kräftiger Mann und durch seine letzten Erlebnisse im Dungeon noch wesentlich stärker geworden zu sein, vielleicht mehr physische Schwierigkeiten mit dem Abstieg hätte als jeder andere in der Gruppe.

Er untersuchte die Inseln, die er gesehen hatte, als er zum ersten Mal durch die Öffnung in der Höhle der Finnboggi hinunter gespäht hatte. Wie weit waren sie entfernt? Er fragte sich allmählich, ob er — oder die anderen — die Kraft hätten, so weit zu schwimmen, selbst wenn es ihnen gelänge, das Meer sicher zu erreichen.

»Alles in Ordnung, Sör?« fragte Horace.

Clive bemerkte überrascht, daß er sich irgendwelchen Träumereien hingegeben hatte und daß er währenddessen nicht mehr weiter abgestiegen war. Horace befand sich einige Meter unter ihm.

»Ganz in Ordnung, Sergeant Smythe«, rief er nach unten.

Er bewegte sich wieder. Seine Hände waren vom ständigen Kontakt mit der zähen Seide aufgescheuert und wund. Glücklicherweise schützten die Lederhose und die Schuhe, die er im Schloß von N'wrbb erhalten hatte, Füße und Beine, die er um die Seide geschlungen halten mußte, damit er sich festhalten konnte. Clive dankte seinem Feind schweigend für diese einzige freundliche Geste — obwohl er für sich anmerkte, daß er sich noch glücklicher schätzen könnte, wenn ein Paar Handschuhe gleichfalls zur Ausstattung gehört hätte.

Ich lasse nach, o Folliot.

Wie immer, wenn sie mental vereinigt waren, nahm er nicht nur Shrieks Botschaft auf, sondern eine Menge von Subtexten über ihren Zustand und ihre Wahrnehmungen. Gewöhnlich waren das nichts weiter als Hintergrundgeräusche. Jetzt jedoch war er erschrocken über die Erschöpfung der Arachnida sowie ein wenig beschämt wegen der Sorge um sich selbst, während sie sich in einem solch schlimmen Zustand befand.

Er sah nach unten. Sie hatten einen bedeutenden Fortschritt gemacht. Aber sie befanden sich noch immer Hunderte von Metern über dem Wasser.

Wie weit kannst du noch gehen? fragte er.
Das weiß ich nicht. Ich spüre, daß meine Reserven sich allmählich erschöpfen. Aber es fällt schwer zu sagen, ob ich noch hundert Meter Seide weiterspinnen kann oder noch tausend. Ein wenig Ausruhen wird helfen.
Dann ruh dich aus, entgegnete er.
Ich werd's den übrigen sagen, sendete sie.

Also hielten sie an, und also blieben sie dort, ein seltsam gemischtes Oktett, aus Zeit und Raum zusammengewürfelt, um sich dann an einem dünnen seidenen Faden baumelnd wiederzufinden, der in einem Loch im Himmel anfing und sich qualvoll zu etwas hinabstreckte, das die endlose See der dritten Ebene des Dungeon zu sein schien.

Es wurde allmählich dunkel. Clive vernahm einen Schrei und bemerkte, daß Annie erwacht war. Sie kreischte zweimal und war dann still. Er schloß die Augen und drückte die Stirn gegen die Seide.

Die Dunkelheit brach rasch über sie herein. Nachdem sie scheinbar eine Ewigkeit in der Schwärze gegangen hatten, empfing Clive endlich eine Botschaft von Shriek: *Ich kann jetzt weitermachen, o Folliot.*

Schaffen wir's bis nach unten? fragte er.

Das weiß ich nicht; ich werde so weit gehen, wie ich kann.

Mehr kannst du nicht tun, entgegnete Clive, wenngleich er sich sicher war, daß sie seine gefühlsmäßigen Reaktionen gleichfalls aufgefangen hatte, die weit weniger philosophisch waren als seine Worte.

Und so setzten sie sich erneut in Bewegung und kletterten langsam an dieser dünnen Leine hinab. Er bemerkte, daß Shriek den übrigen die gleiche Botschaft gesendet hatte. Zu seiner Überraschung machte ihn diese Vorstellung ein wenig eifersüchtig. Er hatte sie als seine persönliche Freundin betrachtet. Wieviel Unterhaltungen führte sie mit den übrigen, die er nicht mitbekam?

Es enttäuschte ihn ein wenig, daß sie früher einmal

diese Frage empfangen und sie fast sofort beantwortet hätte. Da er jedoch so eisern darauf beharrt hatte, daß sie seine Gedanken nicht lesen sollte, bis sie nicht wirklich miteinander sprachen, würde sie seine Frage nicht mitbekommen und also nicht beantworten können. Und es war nichts, das er sie fragen wollte; es klang zu unsicher, zu kindisch, zu sehr wie — was? Ein eifersüchtiger Liebhaber? Die Vorstellung war so lächerlich, daß er tatsächlich laut herauslachen mußte. Das Geräusch versickerte in der Nacht um ihn her.

Aber es wurde sehr bald durch einen anderen Laut ersetzt, einen, der allmählich lauter geworden war, während sie sich nach unten bewegten, so allmählich, daß er den Augenblick nicht hätte angeben können, da er ihn tatsächlich gehört hatte.

Es war das Geräusch des Ozeans, der sich unter ihnen bewegte.

Und sie setzten ihren Abstieg noch immer fort, bis zu dem Augenblick, als Shriek erneut hinauslangte, um sein Bewußtsein zu berühren.

Das wär's, o Folliot. In meinem Leib ist keine Seide mehr.

KAPITEL 19

Ein dunkles
und lebloses Meer

Clive versuchte, den Schauder zu ignorieren, der ihn durchlief, während er fieberhaft überlegte. *Wie weit sind wir von der Wasseroberfläche entfernt?* fragte er Shriek.

Ich weiß es nicht. Seit langem schon ist es für mich zu dunkel. Ich kann die Wellen deutlich vernehmen, und Tomàs sagt, daß er das Wasser so stark riechen kann, daß er Heimweh hat. Aber ob das Wasser nicht weiter entfernt ist als meine Körperlänge oder ein Vielfaches davon, kann ich nicht sagen.

Sollen wir uns fallenlassen oder versuchen, uns bis zum Morgen zu halten?

Ihre Antwort trug eine unausgesprochene Verzweiflung mit sich. *Wir haben keinerlei Vorstellung davon, wie lang es bis zum Morgen dauern wird. Genausowenig wissen wir, wie lange meine Seide hält. Sie war wirklich nicht dafür gedacht, acht Leute stundenlang zu halten. Sie könnte sich oben lösen — oder sogar gekappt werden, falls N'wrbb und seine Leute in die Höhle gelangen, aus der wir entkommen sind. Falls das geschehen sollte, wärst du in größter Gefahr, denn du bist mindestens vierzig Meter weiter von der Wasseroberfläche entfernt als ich. Dein Fall wäre möglicherweise tödlich. Das betrifft vielleicht auch diejenigen, die dir am nächsten sind.*

Clive zitterte. Selbst wenn Shriek nur drei Meter über der Oberfläche des Meers wäre, bedeutete das, daß er sich zumindest dreiundvierzig Meter darüber befand. Er schaute nach unten. Horace mußte irgendwo dort unten in der Nähe sein, er konnte aber keine einzige Spur des Mannes entdecken. Gab es auf dieser Ebene des Dungeon überhaupt keine Art von Mond?

Schließlich faßte er seinen Entschluß. *Wir lassen uns fallen!* sendete er Shriek.

Ich werde es den anderen mitteilen, sendete sie zurück.

Er hing ruhig in der Dunkelheit und erwartete die nächste Nachricht seiner siebengliedrigen Verbündeten. Er war sich nicht sicher, wie lange es gedauert hatte, bis ihre Worte ihm erneut ins Bewußtsein rauschten.

Ich werde mich jetzt fallenlassen, o Folliot.

Viel Glück! entgegnete er.

Dir auch, antwortete sie.

Dann ließ sie die Leine fahren. Clive wurde von einer Welle eines Schwindelgefühls getroffen, und er bemerkte, daß sie die mentale Verbindung nicht abgebrochen hatte. Er teilte ihren Fall. Gott, wie konnte er nur so lang dauern?

Dann bestand die Verbindung mit einemmal nicht mehr, und eine Dunkelheit nahm ihren Platz ein. Dunkel im Innern, Dunkel draußen. Clive wurde klar, daß Shriek das Bewußtsein verloren hatte.

Wenn dem so war, mußten sie zu ihr hinunter. Sie mochte gerade dabei sein zu ertrinken!

Aber was, wenn der Fall so tief wäre, daß sie alle das Bewußtsein verlören?

Was wenn! Gab es denn eine andere Wahl, während sie hier in einem dunklen Himmel hingen und keine rechte Verbindung nach oben oder unten hatten?

»Runter!« donnerte er. »Bewegt euch so schnell ihr könnt. Irgend jemand muß Shriek helfen.«

Horace nahm den Ruf auf und rief ihn Finnbogg zu, der die Botschaft weiter an Oma reichte, obwohl es so aussah, als hätte sie Clives Ruf auf jeden Fall gehört. Die Nachricht ging weiter von Oma zu Guafe, von Guafe zu Tomàs.

Und dort stockte sie.

»Ich kann nicht«, wimmerte Tomàs. »Es ist dunkel, und ich hab' Angst. Ich will die Leine nicht loslassen.«

Die Nachricht wurde zu Clive zurückgetragen, der vor Wut und Hilflosigkeit kochte. Er hatte jetzt keine Zeit für gutes Zureden. Shriek war in Schwierigkeiten.

»Sagt Chang Guafe, er soll hinunterrutschen und Tomàs, falls nötig, vom Ende der Leine wegstoßen«, schnappte er.

Die Nachricht ging von Horace zu Finnbogg und weiter die Kette hinunter.

Tomàs hörte sie, bevor Guafe sich tatsächlich in Bewegung setzte.

»Nein!« kreischte er voller Verzweiflung. »Nein, das könnt ihr nicht tun! Nein! *Neiiin!*«

Der letzte Aufschrei verlängerte sich zu einem Kreischen, dem ein Klatschen folgte.

»Bewegt euch!« donnerte Clive. »Alle die Leine runter und rein ins Wasser. Wir müssen zusammenbleiben.«

Er setzte sich in Bewegung und stieg weiter Hand über Hand an der langen Seidenschnur ab.

Er hörte ein weiteres Klatschen. Das mußten Chang Guafe und Annie sein.

Nicht lange danach hörte er, wie Oma und dann Finnbogg aufs Wasser schlugen. Jetzt ertönte von unten ein Wirrwarr von Rufen und Klatschen. Die Geräusche hörten sich verzweifelt an, und Clive verfluchte die Dunkelheit, die es ihm unmöglich machte zu sehen, wie es seinen Leuten erging.

»Wir treffen uns unten, Sör!« sagte Horace.

Augenblicke später erreichte Clive selbst den Punkt, an dem seine Füße den Kontakt zu der Seide verloren. Während er allein in der Dunkelheit baumelte, mit nur einer Hand um die Leine geschlungen und keiner Vorstellung davon, wie weit es bis zum Wasser und der Verwirrung unten war, konnte er plötzlich die Furcht nachempfinden, die Tomàs unbeweglich hatte werden lassen.

Es beruhigte ihn nicht sehr, daß er die anderen tatsächlich unten hören konnte. Die Tatsache, daß er nicht sehen konnte, wohin er fiel, machte die Vorstellung, die Leine fahren zu lassen, so schrecklich.

Er wünschte sich, daß er, wie die übrigen, irgend jemanden hätte, der hinter ihm herkäme, irgend jemanden, der ihn hinabstieße.

Aber es gab niemanden.

Er schloß die Augen — lächerlich in der Dunkelheit, aber irgendwie beruhigend — und ließ die Leine fahren.

Jetzt gab es nichts mehr als nur noch Dunkelheit um ihn her, während er endlos auf das Wasser zufiel. Sein Körper reagierte, als wäre er vor endlosen Zeiten geboren worden, mit einer Woge von Panik, die jeden Sinn verstärkte und den Ablauf der Zeit verlangsamte.

Trotz aller Bemühungen, mit den Füßen zuerst aufzutreffen, landete Clive auf dem Rücken. Der Stoß schien ihm jedes bißchen Luft aus den Lungen zu pressen. Er hatte gerade Zeit genug zu registrieren, daß er dem Aufprall auf eine Ziegelsteinmauer nicht unähnlich war, als sich die Wasser über ihm schlossen und ihm auffiel, daß er rasch sank.

Mit leeren Lungen versuchte er verzweifelt, Luft zu schöpfen, aber er wußte, daß das tödlich wäre.

Er begann, sich nach oben zu kämpfen, und mußte feststellen, daß er sich nicht sicher war, in welche Richtung es nach oben ging. Die Dunkelheit, der jähe Fall und der Schmerz des Aufpralls hatten ihn völlig desorientiert gelassen. Er mußte Atem schöpfen!

Er zwang sich dazu, sich nicht mehr zu bewegen. Es fühlte sich an, als schnürte ihm jemand ein Band um die Brust.

Aber er wartete. Die Lungen waren leer. Er sollte sinken.

Als er sich endlich über die Richtung sicher war, in

die er sich bewegte, kämpfte er sich allmählich in die andere Richtung. Der Kopf fühlte sich an, als wäre es irgendjemandem gelungen, in ihn hineinzukriechen, und der Betreffende versuchte, ihm Mund und Nase aufzudrücken.

Atme! befahl sein Körper. Und er widerstand noch immer, weil es tödlich gewesen wäre, diesem Befehl zu gehorchen. Er widerstand und widerstand und widerstand erneut, bis sein Kopf jäh durch die Oberfläche brach und er die Luft in großen keuchenden Zügen einsog.

Luft. Aber noch immer kein Licht. Wo waren die übrigen? Er hörte zu seiner Linken ein Klatschen. »Horace?« rief er. »Shriek?«

Eine große Woge hob ihn hoch. Benommen von der Bewegung rief er erneut.

Keine Antwort.

Wohin waren sie alle verschwunden? Eine weitere Welle packte ihn und schien ihn zum Himmel zu heben. War die See die ganze Zeit über so rauh gewesen? Oder waren diese großen Wellen etwas, das mit der Dunkelheit gekommen war?

Er drehte sich wassertretend einmal um sich selbst. »Finnbogg! Annie! Wo seid ihr? Ihr alle?«

Keine Antwort.

Er drehte sich erneut und ritt auf einer Welle, die ihn bald in einen wäßrigen Graben hinabschickte.

Wo befanden sich die Inseln, die er zuvor gesehen hatte? Wenn er die Inseln finden könnte, könnte er zumindest versuchen, in ihre Richtung zu schwimmen. Aber er hatte jedwede Orientierung verloren. Wenn er einfach losschwämme, mochte er sich ebensogut in den endlosen Ozean hinausbewegen wie auf Land treffen.

Eine weitere Woge packte ihn. Gleichzeitig überlief ihn eine Verzweiflung, die schrecklicher war als nur die Wellen. Er glaubte, sie nicht aushalten zu können. Nach dem mörderischen Abstieg, dem schrecklichen Sturz sich hier allein in der dunklen, unruhigen See zu finden ...

Und dann verschwand selbst dieser Gedanke, als er von unsichtbaren Händen ergriffen und unter die Oberfläche gezogen wurde.

KAPITEL 20

Die Meerleute

Clive erwachte vom Geräusch der Wellen, die sanft an den Strand schlugen. Er lag eine Minute lang mit geschlossenen Augen da und versuchte sich daran zu erinnern, was geschehen war und wo er sich befand.

Er erinnerte sich an den Abstieg, seine Panik, als er sich allein in der dunklen See gefunden hatte, den Schreck darüber, von unsichtbaren Händen unter die Wellen gezogen zu werden. Aber das war alles. Was war als nächstes geschehen?

Er konnte sich nicht erinnern.

Er fühlte sich steif und wund. Seine Wange war gegen eine rauhe Oberfläche gedrückt. Der Geruch der See war vermischt mit einem reichen, fruchtigen Duft, den er nicht identifizieren konnte.

Er öffnete die Augen.

In dem dämmrigen Licht — Morgenlicht, oder war er länger bewußtlos gewesen, als er gedacht hatte? — sah er, daß der Sand, auf dem er lag, blau war. Er lag parallel zur Küste und schaute auf den Ozean. Die Wellen, die jetzt heranrollten, waren weitaus kleiner als die gewaltigen, in die er vergangene Nacht gefallen war. Langbeinige Vögel, deren graues Gefieder pinkfarben gesprenkelt war, streiften durch die sich kräuselnden Wellen. Hier und da pickte einer von ihnen mit dem langen, abgerundeten Schnabel in den Sand. Die Vögel waren mindestens einen Meter achtzig groß.

Er bewegte die Arme. Sein Ledergewand war nahezu trocken. Es war unangenehm steif geworden.

Wo waren die übrigen?

Wie als Antwort hierauf vernahm er ganz in der Nähe ein Wimmern. Er stieß sich von dem blauen Sand hoch, wandte den Kopf und erblickte Horace, der nicht weiter als einen Meter von ihm entfernt auf dem Sand lag. Hinter dem Quartiermeister Sergeanten lagen die übrigen.

Alle miteinander? Clive erhob sich auf die Knie und zählte. Alle miteinander — sogar Shriek. Ihm wurde klar, daß er am meisten besorgt darüber gewesen war, wie sie den Fall ins Meer überleben mochte, denn sie schien nicht zum Schwimmen gebaut zu sein. Oder konnte sie auf dem Wasser gehen?

Er stolperte auf die Füße, um die übrigen zu untersuchen. Eine Stimme aus den Wellen hielt ihn auf.

»Sie leben alle.«

Er wandte sich um und versuchte, einen Ausruf der Überraschung zu unterdrücken. Eine fremdartige Gestalt, menschenähnlich, wenngleich eindeutig nichtmenschlich, hatte sich aus den Wellen erhoben. Der Sprecher war groß, sogar größer als die gigantischen Strandvögel. Es fiel schwer, seine Hautfarbe zu beschreiben, denn sie schimmerte metallisch und wechselte in dem dämmrigen Licht von Blau über Grün nach Grau. Der Fremde besaß keine Haare. Jedoch verlief ein schmaler Hahnenkamm ihm mitten über den Schädel.

Obwohl er klar der See entstammte, war der Neuankömmling nicht das, was Clive einen ›Meermann‹ genannt hätte, denn er hatte Beine statt eines Schwanzes. Obgleich er nackt war, besaß er dem Anschein nach keine Genitalien; zumindest keine, die man sehen konnte. Clive nahm nur deshalb an, daß er männlich war, weil der muskulöse Brustkorb breit und flach war, ohne jedes Anzeichen von Brüsten.

Der Mann sank einen Augenblick lang ins Meer zurück und erhob sich dann wieder.

»Du wirst mir vergeben«, sagte er. »Ich kann in deiner Luft nicht gut atmen.«

Er sprach eine Variante der *lingua franca*, die überall,

wohin sie im Dungeon auch gingen, verbreitet war. Obgleich der Akzent fremdartig klang, war Clive in der Lage, ihn mit einigen Schwierigkeiten zu verstehen. Seine Stimme war merkwürdig rauh. Clive überlegte, ob das daher käme, weil sie dazu gedacht war, unter Wasser benutzt zu werden und nicht an der freien Luft.

»Wer bist du?« fragte er und trat einen Schritt auf den Mann zu. Gleichzeitig fiel ihm auf, daß der blaue Sand fast die gleiche Farbe hatte wie das Wasser, so daß beides ineinander überlief.

»Mein Name ist ...« Hier machte der Mann ein schleifendes Geräusch mit der Kehle, und es war Clive unmöglich, es nachzuahmen. Der Meermann lächelte. »Du kannst mich Ka nennen. Das ist einfacher und keineswegs beleidigend.«

Die Art, wie er ›keineswegs beleidigend‹ sagte, deutete darauf hin, daß die Ehre für seine Spezies eine ernste Angelegenheit war. Clive machte sich in Gedanken eine Notiz, daß er versuchen wollte zu vermeiden, den Mann zu beleidigen.

Er hörte, wie sich einige der übrigen hinter ihm regten.

»Deine Freunde erwachen«, sagte der Meermann. »Gut. Darum bin ich im Hintergrund geblieben — um sicherzustellen, daß sie alle nicht nur am Leben, sondern auch heil und gesund sind.«

»Aber wer bist du?« fragte Clive. »Ich meine, ich weiß, daß dein Name Ka ist. Aber wo sind deine Leute? Was hast du mit uns zu schaffen?« Er schaute sich um. »Wie sind wir hierhergekommen?«

»Die Leute der See haben euch natürlich gebracht«, sagte Ka. »Wir haben euch fast den ganzen gestrigen Tag über beobachtet, wie ihr vom Himmel herabgestiegen seid. Es war ein erstaunlicher Anblick. Wir haben andere gesehen, die durch diese Öffnung kamen, mit Flügeln oder kleinen Maschinen, mit denen sie fliegen konnten. Aber niemand ist jemals herabgeklettert —

nicht in den entferntesten Erinnerungen unserer Vorfahren, dem Sittensprecher zufolge.«

»Dem Sittensprecher?« fragte Clive.

Ka tauchte einen Augenblick lang und stand dann wieder auf. Wasser perlte von den breiten Schultern und dem metallisch aussehenden Gesicht herab. Die Brandung schlug gegen die stämmigen Oberschenkel. Der Ozean erstreckte sich glatt hinter ihm. »Der Sittensprecher gibt den Leuten der See Anleitung, indem er unsere Vorfahren befragt nach dem, was war, was ist und was sein wird. Du und deine Freunde, ihr habt den Sittensprecher gestern ganz schön durcheinander gebracht.«

Ka machte einen fast erheiterten Eindruck bei der Vorstellung, daß der Sittensprecher verwirrt gewesen war.

Clive fühlte eine Hand auf der Schulter. Als er sich umwandte, stand Annie neben ihm. Das schwarze, noch immer feuchte Haar klebte ihr wie eine Badehaube am Kopf. Die großen dunklen Augen standen weit offen beim Anblick Kas. Horace stand neben ihr. Die meisten der anderen waren gleichfalls wieder auf den Beinen.

Clive wandte sich wieder Ka zu und war sich unsicher, wie lange es dauern würde, bis der Mann unter dem Wasser verschwände.

»Wie haben wir den Sittensprecher durcheinandergebracht?« fragte er.

»Indem ihr in unser Zuhause gefallen seid!« sagte Ka, als wäre das eine dumme Frage. »Acht von euch fallen über unseren Köpfen herunter, bereit, in unserem Lebensraum zu sterben. Einige von uns waren beleidigt, weil sie das für sehr unverschämt hielten. Aber der Sittensprecher entschied, daß es weder eure Schuld noch eine Beleidigung euerseits war. Lediglich Verzweiflung. Nach einer langen Unterredung beschlossen wir, euch zu retten.«

»Beschlossen?« fragte Clive. Ka duckte sich wieder

ins Wasser. Clive wartete, bis der Meermann sich wieder erhob, ehe er seine Frage beendete. »Warum beschließt ihr erst lange, ob ihr einen Ertrinkenden retten sollt? Hättet ihr das nicht automatisch getan?«

Ka schüttelte den Kopf und runzelte die Stirn. »Wir haben mit den Leuten des Festlands wenig zu tun«, sagte er. »Zumeist fürchten sie uns, obgleich völlig grundlos, da wir niemals absichtlich einem von ihnen etwas getan haben. Aber wenn sich einer von uns in ihren Netzen verstrickt, sind sie eher geneigt, uns zu töten oder an Land zu bringen, was auf das gleiche herauskommt, als uns frei zu lassen. Natürlich passiert es uns nur sehr selten, daß wir auf diese Weise gefangen werden.« Letzteres sagte er sehr betont, als wäre die Vorstellung, gefangen zu werden, eine Beleidigung.

»Wir mögen die Leute des Festlands nicht«, fuhr er fort. »Aber die Vorfahren haben darauf hingewiesen, daß ihr von einem anderen Ort kommt und uns nichts zuleide getan habt.« Er machte eine Pause. »Sie haben gleichfalls angedeutet, daß einige unter euch eine Rolle in dem Kampf zu spielen haben, der das Dungeon überzogen hat.«

»Von welchem Kampf sprichst du?« fragte Clive begierig. »Wer von uns?«

Aber Ka schüttelte den Kopf. »Mehr habe ich nicht zu sagen«, krächzte er. »Wir mischen uns nicht ein. Die Insulaner kommen. Ich muß gehen!«

»Warte!« rief Clive.

Aber es war zu spät. Statt lediglich ins Wasser zu tauchen, wandte sich Ka ab, bog sich über eine Welle und verschwand in dem blaugrünen Wasser.

Als er wieder an die Oberfläche kam, etwa fünfzig Meter entfernt, zeigten sich lediglich Kopf und Schultern über den Wellen.

»Viel Glück, Folliot«, rief er.

»Warte!« rief Clive erneut. »Woher weißt du meinen Namen?«

Aber Ka war verschwunden.

Clive wandte sich an Annie. »Ich hatte noch nicht einmal Zeit, ihm zu danken«, sagte er traurig.

Sie faßte ihn am Arm und wollte sprechen. Ehe sie jedoch zwei Worte herausbringen konnte, wurde sie von einem Aufruhr hinter ihr unterbrochen.

Sie wandten sich um und erblickten mehrere hundert Leute, die da standen, wo der Strand endete und das Gras begann.

189

KAPITEL 21

Blitzableiter

Die meisten Leute waren klein, selbst der größte unter ihnen erreichte kaum eineinhalb Meter. Aber sie waren von schöner Gestalt, als wären die griechischen idealen Körperproportionen als Miniaturausgabe neu geschaffen worden. Sie hatten dunkles Haar, dunkle Augen, und ihre Haut glänzte wie alte Pinienzapfen. Sie trugen nichts weiter als Lendentücher — sogar, wie Clive mit Interesse bemerkte, die Frauen.

Hier und da waren unter den Insulanern die Arten von Anomalien vertreten, die Clive im Dungeon eigentlich erwartet hätte: eine große, blauhäutige Frau mit drei Brüsten, ein hochgewachsenes Wesen, das eher wie eine Gottesanbeterin denn wie ein Mensch aussah, und ein kleines rundes Etwas, das beinahe ganz von lavendelfarbenem Fell bedeckt war. Was jedoch Clive als größte Überraschung ins Auge fiel, vor allem, weil er so anomal normal aussah, war ein ziemlich distinguierter Herr Mitte Vierzig. Er hatte eine gesunde Hautfarbe, silbriges Haar und einen buschigen Schnauzbart. In angemessener Kleidung hätte er im (englischen) Oberhaus kaum fehl am Platz gewirkt. Hier und jetzt strahlte er selbst in dem einfachen Leinengewand, das er gegenwärtig trug, eine gewisse Eleganz aus.

Der distinguierte Herr nickte Clive zu, sagte jedoch kein Wort. Die kleinwüchsige Mehrzahl der Leute schlug sich mit den Fäusten auf die Brust und rief mehrere Male: »Heil den Himmelskriegern!« Wie auf Kommando drängten sie stürmisch voran.

Clive machte sich zum Kampf bereit. Aber die Leute lächelten. Fröhlich lachend hoben sie Clive und seine Freunde auf die Schultern und trugen sie vom Strand weg.

Er spürte, wie Shriek in seinem Bewußtsein kitzelte. *Das ist ein unerwarteter Empfang, o Folliot.*

In der Tat unerwartet! entgegnete Clive. *Andererseits jedoch ist es gleichfalls eine Überraschung, lebendig hier an diesem Ort zu sein.* Er zögerte und fügte dann hinzu, *ich habe mich sehr um dich gesorgt. Ich hatte Angst, du würdest den Fall oder das Wasser nicht überleben.*

Ihre Antwort war eher eine gefühlsmäßige denn eine in Worte gefaßte telepathische Antwort.

Die Gruppe wurde einen Pfad entlanggetragen, der sich zwischen Mauern üppiger Vegetation, insbesondere großen Farns, hinaufwand. In Clives Augen ließ der Kontrast zwischen den winzigen Stammesleuten und dem Farn die Pflanzen größer erscheinen, als sie tatsächlich waren. Das Blattwerk war naß, entweder vom Tau oder von einem nächtlichen Regen, und Tropfen kalten Wassers fielen Clive ins Gesicht, während der Triumphzug dahinzog. Hinter dem Farn erblickte er hohe, schlanke Bäume und üppige Ranken. Die Ranken trugen große, seltsam geformte Trauben von Blumen, wodurch der gesamte Dschungel mit farbigen Flecken durchsetzt war. Die Luft duftete nach dem fruchtigen Geruch, den er am Strand bemerkt hatte. Er schaute hinauf und sah, wie etwas mit Flügeln, das weder Vogel noch Insekt war, über den Köpfen dahintrieb.

Sie erreichten ein Dorf, das aus einer ringförmigen Ansammlung strohgedeckter Hütten bestand. Die Dörfler setzten sie ab, bildeten einen großen Kreis und riefen erneut: »Himmelskrieger!« Dann trat eine Frau hervor. Sie war wie die übrigen klein und wohlgeformt. Langes, dunkles Haar floß ihr wie schwarzes Wasser über die Schultern. Ihr einziger Schmuck war ein Band scharlachroter Federn am Oberarm.

Sie sprach. Wie bei den Meerleuten war ihre Sprache eine Variante des ›Dungeon-Standard‹. Diese Abart der Sprache schien jedoch weit weniger verbreitet als die meisten zu sein, und Clive verstand lediglich eins von drei Worten. Die Worte, die er aufschnappte, waren jedoch von großem Interesse, denn in einer Rede von bemerkenswerter Länge und bemerkenswertem Enthusiasmus waren immer wieder die Worte *Ren, Chaffri* und *Der Große Herr* verwoben.

Clive wandte sich an Annie. Anders als Shriek, die einen ersten physischen Kontakt dazu benötigte, ihre einzigartige Form der wortlosen Kommunikation herzustellen, besaß Annie ein angeborenes sprachliches Talent — ein Talent, das über ihre Verbindung mit dem Baalbec A-9 verstärkt wurde.

»Kannst du dir darauf einen Reim machen?« fragte er.

Annie lachte. »Nicht ganz. Aber ich glaube, daß ich das meiste verstanden habe. Es scheint so, als betrachteten sie uns als Götter vom Himmel. Wie Ka und seine Leute haben sie uns dabei beobachtet, wie wir gestern Shrieks Leine hinabgeklettert sind, bis die Dunkelheit ihnen schließlich die Sicht verwehrt hat.« Sie senkte die Stimme. »Ist vielleicht ganz gut, daß sie uns nicht gesehen haben, wie wir schließlich ins Wasser gefallen sind. Das wäre vielleicht etwas weniger beeindruckend gewesen. Einige von ihnen sind am Strand gewesen und haben gesehen, wie du mit Ka gesprochen hast. Das hat ihre Ansicht erhärtet. Sie glauben, du wärest ein ganz toller Hecht, weil du mit einem der Meerleute befreundet bist. Sie scheinen Ka und seine Art als schreckliche Monster zu betrachten. Von ihrem Standpunkt aus warst du entweder unglaublich tapfer oder mächtig, daß du mit einem von denen so geredet hast.«

Clive warf der Frau, die geredet hatte, einen Blick zu. Ihr Scheitel war kaum höher als seine Gürtellinie. Als er sich an den hochgewachsenen Ka erinnerte, wurde ihm klar, warum diese kleinen Leute die Meerleute so abgrundtief fürchteten.

»Was hatte es mit den Ren und den Chaffri und dem Großen Herrn auf sich?« fragte er und riß die Augen von den wunderschön geformten Brüsten der Frau los.

Annie schüttelte den Kopf. »Es ist mir verdammt schwergefallen, das alles rauszukriegen.«

»Vielleicht kann ich helfen«, sagte der große silberhaarige Mann. Er hatte ihm Hintergrund der Menge gestanden, an eine der Hütten gelehnt. Beim Klang seiner Stimme traten die kleinen Leute respektvoll beiseite.

»Mein Name ist Green«, sagte der Mann und holte aus, um Clive die Hand zu schütteln. Clive spürte, wie sich die tiefen, klaren Augen des Mannes in die seinen bohrten. »Ich habe hier ganz in der Nähe ein Haus«, fuhr er fort. »Es unterscheidet sich etwas von diesen Hütten. Ich denke, daß es Ihnen gefallen wird.«

Er legte eine Pause ein und ergänzte: »Ich besitze ein ziemlich interessantes Schachspiel. Vielleicht würden Sie mir die Freundlichkeit erweisen, ein Spiel mit mir zu spielen?«

Clive lächelte. Die Vorstellung war nur allzu verlokkend. Es war alles so natürlich. So heimelig.

Er wandte sich an die übrigen. »Was sagt ihr dazu? Sollen wir Herrn Green mit seiner Einladung beim Wort nehmen?«

»Sie mißverstehen mich«, sagte Green rasch. Seine Stimme war angenehm, wenngleich fest. »Die Einladung gilt nur Ihnen, Major Folliot.«

Clive zögerte. Shriek sendete ihm einen mentalen Anstoß: *Ich denke, es wäre gescheit anzunehmen, mein Schatz.*

Clive war gegenwärtig zu beschäftigt mit der Frage, um dem liebevollen Ausdruck viel Aufmerksamkeit zu widmen, mit dem ihn Shriek angeredet hatte. *Vielleicht*, entgegnete er. *Aber ich zögere dennoch, mich von der Gruppe zu trennen. Als ich so etwas zuletzt getan habe, bin ich in N'wrrbs Katakomben geendet, und ihr alle habt mich retten müssen.*

Das scheint hier häufig deine Rolle zu sein, entgegnete Shriek.

Gerettet zu werden? fragte Clive leicht beleidigt.

Nein. Als ... als ... Die Botschaft stockte, und er hatte das Gefühl, daß sie nach dem richtigen Wort suchte. Schließlich kam es in Form eines Bildes heraus, eines Bildes, das ganz klar aus seinem eigenen Unterbewußtsein gefischt worden war.

Es war das Bild eines Blitzableiters.

Auf jeden Fall, fuhr sie fort, *scheint diese Einladung weit herzlicher zu sein als die von N'rwbb.*

Clive signalisierte Zustimmung und fügte hinzu, daß, wenn nichts sonst, seine Neugier ihn vielleicht dazu trieb, Greens Angebot anzunehmen.

»Stimmt irgendwas nicht?« fragte der ältere Mann.

Clive errötete und fragte sich, wie lange er nicht auf die anderen geachtet hatte, während er mit Shriek kommunizierte. Er hatte sich so daran gewöhnt, unterwegs Privatunterhaltungen mit der Spinnenfrau zu führen, daß er vergessen hatte, daß die anderen sich nicht dessen bewußt waren, was er gerade tat.

»Entschuldigen Sie mich«, sagte er hastig. »Ich habe über Ihre Einladung nachgedacht.« Er legte eine Pause ein. »Ich denke, daß ich sie gerne annehme.«

Horace Hamilton Smythe hob eine Braue, sagte jedoch nichts.

»Gut«, entgegnete Green jovial. »Ich glaube, daß Sie es nicht bedauern werden.«

Clive übergab Horace die Verantwortung für die Gruppe und folgte dem mysteriösen Herrn Green aus dem Dorf hinaus in den Dschungel.

KAPITEL 22

Der grüne Hafen

Eine Zeitlang sprachen weder Clive noch Green, während sie durch den Dschungel gingen. Der Pfad zog sich weiter aufwärts entlang basaltähnlicher Stellen. Sie kamen gelegentlich an einem Teich vorüber und einmal an einem hohen, schmalen Wasserfall, der so heftig niederfiel, daß Clive das Sprühwasser in etwa zehn Metern Entfernung noch spüren konnte.

»Das ist ein sehr schöner Ort, Herr Green«, sagte Clive schließlich.

»Nur Green«, sagte der andere, mit einem leichten Anflug von Humor in der Stimme.

»Verzeihung?«

»Mein Name ist Green. Nicht Herr Green. Nur — Green.«

»Das verstehe ich nicht.«

»Müssen Sie auch nicht. Ich muß nicht verstehen, warum Sie Clive Folliot genannt werden, damit ich weiß, daß es Ihr Name ist und ich Ihnen somit die Höflichkeit erweisen kann, Sie damit anzusprechen. Genau wie bei mir. Mein Name ist Green, und ich wäre Ihnen sehr dankbar, wenn Sie ihn korrekt gebrauchten.«

»Aha«, sagte Clive ein wenig steif. »Auf jeden Fall, diese Insel ist recht lieblich ... Green.«

»Es freut mich, daß Sie das finden. Darum habe ich mich entschlossen, mich hierher zurückzuziehen. Ich hoffe, es wird von Dauer sein. Tondano ist einer der wenigen Orte, der vom Krieg unberührt geblieben ist.«

»Vom Krieg?« fragte Clive.

»Ah, wir sind angekommen«, sagte Green und ignorierte Clives Frage so vollständig, als wäre sie niemals gestellt worden. »Zu Hause. Der grüne Hafen, wie ich ihn gerne nenne.«

Clive schaute, und als er schaute, sah er, daß es gut war. Er hatte viele erstaunliche Dinge erblickt, seitdem er das Dungeon betreten hatte, aber die meisten davon waren unangenehm gewesen. Von den Frauen abgesehen, hatte er nirgendwo etwas ähnlich Liebliches erblickt wie den grünen Hafen.

Das Haus erstreckte sich über mehrere Ebenen. Es bestand zum Teil aus Stein und zum Teil aus Glas. Wasser floß hindurch und über eine Felskante wieder hinaus und bildete dabei einen Wasserfall, der mit dem, den er unterwegs gesehen hatte, konkurrieren konnte. Es schien so massiv wie ein englisches Heim zu sein und dabei doch so ätherisch wie ein Elfenschloß. An manchen Stellen schien es im Boden zu verschwinden, als wäre es Teil der Erde.

»Gefällt es Ihnen?« fragte Green mit offensichtlichem Stolz in der Stimme.

»Ja«, sagte Clive. »Es ist wundervoll.«

Sie folgten einer Abzweigung zu einer Tür aus irgendeinem schwarzen Holz, in das komplizierte geometrische Muster geschnitzt waren. Die Tür hatte keinen Griff, und einen Augenblick lang fragte sich Clive, wie sie hineinkämen. Dann streckte Green die Hand aus und legte sie auf den Türpfosten. Die Tür glitt seitlich in die Wand. Clive schaute noch immer über die Schulter auf dieses Wunder zurück, als ihn Green höflich ins Haus bat.

»Das erste, was ich tun möchte, ist, Ihnen etwas Kleidung geben«, sagte Green. »Ich glaube, Sie haben diese zerknitterten Teile bis zum äußersten aufgetragen.«

Clive sah an der ledernen Kleidung herab, die er in N'wrbbs Schloß erhalten hatte. Sie war zerrissen und schmutzig gewesen, als er die Höhle der Finnboggi betreten hatte. Jetzt war sie zudem steif und salzwassergetränkt.

»Dafür wäre ich sehr dankbar«, sagte er.

Green berührte eine Fläche, und eine weitere Tür glitt beiseite und gab den Blick in einen kleinen Raum frei. »Sie werden dort etwas von der Kleidung finden, wie ich sie hier im Haus trage. Sie mag klein aussehen, wird sich jedoch dehnen und sich Ihrer Gestalt anpassen. Wenn Sie gehen, werde ich Ihnen Kleider für die übrige Gruppe mitschicken.« Er bückte sich durch den Türrahmen. »Diese Öffnung — hier zu Ihrer Rechten — führt in ein Zimmer, in dem Sie baden können, falls Sie's wünschen. Wenn Sie fertig sind, berühren sie diese Fläche, und die Tür wird sich erneut öffnen.«

Er trat beiseite, und Clive ging ins Zimmer. Die Tür glitt hinter ihm zu, was in ihm einen kurzen Panikausbruch auslöste.

»Ein schlechtes Zeichen, Folliot«, mahnte er sich selbst. »Jeder, der dermaßen zusammenfährt, wenn sich eine Tür schließt, war häufiger im Gefängnis, als es sich für einen Herrn geziemt.«

Als er sich im Zimmer umschaute, fand er einen Stapel weißer Kleidung. Weil das Leder so zusammengeschrumpft und steif geworden war, hatte er einige Schwierigkeiten, die Sachen auszuziehen. Und er bemerkte erst, nachdem er sie abgestreift hatte und nackt im Zimmer stand, wie schrecklich unangenehm sie geworden waren.

Er trat durch die andere Tür, auf die Green gezeigt hatte, und sah ein kleines, steinumrandetes Becken, das von einem plätschernden Rinnsal gespeist wurde, das von einer der Wände herabfloß. Er vermochte nicht zu erkennen, wohin das Wasser verschwand. Seife und Handtücher lagen neben dem Becken. Er tauchte dankbar in das warme, blubbernde Wasser.

Als Clive eine halbe Stunde später den kleinen Raum verließ, zum ersten Mal seit mehreren Wochen völlig sauber und mit weißer Kleidung, die angenehmer als alles war, was er je getragen hatte, war Green nirgends zu sehen.

Clive ging die kleine Halle hinab. Er fand den Mann im ersten Zimmer, das er betrat, wo er auf einem Kissen saß und einen großen Glasbehälter mit farbenfrohen Fischen darin anstarrte.

»Ah, Sie sind fertig! Kommen Sie, ich werde Ihnen ein wenig das Haus zeigen, während wir zum Spielzimmer gehen.«

Die Zimmer des grünen Hafens standen offen, sie waren weiträumig und anmutig. Große Glasflächen verliehen einigen von ihnen ein Gefühl von Weite, das Clive an den Kristallenen Palast erinnerte. Andere Zimmer schienen überhaupt keine Wände zu besitzen. Das zweite dieser Zimmer, das sie erreichten, öffnete sich auf einen kleinen Teich, auf dessen klarem, stillem Wasser gelbe Blumen trieben.

»Das ist sehr schön«, sagte Clive. »Aber was hat es für einen Zweck, eine feste Eingangstüre vorn im Haus zu haben, wenn Zimmer wie diese hier weit offen stehen?«

Als Antwort berührte Green eine handgroße Einlage in der Wand neben der Tür. Auf der Stelle verdunkelte ein grauer Vorhang den Teich.

»Das Haus ist gut geschützt«, sagte Green. »Das Leben hier auf Tondano ist jedoch so friedlich, daß ich manchmal vergesse, meine Verteidigungsanlagen einzuschalten.« Er schüttelte den Kopf. »Sehr dumm von mir.«

Alle Zimmer waren mit seltsamen Kunstwerken geschmückt, die ganz offensichtlich vielen Kulturen entstammten. Während sie ihren Weg durch das wundervolle Haus fortsetzten, wuchs in Clive allmählich der Verdacht, daß diese Kunstobjekte, die so freizügig an Wänden und auf Regalen verstreut waren, genausogut von vielen Welten kommen mochten. In einem Zimmer nahm er einen Kristallkubus von etwa zehn Zentimetern Kantenlänge auf und war erstaunt zu sehen, daß der Kubus ein perfektes dreidimensionales Abbild seiner Person enthielt. Er war so bestürzt, daß er ihn fallen ließ. Er errötete und kam sich wie ein Dummkopf vor. Aber seine Beschämung wandelte sich rasch in Argwohn.

»Woher haben Sie das?« wollte er von Green wissen.

»Ich hab's selbst gemacht.«

»Warum ist mein Bild darin?«

»Weil Sie derjenige sind, der ihn in der Hand hält«, entgegnete Green. »Nichts weiter als ein sehr phantastischer Spiegel. Obgleich er natürlich einen hübschen Trick vollführen kann. Sobald ihn jemand in der Hand gehalten hat, wird das Bild die Handlungen des Betreffenden wenigstens eine Viertelstunde lang weiterspiegeln, nachdem er ihn niedergelegt hat.«

Clive sah den Kristallkubus an. Sein Abbild sah auf ihn zurück, und der Gesichtsausdruck zeigte die ratlose Verwirrung, die er auch spürte.

»Was diesen hier ganz besonders auszeichnet«, sagte Green freundlich, »ist, daß man noch nicht einmal im Zimmer sein muß, damit er zeigt, was man tut. Nützliches Ding, wenn man Kinder großzieht.«

»Woher stammen Sie?« fragte Clive, während er den Block zurück an seinen Platz stellte.

Green hob die Schultern. »Von hier und dort. Ich bin in meinem Leben ein bißchen herumgekommen.«

»Von der Erde?« beharrte Clive.

»Jetzt hören Sie mal, junger Freund«, sagte Green ernsthaft. »Ich hab Sie für ein Schachspiel hierhergebracht, nicht für ein Verhör. Ich wäre Ihnen dankbar, wenn Sie sich entsprechend benähmen.«

Er drehte sich auf dem Absatz um und ging weiter, wobei er offensichtlich erwartete, daß Clive ihm folgte. Aber Clives Aufmerksamkeit war von einem anderen Kunstwerk angezogen worden, von etwas, das so einfach und heimelig war wie der Kubus exotisch.

Es war eine Schwarzweißfotografie in einem silbernen Rahmen, der auf einen schwarzen polierten Stein gesetzt worden war. Die Details waren verschieden — das Haar ein wenig voller, und die dicken Brillengläser fehlten. Aber es war nicht möglich, dieses strahlende runde Gesicht und die freundlichen Augen zu verwechseln, die so viele Zeichen von Unglück zeigten. Es war Vater Timothy F. X. O'Hara, der biertrinkende alte Priester, der dabei geholfen hatte, Clive nach seinen unglücklichen Abenteuern an der Küste von Ostafrika wieder aufzupäppeln.

Er schnappte sich das Bild und lief hinter Green her. »Woher haben Sie das?« fragte er.

»Es war ein Geschenk«, sagte Green sanft. »Von einem alten Freund.«

»Aber ich kenne diesen Mann!«

»Ich habe keinerlei Zweifel, daß Sie das tun«, entgegnete Green. »Das gibt Ihnen jedoch nicht das Recht, so freizügig mit meinem Eigentum umzuspringen. Ich wäre dankbar, wenn Sie das Bild dorthin zurückbrächten, wo Sie's gefunden haben.«

»Aber er hat mich angelogen«, sagte Clive.

»Das finde ich nicht überraschender als die Vorstellung, daß Sie ihn kennen«, sagte Green. »Bringen Sie jetzt bitte das Foto dorthin zurück, wo Sie's gefunden haben.«

Clives Blick und der des Mannes schlossen sich ineinander. Der Blick, dem er begegnete, war fest und unerschütterlich, jedoch nicht ohne eine Spur von Mitleid.

Schließlich zuckte er mit den Schultern und brachte das Foto dorthin zurück, wo er's gefunden hatte.

»Vater O'Hara hat sich meiner angenommen, als ich völlig erschöpft in Afrika darniederlag«, sagte Clive, während er zu Green zurückging, der auf ihn wartete. »Er war sehr gut zu mir. Aber als ich ihm von den Dingen berichtete, die ich gesehen hatte — dem Sternenkreis, der Wasserhose —, versuchte er, mich davon zu überzeugen, daß ich mich geirrt hätte. Warum hat er das getan?«

»Ich spreche nicht für andere«, sagte Green. »Es mag ganz einfach aus Freundlichkeit gewesen sein. Es mag etwas viel Komplizierteres gewesen sein. Ich würde vorschlagen, daß Sie ihn selbst danach fragen.«

»Und wie soll ich das tun?«

Green zuckte mit den Schultern. »Er kommt gelegentlich hier vorbei. Sie haben vielleicht die Gelegenheit, ihn zu treffen, bevor Sie gehen. Vorausgesetzt natürlich, Sie haben vor, diese Insel zu verlassen.«

Er hob eine buschige Braue und deutete damit an, daß das als Frage gemeint war.

»Wir haben in der Tat vor, sobald wie möglich zu verschwinden«, sagte Clive, der noch immer mit der Vorstellung zu kämpfen hatte, daß Vater O'Hara Zugang zum Dungeon hatte.

»Und warum? Nehmen Sie wirklich an, daß es in diesem Höllenloch einen Ort gäbe, der auch nur halb so angenehm wäre wie die Insel Tondano?«

»Wir sind auf der Suche nach ...« Clive unterbrach sich. »Warum wollen Sie das wissen?« Trotz der jähen Woge von Argwohn versuchte er, die Stimme höflich klingen zu lassen.

Green lachte. »Ich hab mich wirklich gefragt, wie lange Sie noch so weitermachen wollen. Sie sind vertrauensselig, Clive Folliot. Manchmal scheinen Sie jünger als Ihre dreiunddreißig Jahre zu sein.«

»Woher wissen Sie mein Alter?«

»Ich weiß eine Menge von Ihnen«, sagte Green fest, »und eine Menge darüber, was Sie betrifft. Zum Beispiel das hier — ich nehme an, daß Sie sich glücklich schätzen, es zurückzuerhalten.«

Green langte in eine der Taschen seines einteiligen Anzugs und zog ein vertraut aussehendes schwarzes Buch hervor.

»Nevilles Tagebuch!« rief Clive aus. Er spürte, wie er vor Verlegenheit errötete, denn er hatte noch nicht einmal bemerkt, daß er's verloren hatte. Am wahrscheinlichsten war, daß es ihm aus der Tasche gefallen war, als er vergangene Nacht von Shrieks Leine gestürzt war. Oder vielleicht auch, als er im Wasser herumplatschte. »Wie ist es Ihnen in die Hände geraten?« fragte er argwöhnisch.

Green hob erneut die Schultern. »Nicht alle auf der Insel fürchten sich vor Ka und seinen Leuten. Sie haben's mir gegeben. Ich gebe es Ihnen als Zeichen des Vertrauens — etwas, von dem ich annehme, daß Sie es von jedem im Dungeon erwarten, der beginnt, Ihnen zu viele Fragen zu stellen.«

Clive spürte, wie er errötete. »Werden Sie mir sagen, was das Ganze überhaupt soll?« fragte er.

»Werden wir jetzt Schach spielen?« entgegnete Green.

»Mit Vergnügen«, sagte Clive knapp.

Green führte ihn in ein weiteres Zimmer, das ganz klar für Zwecke der Erholung eingerichtet war. Sie gingen drei hölzerne Stufen hinunter, um es zu betreten. Auf dem Boden waren große Kissen verteilt. In der Mitte des Zimmers war eine kreisförmige Fläche abgesenkt worden, die über drei weitere Stufen erreicht werden konnte. In der Mitte dieser Fläche befand sich ein großer runder Tisch, auf dessen Oberfläche ein Schachbrett eingelegt war.

»Sie leben wie ein Sultan!« entfuhr es Clive.

Green lachte. »Ein wenig ruhiger, fürchte ich. So viele Frauen würden mich schrecklich ermüden. Aber ich mag es ein wenig gemütlich im Leben. Sind Sie ein solcher Spartaner, daß Sie dieser Luxus beleidigt?«

»Überhaupt nicht«, sagte Clive. »Überhaupt nicht.«

Clive entdeckte, daß die Spielfläche aus einem Material geschnitzt war, das er noch nie zuvor gesehen hatte. Was er zunächst für einen orientalischen Teppich angesehen hatte — dick, weich und glatt wie Seide —, war mit einem Muster dekoriert, von dem ihm allmählich aufging, daß es sich in Wirklichkeit auf eine bestimmte konstante Weise änderte. Das Muster blieb jedoch orientalisch, obgleich die Motive wechselten, während er darauf stand, und zwar so langsam, daß er den Vorgang als solchen nicht wirklich beobachten konnte, daß er jedoch, wenn er genau hinschaute, dann ein paar Sekunden lang wegsah, dann wieder hinschaute, die Unterschiede mit Sicherheit zu erkennen vermochte. Manchmal war's eine Veränderung der Farbe, manchmal eine des Musters. Doch trotz der sich ständig ändernden einzelnen Elemente geriet es als Ganzes nie aus dem Gleichgewicht; das Design schien niemals seinen Zusammenhang zu verlieren.

Er war fasziniert und wäre vielleicht völlig davon in Anspruch genommen worden, die wechselnden Muster zu beobachten, wenn ihn nicht Greens diskretes Räuspern in die Gegenwart zurückgeholt hätte.

Der Mann hielt ein Paar hölzerner Schachteln in den Händen. Er streckte sie aus und erlaubte Clive, eine davon zu wählen.

Fast als wählte man Waffen für ein Duell, dachte Clive, während er sich die seltsame Geschichte ins Gedächtnis zurückrief, die Horace über sein Duell am Ufer des Mississippi erzählt hatte.

Er untersuchte die Schachteln, aber sie schienen völlig identisch zu sein. Er schaute Green ins Gesicht, fand dort jedoch keinerlei Anhaltspunkt. Er entschied, es dem Zufall zu überlassen, und langte nach der Schachtel, die seiner rechten Hand am nächsten war.

Green lächelte. »Ich habe mir gedacht, daß Sie diese Steine bevorzugen würden«, sagte er, während er den Deckel der eigenen Schachtel zurückschlug und das Schachspiel im Innern anblickte. Er ging zur entfernteren Seite des runden Tischs und setzte sich mit gekreuzten Beinen davor, wobei er einige Kissen um sich stopfte, die in Reichweite des Arms lagen.

Clive nahm Green gegenüber Platz und stellte die eigenen Figuren auf.

Die Bauern waren ein seltsamer Haufen, schienen jedoch einem Schachspiel hier im Dungeon irgendwie angemessen zu sein. Sie spiegelten eine Anzahl unterschiedlicher physischer Typen wider, halb menschenähnlich, halb einem Menschen nicht ähnlicher als eine Fledermaus einem Elefanten.

Als er sich daran machte, die Hauptfiguren auszupacken, fingen Clives Hände an zu zittern.

Zunächst die Türme. Als er einen aus der Schachtel herausholte, bemerkte er, daß dieser ganz klar den Schwarzen Turm von Q'oorna darstellen sollte. Clive schloß die Faust um den Stein, schloß dann die Augen, als ihn die Erinnerungen an jenen Tag bedrückten, an dem er zum ersten Mal in diesem erstaunlichen, aus einem einzigen Stück schwarzen Basalts geschnittenen Bauwerk gestanden hatte, das eine breite Basis hatte und sich dann langsam zu einer immer schmaler werdenden Spitze emporstreckte, deren Höhe ihn im Rückblick noch immer ganz schwindelig machte. Er erinnerte sich wieder daran, wie er Seite an Seite mit Horace Hamilton Smythe und Sidi Bombay in der großen Halle des Turms gestanden hatte, wo sie dem fast sicheren Tod durch die Hände einer buntgemischten Schar Krieger ins Auge geblickt hatten. Am meisten erinnerte er sich an das Gefängnis unter dem Turm, in dem er seine mehrfache Urenkelin Annabelle Leigh gefunden hatte.

Clive öffnete die Faust und starrte den Turm an, der einen Abdruck in der Handfläche hinterlassen hatte. Einen Augenblick später hob er die Augen, um Green anzublicken, eine Frage auf den Lippen. Aber der silberhaarige Mann war damit beschäftigt, die eigenen Bauern aufzustellen, und machte ganz klar den Eindruck, daß er dabei nicht gestört werden wollte.

Clive lenkte seine Aufmerksamkeit wieder zurück auf die Teile. Er stellte die Türme auf die Spielfläche und hielt dann den Atem an, als er die Pferde auspackte und zwei perfekte Abbildungen von Horace Hamilton Smythe fand, die aus einem grünen, jadeähnlichen Stein geschnitzt waren.

Die Läufer, aus Onyx geschnitten, stellten Sidi Bombay dar. Anders als die Pferde waren sie nicht identisch. Einer zeigte Sidi als den alten Mann, den Clive kannte. Die andere Figur war größer, glatter, muskulöser — Sidi so, wie er dreißig Jahre zuvor ausgesehen haben mußte.

»Ah«, sagte Green. »*Hier* haben wir eine Figur, die in bestimmten Kreisen des Dungeon bestens bekannt ist.«

Clive schaute auf. Der alte Mann starrte ihn gespannt und herausfordernd an.

Clive nahm die Herausforderung an. Wortlos langte er in die Schachtel und holte eines der beiden verbliebenen Teile heraus.

König oder Königin? fragte er sich, als er es auspackte. Es war die Königin. Sie lag mit dem Gesicht nach unten in seiner Hand. Als er sie umdrehte, um sie zu untersuchen, schrie er erstaunt auf und hätte die Figur beinahe fallengelassen.

Die Königin, aus irgendeinem unbekannten weißen Stein geschnitten, war das perfekte Abbild seiner Mutter.

Er setzte sie aufs Schachbrett und schaute den übriggebliebenen Stein mit einer Mischung aus Furcht und Neugier an.

Wer mochte wohl der König sein?

Aber als er das letzte Teil auspackte, fand er nichts weiter als eine glatte weiße Säule, deren einziger Schmuck aus einer fünfzackigen Krone bestand, die aus der Spitze geschnitten war.

»Was hat das zu bedeuten?« wollte Clive wissen, während er den Stein zu den übrigen auf das Brett setzte.

Green lächelte ihn an. »Schachfiguren waren schon immer Symbole. Sie sind offen für viele Interpretationen.«

»Warum haben Sie mich hierhergebracht?« fragte

Clive. »Um mich mit unbeantworteten Fragen zu quälen?«

Green runzelte die Stirn. »Seien Sie nicht so selbstherrlich. Ich habe Wichtigeres mit meiner Zeit anzufangen, als über Wege nachzudenken, Sie zu quälen. Das Ganze läuft darauf hinaus, Sie dazu zu bringen, zu *denken*. Sie haben bislang nicht allzuviel Zeit damit verbracht, und wenn Sie nicht bald damit anfangen, Clive, werden Sie dieses Abenteuer nicht überleben!«

Clives erste Reaktion war Ärger. Wer war dieser Mann, daß er ihn wegen der Dinge kritisierte, die er die vergangenen gefährlichen Wochen hindurch getan hatte? Er hatte doch überlebt, oder etwa nicht? War das nicht schon ein Wunder an und für sich? Was wollte er von ihm?

Aber ehe er etwas davon hätte aussprechen können, hatte sich Green zu ihm hinübergebeugt. Mit gedämpfter, doch eindringlicher Stimme flüsterte er: »Denken Sie, Clive. Denken Sie! Sie haben das Schachspiel erlernt, als Sie ein Junge waren. Sie haben es gut erlernt. Nutzen Sie Ihr Wissen.«

Und plötzlich kochte Clives Ärger über. »Aber ich kenne die gottverdammten Regeln nicht mehr!« schrie er und schlug so fest mit der Faust auf den Tisch, daß einige der Schachfiguren umfielen. »Wie kann ich ein Spiel spielen, wenn ich die Regeln nicht kenne?«

»Regel Nummer eins«, sagte Green, und in der Stimme schien eine Spur Mitleid mitzuschwingen. »Finde die Regeln heraus.«

»Wer sind die Ren und die Chaffri?« entgegnete Clive fast sofort und stellte damit die Frage, die während der vergangenen Tage die beinahe zentrale Frage nach dem Mysterium des Dungeon geworden zu sein schien.

Green machte eine Pause. »Zwei uralte Rassen«, sagte er schließlich. »Sehr alt, sehr mächtig, sehr — traurig.« Bei dem letzten Wort fiel seine Stimme ab, so daß sie beinahe wie ein Schluchzen herauskam.

»Warum traurig?« fragte Clive und beugte sich vor.
»Der Verlust der Weisheit ist immer traurig.«
»Gehören Sie zu den Ren?«
Green schüttelte den Kopf.
»Oder den Chaffri?«
Erneut schüttelte er den Kopf.
»Wer sind Sie dann?«
»Ein Zuschauer«, sagte Green fast wehmütig. »Nur ein unschuldiger ...«

Die beiden Männer waren so in ihre Unterhaltung vertieft gewesen, daß keiner von beiden bemerkt hatte, wie Horace Hamilton Smythe in den Raum geschlichen kam. So war's für beide ein völliger Schock, als er sich auf das Schachspiel warf und Green ein langes, dickes Messer durch das makellos weiße Leinengewand ins Herz bohrte.

KAPITEL 23

Es kommt
die Erntezeit

Er trieb dahin, gekrümmt vor Schmerz, und er wartete auf ihr Kommen. Als sie jedoch kam, als sie mit ihrem Bewußtsein hinauslangte, um das seine zu berühren, war es voll Furcht, als hätte sie Angst davor, daß er ärgerlich sein könnte. Die Vorstellung erstaunte ihn. Wie könnte er ärgerlich auf sie sein? Ohne sie wäre er jenseits aller Erlösung und verloren.

Was ist los, meine Liebe? fragte er und kämpfte darum, die Gedanken sanft zu halten, trotz des bohrenden Schmerzes.

Sie versuchte, ihre Qual zu verbergen. Es war zwecklos. Er kannte ihre Gedankenabdrücke, ihre Gefühle zu gut, als daß sie sie hätte verbergen können. Als sie zitterte, war es, als könnte er den Schrecken durch die eigene Haut verspüren. Seltsam, wenn er daran dachte, daß er sich so weit von der Berührung des eigenen Körpers entfernt befand, daß er noch nicht einmal Arme und Beine finden konnte; sie waren ganz einfach Teil der absoluten Erfahrung, genannt SCHMERZ, der, abgesehen von seinen Gedanken an L'Claar, alles war, was in ihm existierte.

Er war erschrocken. Sie war seine Erleichterung und sein Trost. Als ihr Bewußtsein jedoch dieses Mal zu ihm hinausgelangt hatte, hatte ihn der Aufruhr darin fast wie etwas Physisches getroffen.

Ist nichts weiter, log sie, und das schmerzte ihn, denn bislang hatte es zwischen ihnen keine Unwahrheiten gegeben.

Tu das nicht! dachte er fast verzweifelt. *Lüge mich nie an. Wir stehen einander zu nah. Es schmerzt mich zu sehr.*

Alles ist Schmerz, entgegnete sie.
Dann laß uns einander nicht mehr denn nötig geben.
Aber es wird mich schmerzen, dir das zu sagen, sagte sie.
Dich mehr schmerzen, als es für dich zu behalten?
Er konnte ihren Seufzer spüren, als wär's sein eigener. *Es kommt die Erntezeit*, entgegnete sie schließlich, *und ich fürchte um dich.*
Welche Erntezeit?
Die Ernte der Seelen.
Was meinst du damit? fragte er.
Aber die Antwort auf diese Frage war so tief verschlossen, daß er sie nicht finden konnte, so nah sie einander auch standen.
Und Sidi Bombay, der eine Ewigkeit lang geglaubt hatte, er hätte nichts zu verlieren außer L'Claar, merkte, daß er um sich selbst fürchtete.
Ich werde zurückkehren, wisperte sie ihm ins Bewußtsein, während sie sich zurückzog; dann ließ sie ihn sich windend in der Agonie irgendeiner Hölle zurück, in die er gestürzt war.

KAPITEL 24

Das Bewußtsein des Horace Smythe

Clive warf sich über den Spieltisch. Der Tisch brach unter seinem Gewicht zusammen und verstreute die mysteriösen Schachfiguren in alle Richtungen. Er schloß die Arme um Horace' Leib und zog ihn von Greens sich windendem Körper zurück.

Horace leistete keinen Widerstand. Als Clive ihm das Messer aus der Hand gewunden und es quer durch das Zimmer geworfen hatte, blinzelte er lediglich erstaunt und sagte: »Sör?« mit einer kläglichen Stimme, die Clive irgendwie erschreckender fand als die gewalttätige Handlung, die ihr vorausgegangen war.

Er hielt sich nicht mit einer Antwort auf, sondern wandte seine Aufmerksamkeit Green zu. Der silberhaarige Mann lag auf dem Stapel Kissen ausgestreckt, er schnappte nach Luft und hielt die Hand über der Stelle in der Brust, wo ihn Horace mit dem Messer getroffen hatte.

Clive kniete sich fürsorglich an der Seite des Mannes nieder. Als er die schützende Hand des Mannes beiseitezog, erlebte er seine dritte Überraschung innerhalb weniger Minuten. Statt der zähen Masse heißen Bluts, die er erwartet hatte, fand er lediglich einen roten Flekken vor, nicht größer als ein Zweipfennigstück. Wenn das Messer tatsächlich die Kleidung durchdrungen hatte, und er war sich sicher, daß es das getan hatte, gab es jetzt keinerlei Anzeichen davon. Die Fibrillen hatten sich irgendwie wieder geschlossen und jeglichen Schaden versiegelt, der an der Faser vielleicht entstanden sein mochte.

Wenn nur Menschen auch so leicht wiederhergestellt wer-

den könnten, dachte er. Während er Greens Hand in der einen hielt, legte er die andere Hand auf die Wange des älteren Mannes.

»Hör zu«, keuchte Green. »Ich mach's nicht mehr lang.«

»Sie werden nicht sterben«, sagte Clive töricht.

»Ich weiß, daß ich nicht sterben werde!« sagte Green scharf, trotz der Schwäche seiner Stimme. »Ich trage dieses dumme Gewand nicht umsonst. Aber trotz seines Schutzes bin ich schwer verwundet. Ich werde rasch um Hilfe nachsuchen müssen.«

»Ich werd losgehen«, sagte Clive. Er warf Horace über die Schulter einen Blick zu, der jetzt mit einem Ausdruck tiefsten Schreckens auf die eigenen zitternden Hände starrte.

»Halt's Maul und hör zu!« sagte Green erschöpft. Er schloß die Augen und wimmerte vor Schmerz, während die Hand sich um die von Clive schloß. »Das Gewand wird mich mitnehmen. Es versucht in der Tat jetzt schon, mich mitzunehmen. Ich kann dich für einen oder auch zwei weitere Augenblicke festhalten. Ich wollte dir von einer großen Sache erzählen. Dafür wird keine Zeit bleiben. Jetzt ist das erste, was du wissen mußt: dein Freund ist nicht schuld an dem, was geschehen ist. Er ist ein Subjekt, das von außerhalb kontrolliert wird, und zwar mittels gewisser Apparate, die ihm ins Gehirn implantiert worden sind. Zweifellos haben sie ihm dabei geholfen, durch die Sicherheitsvorkehrungen des Hauses zu gelangen.«

Greens Stimme wurde allmählich schwächer. Er winkte Horace heran. »Komm her«, sagte er schwach.

Horace trat zu der Stelle, an der Clive neben Green kniete. Als er zu seinem alten Freund aufblickte, sah Clive jemanden, der ein völlig Fremder zu sein schien. Das Gesicht war aschfahl. Die Augen waren tiefe Brunnen der Schuld.

»Ich werde dir vergeben«, sagte Green mürrisch,

»wenn du diesen dämlichen Ausdruck aus deinem Gesicht wischst.« Die Hand faßte Clives erneut fester. »*Hör genau zu. Die Implantate können überlistet werden. Du mußt auf der Hut sein, stets auf der Hut sein vor fremden Impulsen, die anscheinend von nirgendwoher kommen. Wenn das geschieht, wirst du einen leichten Kopfschmerz verspüren und vielleicht auch ein Klingeln im Schädel. Konzentriere dich. Blocke die Sendungen ab. Es ist nicht allzu schwer, sobald du weißt, was vor sich geht. Deine Verwundbarkeit liegt vor allem in deiner Unwissenheit. Aber du mußt auf der Hut bleiben. Sonst ...*«

Er zuckte, und seine Hand schloß sich wie ein Schraubstock um die von Clive.

»Ich hab keine Zeit mehr«, hauchte er.

Clive sah hilflos zu, wie er verschwand. Es erinnerte ihn an den Mann unterhalb von N'wrbbs Schloß, den Mann, der sich in dem aufgehalten hatte, was Nevilles Büro sein sollte, der fast genau auf die gleiche Weise verschwunden war.

Die Hand umschloß leere Luft.

Er starrte die Stelle auf den Kissen an, auf denen der Eindruck von Greens Körper noch immer zu sehen war, und in seinen Ohren klangen die allerletzten Worte nach, die der Mann noch hatte herausstoßen können, Worte, die in der Luft zu hängen schienen, selbst nachdem er verschwunden war: »*Du hast aus gutem Grund das Schachspiel erlernt.*«

Einen Augenblick später wandte er sich Horace zu.

Sein alter Freund schaute traurig zurück. »Ich weiß nich', was los war, Sör«, sagte er, und die Stimme war tief und zitternd. »Das Letzte, an das ich mich erinnere, ist, daß ich unten am Strand mit Fräulein Annie gestanden hab', und wir haben darüber gesprochen, ob wir ein Floß benutzen können, um weiterzukommen. Dann lag ich hier mit 'nem Messer in der Hand auf'm Boden, und Sie sin' über mir gehockt wie Donner und Blitz, und dieser arme Kerl da hat was gemacht, was ausgesehen hat wie sein letzter Atemzug.«

Clive seufzte und stand auf. Die Welt schien um ihn her zu wirbeln. Er fühlte sich, als hätte er auf etwas gestanden, das wie Fels ausgesehen hatte, und hätte plötzlich entdeckt, daß es sich um Treibsand handelte.

Es hatte natürlich warnende Hinweise gegeben. Horace' Benehmen war von der Zeit an, als er sich Clive an Bord der *Empress Philippa* wieder angeschlossen hatte, gelegentlich äußerst sonderbar gewesen. Aber im Dungeon hatte er sich als so standhaft erwiesen, daß es für Clive nur zu leicht gewesen war, in die langjährige Gewohnheit zu verfallen, sich auf Smythe völlig zu verlassen. Selbst diese gelegentlichen Augenblicke, wenn er scheinbar in sich selbst versunken war und vor sich hingestarrt hatte, hatte Clive auf seine Sorge um Sidi Bombay zurückgeführt. Jetzt fragte er sich, ob Horace während dieser Augenblicke von der mysteriösen Kraft Befehle erhalten hatte, die ihn zu dieser katastrophalen Tat getrieben hatten.

Horace stand bereit für jede Art von Strafe, die Clive über ihn verhängen mochte.

Aber wie könnte eine Bestrafung angemessen sein? Das Opfer selbst hatte Horace von jeder Schuld freigesprochen.

»New Orleans?« fragte er sanft.

Horace verstand die Frage. »Glaub' ich nich', Sör. Denke, muß vorher geschehen sein.«

»Noch ein Abenteuer, von dem du mir nichts erzählt hast?« fragte Clive.

Horace seufzte. »Während der Zeit, als ich unterwegs war, habe ich 'ne Menge Dinge getan, über die ich eigentlich nicht sprechen darf, Sör. Aber ich nehme an, daß das jetzt nicht viel zählt. Ich meine, ich denk' nich', daß es irgend jemanden schert, wenn ich hier und jetzt darüber spreche.«

»Warum beschränken wir uns für den Augenblick

nicht auf diese besondere Lage, Sergeant Smythe.« Er streifte die Kissen mit einem Blick. »Ich habe augenblicklich keine weiteren Verabredungen. Warum erzählst du mir nicht alles, was du darüber weißt, was vor sich geht.«

Er stapelte einige Kissen an die Wand des Kreises und bedeutete Horace, das gleiche zu tun.

»Unglücklicherweise gibt's nich' viel zu erzählen, Sör«, sagte Horace, während er sich zurechtsetzte. »Ich mein', ums ganze Drumherum gibt's 'ne Geschichte, aber nur 'n kleiner Teil davon scheint etwas mit dem zu tun zu haben, was gerade passiert is'.«

»Warum erzählst du mir nicht einfach die Geschichte und überläßt es mir, das zu beurteilen?«

Mit gedämpfter Stimme und noch immer zitternd begann er mit seiner Geschichte:

»Es war im Winter 1858 — vor zehn Jahren in unserer Welt —, als eine bestimmte Person der Regierung — eine, für die ich zuvor einige Dinge getan hatte — mich gebeten hat, eine Reise nach Tibet zu unternehmen, um einige Informationen zu sammeln. Scheint, daß die Krone Wind davon bekommen hatte, daß sich in Indien eine Rebellion zusammenbraute, und eine unserer Quellen deutete darauf hin, daß der Anstoß zu alledem aus dem Norden kam.

Nun, wie der Major weiß, hab ich 'n bißchen Talent fürs Verkleiden. Hat damals angefangen, als ich als junger Bursche in den Musikkneipen herumgehangen bin. Hab' 'n bißchen für die Leute da gearbeitet, und sie haben mir gewöhnlich aus Spaß 'n paar Kniffe beigebracht. Gute Leute, dieses Theatervolk. Haben mir auf ihre Weise 'ne ganze Menge beigebracht — 'n bißchen Musik, 'n bißchen Sprache, etwas Akrobatik und so. Überraschend, wieviel davon einem später im Leben von Nutzen sein kann.

Wie dem auch sei, wegen der Schauspielerei und weil ich ein wenig von der tibetanischen Sprache aufgeschnappt hatte, als ich früher einmal nach Indien versetzt war, schätze ich, daß ich natürlicherweise derjenige war, der herausfinden sollte, was dort wirklich vor sich ging.

So wurde ich nach Indien verschifft.

Einige Tage, nachdem ich dort angelangt war, verwandelte ich mich in einen Einheimischen und machte mich auf den Weg in Richtung Tibet. Es ist jetzt nicht nötig, in alle Einzelheiten zu gehen, Sör, wenngleich es schon ein Abenteuer war, das kann ich Ihnen sagen. Die meisten Leute ›wissen‹, daß nicht viele weiße Männer so weit nach Tibet vorgestoßen sind. Aber einige von uns sind dort häufiger gewesen, als die Leute denken.

Ich kann Ihnen sagen, Major Folliot, das is' 'n seltsames Land da. Seltsame Leute, seltsame Sprache, seltsame Vorstellungen. Und diese Berge! Is' wie nichts sonst auf der Erde. Sie ragen da einfach zum Himmel, als wollten sie ihm den Bauch kratzen. Ich geb' nich' viel um Mystik, Sör. Aber ich sage Ihnen: wenn's noch so 'n paar von den alten Göttern gibt, die irgendwo herumhängen, dann ist's da, wo sie sich verstecken. Zumindest denk' ich mir das.

Nun, wenn man versucht, so 'ne Sache zurückzuverfolgen, is' die Hauptregel ganz einfach: folge dem Geld! Gewöhnlich is' das 'n bißchen einfacher gesagt als getan. Aber gleichviel, es scheint zu funktionieren, und das war's, was ich versucht hab zu tun. Funktionierte auch ganz gut, bis ich in dieses Kloster gekommen bin.

Ich wußte von dem Augenblick an, nachdem wir dort angelangt sin', daß da an diesem Ort was komisch war. Aber das is' in Tibet keine Überraschung nich'; du erwartest, daß die Dinge 'n bißchen fremd sin'.

Aber das war nich' bloß tibetfremd. Das war was Verrückteres. Ich hab genug von Tibet gesehen, um zu wissen, daß die Art, wie dieser Ort geschmückt war, die Statuen, die Schnitzereien an den Wänden ... nun, daß das nich' ganz zu passen schien.

Ich wäre da niemals hingegangen, wenn nicht der Kerl, mit dem ich reiste, es vorgeschlagen hätte. Wir war'n für 'ne schrecklich lange Zeit draußen in der Kälte gewesen, und uns ging allmählich der Proviant aus. Als er mir davon erzählte, daß er 'n Ort kennen würd, wo wir uns ausruhen und 'n bißchen Nachschub bekommen könnten, schien das 'ne gute Idee zu sein. Ich hatte gleichfalls 'ne Menge Vertrauen in den Burschen. Er war ein kleiner Sherpa, ein Dutzend gewöhnlicher Männer wert. Zumindest hab' ich das zu der Zeit gedacht. Jetzt bin ich mir nich' mehr so sicher.

Auf jeden Fall waren wir noch nich' allzulang dort, als ich krank wurde. Zuviel Kälte und Yakbutter, dacht ich. Jetzt frag' ich mich, ob das nich' was anderes war, irgendwas, was mir die Mönche gegeben haben. Mich überfiel das Fieber. War fast wie in Trance, Sör. Gott, ich hab' niemals solche Träume gehabt wie damals. Alles mögliche über verrückte Wesen, die mich aufgeschnitten haben. So 'ne Art Alpträume, von denen 'n Mann sterben kann, wenn Sie wissen, was ich meine.

Als ich schließlich wieder zu mir kam, hatte ich die gottverfluchtesten Kopfschmerzen in der Geschichte.

Nun, danach sin' die Dinge 'n bißchen komisch gelaufen. Ich und der Sherpa sin' für zwei weitere Wochen oder so in dem Kloster geblieben, während ich wieder völlig hergestellt wurde. Aber seitdem hab' ich gelegentlich Zeiten, wo ich so was wie die Spur der Dinge verliere. Ich bin eigentlich so ganz normal, und das nächste, an das ich mich erinnere, is', daß 'ne bestimmte Zeit vorüber is', an die ich mich überhaupt nich' erinnern kann. Manchmal waren's bloß zehn Minuten. Einmal war's 'n Monat und 'n halber, und daß mir das Angst gemacht hat, das kann ich Ihnen sagen.

Die Sache is', daß es nie vorgekommen is', wenn ich im Dienst war. Ich hab' allmählich eine Scheißangst davor gekriegt — hab' mir gedacht, wenn das je passieren würde, bekäm' ich ganz schön den Kopf gewaschen.

Lange Zeit dacht' ich bloß, ich hätt' Glück. Aber das ergab keinen richtigen Sinn. Es war *zuviel* Glück, wenn Sie wissen, was ich meine.

Komisch, wie man was vor sich selbst verstecken kann. Hätte ich drüber nachgedacht, wäre mir vielleicht aufgefallen, daß das der Fall war. Aber ich wollte nich' drüber nachdenken, wenn Sie wissen, was ich meine. Ganz nebenbei war ich 'n bißchen besser, nachdem's passiert is'. Ich meine, ich konnte Dinge tun, die ich vorher noch nie hab' tun können — wie Klavier spielen. Aber Mendelssohn und dieses Zeugs — ich hab's gelernt wie nichts.

Auf jeden Fall denke ich, daß es damals passiert is'. Damals in New Orleans — ich hab' Ihnen doch davon erzählt — als ich das Duell gehabt hab' — ich frag mich, ob das nich' das erste Mal gewesen is', daß sie das aktiviert haben, was es auch immer sein mag. Dieser Sternenkreis im Griff von Philo Goodes Gewehr — nun, vielleicht war das 'ne Art von Signal oder so was.«

Horace saß da und hielt den Kopf zwischen den Händen. Mit den Fingern zupfte er sich am Schädel herum, als ob er die mysteriösen Implantate suchte.

Er sah Clive mit einem gequälten Blick an.

»Ich weiß nich', Sör«, sagte er. »Mit dem, was ich da im Schädel hab', sollten Sie mir vielleicht besser die Kehle durchschneiden, damit wir es hinter uns bringen.«

KAPITEL 25

Eine Schlange im Gras

Clive schnaubte verächtlich. »Diese Art von Selbstmitleid ist dem Horace Smythe, den ich kenne, so unähnlich, daß ich mich beinahe frage, ob es von diesen Implantaten herrührt. Werd's los, solange du's kannst, wirklich! Kopf hoch, Horace. Green hat gesagt, du kannst das beherrschen, und du wirst das tun, jetzt, da du dir dessen bewußt bist.

Abgesehen davon haben du und ich noch einiges zu tun. Ich habe das Versprechen gegeben, dir dabei zu helfen, Sidi Bombay zu finden, und ich hab' auch nicht die Absicht, davon zurückzutreten. Also machen wir ein paar Pläne und setzen uns dann wieder in Bewegung.«

Trotz der herzlichen Worte wußte Clive, daß er sich seines alten Freundes niemals mehr völlig sicher sein konnte. Das war ein sehr einsamer Gedanke.

Sie entschlossen sich, das Haus nach allem zu durchsuchen, was ihnen auf der Reise nützlich sein könnte. Aber abgesehen von einigen Eßvorräten waren die Kunstwerke, die den grünen Hafen zierten, einfach zu rätselhaft, um von großem Nutzen zu sein.

Der wirkliche Grund dafür, daß sie nichts mitnahmen, wurde Clive jedoch erst dann deutlich, als er zu dem Schachspiel zurückkehrte und die weiße Königin aufhob, die so sehr seiner Mutter ähnelte. Er wollte sie gern haben. Als er dann zögerte und sie sorgfältig zurück aufs Schachbrett setzte, wurde ihm klar, daß er's deshalb getan hatte, weil er erwartete, daß Green zurückkehrte.

Er wandte sich an Horace. »Wir sollten jetzt gehen.

Wir sehen besser mal nach, wie die übrigen zurechtkommen.«

Horace wirkte ein wenig nervös. »Werden wir ihnen sagen, was geschehen ist, Sör?«

Clive zögerte. Sein erster Impuls war, den Vorfall zu vertuschen, vorzugeben, daß es niemals geschehen wäre. Aber das Band zwischen ihnen allen war zu fest geknüpft, als daß man ein solches Geheimnis hätte wahren können. Auf lange Sicht gesehen würde es sich eher als trennend erweisen. Und sie besaßen ein Recht darauf, es zu wissen. So unangenehm es auch wäre, von jetzt an stellte die Reise mit Horace ein ständiges Risiko dar. Der Mann mochte in der Tat in der Lage sein, sich jeder der Anweisungen zu widersetzen, die ihm über die Implantate im Schädel zugespielt wurden. Aber was, wenn ihm ein Ausrutscher unterlief? Was, wenn es den Ren oder den Chaffri oder wer auch immer ihm diese höllischen Apparate in den Kopf gepflanzt haben mochte, gelang, ihm eine Botschaft zu senden, die er nicht ignorieren konnte? Wessen Leben wäre dann verwirkt?

Und was war mit den Insulanern? Wie würden sie auf Greens Verschwinden reagieren? Würden er und Horace nun des Mordes angeklagt und erneut in irgendeine Art von Gefängnis geworfen werden?

Als er darüber nachdachte, schien Tondano kaum der Ort zu sein, der ein Gefängnis besaß. Wie bestrafte man hier Übeltäter?

Er schaute Horace an. »Wir werden den Insulanern nichts davon sagen«, meinte er. »Zumindest im Augenblick nichts. Wir müssen es jedoch unseren Leuten sagen.«

Horace errötete, erhob jedoch keinen Einspruch.

Als sie den grünen Hafen verlassen wollten, zögerte Clive einen kurzen Augenblick, um einige weitere weiße Gewänder aus dem Raum mitzunehmen, wo er sich frisch gemacht hatte. Er fühlte, daß das zu vertreten war, da Green selbst beabsichtigt hatte, dem Rest der Gruppe die Kleider zu schicken.

»Hier, Horace«, sagte er. »Wasch dich da drin, und nimm dann ein paar von diesen hier.«

Der Quartiermeister Sergeant war schneller mit dem Waschen, als Clive es zuvor gewesen war, und innerhalb einer Viertelstunde machten sich die beiden Männer auf den Weg vom grünen Hafen weg, sauber geschrubbt und in weißes Leinen gekleidet.

Als sie ankamen, war das Dorf leer. Sie hörten jedoch, wie Leute zu ihrer Linken riefen und lachten. Indem sie den Geräuschen folgten, durchquerten sie mehrere Meter des gigantischen Farnkrauts und erreichten eine Szenerie, die aus dem Garten Eden hätte stammen können.

Etwa drei Dutzend der Insulaner badeten in etwas, das im wesentlichen eine vergrößerte Version des Beckens war, in dem Clive und Horace sich gewaschen hatten. Dieser gemeinschaftliche Teich wurde von einem Wasserfall gespeist, der zweimal so hoch war wie der, an dem er und Green vorübergekommen waren, als sie zum grünen Hafen gewandert waren. Er war in zwei Teile geteilt. Zuerst kam ein langer, zitternder Fall, der in einem weiten Felsbassin endete. Von dort lief das Wasser über den Rand des Bassins und einen Hang hinab in den Hauptteich. Die kleinen Leute hatten sich auf diesem felsigen Abhang versammelt und rutschten mit dem Wasser, begleitet von viel Rufen und Gelächter, in den Teich.

Die Wasserfälle befanden sich acht oder zehn Meter rechts von Clive und Horace. Der Teich selbst maß im Querschnitt etwa zehn oder fünfzehn Meter. Er war mit pinkfarbenen und gelben Blumen gesprenkelt. Auf der gegenüberliegenden Seite wuchs der Dschungel bis hinunter ans Ufer. Auf der Seite, auf der Clive und Horace standen, wurden die Bäume durch einen Grashang von etwa fünf Metern Breite vom Teich getrennt.

Am Rand des Grases wuchsen in üppiger Zahl Blumen. Kleine Tiere tauchten aus dem Dschungel auf und verschwanden wieder darin, anscheinend blind gegenüber den menschlichen Aktivitäten. Clive bemerkte eine Handvoll Rehe, deren Größe proportional denen der winzigen Insulaner entsprach, sowie einige andere Wesen, die, abgesehen von der Tatsache, daß sie vier Beine und ein Fell besaßen, keinem Tier ähnelten, das er je zuvor gesehen hatte.

Die Schönheit der Szenerie wurde durch die Tatsache gesteigert, daß die Insulaner nackt schwammen, ein Anblick, den Clive sehr genoß, bis er bemerkte, daß Annie unter ihnen schwamm, und zwar im gleichen Zustand.

»Annie!« rief er. »Komm sofort her!«

Beim Klang seiner Stimme schaute sie auf und winkte. »Ho, Clive! Ist das nicht wundervoll? Komm rein!«

»Das werde ich mit absoluter Sicherheit nicht tun!« schrie er. »Du kommst raus!«

»Sei nicht so'n alter Miesmacher«, entgegnete sie. »Mir geht's gerade großartig!«

Mit diesen Worten tauchte sie den Kopf unter Wasser und schwamm zur entgegengesetzten Seite des Teichs. Er sah, wie sich ihr nackter Körper durchs Wasser bewegte. Der Anblick war angenehm erotisch. Clive schluckte, wurde erneut von den widersprüchlichen Gefühlen hin- und hergerissen, die in ihm aufstiegen, wann immer er sich Annies Sinnlichkeit bewußt wurde. Manchmal wünschte er, er hätte niemals entdeckt, daß sie sein Nachkömmling war.

Er schüttelte den Kopf. Derlei Unwissenheit hatte den alten Ödipus in solche Schwierigkeiten gebracht!

Er zögerte einen Augenblick und überlegte, ob er versuchen sollte, sie dazu zu zwingen, aus dem Teich zu steigen, oder ob er einfach weggehen sollte. Eine Vision des Vorgangs, wie er versuchte, eine nasse, schlüpfrige Annie in eines der weißen Gewänder zu zwängen, fiel ihm ungebeten ins Bewußtsein. Er preßte die Lider zusammen und versuchte das Bild zu vertreiben.

Seine wenig erfolgreichen Bemühungen wurden durch einen Schrei unterbrochen.

Als er die Augen öffnete, sah er, daß eine riesige Schlange in den Teich geglitten war. Sie hatte den Körper zweimal um Annie geschlungen und versuchte gerade, sie aus dem Wasser und in den Dschungel zu zerren.

Die kleinen Leute kletterten schreiend und kreischend aus dem Wasser. Annie kämpfte in der Umschlingung der Schlange. Die heftig strampelnden Beine schickten Bogen kristallener Tropfen in alle Richtung.

Ohne einen Augenblick zu zögern raste Clive hinunter zum Ufer. Die Stelle, an der die Insulaner sich ihrer Lendentücher entledigt hatten, befand sich wenige Schritte vor ihm, und er hatte unter den abgelegten Tüchern einige Messer und Macheten bemerkt. Er griff sich mit jeder Hand eine Klinge und lief ums Ufer herum, wobei er zwei der verängstigten Insulaner beiseite stieß.

»Helft mir, ihr Narren!« knurrte er. Aber er hatte nicht die Zeit, sich umzusehen, ob einer der ihren etwas anderes tat, als davonzurennen.

Er hätte es vorgezogen, sich dem Monster vom Kopf her zu nähern. Um das zu tun, hätte er über die schlüpfrigen Felsen klettern und mehrere Meter des Dschungels durchqueren müssen. Statt dessen entschloß er sich, sich nach links zu wenden.

Etwa in der Mitte des Teichufers traf er auf den Dschungel, und er mußte durchs Wasser waten, um seinen Weg fortzusetzen. Die Zeit schien sich verlangsamt zu haben. Seine Sinne waren außergewöhnlich geschärft — jeder Blick, jedes Geräusch wurde klarer und deutlicher aufgenommen als gewöhnlich. Er war sich jedes einzelnen Tropfens bewußt, der von Annies

Kampf mit der Schlange an ihm vorüberflog. Er bemerkte sogar jede Veränderung des Geräuschs, das der Körper der Schlange machte, während er im Teich um sich schlug. Selbst der Duft der Blumen schien jetzt stärker zu sein.

In den wenigen Sekunden, die es ihn kostete, den Teich zu umrunden, erhielt er ein deutliches Bild der Schlange. Ihr Körper war so dick wie sein Leib, mit einem Kopf so breit wie seine Brust. Die Schuppen waren rot, grün und braun, die größten davon hatten beinahe die Größe seines Handtellers. Die wirkliche Länge des Reptils zu bestimmen war beinahe unmöglich, da sein Schwanzende irgendwo im Dschungel zu seiner Linken verborgen war. Der Körper erstreckte sich über die Pflanzen des Teichs von einer Seite zur anderen. Während sich der Körper noch immer im Wasser befand, wo er sich zweimal um Annie geschlungen hatte, reichte er hinter ihr weiter, bis er einen Baum umschlang, von wo der riesige bösartige Kopf über einen Ast herabhing. Die Schlange schaute beinahe gelassen auf Annie zurück, als wartete sie darauf, daß ihre Bewegungen, die allmählich immer schwächer wurden, endgültig aufhörten.

Mit einem Schrei schoß Clive durch die Luft. Er landete auf dem Körper der Schlange. Er schlang seine Beine darum und fing an, mit den Messern, die er sich am Ufer geschnappt hatte, auf das Monster einzuhakken. Die Schlange zog sich zusammen, zuckte, hob sich in die Höhe und hätte ihn beinahe abgeworfen.

Es gelang ihm, sich oben zu halten, obwohl er beinahe den Halt verloren hätte, als der größte Teil des Schwanzes sich gegen den Teich warf. Er zog Clive unters Wasser und dann zurück auf die Oberfläche. Clive verlor ein Messer. Mit zusammengebissenen Zähnen trieb er das ihm verbliebene Messer in den sich windenden Körper. Indem er das Messer als Griff benutzte, zog er sich weiter voran. Das rief eine doppelte Bewegung hervor; während sich Clive voranbewegte, rutschte das Messer zurück. Dickes rotes Blut quoll allmählich aus den zahllosen kleinen Gräben, die er ins Fleisch der Schlange schnitt.

Der Schwanz peitschte vor und zurück und zog Clive dabei über die Oberfläche des Teiches. Er zog sich weiter voran.

Irgendwann bemerkte er, daß sich Horace dem Kampf angeschlossen hatte.

Er befand sich jetzt auf Armeslänge von Annie entfernt. Sie war noch immer bei Bewußtsein, wenngleich ihre Bewegungen kraftlos, beinahe ganz erschlafft waren. Der Anblick erfüllte Clive mit neuer Wut. Er zog sich ein wenig weiter voran, ließ dann den Körper der Schlange fahren und rutschte hinunter zum Ufer des Teichs. Er lief vor und stellte sich zwischen Annie und den Kopf des Wesens. Er fragte sich, ob es giftig wäre, erinnerte sich dunkel daran, daß große Schlangen durch Druck töteten, und ging direkt auf die Augen los.

Es war vielleicht der schrecklichste Augenblick seines Lebens. Die Schlange sah ihn kommen. Die Augen schienen aus Feuer und Eis zu bestehen. Sie öffnete die Kieferknochen, und Clive bemerkte, daß sie leicht Kopf und Schultern eines Menschen umschließen konnten.

Der große Kopf schlug vor — schneller als es ihm Clive zugetraut hätte. Er machte einen Satz zur Seite und konnte gerade noch verhindern, daß er von den enormen Kieferknochen gefangen wurde.

Jetzt schwankte der Kopf vor ihm hin und her, wobei er von dem freischwebenden Teil des dicken, kräftigen Körpers gestützt wurde, der zurück um den Baum reichte, dann hinunter ins Wasser, wo er Annie in seiner Umschlingung hielt.

Die besinnungslose Wut, die ihn vorangetrieben hatte, als er Annie das erste Mal in diesen schuppigen Windungen gefangen gesehen hatte, war abgeflaut.

Clive fühlte jäh, wie ihm das Herz bis zum Halse schlug, als wollte es daraus entkommen.

Die Schlange schien auf den rechten Augenblick zu warten, um zuzuschlagen. Clive überfiel eine schreckliche Kälte. Er erinnerte sich an abscheuliche Erzählungen davon, wie Schlangen ihr Opfer hypnotisierten. Er hatte sie weit von sich gewiesen. Aber das war zu einer anderen Zeit gewesen, auf einer anderen Welt. Wer wußte schon, was diese unheimliche Kreatur alles tun konnte?

Er schüttelte den Kopf, um ihn wieder klar zu bekommen. Augenblicklich schlug die Schlange zu. Wenn sie ihn direkt erwischt hätte, wäre es das Ende gewesen; sie hätte einfach seinen Kopf und seine Schultern verschlungen, sie für die Zeit, die er zum Luftholen brauchte, festgehalten und sie dann entweder fallengelassen oder Clive als Ganzes verschluckt.

Aber er bewegte sich zur Seite, gerade so weit, daß die Schlange ihr Ziel verfehlte. Der Unterkiefer traf ihn an der rechten Schulter. Es war, als wäre er von einem Rammbock getroffen worden. Er stolperte zurück ins Wasser.

»Machen Sie noch 'n bißchen weiter«, sagte eine Stimme hinter ihm. »Halten Sie sie noch ein wenig beschäftigt, und wir werden sie kriegen.«

Er warf einen Blick nach links und erblickte Horace und einige der Insulaner im Kampf mit den Umschlingungen, die Annie hielten.

Diese kurze Ablenkung wäre beinahe tödlich gewesen. Die Schlange stieß erneut vorwärts. Clive sprang im letzten Augenblick beiseite, und der Kopf der Schlange traf das Wasser wie eine Kanonenkugel. Er warf sich auf den Nacken. Die Schlange bäumte sich aus dem Wasser. Sie warf sich vor und zurück und versuchte, ihn abzuwerfen. Clive wurde einige Meter über dem Teich durch die Luft gepeitscht. Er hielt beide Beine und einen Arm um den sich windenden und aufbäumenden Körper geschlungen und langte mit dem rechten Arm nach vorn und schlitzte den Nacken der Schlange auf. Ein Schwall von Blut schoß aus der Wunde, schien mit dem Wasserfall konkurrieren zu wollen und verwandelte das klare Wasser des Teichs in ein tiefes Purpurrot.

Die Schlange fiel nach vorn und schlug mit einem lauten *Krach!* auf das Wasser.

Clive wurde vom Rücken geworfen. Er merkte, wie er von den Reflexbewegungen des mächtigen Körpers beiseitegestoßen wurde.

»Das war's, Sör! Wir haben sie erledigt!« hörte er Horace kreischen.

Und dann verlor er das Bewußtsein.

Als Clive wieder zu sich kam, lag er in einer der Hütten, die er in dem Dorf gesehen hatte. Annie lag auf einem Bett aus Blättern ihm gegenüber. Sie war noch immer nackt. Er senkte den Blick und bemerkte, daß er's gleichfalls war.

Er nahm ein Blatt und legte es über sein Geschlechtsteil.

Der Körper schmerzte ihn an etlichen Stellen.

Er hörte ein Geräusch. Als er aufblickte, sah er ein Dutzend Insulaner, die sich um den Eingang geschart hatten.

Als sie sahen, wie er in ihre Richtung schaute, begannen sie zu lachen und in Hochrufe auszubrechen.

Eine von ihnen, eine ältere Frau, trat vor. »Du besser?« fragte sie.

Clive nickte. »Wo sind meine Kleider?«

Sie sah verwirrt aus.

»Meine Kleider!« wiederholte er und langte aus, um am Saum ihres Lendentuchs zu ziehen.

»Zivil?« fragte sie.

Clive durchlief eine Welle von Erregung. Dieses Wort, das in seiner eigenen Vergangenheit so vertraut gewesen war, war wohl kaum Teil der *lingua franca* des Dungeon. Es hätte natürlich von vielen Orten herstammen können. Aber ...

»Kennst du Neville?« fragte er.

Die Frau lächelte. »Neville!« sagte sie glücklich. »Clive. Neville. Große Herren vom Himmel!«

»Er war hier!« rief Clive triumphierend. »Wir sind zumindest noch auf der richtigen Spur.«

»Aus was für einer bemerkenswerten Familie ich stamme!« sagte Annie zynisch.

Clive warf einen Blick zur Seite und sah, wie sein junger Nachkömmling sich auf einen Ellbogen stützte. Sie lächelte, als fände sie sein Gespräch mit der Insulanerfrau äußerst amüsant. Er wandte sich rasch ab.

»Zivil«, entgegnete er. »Für mich und für sie. Bitte.«

»Zivil«, sagte die Frau. »Werde bringen Großem Herrn und seiner Frau Zivil.«

Annie brach in ein Gelächter aus.

Einige Minuten später kehrte die Frau ins Zimmer zurück und brachte zwei von den weißen Leinengewändern mit, die er und Horace aus dem grünen Hafen mitgenommen hatten.

»Zivil von Großem Herrn getränkt in Blut«, sagte sie, während sie ihm eines überreichte. Sie gab das andere Annie und wandte sich dann wieder ihm zu. »Du zivil. Dann wir sprechen.«

»Würden Sie sich bitte umdrehen?« fragte er.

Die Frau sah verwirrt drein.

»Umdrehen!« wiederholte Clive und vollführte dabei eine kreisende Bewegung mit der Hand.

Annie kicherte und stand auf. Clive drehte das Gesicht zur Wand.

»Ich werde in einer Minute angezogen sein, Großpapa«, sagte sie. »Dann werde ich die Dame hier mit nach draußen nehmen, während du dich anziehst.«

»Danke«, sagte Clive darauf scharf. Er starrte die Wand an.

»In Ordnung!« sagte Annie nach etwas, das wie ein paar Tage erschienen war. »Wir geh'n jetzt.«

Er wartete einen Augenblick und drehte sich dann um. Er warf einen Blick zur Tür. Zu seiner Erleichterung war die Menge verschwunden. Er fragte sich, ob sie Annie gebeten hatte zu gehen. Das Mädchen schien manchmal in der Lage zu sein, seine Gefühle zu verstehen, gleich, wie sehr sie sich darüber amüsierte.

Während er noch an den fremdartigen Vorrichtungen herumfingerte, die den Verschluß der Kleidung bildeten, überlegte Clive, daß es das dringendste wäre herauszufinden, was die Insulaner von Neville wußten. Als er sich bückte, um durch den Eingang zu kommen, fand er den Rest der Gruppe sowie einige Dutzend der Insulaner vor, die auf ihn warteten. Die Insulaner brachen in wilde Hochrufe aus, schlugen mit Stangen auf den Boden und stampften beifällig mit den Füßen.

Clive sah verwirrt drein.

Shriek half ihm aus der Verlegenheit. *Du hast eine große Tat begangen, o mächtiger Folliot*, sendete sie. *Die Leute von Tondano grüßen dich als einen Helden. Sie werden Legenden von dir erzählen.*

Nicht, wenn sie herausfinden, was heute sonst noch geschehen ist, dachte Clive, ehe er sich zurückhalten konnte. Das war die Bresche, die sie brauchte; er hatte die Tür eingeschlagen, und sie sammelte augenblicklich die Details der Episode vom grünen Hafen ein.

Das ist schlimm, sendete sie. *Aber vielleicht nicht so schlimm, wie du befürchtest. Wir haben erfahren, daß die Insulaner nicht viel Kontakt mit Green haben. Sie kennen ihn als jemanden, der kommt und geht, kommt und geht. Sie sind wohl daran gewöhnt, daß er für Wochen verschwindet. Vielleicht wird er, wenn sie beginnen, ihn zu vermissen, von da zurück sein, wohin auch immer er verschwunden ist, um sich auszukurieren. Wir werden die Schwierigkeiten mit Horace später bereden. Jetzt mach dir keine Sorgen, o Folliot. Entspanne dich, und genieße deinen Ruhm.*

Clive entschied, daß dies ein guter Ratschlag war, und er sendete ihr ein Versprechen, daß er genauso handeln würde, wie sie vorgeschlagen hatte. Die Gruppe versammelte sich um ihn, sie grinsten und schlugen ihm auf die Schulter. Selbst Chang Guafe schien beeindruckt von dem zu sein, was er getan hatte, obwohl er die Tat als ›unpragmatisch‹ bezeichnete, an welchem Punkt ihm Annie erklärte, sie sei völlig ›für den Arsch‹ gewesen.

Alle außer Shriek und dem Cyborg trugen die weißen Gewänder, mit denen sie Green versorgt hatte. Es war so seltsam, die gesamte Gruppe sauber und gestriegelt sowie von Kleidern bedeckt zu sehen, die nicht löcherig waren, daß sich Clive dabei ertappte, wie er sie unablässig anstarrte und versuchte, ihr neues Aussehen in den Kopf zu bekommen. Tomàs hatte sogar einen Weg gefunden, den größten Teil seines Barts abzurasieren. Clive ließ die Finger durch den eigenen kastanienbraunen Bart laufen und entschied, daß er ihn noch eine Weile länger tragen wollte.

»Kommen Sie mit, Sör«, sagte Horace und faßte ihn beim Arm. »Da bewegt sich was am Strand, von dem ich glaube, daß es Sie interessiert.«

Oma gesellte sich ihm zur Rechten. Sie sah seltsam aus in ihrer neuen Kleidung, das Kalkweiß der Haut verschmolz beinahe mit dem Weiß des Tuchs, und das Grün der Haare stach stärker denn je heraus. Sie schien mächtig von dem beeindruckt zu sein, was Clive getan hatte, und er erfuhr von ihr, was geschehen war, nachdem er das Bewußtsein verloren hatte.

»Horace und die Tondaner haben dich und das Mädchen zurück ins Dorf getragen«, berichtete sie. »Dann hat Mai-Lo — das ist die örtliche Heilerin, die alte Frau, die mit dir zusammen in der Hütte war — getan, was sie tun konnte. Ein Glück für dich, daß das Gewand, das dir der alte Mann gegeben hatte, aus ganz schön festem Stoff bestand. Als Mai-Lo heraustrat, sagte sie uns, daß du grün und blau geschlagen wärest, aber kaum einen Schnitt davongetragen hättest. Das Mädchen hatte nicht soviel Glück gehabt. Obgleich die Haut der Schlange so glatt wie ein Kinderpopo gewesen war, hat sie sie doch über genügend Felsen und Äste gezogen, daß sie einige ganz schön schlimme Schnitte erhalten hat. Mai-Lo hat 'ne Menge Zeit damit verbracht, ihr was aufzuschmieren, damit sie keine Infektion bekäme.«

Clive kam nicht umhin zu bemerken, wie sich Oma weigerte, Annie beim Namen zu nennen. Er fragte sich, ob die alte Frau jemals mit Annies Rolle beim Tod von 'Nrrc'kth zurechtkäme.

Horace, der auf der anderen Seite ging, spann den Faden weiter.

»Sobald Sie und Annie in Sicht waren, traf ich auf Shriek und bat sie, mit den übrigen Verbindung aufzunehmen. Dann gab ich die Kleider heraus, die wir von Green erhalten hatten. Mai-Lo gab euch beiden etwas, von dem sie sagt, daß es euch leichter gesunden ließe, aber euch gleichfalls eine Weile in Schlaf versetzte. Wie dem auch sei, sobald wir uns gesäubert hatten, versammelten wir uns einfach im Dorf und warteten darauf, daß ihr wieder aufwachen würdet.«

Clive war von ihrer Loyalität berührt, ein Gefühl, das sich in Erstaunen wandelte, als sie den blauen Sandstrand erreichten und er entdeckte, daß die Dorfbewohner den ganzen Nachmittag damit verbracht hatten, einen enormen Festschmaus zu seinen Ehren vorzubereiten — dessen Hauptgang die große Schlange sein sollte. Zunächst ärgerte das Clive, denn er war darauf erpicht herauszukommen, was die Insulaner über Neville wußten. Aber es erschien unhöflich, in dieser Angelegenheit zu drängen, während sie so beschäftigt damit waren, seinen Sieg zu feiern. Schließlich entschied er für sich, daß die Sache bis zum Morgen warten könnte. Diese Entscheidung löste einiges an Spannung in seinem Körper. Die zielstrebige Verfolgung seines Bruders hatte seine gesamte Aufmerksamkeit so lange beansprucht, daß ihm die Vorstellung, einen Abend entspannt mit den Freunden zu verbringen, beinahe abartig erschien.

Der Himmel färbte sich schwarz. Einige der Feuer erloschen und wurden zu Aschenhaufen, während andere weiter geschürt wurden, wegen des Lichts, das sie gaben. Das Fleisch der Schlange verströmte ein erstaunlich appetitanregendes Aroma, während es über dem Feuer brutzelte. Der Geruch vermischte sich mit dem des Ozeans. Clive setzte sich hin und hörte dem Rollen der Wellen zu, ein säuselndes Geräusch als Untermalung des Gelächters und Geschnatters der Tondaner.

Nach der eben geschlagenen Schlacht und den Mühen war das Ganze beinahe zu angenehm zum Ertragen.

Einige Zeit später kam Annie zu ihm.

»Ich wollte dir danken«, sagte sie, während sie sich in den Sand neben ihn setzte.

»Schon gut«, sagte er. »Das hätte ich für jeden Nachkömmling getan.«

Er versuchte, seine Stimme locker klingen zu lassen. Aber er fühlte sich unbehaglich, war unsicher, wie er dieser Frau begegnen sollte, die mit ihm so eng verbunden war und dennoch so völlig verschieden in ihrer Weltanschauung. Es wäre ihm leichter gefallen, wenn er sich von der Vision ihres nackten Körpers hätte lösen können, wie dieser im Sonnenlicht geglänzt und wie die kristallenen Wassertropfen darauf geblitzt hatten. Aber das Bild hatte sich ihm ins Gehirn eingebrannt.

»Clive?«

Er sah sie an. Das Licht der Feuer funkelte in ihren Augen. Welche Schönheit!

Sie legte ihm leicht die Hand auf den Arm. »Wir sind eben sehr unterschiedlich, das ist alles«, flüsterte sie.

Er nickte.

Das Festmahl ging weiter. Später beobachtete Clive Annie, wie sie sich einigen Tondanern anschloß, die um eines der Feuer tanzten. Sie sah fröhlich, frei und sinnlich aus.

Er wünschte, er könnte das gleichfalls tun. Aber als die kleinen Leute herankamen und ihn an den Händen zerrten und ihn baten, an ihrem Tanz teilzuhaben, lachte er und sagte ihnen, daß er das nicht könnte.

Finnbogg kam herbei und setzte sich neben ihn, und er sah seltsam zivilisiert aus in seinem weißen Leinengewand.

»Mächtiger Folliot ist unglücklich?« fragte er.

Clive schüttelte den Kopf. »Nicht unglücklich, Finn. Nur verwirrt.«

Der Zwerg nickte heftig, was zur Folge hatte, daß die Backentaschen auf- und abwippten. »Finnbogg weiß, was das ist. Finnbogg gewöhnlich auch verwirrt, aber sicher.«

Clive lachte. »Was verstört dich, alter Freund?«

»Andere Finnboggs. Weiß nich', was geschehen. Weiß nich', ob Finnboggs in Sicherheit oder tot.«

Clive war jäh ernüchtert. So komisch Finnbogg auch war, die Sorgen des Zwergs um seine Leute waren so tief und ernst wie alles, was er selbst fühlte.

»Versteh' schon«, sagte er und legte Finnbogg eine Hand auf die Schulter. »Ich hab' auch jemanden zu Hause zurückgelassen, um den ich mir Sorgen mache.«

Finnbogg seufzte und starrte hinaus über den Ozean.

Clive folgte dem Blick des Hundewesens und ertappte sich dabei, wie er über Ka und seine Leute nachdachte. Was tat der Meermann jetzt, fragte er sich. Wie war es, unter Wasser zu leben?

Shriek kam über den Sand heran und hielt dabei ein Stück heißes Schlangenfleisch in einer der Klauen. Sie langte nicht hinaus, um mit ihm Kontakt aufzunehmen, aber er verspürte eine angenehme Welle von Zufriedenheit, während sie vorüberging.

Eine Weile später kehrte sie zurück, um Clive und Finnbogg Gesellschaft zu leisten. Langsam versammelten sich die übrigen um sie. Das war ein gutes Gefühl.

Die Insulaner sangen und tanzten weiter am Strand, der von Fackeln und Freudenfeuern erleuchtet war.

Clive fragte sich, ob diese Ebene des Dungeon Mond und Sterne besäße.

Es war später am Abend, die meisten Fackeln waren abgebrannt und die Feuer nur noch Asche, als Clive von der Erinnerung an einen Vorfall dieses Morgens im grünen Hafen überrumpelt wurde.

»Das Tagebuch!« rief er. »Nevilles Tagebuch. Green hat es mir zurückgegeben, und es steckte in der Tasche dieses Anzugs. Horace, weißt du, was damit geschehen ist?«

»Keine Sorge, Sör«, sagte Horace kichernd. »Ich hab's hier.«

Er langte in eine der Taschen seines Anzugs und holte den vertrauten schwarzen Band heraus.

Er reichte ihn zu Clive hinüber, der ihn einen Augenblick lang anstarrte, bevor er ihn öffnete. Das Mysterium ›Neville‹ war während der Feier des Tages völlig in den Hintergrund getreten.

Er durchblätterte eifrig die Seiten.

Es gab in der Tat eine neue Botschaft!

Die anderen folgten ihm, als er zur nächsten Fackel hinüberging. Das Licht war so schwach, daß er noch immer die Augen zusammenkneifen mußte, um die Schrift zu erkennen.

»Nun, was steht drin?« fragte Oma, die sich an diesem Abend Horace angeschlossen hatte.

Clive zögerte ganz kurz, dann las er die Botschaft laut vor:

»Bruder,

Deine und deiner Gruppe Findigkeit bringen mich immer wieder zum Erstaunen. Wir können unseren Weg aus diesem ganzen Schlamassel noch immer herausfinden.

Ich habe den Weg zur nächsten Ebene gefunden. Er wird ›Die Schleusen des Westens‹ genannt.

Wenn du dorthin gelangen kannst, können wir uns vielleicht auf der vierten Ebene des Dungeon begegnen.

Erinnere dich daran, Clive, hier ist nichts sicher. Alles ist Gefahr und Verrat. Lerne von jedem. Vertraue niemandem.

Finde mich, und du wirst erstaunliche Dinge erfahren!«

»Das ist alles?« fragte Tomàs.

»Das ist genug«, sagte Clive. »Wir kennen unser nächstes Ziel. Wir machen uns auf zur Schleuse des Westens.«

»Das ganz weit«, sagte eine unvertraute Stimme.

Clive schaute nach links. Mai-Lo, die alte Frau, die ihm sein ›Zivil‹ gebracht hatte, stand am Rand der Gruppe, gerade noch im Wirkungsbereich des Fackelscheins. Sie schaute grimmig drein.

»Wie bitte?« sagte Clive.

»Schleuse des Westens ganz weit. Ganz weit, ganz Gefahr. Bleib auf Tondano, Folliot, Schlangentöter. Bleib bei klarem Wasser. Bleib bei gutem Essen. Bleib bei süßen Leuten. Süße Leute glücklich sein. Folliot glücklich sein. Geh nicht, wie anderer Himmelsherr. Verlaß nicht Leute.«

Clive schloß einen Moment lang die Augen.

»Wo ist die Schleuse des Westens?« fragte er.

Die alte Frau deutete über das Wasser. »Ganz weit.«

Er wandte sich an die übrigen. »Wir werden morgen mit dem Bau eines Floßes beginnen.«

Er hob den Blick und schaute auf die dunklen Umrisse der Insel, die sich in der Nacht hinter ihm undeutlich abzeichneten. Der Duft von Blumen erfüllte seine Lungen. Er schloß die Augen und schüttelte den Kopf.

»Und Gott sei uns allen dabei gnädig«, flüsterte er.

»Amen, Sör«, sagte Horace Hamilton Smythe, dessen Stimme von der Erinnerung an die schreckliche Tat des Morgens dick belegt war. »Amen, in der Tat.«

KAPITEL 26

Kühne Fahrt

Früh am nächsten Morgen suchte Clive Mai-Lo auf, um herauszufinden, was sie von Neville wußte. Weil er mit der Insulaner-Version der *lingua franca* des Dungeon noch nicht so vertraut war, bat er Annie, ihn zu begleiten.

»Neville!«, sagte Mai-Lo ehrfürchtig, als Clive den Namen seines Bruders nannte. »Großer Herr vom Himmel, wie Clive.«

»Ist er wie wir vom Himmel herabgeklettert?« fragte Clive.

Die winzige Frau schüttelte den Kopf. »Neville kam in großer fliegender Maschine. Mit Flügeln wie Kleetah über das Meer gleiten.«

»Flügeln wie was?« fragte Clive und wandte sich hilfesuchend an Annie.

»Da hast du mich erwischt, Großpapa«, sagte sie. »Was sind *Kleetah*, Mai-Lo?«

»Kleetah kommen aus Norden, gehen nach Süden. Halten niemals zu Besuch an.«

»Nun denn«, sagte Annie. »Jetzt weißt du, was Kleetah sind.«

»Schon gut«, sagte Clive. »Die Hauptsache ist Neville.«

»Neville«, sagte Mai-Lo ehrfürchtig.

»Wie lang ist es her, daß er hier war?« frage Clive.

»Lange bevor Mai-Lo geboren wurde«, sagte die Frau.

»Versuchst du dich mal darin?« sagte er zu Annie. »Ich hab nicht gerade viel Glück.«

Annie stürzte sich in eine Unterhaltung mit der Frau und holte sprachliche Varianten hervor, die Clive zwar unterwegs gehört, jedoch nicht wirklich aufgenommen hatte. Gelegentlich griff sie in ihr Kleid, um den Baalbec A-9 nachzustellen, wobei sie kleine Zauberformeln wie ›Input‹ oder ›Analyse‹ vor sich hinmurmelte.

Als sie zu Ende gekommen war, wandte sie sich an Clive und sagte: »Ich kann mir auch keinen besseren Reim darauf machen als du. Nach dem, was sie sagt, ist der Besuch Nevilles eine alte Legende unter ihren Leuten. Er kam vom Himmel, er hat einige gute Werke getan ...«

»Klingt nicht sehr nach Neville«, brummte Clive.

»Jetzt werde nicht giftig, Großpapa. Wie ich sagte, er hat einige gute Werke getan und sich dann aus dem Staub gemacht.«

»Nun, da hast du's«, sagte Clive. »Ein weiteres kleines Rätsel. Genau das, worauf ich gehofft hatte, als ich an diesem Morgen aufgestanden bin. Los denn. Wir wollen ein Floß bauen.«

»Ich stehe voll hinter dir«, sagte sie.

Tomàs nicht, wie sich herausstellte.

»Das habe ich schon einmal gemacht«, sagte er, als Clive sie alle am Strand versammelt hatte, um Pläne zu entwerfen. »Als dieser Narr Christoforo Colombo gesagt hat, wir würden über den Ozean nach Indien segeln, dachte ich: ›Der Mann ist verrückt.‹ Aber zu dieser Zeit hatte ich nichts, wofür ich leben konnte. Ich war gegen Bezahlung bereit, seine Verrücktheit mitzumachen.

Aber hier ... hier haben wir 'ne Menge, für das man leben kann. Diese Insel ist schön und angenehm.

Ihr anderen, ihr wißt ja gar nicht, wie das ist, auf einem Ozean in See zu stechen, der vielleicht kein Ende hat. Zu segeln und zu segeln, wenn ihr nicht wißt, wohin ihr kommt oder ob ihr überhaupt irgendwo hinkommt. Ihr wißt gar nicht, wie beängstigend das sein kann.«

»Niemand wird dich dazu zwingen zu gehen«, sagte

Clive scharf. Tomàs' Worte hatten ihn beunruhigt, in erster Linie deshalb, weil sie seine eigenen Zweifel an dem Plan, die Reise fortzusetzen, bestärkten.

Warum war die Alternative, friedlich auf dieser wunderschönen Insel zu bleiben, statt das Leben auf einer vielleicht hoffnungslosen Fahrt zu riskieren, so unmöglich?

»Warum ihn nicht dazu zwingen?« fragte Oma. »Der kleine Pisser wäre noch immer eingesperrt unter...« Sie schauderte und konnte sich nicht dazu durchringen, den Namen des Mannes auszusprechen, der 'Nrrc'kth als Gemahlin haben wollte. »*Er* wäre noch immer eingesperrt, wenn wir nicht gewesen wären. Wir brauchen jemanden, der die See kennt. Tomàs ist der einzige hier, der diese Voraussetzung mitbringt. Was gibt's da also zu diskutieren? Er kommt mit, ob er will oder nicht.«

Tomàs stellte sich hinter Chang Guafe.

»Niemand wird ihn zum Gehen zwingen«, wiederholte Clive fest. »Aber ich sag dir, Tomàs, daß ich dich dabei haben möchte und schwer enttäuscht wäre, wenn du nicht mitkämst. Oma hat recht, weißt du. Du wärst noch immer eingekerkert, wenn wir nicht gewesen wären. Die ganze Zeit über hat es 'ne Menge Orte gegeben, an denen du vielleicht gestorben wärst, wenn wir nicht gewesen wären.«

»Wenn ihr nicht gewesen wärt, hätten mich die Leute vielleicht in Ruhe gelassen!« rief Tomàs aus. »Wir sind nicht wegen eines kleinen portugiesischen Seemanns durchs Dungeon gejagt worden, Folliot. Du bist's, hinter dem sie her sind.«

»Bist du dir da so sicher?« fragte Clive boshaft. »Ich bin zu der Überzeugung gekommen, daß sich niemand hier zufällig befindet. Falls ich recht haben sollte, dann sind sie vielleicht auch hinter dir her, Tomàs. Vielleicht waren sie die ganze Zeit über hinter dir her. Wer weiß denn, warum in dieser verrückten Welt irgend etwas geschieht?«

Er hielt kurz inne und fügte dann hinzu: »Und ganz nebenbei, wenn dies alles eine religiöse Erfahrung ist, wie du mir immer wieder gesagt hast, warum dann hierbleiben? Wäre es ein Vertrauensbruch, wenn du nicht hierbliebest?«

»*Sua muito stupido*«, brummte Tomàs. Er ging davon und spielte dabei an seinem Rosenkranz herum.

Clive war sich wohl bewußt, daß es für Tomàs nahezu unmöglich war, vor den übrigen seine Meinung zu ändern. So ließ er die Angelegenheit zeitweilig fallen und dachte sich, daß Tomàs, wenn er zurückkäme, es entweder freiwillig täte oder überhaupt nicht.

Später am Morgen begannen die übrigen, das Floß zu bauen. Die Insulaner halfen ihnen bei ihren Bemühungen. Aber es war eine widerwillige Unterstützung, und die kleinen Leute baten ›Den Großen Schlangentöter‹ regelmäßig darum, zu bleiben und den Stamm mit seiner Anwesenheit zu segnen. Augenscheinlich zog das Projekt genügend Interesse auf sich, daß auch die Außenseiter herbeikamen, und sie arbeiteten bald Seite an Seite mit der dreibrüstigen Frau und dem kugelförmigen, lavendelblauen Wesen, dessen Name so unaussprechlich war, daß Clive von ihm nur als Fussel sprach.

Es kam so, wie Clive gehofft hatte. Sobald sie einmal mit der Arbeit begonnen hatten, konnte Tomàs nicht widerstehen, ihnen zu sagen, was sie alles falsch machten. Er wollte nur die Lage peilen, als sie damit begannen, die Pläne für das Aussehen des Floßes zu erstellen, und er war bald tief in allem verstrickt. Er redete nicht mehr länger davon, die Gesellschaft zu verlassen.

Clive war erleichtert. So aufreizend Tomàs sein konnte, es wäre auf jeden Fall sehr wichtig, bei der nächsten Etappe der Reise jemanden mit nautischer Erfahrung dabei zu haben.

Sie entschieden sich, die Größe des Floßes nach den Stämmen der hohen, schmalen Bäume zu bemessen, die Clive bemerkt hatte, als die Insulaner sie zum ersten Mal den Hügel hinauf ins Dorf getragen hatten. Zunächst dachte er daran, sie mit einigen von Shrieks Leinen zusammenzubinden. Aber die Spinnenfrau fürchtete, daß das Salzwasser auf lange Sicht gesehen vielleicht alles auflösen würde, was sie herstellen könnte. Am Ende benutzten sie Ranken aus dem Dschungel und tränkten diese mit einer Lösung, deren Herstellung Mai-Lo sie gelehrt hatte. Sie behauptete, daß dieser Prozeß die Ranken weniger anfällig für Abnutzung und Verfall machte, und sie deutete als Beweis hierfür auf ein Gestell zum Fischetrocknen, von dem sie sagte, daß es seit ihrer Kindheit so dastünde.

Shriek erwies sich als unersetzlich beim Einsammeln der Ranken, da sie sogar mit einem fehlenden Arm die Bäume nahezu zweimal so schnell hinaufklettern konnte wie die wendigsten Insulaner. Sobald sie sich einmal in den Baumkronen befand, war sie in der Lage, durch ein Geäst zu klettern, das kein Mensch hätte überwinden können. Mit den Zangen vermochte sie eine Ranke glatt und präzise zu durchschneiden. Falls die nächste Ranke, die sie haben wollten, gleich in der Nähe war, warf sie daraufhin einfach ein Stück Netz aus und schwang sich von einem Baum zum nächsten. Es war ein faszinierender Anblick, und Clive wurde es niemals müde, die riesige Arachnida dabei zu beobachten, wie sie von Baum zu Baum segelte.

Sobald die Ranken abgeschnitten waren, fielen sie auf den Waldboden, wo sie Annie und Finnbogg für den Prozeß des Tränkens einsammelten. Die Tatsache, daß er den größten Teil eines jeden Tages Seite an Seite mit Annie arbeiten konnte, ließ den Zwerg vor Aufregung zittern. Aber nach dem dritten Tag beklagte sich Annie bei Clive darüber, daß er ihr auf die Nerven ginge.

»Es ist nicht so, daß ich ihn nicht mag«, sagte sie ziemlich traurig. »Weil er so verdammt eifrig bemüht ist, mir zu gefallen, hampelt er nur ständig um mich herum. Er erinnert mich an einen Apportierhund mit goldfarbenem Fell, den meine Freundin Marj damals in San Francisco besaß.« Sie schauderte. »Ich kann's einfach nicht ausstehen, wenn mich jemand so besabbert.«

Clive lachte. »Versuch, damit noch 'ne Weile zu leben, falls du's fertigbringst. Ich glaube, es würde dem armen Kerl das Herz brechen, wenn ich euch beide jetzt trennen würde.«

Sie verdrehte die Augen, aber sie brachte die Sache für die nächsten paar Tage nicht mehr zur Sprache.

Das Wetter war durchgängig so schön, daß sie die meisten Nächte am Strand schliefen und sich in die beiden Hütten, die ihnen die Dorfbewohner zur Verfügung gestellt hatten, nur die wenigen Male zurückzogen, als schwere Regengüsse aufkamen. Der erste dieser Schauer war nicht von Wind begleitet, und das Wasser schien direkt vom Himmel zu stürzen. Der zweite, heftigere Regen war jedoch von starken Winden und hohem Seegang begleitet, daß sich Clive allmählich fragte, ob die Reise, die sie planten, am Ende nicht doch völlig verrückt war.

Er war erleichtert, als er herausfand, daß die dritte Ebene des Dungeon nicht ohne Mond und Sterne war, wie er zunächst befürchtet hatte. Sie war sogar überreichlich mit ersteren gesegnet; in manchen Nächten sah man tatsächlich drei Monde über den Köpfen dahintreiben. Bei der unheimlichen Schönheit dieses Anblicks fühlte er sich weiter weg von zu Hause denn je.

Er überprüfte täglich das Tagebuch, aber es erschienen keine weiteren Botschaften mehr von Neville.

Während die Tage so dahingingen, schweißte das Vergnügen an der gemeinsamen Arbeit die acht Reisenden immer enger zusammen. Nur Oma blieb davon unberührt. Sie arbeitete mit ganzem Einsatz, sie lieh ihnen ihre große Körperkraft, um dabei zu helfen, die Stämme zu bewegen, die sie für den Rumpf des Floßes benötigten. Gelegentlich ging sie sogar so weit, daß sie Tomàs scharf anfuhr. Zwei oder drei Mal saß sie sogar beim Essen neben Horace. Meistens jedoch schien sie in ihrer eigenen Welt versunken zu sein, einer Welt, die schmerzlich getrennt war von den übrigen. Zu diesen Zeiten sprach sie überhaupt nicht mit Annie, und wenn es vorkam, daß sie in die Richtung der jüngeren Frau sah, war es, als schaute sie direkt durch sie hindurch.

Nachdem er diese Angelegenheit eine Weile durchdacht und sie mit Shriek besprochen hatte, schlug Clive schließlich vor, daß sie eine kleine Gedenkfeier für 'Nrrc'kth abhalten sollten. Oma stimmte zu, wenngleich ohne Begeisterung. Annie schien von der Idee erschreckt zu sein.

In der folgenden Nacht versammelten sich alle außer Chang Guafe, der die ganze Idee eine ›sentimentale Gefühlsduselei‹ nannte, am Meer, um sich von 'Nrrc'kth offiziell zu verabschieden. Annie verhielt sich schweigend. Oma starrte über das Wasser. Finnbogg heulte und schniefte die ganze Feier hindurch. Es war eine niedergeschlagene und unglückliche Gruppe, die sich auf den Weg zurück zu den Schlafplätzen im Sand machte.

Clive schlief in dieser Nacht unruhig, und er erwachte rasch, als er spürte, wie ihm Wasser auf die Beine tropfte. Er setzte sich auf. Die Nacht war dunkel, aber beim Schein der glimmenden Reste des Feuers zeigte sich eine große Gestalt, die drohend zu seinen Füßen stand.

Bevor er in der Lage war aufzuschreien, sagte eine vertraute Stimme: »Ich habe etwas für dich.«

Er entspannte sich; es war Ka, von den Meerleuten.

»Sei gegrüßt, Ka«, sagte Clive. Er richtete sich auf. »Was hast du mitgebracht?«

Ka beugte sich herab. Clive vernahm das Klirren von Metall, als er etwas zu Boden legte.

»Dies ist der Schmuck, den wir von der, die vom

Himmel fiel, aufbewahrt haben«, sagte Ka. »Als ich heute nacht gehört habe, wie du zu ihrem Gedächtnis gesprochen hast, habe ich entschieden, daß du ihn vielleicht haben wolltest.«

»Du hast uns gehört?« fragte Clive leicht verlegen. Er fühlte sich in der Rolle als Redner nicht ganz wohl. Die Vorstellung, daß ein Außenseiter seiner Lobrede auf 'Nrrc'kth zugehört hatte, machte ihn noch verlegener.

»Meine Leute haben euch beobachtet«, sagte Ka. »Niemand hat jemals den Versuch unternommen, dieses Wasser auf solch einem Floß zu überqueren, wie ihr es baut. Wir sind interessiert daran zu erfahren, was geschehen wird.«

»Und dieser Schmuck?« fragte Clive.

»Einer meiner Leute fand den Körper der Frau ein paar Tage nach eurer Ankunft.«

»Was ist mit dem Körper geschehen?«

»Wir haben ihn gegessen, wie es sich gehört.«

Clive langte entsetzt nach dem Arm des Meermanns. »Ihr habt *was?*« zischte er.

»Wir haben sie gegessen«, sagte Ka und zog die Hand aus Clives Griff. »Das war eine sehr große Ehre! Normalerweise tun wir das nur für unsere eigenen Leute.«

Clive wollte keine Antwort auf diese bemerkenswerte Feststellung einfallen, die ihm aus irgendeinem Grund 'Nrrc'kths ätherische Schönheit klarer ins Bewußtsein rief als die Gedenkfeier, die er am Abend zuvor durchgeführt hatte. Er merkte, wie ihm die Tränen in den Augen standen.

»Willst du ihn, oder willst du ihn nicht?« fragte Ka. Die Stimme klang schroff, beleidigt.

»Ja«, sagte Clive sanft. »Es war gut, daß du ihn gebracht hast.«

»Gern geschehen«, sagte Ka.

Aus dem Klang seiner Stimme schloß Clive, daß dem Meermann der Atem auszugehen drohte, und so war er nicht überrascht, als sich Ka umwandte und vom erlöschenden Feuer weglief. Die Dunkelheit verschluckte ihn, und nur das Geräusch des Platschens verriet Clive, daß er ins Meer zurückgekehrt war.

Clive hielt den Schmuck in der Hand und starrte in die Dunkelheit, wobei er versuchte, sich über seine Gefühle klarzuwerden. Was Ka gesagt hatte, schickte ihm noch immer Wellen von Übelkeit durch den Körper.

Aber er hatte nur das getan, was seine Leute taten. Und er hatte den Schmuck zurückgebracht.

Am nächsten Morgen übergab Clive Oma den Schmuck und sagte ihr, daß er ihn von den Meerleuten erhalten hätte. Er sagte ihr nicht, was mit 'Nrrc'kths Körper geschehen war, obwohl er sich später überlegte, daß es in der Kultur, der sie entstammten, vielleicht keinen Unterschied gemacht hätte. Ihn verlangte nach einer Welt, in der die Dinge wieder einen Sinn ergaben.

Oma hielt den Schmuck einige Minuten lang in Händen. Dann wandte sie sich wortlos ab und lief davon. Er sah sie für den Rest des Tages nicht, obgleich er an ein paar Büschen vorüberkam und von drinnen ein heftiges Schluchzen vernahm. Er blieb stehen, unschlüssig, ob er das Geschenk der Gesellschaft oder das des Ungestörtseins anbieten sollte.

Am Ende entschied er sich dafür, weiterzugehen.

Als sich ihnen Oma an diesem Abend zum Essen zugesellte, war sie sehr ruhig. Aber am nächsten Morgen machte sie einen Vorschlag wegen der Konstruktion des Floßes, den ersten, den sie gemacht hatte, seitdem sie mit der Arbeit begonnen hatten, und Clive fühlte sich in bezug auf sie ein wenig erleichtert.

Nach dem Essen spazierten Clive und Annie den Strand entlang.

»Ich denke mir, daß sie nur mit absoluter Sicherheit wissen mußte, daß 'Nrrc'kth tot ist«, sagte Annie, während sie auf den Fels kletterte, auf dem sie öfter saßen.

Clive gesellte sich zu ihr. Eine Schar der gigantischen

Seevögel watete in ihrer Nähe durchs Wasser. Sie beobachteten sie eine Weile lang schweigend, obgleich sich Clive dabei ertappte, wie der Blick ständig zum fernen Horizont abschweifte.

»Komisch«, sagte Annie, »das Wissen, daß 'Nrrc'kth tot ist, macht es leichter für Oma, aber schwerer für mich.«

»Das verstehe ich nicht.«

»Nun, so wie ich's mir vorstelle, war Oma davon überzeugt, daß 'Nrrc'kth wirklich verschwunden war. Aber jetzt, da wir wissen, daß jemand die Leiche gefunden hat, muß sie's akzeptieren. Sie kann aufhören, auf ihr Wiederkommen zu warten, und sich wieder den Angelegenheiten des Lebens widmen.« Annie machte eine Pause. »Die Sache ist die, daß ich glaube, ich hab's gleichfalls gehofft, daß sie noch am Leben ist. Manchmal des Nachts, wenn ich versuchte, ein wenig Schlaf zu bekommen, hab' ich mir eingeredet: ›He, schau mal, Annie, vielleicht hast du sie am Ende doch nicht getötet. Vielleicht hast du's so hingekriegt, daß sie nur, weißt du, für 'ne Weile verlegt wurde.‹«

Sie seufzte und wandte sich von Clive ab.

»So lange ich mir das einreden konnte, mußte ich nicht mit dem fertig werden, was wirklich geschehen ist.« Sie lachte, ein kurzes, bitteres Lachen. »Ich hab' nie was gesagt. Aber ich hatte diese dumme Vorstellung, daß wir sie vielleicht finden würden, während wir mit diesem verdammten Floß herumtrieben. Dumm. Dumme Annie.«

Sie fing an zu zittern. Er legte ihr beruhigend eine Hand auf die Schulter, und sie drückte sich an ihn. Sie legte ihm den Kopf an die Schulter und gab sich den Tränen hin.

Außer um Annie und Oma mußte sich Clive während dieser Zeit um noch etwas anderes Sorge machen: was nämlich mit Horace Hamilton Smythe zu tun wäre.

Schließlich entschloß er sich, die Angelegenheit mit Shriek zu bereden.

Die anderen müssen es wissen, sendete sie in Übereinstimmung mit seiner ursprünglichen Entscheidung. *Falls später irgend etwas geschieht, und du hast ihnen nichts gesagt, wird das deine Glaubwürdigkeit zerstören.*

Das hab ich mir auch gedacht, entgegnete Clive und stieß einen der gigantischen Seevögel mit dem Fuß beiseite.

Er hatte Shriek darum gebeten, mit ihm den Strand entlangzuspazieren, so daß sie ungestört reden konnten. Er hatte gedacht, daß sie, sobald sie einmal unter sich wären, laut reden würden. Aber irgendwie schien die mentale Kommunikation leichter zu sein.

Meine Hauptsorgen gelten Tomàs und Chang Guafe, dachte er ihr zu.

Darin stimme ich überein. Die übrigen werden das Problem ganz gut akzeptieren. Aber der Seemann ist argwöhnisch, sowohl von Natur aus als auch aus Erfahrung, und ihm wird die Neuigkeit nicht gefallen. Und der Cyborg wird das Risiko, Smythe mitzunehmen, als unpraktisch betrachten.

Vielleicht sollte ich es allen außer Guafe sagen, schlug Clive vor.

Geheimnisse kommen immer ans Tageslicht, mein Herz. Wenn du's ihm nicht sagst, wird es zwangsläufig einem anderen herausrutschen. Sie zögerte. *Andererseits ist es nicht undenkbar, daß der Cyborg sich dazu genötigt fühlt, irgendeine ›pragmatische‹ Handlung zu unternehmen, um sich vor der möglichen Bedrohung zu schützen.*

Clive zögerte, faßte dann ihre Andeutung in Worte. *Du meinst, er würde Horace lieber umbringen, als die Chance in Kauf zu nehmen, daß er den Implantaten unterliegt?*

Das ist keine Voraussage. Aber ein solches Vorkommnis wäre für mich keine Überraschung.

Clive sah im Geiste vor sich, wie der Cyborg Horace über Bord warf, während alle übrigen schliefen

Ihn schauderte.
Ich werd's Guafe nicht sagen, entschied er.
Wie du willst, o Folliot.

Clive stand am Strand und untersuchte ihr Werk.
Dieses Floß, dachte er, *ist ein Meisterwerk.*
Es war früh am Morgen. Er war wie so oft vor den übrigen erwacht. Aber heute war er aufgestanden, und statt am Strand zu liegen und seine Pläne zu überdenken, war er hierher gekommen, um nachzudenken.

Das Floß war nahezu fertig. Es war mit seinen zehn Metern Länge, sieben Metern Breite, mit der drei mal drei Meter großen Kajüte in der Mitte ein imponierender Anblick. Ein Mast erhob sich mitten aus der Kajüte und ragte etwa elf Meter in die Höhe. Ein Quermast hing daran, um den ein Segel gewickelt war, das die Frauen von Tondano aus dem dünnen, harten Gras gewebt hatten, das auf der anderen Seite der Insel wuchs. Das Segel war fünf Meter breit und nahezu sieben Meter hoch, und Clive konnte kaum erwarten, es windgeschwellt zu erblicken. Am einen Ende des Floßes war ein großes Ruder auf einen Drehzapfen montiert. Es lag umgekehrt auf dem Deck, wo es bleiben würde, bis das Wasser tief genug wäre, daß sie es anbringen könnten.

An diesem Morgen wollten sie das Floß mit frischen Früchten und getrocknetem Fisch beladen. Sie würden die Fässer, die sie aus den Stämmen von Tapabäumen hergestellt hatten, ein letztes Mal auf Lecks hin überprüfen, sie dann mit frischem Wasser füllen und sie an den Außenwänden der Kajüte anbinden.

Und dann würden sie die *Kühne Fahrt* vom Stapel lassen und sich auf die Reise zur Schleuse des Westens machen.

Er zitterte vor Erwartung.

»Du bist begierig darauf loszusegeln?« fragte eine metallisch klingende Stimme hinter ihm.

Clive wandte sich um und sah Chang Guafe am Ende des Strands stehen. Da der Cyborg selten schlief, war es nichts Ungewöhnliches, ihn viele Stunden am Tag herumwandern zu sehen.

»Ja, ich bin bereit zur Fahrt«, sagte Clive.

»Diese Einstellung teile ich«, sagte Guafe. »Diese Insel ist befriedigend. Wir könnten hier in Sicherheit leben, wenn wir voraussetzen, daß uns niemand auf dieser Ebene direkt sucht. Aber es gibt Dinge zu lernen. Ich werde froh darum sein, mich wieder zu bewegen.«

Clive verspürte eine Zuneigung zu dem Cyborg, von der er wußte, daß sie Guafe lächerlich finden würde. Er fragte sich, ob er die richtige Entscheidung getroffen hätte, als er die Information über Horace' Implantate zurückgehalten hatte, entschied sich dann für ja, die Entscheidung war ›pragmatisch‹ gewesen.

Es dauerte nicht lange, bis sich ihnen die anderen am Floß zugesellten. Einige von ihnen, insbesondere Tomàs, hatten Kopfschmerzen von der Abschiedsfeier, die die Tondaner vergangene Nacht veranstaltet hatten, ein ausgedehntes Schmausen, Trinken und Tanzen, das länger gedauert hatte, als es Clive lieb war.

Jetzt waren sie durch so etwas wie nervöse Energie miteinander verbunden. Es wurde kaum ein Wort gesprochen, als sie sich an ihre letzten Aufgaben machten. Sie arbeiteten rasch und zielstrebig, und lange vor Mitternacht, weit eher, als Clive erwartet hatte, waren sie fertig.

Die Insulaner, sowohl die Dorfbewohner als auch die anderen, versammelten sich am Strand, um die letzten Vorbereitungen zu beobachten. Sie halfen ihnen dabei, die Wasserfässer zu füllen, was an dem Teich geschah, an dem Clive die große Schlange getötet hatte.

Als es schließlich klar war, daß es nichts mehr zu tun gab, verfielen beide Gruppen in Schweigen.

Nach einem Augenblick trat Mai-Lo vor und ging zu Clive. Er ließ sich auf die Knie nieder, um ihr ins Gesicht zu sehen, und sie küßte ihn auf beide Wangen.

»Mag deine Reise sicher sein, Großer Töter der Schlangen«, sagte sie.

»Mag Tondano auf immer friedlich bleiben«, entgegnete er.

Er erhob sich und ging zum Floß. Die anderen gesellten sich zu ihm. Schweigend entfernten sie die Blöcke, die das Floß festhielten, und rollten es über die Stämme hin zum Ozean. Die große hölzerne Plattform bewegte sich zunächst langsam, dann nahm sie Geschwindigkeit auf. Ein Triumphschrei ertönte, als sie auf Wasser traf. Die Reisenden kletterten aufs Floß. Die Insulaner drängten vor und halfen ihnen dabei, es hinaus durch die Brandung zu schieben. Sie blieben beim Floß, bis ihnen das Wasser beinahe bis zum Hals reichte.

Auf ein Zeichen von Tomàs hißten Clive und Horace das Segel. Es hing einen Augenblick lang schlaff herunter, fing dann den Wind ein und blähte sich lohfarben und straff im blauen Himmel. Das Floß nahm Geschwindigkeit auf und glitt übers Wasser. Die Insulaner kreischten und applaudierten. Clive merkte, wie sein Herz vor Freude einen Sprung tat.

Die *Kühne Fahrt* hatte ihre Reise angetreten.

KAPITEL 27

Der abgewrackte Fred

Clive saß da, ließ die Füße ins Wasser baumeln und genoß das Spiel des Seewinds in Haaren und Bart. Unter der leichten Brise und in der Strömung jagte das Floß mit beträchtlicher Geschwindigkeit dahin. Hinter sich vernahm er das Brutzeln eines Fischs, der über dem Steinofen gegrillt wurde; sie hatten den Ofen aus einem großen porösen Fels angefertigt, der ihnen von den Insulanern geschenkt worden war. Er lehnte sich auf die Ellbogen zurück und starrte hinauf in das weite Blau des Himmels. Es war ein gutes Gefühl, wieder in Bewegung zu sein.

Annie trat heran und setzte sich neben ihn.

»Wenn du nicht so prüde wärst, würd ich dieses verdammte Ding ausziehen und nackt herumlaufen«, sagte sie, während sie an dem weißen Einteiler herumzerrte, den sie von Green erhalten hatten.

»Was du nicht sagst«, entgegnete Clive, ohne sich weitere Gedanken zu machen. Er fühlte sich viel zu zufrieden, um sich jetzt mit seinem Nachkömmling in die Haare geraten zu wollen.

»Ich mein es ernst«, sagte Annie. »Ich hab' die vergangenen Stunden damit verbracht zu versuchen, die Hosenbeine dieses Dings abzuschneiden, so daß ich 'n bißchen Sonne auf die Haut bekommen könnte. Es will sich einfach nicht zerschneiden lassen. Ist anfangs höllisch fest, und wenn's mir tatsächlich gelingt, das Messer durchzukriegen, schließt sich der Stoff hinter der Klinge, als wär 'n Reißverschluß dran.«

»Ein was?«

»Ein Reißverschluß.« Sie zögerte, war sich nicht sicher, wie sie eine Vorrichtung erklären sollte, die ihr so sehr vertraut war. »Ist so 'n rutschendes Ding, das wir dazu gebrauchen, Kleidungsstücke zusammenzuhalten. Wie Knöpfe, nur besser.« Sie seufzte. »Gottverdammtnochmal, manchmal fällt's schwer, sich dran zu erinnern, daß wir vom selben Planeten stammen, Clive. Wie dem auch sei, der Stoff läßt sich nicht zerschneiden.«

Da sich Clive dessen wohl bewußt war, spürte er nicht das Verlangen, einen Kommentar dazu abzugeben. Die bemerkenswerten Eigenschaften der weißen Leinenanzüge — ihre Fähigkeit, beinahe jedem Mißbrauch in Form von Klingen und Feuer zu widerstehen; ihre Undurchdringlichkeit gegenüber jeder Art von Schmutz; und, was am meisten überraschte, ihre Fähigkeit, sich an die Außentemperaturen anzupassen, so daß denjenigen, die sie trugen, niemals zu kalt oder zu warm war — hatte sich reichlich während der Zeit erweisen können, als sie das Floß gebaut hatten.

»Steht dir gut«, sagte er. Was stimmte; ohne zu eng zu sein, lag ihr das Kleidungsstück so hautnah am Körper, daß er ihre gertenschlanke Gestalt und ihre ziemlich erfreulichen Formen zur Geltung brachte. Die gebräunte Haut und das pechschwarze Haar, das jetzt beachtlich länger war als zu der Zeit, zu der er ihr zum ersten Mal unter dem Schwarzen Turm von Q'oorna begegnet was, wurden durch den Kontrast des weißen Stoffs hervorgehoben.

Annie knurrte. »Du bist so männlich«, sagte sie. Aber der Tonfall war eher wohlwollend spöttisch denn feindlich.

Sie saßen beieinander und suchten den Horizont, wobei sie den salzigen Geruch des Wassers genossen. Nach einer Weile ging Clive in die Kajüte. Als er zurückkehrte, trug er Nevilles Tagebuch mit sich sowie ein Stück Holzkohle aus der Feuerstelle.

»Ich hab' mir gedacht, ich könnte diese leeren Seiten vorn im Buch genausogut für irgend etwas verwenden«, sagte er, als Annie fragend eine Braue hochzog. »Halt still, ich werde dich zeichnen.«

Annie kicherte. »Ich wußte gar nicht, daß du ein Künstler bist.«

»In meinen Tagen«, entgegnete Clive mit spöttischem Ernst, »hat *jeder* das Zeichnen erlernt.«

Während Clive zeichnete, ließ er im Innern die Ereignisse nach ihrer Abfahrt aus Tondano an sich vorüberziehen. In diesen acht Tagen hatten sie an drei Inseln angehalten. Zwei waren klein gewesen, angenehm und unbewohnt. Auf der dritten Insel, größer als die beiden anderen zusammen, wurden sie von einer Gruppe großer, hellhäutiger Menschen begrüßt, die so freundlich wie die Tondaner gewesen waren. Ihr Anführer, ein Mann namens Caral, hatte der Erzählung der Reisenden mit Interesse zugehört. Er hatte sie eingeladen, auf der Insel zu bleiben. Als ihm Clive gesagt hatte, daß das unmöglich wäre, hatte er einfach die Achseln gezuckt und seinen Leuten befohlen, ihnen etwas Proviant zu geben und ihnen dabei zu helfen, die Wassertonnen wieder zu füllen.

»Es gibt eine Menge Inseln zwischen der hier und der Schleuse des Westens«, sagte Caral, während er mit Clive zusammen am Strand stand. »Die meisten sind gut. Auf einigen gibt es gefährliche Orte oder Leute. Wir haben Geschichten von anderen Reisenden gehört, Geschichten von großen Gefahren zwischen hier und der Schleuse. Ob sie wahr sind — wer weiß es? Keiner von uns ist je dort gewesen. Wir sind auf unserer Insel glücklich.«

Clive nickte. Er hatte beinahe die gleiche Ansprache von Mai-Lo vernommen. Und wie Mai-Lo versicherte ihm Caral, daß die vorherrschende Strömung sie nach wie vor westwärts treibe. Aber er konnte keine weiteren Hinweise darauf geben, wie man die Schleuse finden könnte. Clives größte Furcht war gegenwärtig, daß sie an der Übergangsstelle vorbeisegelten. Das war der

Hauptgrund dafür, weshalb sie an jeder Insel Halt einlegten, ob sie nun Proviant benötigten oder nicht. Er hegte die Hoffnung, daß sie, während sie weiter westwärts segelten, Leute finden würden, die genaue Angaben darüber machen könnten, wie sie die Schleuse finden könnten.

»Denkst du eigentlich jemals daran, daß wir einfach auf Tondano hätten bleiben sollen?« fragte Annie und unterbrach seine Träumereien.

»Manchmal«, sagte Clive. »Kurz.« Er zögerte, war sich unsicher, wie er sein nahezu unerklärbares Verlangen erklären könnte, mit seinem Bruder in Verbindung zu treten, der ihm das Leben so schwer gemacht hatte. Und sein Vater — Clive schüttelte den Kopf. Die Vorstellung, daß er jemals lebend aus dem Dungeon herauskäme, daß er diesen Mann jemals wiedersehen würde, schien absurd zu sein. Aber wenn er herauskäme, so wüßte Clive, daß er nicht ohne das Gefühl zurückginge, daß er alles getan hätte, Neville zu finden.

Er konnte tatsächlich nicht ohne Neville zurückgehen. Er konnte den kalten Blick nicht ertragen, das zornige Schweigen, das schmerzliche Wissen, daß ihn sein Vater als einen Versager betrachtete, ein Wissen, das in jeder Ecke seines Vaterhauses lauerte, und zwar einen jeden Augenblick lang, den er in der Gegenwart des verbitterten alten Mannes verbrachte.

Clive rief sich das letzte Gespräch mit Lord Tewkesbury ins Gedächtnis, als Annie aufschrie und ihn zurückstieß.

»Was machst du ...«, rief er. Dann sah er es selbst: einen großen schwarzen Schatten, der direkt unter der Wasseroberfläche auf sie zu glitt. Als es die Vorderseite des Floßes erreichte, tauchte das Wesen und schwamm direkt unter ihnen her. Clive korrigierte seine Schätzung über die Länge des Wesens nach oben. Das Ding war mindestens fünf Meter lang.

»Aufgepaßt!« schrie er, besorgt darum, was geschähe, wenn das Ding versuchte, unter dem Floß an die Oberfläche zu kommen. Aber ein überraschter Ausruf von Horace einen Augenblick später ließ ihn wissen, daß das Ungeheuer ohne weiteren Zwischenfall unter ihnen durchgeschwommen war.

»Tut mir leid, wenn ich dich erschreckt habe, Großpapa«, sagte Annie. »Das Ding kam so schnell heran, daß ich mir nicht sicher war, ob ich dich davon überzeugen könnte, die Füße eine Zeitlang nicht mehr im Wasser zu lassen. Ich hatte das Gefühl, daß es deine Zehen als einen Mittagsimbiß ansah.«

»Vielen Dank«, sagte Clive. Er warf einen Blick auf seine Füße hinab und entschied, daß er sie in Zukunft auf dem Floß halten wollte.

Obwohl sie Wache hielten, sahen sie den restlichen Tag über nichts mehr von dem Wesen. Am späten Nachmittag tauchte jedoch eine Insel am Horizont auf. Tomàs ergriff das Ruder und wies einen Kurs an, der sie in die Bucht bringen würde, die sie beim Näherkommen ausmachten.

Die Dunkelheit fiel ein, als sie die *Kühne Fahrt* auf den Strand zogen. Oma, Tomàs und Finnbogg blieben als Wachen zurück, und Clive führte die übrigen auf die Insel, um nach jemandem zu suchen, der ihnen Aufschluß über die Schleuse des Westens geben könnte.

Kurz nachdem sie den Dschungel betreten hatten, wurde es so dunkel, daß Clive Chang Guafe bat, ein künstliches Licht zu erzeugen. Ehe der Cyborg sich jedoch umarrangieren konnte, wurden sie von einem Geräusch überrascht, und plötzlich erschienen Fackeln um sie herum. Als sich Clives Augen an den grellen Schein gewöhnt hatten, sah er, daß sie von mindestens fünfzig Männern umzingelt waren. Es war eine streng aussehende Menge, schwarz gekleidet, was im heißen, gleißenden Licht der Tage auf dieser Ebene sehr unangenehm sein mußte. Ein Gestank nach muffiger Kleidung und lange nicht gewaschener Haut lag über der Gruppe.

Clive hob die Hand als Geste des Friedens. »Hoy«, sagte er, indem er die Variante der universellen Begrüßung des Dungeon benutzte, die auf dieser Ebene vorherrschend war.

»Laßt eure Waffen fallen«, entgegnete ein großer, magerer Mann. Er sprach eine Variante des Basic-Dungeon.

Sie hatten keine Waffen, die sie fallenlassen konnten. Shriek und Chang Guafe reisten unbewaffnet. Clive, Horace und Annie hatten die Waffen, die sie benutzt hatten, auf der dritten Ebene verloren, als sie von Shrieks Leine ins Meer gefallen waren; alles, was sie jetzt bei sich trugen, waren einige hölzerne Dolche, die ihnen die Tondaner gegeben hatten. Natürlich war da noch der Baalbec A-9 unter Annies Kleid. Aber ihre Möchtegern-Häscher mußten das nicht unbedingt wissen.

Horace und Annie warteten auf einen Wink seitens Clive. Er zögerte. Das Verhältnis war zehn zu eins. Andererseits waren Shriek und Chang Guafe verdammt gute Kämpfer. Doch selbst wenn es ihnen gelänge, die schwarzgekleideten Männer zu überwältigen, würden sie sich einige ernsthafte Verwundungen zuziehen, wenn nicht sogar Schlimmeres. Es war besser, entschied er, zu warten, bis das Verhältnis sich etwas mehr zu ihren Gunsten entwickelte.

Er warf die Waffe hin und hob die Arme. Annie und Horace taten desgleichen. Die Arachnida und der Cyborg hoben drei Arme sowie eine Anzahl von Tentakeln himmelwärts.

»Ihr werdet mit uns zur Stadt kommen«, sagte der Anführer der Insulaner. Die Gruppe von Männern schloß sich um Clive und die übrigen. Sie trugen eine Anzahl Schwerter, Messer und Piken, und sie schienen bereit zu sein, sofort davon Gebrauch zu machen. Ohne weiteres Wort trieben sie ihre Gefangenen über den Pfad.

Clive war verwirrt. Er hatte eine Befragung erwartet: Woher kommt ihr? Warum seid ihr hier? — alles, die ganze Leier. Dieses Schweigen war zermürbend. Wieder einmal fand er sich in einer Lage, in der die einzige sichere Regel die war, bereit zu sein und alles zu tun, was zum Überleben nötig wäre. Aber das reichte nicht aus, eine Strategie darauf aufzubauen. Er preßte die Zähne vor Enttäuschung zusammen und wimmerte dann bei dem stechenden Schmerz, der ihm in den Kopf schoß.

Fast unmittelbar darauf spürte er eine Frage seitens Shriek.

Ich habe einen wehen Zahn, entgegnete er. *Ich denke, er wurde während der Schlacht unterhalb von N'wrbbs Schloß verletzt.*

Warum trennst du dich nicht einfach von ihm?

Das geht nicht so ohne weiteres! sendete er, trotz der Schmerzen und der gegenwärtigen Lage erheitert. *Auf jeden Fall*, fuhr er fort, *gibt es dringendere Angelegenheiten zu bewältigen. Was sollen wir deiner Meinung nach mit dem hier anfangen?* Plötzlich wurde ihm bewußt, daß er sie nicht gefragt hatte, wie sie ihrer Ansicht nach mit der Aufforderung, die Waffen fallen zu lassen, umgehen sollten. Nun, vielleicht war das ganz gut so. Er wollte nicht zu sehr von ihr abhängig werden. Andererseits schätzte er ihre Ratschläge.

Das, was wir gerade tun, entgegnete sie ruhig. *Abwarten und Teetrinken.*

Kannst du mit den übrigen auf dem Floß Kontakt aufnehmen? fragte er.

Sie sendete eine Verneinung und erklärte, daß sie eine weitere Verbindung brauchte, entweder das Objekt in Sichtweite oder eine berührbare Verbindung wie die Leine, die während des Abstiegs von der vorangegangenen Ebene selbst dann für die Kommunikation mit ihm gesorgt hatte, als die Dunkelheit eingebrochen war.

Sie marschierten schweigend dahin und erreichten schließlich eine von Fackeln erleuchtete Stadt mit niedrigen Häusern, die aus sonnengetrocknetem Lehm errichtet waren. Trotz der Fackeln waren die Straßen leer. Clive kam dies merkwürdig vor, denn es war erst eine Stunde her, daß die Dunkelheit angebrochen war. Er musterte die Häuser während des Gehens; die meisten waren ziemlich klein und machten einen wohnlichen Eindruck. Ihr Stil war ziemlich einheitlich — nichts von der Vielfalt, die er in Go-Mar vorgefunden hatte. Schließlich erreichten sie einen zentral gelegenen Platz, der von weitaus größeren Bauwerken umringt war, als sie sie in der restlichen Stadt gesehen hatten. Eines von ihnen prunkte mit drei Türmen. Auf der Spitze des mittleren Turms stand ein großes hölzernes X, so daß das Gebäude entfernt an eine Kirche erinnerte.

Sie hielten mitten auf dem Platz an.

»Und jetzt?« fragte Clive, wobei er sich an den großen, mürrisch aussehenden Mann wandte, der der Anführer der Gruppe zu sein schien.

»Schnauze!« zischte der Mann ärgerlich.

Während sie warteten, führten Clive und Shriek eine mentale Unterhaltung, wobei sie versuchten, die Natur der Stadt zu enträtseln, in der sie sich jetzt befanden. Sie waren nicht so ganz erfolgreich damit, aber sie waren wenigstens beschäftigt.

Nach einiger Zeit fing eine tiefe Glocke in einem der Türme an zu läuten. Die Tore des kirchenähnlichen Gebäudes schwangen langsam auf, und eine große Anzahl Männer und Frauen — alle genauso gekleidet wie ihre Häscher — stiegen langsam in einer Reihe die Stufen hinab. Sie hatten alle den gleichen mürrischen Gesichtsausdruck, bis sie die Gefangenen in der Mitte des Platzes entdeckten. Ein unterdrücktes Gemurmel erhob sich in der Menge. Hier und da zeigte sich ein Lächeln. In allen Augen leuchtete das gleiche gierige und hungrige Licht.

Clive schauderte, und er nickte in Übereinstimmung mit Shrieks schweigender Botschaft: *Mir gefällt das gar nicht.*

Die Menge versammelte sich um sie, murmelnd und lächelnd. Clive fielen in der Gruppe viele Kinder auf, etwas, das er im Dungeon nicht häufig gesehen hatte.

Schließlich erschien eine imponierende Gestalt auf den Stufen der ›Kirche‹. Sie war in Schwarz gekleidet, wie alle übrigen, wenngleich ihre Robe wesentlich voluminöser war. Sie trug einen großen Dreispitz. Um den Nacken war ein scharlachrotes Tuch drapiert, dessen Enden mit langen weißen Stickereien verziert waren. In der rechten Hand trug sie einen schwarzen Stab, der halb so groß war wie sie selbst.

Sie blieb stehen, als sie die Gefangenen erblickte. Ein grausames Lächeln erschien langsam auf dem Gesicht, während sie die Stufen hinabstieg. Clive sah mit Unbehagen, wie der Mann näher kam.

Er blieb vor der Gruppe stehen und hob den Stab.

»Wer ist der Herr?« fragte er. Die Stimme war tief und rauh.

Clive zögerte. Auf Tondano hatten sie von dem Großen Herrn Neville gesprochen. Könnte es das sein, was der Mann von ihm hören wollte?

Wohl kaum, dachte er.

»Was ist das Gesetz?« fragte der Mann.

Einer von uns sollte antworten, wisperte ihm Shriek ins Bewußtsein.

Was antworten? entgegnete Clive. Bevor er auch nur daran denken konnte, etwas zu sagen, sprach der Mann erneut.

»Wann ist das Letzte Mahl?« wollte er wissen.

»Ich weiß nicht, wovon Sie reden«, sagte Clive. »Vielleicht, wenn Sie ...«

»Sie haben nicht bestanden«, sagte der Mann mit dem Stab. »Sie sind für das Fest geeignet.«

Die Männer, die sie auch ursprünglich umringt hatten, schlossen sich jetzt erneut um sie und stießen sie weg.

»Wartet!« schrie Clive. »Sie müssen uns eine Chance geben. Wir verstehen Ihre Fragen nicht!«

Aber der Priester, falls es einer war, hatte sich abgewandt. Die Menge murmelte untereinander und war glücklich über die Vorstellung.

Clive und seine Freunde wurden über den Platz zu dem großen Bau getrieben, der dem kirchenähnlichen Gebäude gegenüberlag. Sie wurden dazu gezwungen, eine breite Treppenflucht hinabzusteigen, die zu zwei großen hölzernen Türen führte.

Sobald sie sich innerhalb der Türen befanden, wurden sie durch eine große Vorhalle zu einer kleineren Tür getrieben, die sich in ein Treppenhaus öffnete, das sich so weit hinabwand, daß Clive die Stufen nicht zählen konnte. Die Stufen endeten schließlich in einem kurzen Gang, dessen Boden und Wände aus Stein bestanden. An jeder Wand hingen zwei Fackeln in Drahtkörben.

Clive zögerte. Sie waren noch immer in der Minderheit, wenngleich nicht mehr so sehr. Aber sie besaßen keine Waffen, und es schien mal wieder unmöglich, ohne ernsthafte Verletzungen entkommen zu können. Besser stillhalten und warten, dachte er, obwohl er diesen Entschluß in Frage stellte, als die Wachen ihnen nicht nur einfach befahlen, die Zelle zu betreten, sondern sie mit Speeren und Piken durch die Tür trieben.

Clive war der letzte in der Reihe. Der Wächter hinter ihm stieß ihm mit dem stumpfen Ende des Speers in die Nieren. Als Clive grunzend in die Zelle stolperte, schloß sich die Tür mit einem Knall hinter ihm.

In der Zelle war es dunkel, das einzige Licht kam zu einem kleinen Fenster herein, das nicht größer war als die Faust eines Mannes und das sich mitten im oberen Teil der Tür befand. Auf Clives Bitte hin vollendete Chang Guafe die Manipulationen an sich selbst, die er im Wald begonnen hatte; einen Augenblick später entströmte dem Ende eines der sich ständig ändernden Tentakel des Cyborgs ein Leuchten und erfüllte die Zelle mit einem schwachen Licht.

Clive schaute sich um. Ihre Zelle war etwa fünf Quadratmeter groß und bar jeden Mobiliars. Der Fußboden war mit getrockneten Blättern bedeckt. Er erkannte sie wieder — sie waren von den gleichen Bäumen abgestreift worden, aus denen sie die *Kühne Fahrt* gebaut hatten. Aber der schwache Kräutergeruch, der sie gewöhnlich so angenehm machte, war von einem Gestank nach Urin und Fäkalien überdeckt. Clive hatte Mühe, sich nicht zu übergeben.

Ein weiteres Wesen teilte ihr Gefängnis, ein Mann, der mit gespreizten Gliedern in einer Ecke lag und die Decke anstarrte. Obgleich er ihr Kommen ignoriert hatte, hatte er sich aufgesetzt und sich umgeschaut, sobald Chang Guafe etwas Licht hervorgebracht hatte, und er rieb sich jetzt überrascht die Augen. Das lange dunkle Haar war mit einem roten Tuch zusammengebunden, und er trug ein Gewand, das mit einer Vielzahl farbenfroher Zeichen geschmückt war, die Clive zumeist unvertraut waren. Als er sprach, war seine Stimme heiser und schwach, als hätte er sie lange Zeit nicht gebraucht.

»He, Mann«, sagte er. »Habt ihr Typen was Gras?«

»Gras?« fragte Clive.

»Du weißt schon, guten Shit?«

»Mein Herr«, sagte Clive mit fester Stimme, »darf ich Sie daran erinnern, daß hier Damen anwesend sind?« Er schloß kurz die Augen, als er hörte, wie Annie, die hinter ihm stand, schnaubte.

Der bärtige Mann setzte sich auf und betrachtete sie etwas näher. »Scheiße«, sagte er und kratzte sich den Bart. »Weiße Gewänder. Ich wußte es. Das is' 'ne Klinik, nich' wahr? Verdammt. Ich wußte, daß der Stoff, den mir der Turko verkauft hat, mir das Gehirn braten würd.«

»Wie heißen Sie?« fragte Clive und versuchte, die Unterhaltung wieder in verständlichere Bahnen zu lenken. »Wie lange sind Sie hier?«

»Nun, zu Hause haben sie mich den abgewrackten Fred genannt«, sagte er und stellte sich auf die Beine. Der Mann wischte sich die Handflächen an der verblaßten blauen Hose ab und hielt Clive die Hand hin.

Clive akzeptierte sie nach kurzem Zögern. »Clive«, sagte er. »Major Clive Folliot.«

»O Scheiße, Militär! Is' das 'ne Art von Experiment? Ihr Typen habt mich entführt, um herauszufinden, wie wir auf Streß reagieren oder so was, stimmt's? Ich werd' meinem verdammten Abgeordneten 'n Brief schreiben — wenn ich wüßte, wer das is'.«

Während er sich bemühte, dem Geschwafel des Mannes irgendeinen Sinn abzugewinnen, konzentrierte sich Clive auf das eine Wort, das ihn angesprungen hatte.

»Ich wäre Ihnen dankbar dafür, wenn Sie auf Ihre Worte achteten!« sagte er streng.

»Wirst du endlich aufhören, mich zu beschützen, Opa?« sagte Annie. In der Stimme schien genausoviel Ärger wie Belustigung zu liegen.

Sie wandte sich an den Fremden. Ihre Stimme war freundlicher als die von Clive. »Wie lang bist du hier, Anthro?« fragte sie.

Der abgewrackte Fred vergrub die Finger im Haar und kratzte sich, als wäre die Antwort irgendwo auf dem Schädel verborgen. »Drei Tage«, sagte er. »Glaub' ich wenigstens.«

Er sah sie kläglich an. »Bist du hier, um mir zu helfen?« fragte er. »Ich weiß, ich muß irgendwie 'n miesen Shit gekriegt haben. Ich hab' vorher schon miese Trips gehabt, aber niemals so was wie das hier. Ich krieg's nicht hin, daß er aufhört.«

Annie sah ihn traurig an. »Das Dungeon ist kein Trip«, sagte sie. »Du bist wirklich hier — wo auch immer hier sein mag —, genau wie wir anderen. Das is' Scheiße. Aber sehr real.«

Fred preßte die Lider zusammen, als könnte er sie alle auf diese Weise verjagen. »Das letzte, an was ich mich erinnere, is', daß ich allmählich stoned wurde und im Park eingeschlafen bin. Als ich erwachte, war ich noch immer in 'nem Park. Wenigstens waren Bäume um mich rum. Aber sie waren irgendwie anders. Keiner hat richtig ausgesehen. Ich muß 'nen ganzen Tag damit verbracht haben, herumzulaufen und herauszukriegen, wo ich war und wo ich was zu essen herkriegen könnt'. Hab' mir mindestens fünfzehn Mal geschworen, nie mehr Acid einzuwerfen. Ich war mir sicher, daß ich früher oder später wieder rauskäm'. Aber verdammt noch mal...« Er schaute sich im Raum um. »Ihr Typen seht für 'n Trip nich' richtig aus. Merkwürdig genug seid ihr, aber hallo«, sagte er, während er den Blick auf Shriek ruhen ließ. »Aber ihr seid nich' verschwommen oder so. Ich krieg's einfach nich' auf die Reihe.«

»Welche Stadt war das?« fragte Annie.

»San Francisco.«

»Ich werd' verrückt. Hab' selbst mein Herz da gelassen. Welches Jahr?«

»Wie: welches Jahr?«

Annie sah ihn ärgerlich an. »Sei ma' nich' so schwer von Begriff, Hohlkopf. Welches Jahr war's, als du gegangen bist?«

»Dasselbe wie jetzt. Ich bin nur drei Tage weg.«

Sie seufzte und zeigte auf Clive. »Er stammt von 1868«, sagte sie. »Ich bin hier von 1999 eingeflogen. Von wann kommst du?«

Fred ächzte. »Bist du sicher, daß das kein Experiment is'?«

Clive war zu dem Schluß gekommen, daß Fred nicht gefährlich war, und so trat er beiseite und ließ Annie die Unterhaltung fortsetzen, aus der er schloß, daß Freds langer Bart, die verwaschene Hose, die offene

Weste und das Stirnband eine Standarduniform der Zeit war, aus der er kam.

Clive stellte sich neben Shriek, die ein Gefühl sendete, das eine Ähnlichkeit mit Belustigung zu haben schien.

Wie verstehst du, was er sagt? fragte Clive. *Er spricht nicht die Umgangssprache, und du hast ihn nicht in dein Kommunikationsnetz mit einbezogen.*

Ich lese ihn durch dich, entgegnete sie. *Da wir nicht mit Worten sprechen, kann ich, sobald du verstehst, was der Mann sagt, es auch verstehen.*

Ein besorgter Gedanke huschte Clive durchs Bewußtsein.

Man kann einem Bewußtsein auf viele Arten zuhören, sendete sie als Antwort auf seine Sorge. *Nur weil ich mit dir im Augenblick vereinigt bin, heißt das noch lange nicht, daß ich in deine innersten Geheimnisse eindringe, mein Süßer.*

Clive fuhr zusammen. Es war das dritte Mal, daß sie ein Kosewort benutzt hatte, wenn sie mit ihm sprach. Sie fing seine Reaktion auf und antwortete nüchtern: *Wir haben eine Menge Dinge miteinander geteilt, o Folliot.* Dann brach sie die Verbindung ab.

Clive wandte seine Aufmerksamkeit wieder dem Dialog zwischen Annie und Fred zu, wenngleich er es schwer fand — hin- und hergerissen zwischen Freds Geschwafel und einer ernsthaften Besorgnis über die Unterhaltung mit Shriek —, sich auf das zu konzentrieren, was sie sprachen — bis Fred erzählte, was er über ihre Wächter wußte.

»Ju, sie haben mir die gleichen drei Fragen gestellt«, sagte er gerade zu Annie. »Scheiße, ich hab' keine Ahnung, was für 'n Mist ich sagen sollte. Als sie mich gefragt haben ›Was ist das Gesetz?‹, hab' ich ihnen gesagt, es is' das Schwein. Ich glaub', das war die falsche Antwort.«

Annie lachte. »Was haben sie getan?«

»Der Anführer hat gesagt, ich hätte versagt; dabei mußte ich an meinen Vater denken. Dann hat er gesagt, ich wäre für das Fest geeignet, und sie haben mich über die Straße und das längste verdammte Treppenhaus runtergetrieben, das ich je gesehen hab', und mich in diese Zelle geworfen.«

»Weißt du noch was von ihnen?«

Fred schüttelte den Kopf. »Nur eins noch. Etwas, was mir der Mann, der das Essen bringt, gestern gesagt hat. Ich dachte, er hätt' nur 'n Witz gemacht. Aber aus dem, was ihr mir gesagt habt, kann man schließen, daß er's ernst gemeint hat.«

»Nun, und was hat er gesagt?« fragte Annie in jenem verärgerten Ton, den Clive so gut kannte.

»Er hat gesagt, sie wären Missionare von der Kirche des Heiligen Kannibalen.«

KAPITEL 28

Zahnärztliche Behandlung

Clive setzte sich aus einem gesunden Schlaf heraus kerzengerade auf. Was war mit seinem Gebiß los? Er fragte sich, ob jemand mit einem Hammer darauf geschlagen hätte, während er schlief. Unwillkürlich traten ihm Tränen in die Augen. Sie kamen nicht aus Kummer oder Selbstmitleid, sondern waren einfach eine physische Reaktion auf einen so intensiven Schmerz, der ihm die eine Gesichtshälfte abzuschälen schien.

Er schaute sich nach den anderen um. Aber obgleich er die Augen weit geöffnet hielt, vermochte er nichts zu erkennen; die Zelle war so dunkel wie das Innere eines Sargs.

Leise wimmernd schleppte sich Clive über den Boden bis zu einer Wand. Dort zog er sich hoch, blieb sitzen und hielt den Kiefer in der Hand vergraben. Er wimmerte erneut, war hin- und hergerissen zwischen seinem Verlangen nach Gesellschaft und dem Wunsch, daß ihn die anderen in diesem Zustand nicht sehen sollten.

Er war nicht überrascht, als Shriek in seinem Bewußtsein kitzelte, um herauszufinden, was nicht in Ordnung war. Er brauchte die Frage nicht zu beantworten. Sobald er sich ihrem Versuch öffnete, war sie sich des brodelnden Schmerzes in seinem Kiefer bewußt.

Dieser Zahn ist in einem schlechten Zustand, mein Freund, bemerkte sie.

Das ist die überflüssigste Botschaft, die du mir je geschickt hast, dachte er mürrisch. Augenblicklich bedauerte er den Tonfall seiner Antwort. Aber er hatte keine Zeit, ihn zurückzunehmen. Langsamer gedacht als gesendet.

Ah, entgegnete Shriek. *Aber das Bedauern ist genauso rasch angekommen. Meine Leute sind an scharfe Antworten und rasche Entschuldigungen gewöhnt.*

Das muß nicht unbedingt ein schlechtes System sein, grübelte Clive, wobei ihm klar war, daß sie den Gedanken las. *Unter meinen Leuten scheinen scharfe Worte leichter herauszukommen als Entschuldigungen. Wir haben anscheinend die Neigung, unsere Entschuldigungen für uns zu behalten.*

Ein verwirrendes System, entgegnete Shriek.

Clive antwortete nicht. Er wurde von einem stechenden Schmerz abgelenkt, der ihm durch den Kiefer schoß.

Shrieks nächste Nachricht war bestimmt, jedoch sanft: *Ich glaube, es ist an der Zeit, daß der Zahn herauskommt.*

Clives wortlose Antwort schien sie zu amüsieren. *Was für ein Getue seitens eines so tapferen Mannes!* tadelte sie. *Mach dir keine Sorgen, mein stolzer Krieger. Ich kann dir durch diese Krise hindurchhelfen. Ich werde einen Stachel vorbereiten, der den Schmerz unterdrückt, während der Eingriff geschieht.*

Clives Elend war zu stark, als daß er hätte diskutieren können. Er gab wimmernd seine Zustimmung. Dann bewegte er den Kiefer falsch und schrie auf, als ihm ein sengender Schmerz auf die Augäpfel drückte und versuchte, sie ihm aus dem Kopf zu treiben.

Fast augenblicklich war ihm Shriek zur Seite. *Du wirst einen kurzen stechenden Schmerz verspüren,* dachte sie ihm zu. *Dann Wärme, dann nichts. Entspanne dich jetzt und versuche, dich nicht zu bewegen.*

Sie legte ihm zwei der Spinnenarme hinter die Schulter, um ihn in die richtige Position zu bringen.

Entspanne dich, murmelte sie erneut in seinem Bewußtsein. *Stolz, der keine Hilfe zuläßt, ist dumm. Lehne dich an mich.*

Zuviel Schmerz erfüllte ihn, als daß er sich hätte

wehren können. Er ließ sich gegen ihren Körper sinken, sie stach mit dem dritten Arm den Stachel, den sie sich aus dem Unterleib gezogen hatte, in das warme Fleisch direkt unterhalb des Wangenknochens. Er zuckte bei dem zusätzlichen Angriff auf seine schreienden Nerven zurück, spürte dann als Belohnung einen Fluß von Wärme und daraufhin eine wachsende Erleichterung. Er schloß die Augen und murmelte einen Dank.

Er erlebte die folgenden Minuten, als wären sie ein Traum. Er war wach, und dennoch nicht wach, mit seinem Körper verbunden und dennoch von ihm getrennt.

Er hörte, wie Shriek über den Boden dorthin eilte, wo der Cyborg stand, der in dem versunken war, was als Schlaf durchgehen mochte, denn er hatte die meisten Stromkreise abgeschaltet. Gleich darauf erfolgte ein klickendes Geräusch, als Shriek mit einer der Chitinklauen auf den Panzer des Cyborg tippte.

»Chang, Stromkreise aktivieren«, sagte sie sanft. »Ich brauche dich.«

Clive war sich undeutlich bewußt, daß Shriek aus ihrer Gruppe die geeignetste war, um in seinem Auftrag bei dem Cyborg Fürsprache einzulegen. Sie schien besser als alle anderen mit Guafe zurechtzukommen, wenngleich sich Clive niemals sicher war, ob das daran lag, daß die beiden so verschieden von den anderen waren, oder an ihren Fähigkeiten als Vermittler oder daran, daß die beiden einen Bund eingegangen waren, während sie zusammen auf Jagd gegangen waren. Auf jeden Fall neigte der Cyborg weniger dazu, auf eine Bitte von Shriek hin zu grummeln, als es bei jedem anderen der Fall gewesen wäre.

Clive stellte fest, daß es ihm gleichgültig war, ob der Cyborg grummelte. Im Augenblick war ihm fast alles gleichgültig, so lange diese Ruhepause vom Schmerz anhielt.

Ein schwaches Licht drang ihm ins Bewußtsein; Guafe mußte aufgewacht sein.

Er hörte, wie sich die anderen zu regen begannen und schlaftrunken Fragen murmelten.

Sein Bewußtsein begann zu wandern. Er schien mehr und mehr von allem um sich herum weggezogen zu werden.

Er erinnerte sich, daß es etwas gab, um das er sich sorgen sollte. Was war das noch gleich?

Ah — die Dinge, die Fred ihnen über die Kirche erzählt hatte, die die Insel beherrschte. Die Feier nahte. Fred hatte etwas gesagt, das ihn etwas Schlimmes ahnen ließ. Was war das noch gleich?

Er sah den Cyborg auf sich hinabstarren. Das seltsame Gesicht zeigte nicht das geringste Gefühl. Clive fragte sich, was Guafe gerade dachte, versuchte zu fragen und entdeckte, daß er nicht mehr über die Fähigkeit zu sprechen verfügte.

Ein Paar Tentakel ergriffen seine Lippen und zogen den Mund auf.

Clive beobachtete das alles aus der Ferne und war fasziniert von dem Vorgang. Er wußte, daß es in Wirklichkeit ihm selbst geschah, aber er konnte nicht ganz die Verbindung dazu herstellen.

Er sah Annie in der Nähe stehen und ihn besorgt anblicken.

Schon gut, dachte er. *Mir geht's gut.*

Sie gab keine Antwort.

Oh, dachte Clive träumerisch. *Ich vergaß. Das funktioniert nur mit Shriek. O ja. Dideldumdei.*

Er war nur schwach interessiert, als er sah, wie sich eine kleine Tür in der Seite von Guafes Nacken öffnete und sich ein langes, schmales Tentakel mit einem glimmenden Punkt an der Spitze nach seinem Mund streckte.

»Du hättest mit dem Betäuben warten sollen«, sagte der Cyborg zu Shriek. »Ich bin mir nicht völlig sicher, welcher Zahn es ist.«

Clive konnte Shrieks nonverbale Antwort nicht empfangen. Er wollte ärgerlich werden, brachte jedoch nicht die Energie dafür auf.

Es ist alles in Ordnung, dachte er und versuchte, den Cyborg zu beschwichtigen. *Nimm zwei. Ich hab 'n ganzen Mund voll davon.*

»Was für eine stümperhafte Arbeit«, grummelte Guafe, als er sowohl mit Clives Kiefer als auch mit dem Glimmlicht hantierte, das er ihm in den Mund gesteckt hatte. »Warum haben sie keine austauschbaren Teile?«

»Damals hatten sie die noch nicht erfunden«, sagte Annie verteidigend.

Horace's Gesicht kam plötzlich ins Blickfeld. »Was geht hier vor?« fragte er.

»Ruhe«, sagte Guafe. »Ich möchte nicht abgelenkt werden. Ich muß meine eigenen Teile korrekt einstellen, um das hier richtig erledigen zu können.«

Annie flüsterte Horace etwas ins Ohr. Ein respektvolles Schweigen legte sich über die Zelle.

Eine Tür öffnete sich in der Brust des Cyborgs, und ein langes Tentakel, das in einer Zange endete, kam heraus.

Clive spürte, wie er weiter von der Realität wegtrieb. Das Zerren, das er im Kopf verspürte, als der Cyborg an dem defekten Zahn drehte, schien irgend jemand anderem zu widerfahren.

Ist nicht so schlimm, Annie, dachte er, als er sah, wie sich ihr Gesicht aus Sympathie verzog.

»Die Gegend unter dem Zahn ist tief infiziert«, kommentierte Guafe. »Ich möchte sicherstellen, daß alles gesäubert ist, bevor wir die Wunde schließen.«

Klingt gut für mich, dachte Clive.

Sein Gleichmut wurde beinahe von Horace's Aufschrei gestört: »Was ist los? Was geht da vor?«

»Shriek«, kreischte Annie. »Was geschieht mit ihm?«

Was ist los? fragte sich Clive verschwommen. *Weshalb sind sie alle so aufgeregt?*

»Halte ihn!« schrie Horace. »Halt ihn fest!«

»Ich halte ihn so fest ich kann«, sagte Guafe scharf. »Es nutzt nichts.«

»Er verliert das Bewußtsein!« rief Annie. »Was ist das? Was geht da vor?«

Was geht da vor? überlegte Clive, als sich die Welt um ihn drehte. Das war der letzte Gedanke, den er hatte, bevor alles schwarz wurde.

KAPITEL 29

Ein anderes
Bewußtsein

Sidi Bombay wurde aus den dämmrigen Regionen seines Bewußtseins von einer jähen, ungestümen Verbindung mit einem Bewußtsein herausgerissen, das ganz deutlich nicht das von L'Claar war.

Er bebte vor Furcht.

Seit die letzten großen Wellen von Schmerz verebbt waren, trieb er in einem Zustand zwischen Wachheit und Schlaf, wobei er sich dumpf fragte, wann L'Claar zurückkehren würde. Es hatte ihn nach der Freundlichkeit ihrer Gegenwart verlangt.

Aber anders als L'Claar, die er sich manchmal als eine reine, silbrige Flamme vorstellte, war dieses neue Bewußtsein dämmrig, polternd, hart. Er verspürte ein Bewußtsein, das verschleiert und unklar war, wie ein Mond, den man durch einen dichten Nebel sah. Und er verspürte andere Dinge: einen großen, nie endenden Hunger; einen tiefen, schimmernden Ärger; und dann einen jähen Ausbruch von Macht, der sich seinen Weg durch sein Bewußtsein mit einer brennenden Klarheit bahnte, die die Verschwommenheit seiner ersten Wahrnehmung Lügen strafte.

Wer bist du? dachte er nervös.

Zunächst erfolgte keine Antwort. Dann füllte sich sein Bewußtsein allmählich mit Sendungen. Die erste war ein glatter blauer Korridor, der sich durch die Unendlichkeit drehte und wand. Dann erblickte er erneut den Abgrund von Q'oorna und den Kampf, der seine letzte Erinnerung an die Welt außerhalb des Schmerzschleiers war, in dem er jetzt existierte; das Bild ließ ihn schaudern, wenngleich das allenfalls ein mentaler Effekt war. Die dritte und letzte Sendung war überhaupt kein Bild, sondern nur der Eindruck eines massiven und schrecklichen Verrats.

Hätte er Augen gehabt, hätte er geweint.

Als es vorüber war, fragte er sich lange Zeit, was diese drei Dinge bedeuteten, und er verspürte eine seltsame Leere, als ihn die rätselhafte Intelligenz, die er geteilt hatte, verließ.

Er trieb in Schmerz und Träume zurück, während er auf L'Claar wartete.

KAPITEL 30

Abendfeier

Clive öffnete die Augen. Die Welt um ihn herum war schwarz. Das Gefühl des Schwebens blieb bestehen.

Er schloß die Augen und wartete.

Er schwebte.

Nach einiger Zeit öffnete er die Augen erneut. Er schien sich in einer Art Zimmer zu befinden. Es war kleiner als die Zelle, der letzte Raum, an den er sich mit völliger Klarheit erinnerte. Die Wand vor ihm war weiß. Er wandte den Kopf zur Seite, eine Bewegung, die Stunden zu dauern schien. Zunächst dachte er, daß die Wand zu seiner Rechten schwarz gestrichen wäre. Dann wurde ihm klar, daß sie aus Glas bestand und daß das, was auch immer dahinter liegen mochte, in Dunkelheit getaucht war. Er brauchte etwa einen Tag, um den Kopf in die andere Richtung zu drehen. Die Wand zu seiner Linken war mit Schaltern, Skalen und Knöpfen bedeckt.

Ein schwaches gelbes Licht, das von der kuppelförmigen Decke herniederleuchtete, sorgte für genügend Helligkeit, daß er erkennen konnte, daß er mitten auf einem runden Tisch lag.

Nach einer Weile erhellte sich der Bereich hinter dem Glas. Der Lichtwechsel erfolgte langsam, so daß seine Augen sich daran gewöhnen konnten.

Er erblickte vier oder fünf Menschen oder menschenähnliche Wesen, die auf der anderen Seite der gläsernen Wand standen. Er vernahm das Gemurmel ihrer Stimmen, als sie miteinander redeten. In dem Geräusch schwang ein undeutlicher Unterton von Sorge mit.

Alle hinter der Glasscheibe trugen weiße Anzüge,

ähnlich wie der, in den Clive selbst noch immer gekleidet war. Einer der Leute war Vater Timothy F. X. O'Hara. Ein anderer war der Mann, der als Green bekannt war.

Clive wußte, daß das für ihn interessant sein sollte, aber er konnte das Gefühl nicht aufbringen. Er versuchte, zu ihnen hinaus zu rufen, entdeckte jedoch, daß seine Stimme nicht funktionierte. Noch schlimmer, es kümmerte ihn überhaupt nicht, daß sie nicht funktionierte. Er wollte sich darum Sorgen machen. Aber sich Sorgen zu machen erforderte anscheinend zuviel Anstrengung.

Er ließ den Kopf zurückrollen, so daß er wiederum hinauf in das Licht starrte.

Er schloß die Augen.

Nach einer Weile spürte er, daß die anderen das Zimmer betreten hatten und sich um ihn scharten.

»Ich kann noch immer nicht glauben, daß Sie das getan haben«, sagte eine unvertraute Stimme.

»Das war wirklich unklug von Ihnen«, sagte eine zweite Stimme. Nach einem Augenblick erkannte sie Clive als die von Vater O'Hara.

Sprachen sie mit ihm? Was hatte er getan, das so unklug gewesen war?

»Ich wollte nur das Beste tun«, sagte eine Stimme, die Clive augenblicklich erkannte. Es war Green. Das war gut. Green war sein Freund.

Er dachte einen Augenblick lang nach. Es mußte so sein, daß sie über etwas sprachen, das Green getan hatte.

Was hatte er getan?

»Aber ihm einen dieser Anzüge zu geben?« beharrte die erste Stimme.

Green zögerte, sagte dann jedoch fest: »Ich hab' sie alle mit den Anzügen ausgestattet.«

»Sie haben was?« rief eine vierte Stimme.

»Ich habe sie alle mit diesen Anzügen ausgestattet«, wiederholte Green herausfordernd.

Sie schienen alle zugleich reden zu wollen. Clive fand es in seinem benommenen Zustand unmöglich, der Unterhaltung zu folgen. Nur der Schluß war klar.
»Das ist Ihr Fehler«, sagte die erste Stimme ärgerlich. »Sie müssen das ins reine bringen.«

Dann entstand ein langes Schweigen.

Als Clive erneut die Augen öffnete, war er allein. Er fragte sich, wieviel Zeit verstrichen sein mochte. Er war so abgeschnitten von allem, daß er nicht überrascht gewesen wäre zu erfahren, daß es nur fünf Minuten waren — oder fünf Tage.

»Aha, ich dachte mir, daß Sie bald zu sich kämen«, sagte eine freundliche Stimme.

Green!

Clive versuchte zu sprechen. Alles, was herauskam, war eine Art Klicken.

»Das ist schon in Ordnung, alter Freund«, sagte Green beruhigend. »Erwarten Sie nicht, daß Sie jetzt spechen können. Ich werde Sie lange, bevor Sie das überstanden haben, zurückschicken. Die Frage ist, werde ich Sie mit intaktem Gedächtnis zurücksenden?«

Clives Augen mußten seine Reaktion auf diese Ankündigung angezeigt haben.

»Seien Sie nicht so erschrocken!« sagte Green freundlich. »Ich habe nicht die Absicht, an Ihrem gesamten Gedächtnis herumzupfuschen. Ich bin mir nur nicht ganz sicher, ob es Ihnen erlaubt sein soll, sich an diesen speziellen Vorfall zu erinnern. Es könnte sehr gefährlich für die übrigen von uns sein, wissen Sie. Falls Philo Goode, von dem Sie so viel halten, hiervon erfährt, bringt er die Hölle in Aufruhr. Nur ein paar Worte an den richtigen Stellen, und ...« Er seufzte. »Nun, ich möchte lieber gar nicht daran denken, was dann geschähe. Aber was anfangen? Natürlich kann ich die Dinge so arrangieren, daß Sie sich nicht bewußt an das heutige Erlebnis erinnern werden. Aber wenn jemand *wirklich* wissen möchte, wo Sie gewesen sind, würde das keinen Unterschied machen. Sie suchen einfach in Ihrem Kopf herum, bis sie's herausgefunden haben. Die Alternative ist, diese Erinnerung als Ganzes zu löschen. Aber das ist bedeutend gefährlicher, wie Sie sich gut vorstellen können.«

Clive blinzelte nervös.

»Oh, seien Sie nur guten Mutes!« sagte Green. »Ist Ihnen noch nicht klar, daß wir auf Ihrer Seite stehen? Wir müssen nur vorsichtig sein, das ist alles. Die anderen sind nicht gerade erfreut davon, daß ich das zugelassen habe. Aber ich habe Ihnen diesen Anzug nur gegeben, um die schlimmste Notlage zu beheben. Es hat uns ganz schön viel Zeit gekostet herauszufinden, warum er Sie jetzt hierhergebracht hat.«

Green kicherte. »Diese Spinnenfrau, die mit Ihnen reist, ist ganz schön clever. Das modifizierte Gift, das sie dazu benutzt hat, Sie zu betäuben, hat Ihren Metabolismus so stark abgesenkt, daß der Anzug dachte, Sie würden sterben. Hat Sie hierher zurückgebracht, genauso wie der meine es an dem Tag getan hat, als Ihr Freund mir beinahe das Messer durchs Herz gejagt hat. Es ist das erste Mal überhaupt, daß jemand an diesen Ort wegen Zahnschmerzen kommt! Wir geben Ihnen, nebenbei gesagt, einen neuen Backenzahn — nur um zu beweisen, daß es keine bösen Gefühle gibt.«

Er machte einen Augenblick lang Pause. Clive, der die Augen jetzt etwa zehn oder fünfzehn Jahre lang offengehalten hatte, ließ sie wieder zufallen.

Er spürte Greens Hand an der Schulter. »Wenn's nach mir ginge, würd' ich Sie hierbehalten«, sagte er ruhig. »Aber die anderen haben bereits das Gefühl, daß ich ein wenig zu schnell spiele und dabei die Regeln außer acht lasse. Sie wollten Sie zurückschicken, ehe Sie noch überhaupt aufwachten, obwohl das dumm gewesen wäre, denn es hätte entweder Sie getötet oder den Anzug zerstört. Nun, jetzt ist es doch für Sie an der Zeit zu gehen. Machen Sie sich aber keine Sorgen, wenn nicht der eine oder andere von uns zu einem vorzeitigen Ende findet, werden wir uns mit der größten Sicherheit wieder begegnen.«

Die feste Hand drückte ihm die Schulter. »Auf Wiedersehen, Clive. Seien Sie vorsichtig. Und zu unser aller Nutzen, fangen Sie an zu *denken!*«

Als Clive die Augen erneut öffnete, war alles schwarz.

»Green?« fragte er nervös. »Sind Sie da?«

Keine Antwort.

War er zurückgeschickt worden oder nicht?

Er ließ die Hand über die Oberfläche des Bodens gleiten, auf dem er lag. Das Rascheln von Blättern überzeugte ihn, daß er sich wieder in der Zelle befand. Es dauerte eine Weile, um die anderen Sinneseindrücke zu überprüfen. Der unangenehme Gestank von Exkrementen bestärkte seine Überzeugung.

Aber wo waren die anderen? Er rief sie beim Namen, einen nach dem anderen. Keiner gab Antwort. Er schickte sein Bewußtsein aus, weil er hoffte, mit Shriek in Kontakt treten zu können.

Sie war nirgendwo zu finden.

Er schloß die Augen und ließ den Kopf an die Mauer fallen. So saß er eine lange Zeit da, schlaff und bewegungslos.

Schließlich wurde er allmählich hungrig. Er erhob sich auf alle viere, versuchte sich ganz aufzurichten, und fiel prompt zu Boden.

Er tat mehrere tiefe Atemzüge und erhob sich erneut auf alle viere. Er kroch über den Boden und stieß gegen den Eimer, der ihr Trinkwasser enthielt. Er streckte die Hand hinein und spürte ein paar Zentimeter warmen Wassers auf dem Boden. Er nahm einen Schluck, dann noch einen und goß sich anschließend den Rest über den Kopf.

Wie lange würde diese Benommenheit noch dauern? Wie lange war er verschwunden gewesen?

Wohin war er verschwunden?

In seinem Bewußtsein pochten schwache Erinnerungen daran, daß er Green getroffen hatte — wo war das gewesen? Ein Krankenzimmer? Das schien nicht ganz zu stimmen.

Er schlug sich an den Kopf, versuchte, die Benommenheit und Verwirrung durch Willenskraft zu vertreiben.

Die Benommenheit schwand, wenngleich es länger dauerte, als es ihm lieb war. Die Verwirrung wollte nicht weichen.

Nach einer Weile versuchte er erneut, sich aufzustellen, und er war froh, daß die Füße gewillt waren, unter ihm stehenzubleiben. Er streckte die Hände wie ein Blinder vor sich aus und tastete sich vorwärts, bis er auf die Wand traf. Er lehnte sich dagegen. Ihm war schwindelig vor Anstrengung. Er trat von der Wand weg und versuchte, den Zustand seines Körpers einzuschätzen. Er nickte dankbar, als ihm auffiel, daß seine Kräfte jetzt schneller zurückkehrten.

Aber wo waren die anderen?

Er tastete sich seinen Weg an der Wand entlang. Die Zellentür stand offen — nicht weiter überraschend, denn bis zu seiner unerwarteten Rückkehr hatte es niemanden gegeben, der dort festgehalten werden mußte. Er tastete sich seinen Weg um die Tür herum und legte dann eine Hand auf die Wand des Ganges, der zurück zur Treppe führte. Die Wand fühlte sich erfreulich real an, war warm und rauh unter den Fingerspitzen. Er brauchte dieses Gefühl von Festigkeit hier in dieser Dunkelheit, in der es leicht war zu glauben, daß die übrige Welt verschwunden war.

Clive ging langsam den Gang entlang, bis er den Treppenabsatz erreichte. Er stand einen Augenblick lang still und lauschte. Ein kleines Tier huschte irgendwo vor ihm durch die Dunkelheit. Er vernahm keine weiteren Geräusche.

Er begann den Aufstieg. Obgleich er sich langsam und vorsichtig bewegte, rutschte er mehr als einmal auf glitschigen Stellen und Stufen aus. Trotz der Stille fürchtete er, er würde jeden Augenblick festgenommen. Aber niemand kam, um ihn aufzuhalten.

Als er den oberen Treppenabsatz erreicht hatte, zögerte er, unschlüssig, was jetzt zu tun wäre. Es fiel schwer zu glauben, daß sich niemand auf der anderen Seite der Tür aufhielt. Oder doch? Er hatte keine Vorstellung davon, wie spät es war. Vielleicht war es mitten in der Nacht.

Er hielt den Atem an und lauschte.

Nichts.

Clive öffnete die Tür einen Spaltbreit und spähte um die Ecke. Der Raum auf der anderen Seite der Tür war so dunkel wie das Treppenhaus. Er verspürte einen jähen Anfall von Panik, als er sich fragte, ob er am Ende blind geworden wäre.

Sollte er rufen? Nein, das wäre verrückt. Aber diese undurchdringliche Dunkelheit war schrecklich. In der Zelle, im Gang, auf den Treppen hatte die Dunkelheit einen Sinn ergeben. Die Wände hatten ihm ein Gefühl der Perspektive verliehen. Jetzt war das alles verschwunden. Die Dunkelheit war alles, was geblieben war.

Er ging voran, bewegte sich langsam, voller Furcht, er könnte über jemanden stolpern, den er nicht sah. Ein Teil seiner selbst fragte sich, ob dies nicht alles ein grimmiger Witz wäre, ob nicht bald die Lichter aufflammen und die Insulaner herbeikommen und ihn erneut gefangennehmen würden.

Das einzige Geräusch war das der eigenen Fußtritte, die von Wänden zu ihm zurückhallten, die er nicht sehen konnte. Er hielt die Arme weiterhin vor sich ausgestreckt, bis die tastenden Finger schließlich eine glatte Wand berührten.

Rechts oder links? fragte er sich und versuchte dabei,

sich von seiner einzigen Wanderung durch diesen Raum ins Gedächtnis zurückzurufen, wie er konstruiert war. Schließlich entschied er, daß er, gleich, ob er nur wenige Meter gehen oder am Ende den gesamten Raum einmal umkreisen müßte, auf jeden Fall früher oder später den Haupteingang ereichen würde.

Er ging nach rechts, und Sekundenbruchteile später fand er den Eingang.

Er drückte das Ohr gegen das Holz und lauschte.

Er vernahm Stimmen, aber sie schienen aus weiter Ferne zu rufen.

Verstohlen zog er an der Tür. Er war erleichtert, als sich herausstellte, daß sie nicht verschlossen war, und er war noch mehr erleichtert, als sich herausstellte, daß er nicht blind war.

Der Himmel war dunkel, wie es so oft auf dieser Ebene des Dungeon der Fall war. Aber in der Ferne sah er das Flackern von etwas, das wie einige hundert Fakkeln aussah.

Er bewegte sich noch immer vorsichtig, als er die Tür ein paar weitere Zentimeter aufstieß. Er schob den Kopf durch die Öffnung und spähte in alle Richtungen. Der Platz war verlassen.

Clive schlüpfte rasch durch die Tür. Er drückte sie vorsichtig hinter sich zu, weil er befürchtete, es könnte vielleicht irgendwo in einer nahen Ecke ein nichtsichtbarer Wächter schlafen.

Als er die Ausläufer des von den Fackeln erhellten Geländes erreichte, erreichten seine Kraft und seine Reflexe allmählich wieder den Normalzustand. Clive stellte sich hinter einen dicken Baumstamm und blickte hinüber auf eine Szenerie, die Alpträume wieder hochholte, an denen er als Junge gelitten hatte, nachdem er einen beschränkten Landpfarrer von den ›sündigen Riten der Heiden‹ hatte sprechen hören.

Die Bevölkerung der Stadt, einschließlich Frauen und Kinder, war auf einer ausgedehnten Lichtung versammelt, die von drei Freudenfeuern erleuchtet wurde. Die Feuer waren so groß, daß Clive selbst an seinem gegenwärtigen Standort die Hitze spüren konnte.

Ein steinerner Tisch von einem Meter Breite und mindestens drei Metern Länge war zwischen den Feuern aufgestellt worden. Sechs riesige Männer standen hinter dem Tisch, die Arme über der Brust verschränkt. Hinter ihnen stand auf einer breiten Plattform von etwas über einem Meter Höhe die priesterähnliche Gestalt, die Clive auf dem Dorfplatz befragt hatte.

Er predigte Pech und Schwefel. Die herabhängenden Ärmel der langen schwarzen Robe glitten an den sehnigen Armen herab, als sich die großen Hände der Versammlung entgegenstreckten und sie dazu ermahnten, dem offenbarten Wort ihres Glaubens treu zu sein, der Lehre vom Heiligen Kannibalen Gottes.

Clive zog sich der Magen zusammen, als ihm klar wurde, worauf die Zeremonie hinauslaufen sollte.

Clive erblickte hinter der Plattform zwei große Käfige. Sie schienen aus jungen Bäumen hergestellt worden zu sein, die man zusammengebunden hatte. Vor jedem Käfig standen zwei Priester Wache. In dem flackernden Licht der Fackeln und der Freudenfeuer gelang es Clive nur, die Silhouetten der Leute im zweiten Käfig auszumachen. Es war die alles überragende Gestalt von Shriek, die ihn wissen ließ, daß seine Freunde dort eingesperrt waren.

Er umkreiste den äußersten Rand des Zeremonienkreises. Während er das tat, stieg ein lautes Wehgeschrei aus der Menge auf. Gemeinsam warfen sich die Bittsteller zu Boden und ließen Erde über die Köpfe rieseln. Gleichzeitig gingen zwei der stämmigen Priester, die hinter dem steinernen Altar standen, zu einem der hölzernen Käfige. Sie öffneten die Tür und holten einen Mann heraus, der einer der Ihren zu sein schien. Die Arme waren ihm auf den Rücken gefesselt worden. Selbst von da, wo er stand, vermochte Clive zu sehen, daß die Augen des Mannes vor Furcht weit geöffnet waren.

Die Meßdiener, wie Clive sie für sich nannte, stießen den Mann zu Boden und faßten ihn dann bei Kopf und Füßen. Er kämpfte verzweifelt, während sie ihn zum Tisch trugen. Seine entsetzten Schreie verursachten bei Clive eine Gänsehaut.

Der Priester hob vor ihm den Stab und hielt ihn parallel zum Boden. »Wer ist der Herr?« rief er.

»Jeder, der stark ist!« entgegnete die Schar.

»Was ist das Gesetz?«

Die schreckliche Antwort kam im Tonfall stiller Verehrung.

»Fressen oder gefressen werden!«

Jetzt streckte der Priester den Stab aus und bewegte ihn bogenförmig über denen, die ihm am nächsten standen, während er die letzte Frage stellte:

»Wann ist das Letzte Mahl?«

»Wenn wir zu schwach dazu werden, das zu tun, was getan werden muß.«

»Das Gesetz ist uns vom Herrn gegeben, daß wir leben mögen«, intonierte der Anführer. »Heute ist das Fest derer, die überleben — die nicht zu schwach dazu sind, das zu tun, was getan werden muß. Heute nacht werden wir schlemmen, und indem wir schlemmen, feiern wir unsere Stärke. Heute ist nicht die Nacht der Schwachen. Heute ist nicht die Nacht der Außenseiter. Die Schwachen sind nichts weiter als Futter für die Starken. Jene, die nicht die Schwachen verzehren, werden eines Tages verzehrt werden. Schlage zu — schlage zu im Namen des Herrn, der uns den Mut verliehen hat, diesen Tag zu begehen.«

Entsetzt beobachtete Clive, wie der Priester oben an dem steinernen Tisch die Finger ins Haar des schreienden Mannes schlang, der gebunden vor ihm lag. Der Priester zog den Kopf des Mannes zurück und schlug mit einem langen Messer hinab. Zu Clives Überraschung stieg ein Entsetzensschrei auf, als das Blut des Mannes auf den Altar sprudelte.

»Wir tun, was getan werden muß«, sagte der Priester feierlich.

»Wir tun, was getan werden muß«, wimmerte die Schar.

Clive schauderte es. Er war abgelenkt worden, zunächst von der Kraft der Stimme des Priesters, dann von den Schrecknissen der Zeremonie. Jetzt setzte er sich wieder in Bewegung. Sollten doch diese Verrückten einander verzehren. Er mußte seine Freunde dort herausbekommen.

Aber während er den Zeremonienkreis umwanderte, fiel Clive auf, daß der entsetzlichste Aspekt des gesamten Spektakels der war, daß, abgesehen von der tatsächlichen Opferung, die Teilnehmer nicht im geringsten verrückt zu sein schienen. Es gab nicht eine einzige orgiastische Szene. Die Verkündigungen waren feierlich. Wenn man den Priester nur hörte und nicht sah, hätte diese Feier beinahe in der Landkirche stattgefunden haben können, in die man ihn als Kind gebracht hatte.

Clive war nicht sonderlich besorgt, daß er gesehen werden könnte. Die Aufmerksamkeit der Versammlung war auf die blutige Szenerie gerichtet, die an dem steinernen Altar stattfand, als die Fleischer-Priester begannen, den Mann, dessen Kehle sie gerade durchschnitten hatten, zu zerlegen und auszuweiden. Clive merkte, wie sich ihm der Magen hob. Er kniete nieder und erbrach das Wasser, das er in der Zelle getrunken hatte. Er wischte sich den Mund, stand auf und ging weiter.

Er blieb etwa drei Meter von den Käfigen entfernt hinter einem Baum stehen und fürchtete, daß, wenn einer der Gruppe ihn ausmachte, der Betreffende vielleicht einen Laut von sich gäbe, der die Aufmerksamkeit der Wächter auf ihn lenkte.

In dem flackernden Licht gelang es Clive, die Silhouetten von Horace, Annie, Shriek und dem abgewrackten Fred auszumachen.

Wo war Chang Guafe?

Er duckte sich hinter den Baum, als zwei Priester herantraten und ein weiteres Opfer holten. Clive musterte die Käfige; die Türen wurden lediglich von einem kräftigen Riegel gehalten — mehr war nicht nötig, wurde ihm klar, denn alle Insassen des Käfigs waren sorgfältig gefesselt.

Soweit er sehen konnte, befanden sich in dem entfernteren Käfig Menschen, die von dieser seltsamen Insel stammten, einschließlich der Frauen und Kinder. Wenn die Priester die Käfigtür öffneten, wichen die meisten der Gruppe vor Entsetzen zurück. Die Priester nahmen einen von ihnen mit, einen alten Mann mit ausgeprägter Oberlippe.

Die gesamte Aufmerksamkeit, auch die der Wächter vor den Käfigen, kehrte zur Mitte des Kreises zurück. Clive warf sich zu Boden und kroch auf dem Bauch über die Erde, wobei er das verräterische Weiß des Anzugs, den ihm Green gegeben hatte, verfluchte. Er hätte ihn ausgezogen, wenn die Haut darunter nicht fast genauso weiß gewesen wäre.

Während er sich langsam über den Boden vorschob, vernahm Clive einen Aufschrei aus der Versammlung. Er schluckte heftig, als sein unnachsichtiges Bewußtsein sich den Blutschwall vorstellte, der diese Reaktion hervorgerufen haben mußte.

Er erreichte den Käfig und spürte eine Woge der Verzweiflung. Die Stäbe, aus faustdicken Sprößlingen hergestellt, standen so nah beieinander, daß er, als er versuchte, die Hand hindurchzustrecken, etwa an der Stelle steckenblieb, an der Daumen und Handballen zusammenliefen, wobei die restlichen Finger hilflos auf der anderen Seite zappelten. So könnte er seine Freunde niemals losbinden. Wie sollte er ohne irgendeine Art von Klinge die Stricke lösen und seine Freunde befreien?

Abgesehen davon, was für einen Nutzen hätte das, wenn er's tun könnte? Unter den besten Umständen könnte es ihm vielleicht gelingen, einen der Wächter vor dem Käfig zu beseitigen, ohne Aufmerksamkeit zu erregen. Sie jedoch beide ohne jeglichen Aufruhr zu beseitigen, lag jenseits aller Möglichkeiten.

Er ließ die Hand einen der aufrechtstehenden Stäbe hinablaufen, bis zu der Stelle, an der er im Boden steckte. Clive versuchte, ihn loszurütteln. Der Stab stand felsenfest. Er versuchte, drumherum zu graben, aber die trockene Erde fühlte sich an wie Mörtel.

Er starrte krank vor Verzweiflung den Käfig an, als Shriek mit ihm Kontakt aufnahm: *Willkommen!* wisperte sie in seinem Kopf. *Kümmere dich nicht um die Stäbe*, fügte sie hinzu. *Ich weiß einen anderen Weg.*

Bevor er zu antworten vermochte, sendete sie ihm eine Warnung, daß die Priester wiederkämen. Auf ihren Befehl hin schoben sich die übrigen zusammen, um ihn zu decken. Clive starrte zwischen den Beinen hindurch und zitterte vor Wut, als er sah, wie die Priester ein schreiendes Kind mitzogen.

Annie rutschte an den Stäben herab und drückte das Gesicht dagegen. »Freue mich, dich zu sehen, Großpapa!«, flüsterte sie.

Er wollte ihr antworten, aber eine Botschaft von Shriek mahnte ihn zu schweigen.

Die Spinnenfrau ließ sich mit ungeschickten Bewegungen an den Stäben zu Annie hinabgleiten. Clive bemerkte, daß Shriek, während die übrigen lediglich an den Armen gefesselt waren, zusätzlich an den Beinen gefesselt worden war, indem jedes der Vorderbeine mit dem entsprechenden Hinterbein zusammengebunden war. Die oberen Arme waren ihr hinter dem Rücken gefesselt worden, und der einzige Unterarm war gegen die Seite gedrückt und mit mehreren Schlingen fester, fibröser Leine befestigt worden. Die Leine verlief ober- und unterhalb der Stelle, an der sie den Arm verloren hatte. Der verwundete Bereich sah in dem dämmrigen Licht schlimmer aus als das letzte Mal, als Clive sie gesehen hatte. Mit Sicherheit war die Schwellung größer geworden.

Fasse zwischen den Stäben hindurch und versuche, den Schorf wegzureißen, wies sie ihn an, halb mit Worten, halb mit der Art von Bildern, die sie manchmal dazu benutzte, um eine Botschaft zu übermitteln.

Er wollte sie etwas fragen, aber sie sendete eine drängende Botschaft: *Keine Zeit für Diskussionen!*

Er erhob sich, und Shriek drehte sich zur Seite, so daß er den Schorf erreichen konnte. Die übrigen scharten sich, zweifelsohne auf ihren lautlosen Befehl hin, um sie, um ihnen die größtmögliche Deckung zu verschaffen. Er berührte die verwundete Stelle behutsam und fragte sich dabei, ob Shriek glaubte, daß das grüne, chitinöse Material stark und scharf genug wäre, die Fesseln zu durchtrennen.

Clive steckte die Hände drei Stangen weit voneinander entfernt in den Käfig und ergriff die Kanten der schorfigen Stelle, die ein wenig größer als eine Untertasse war. Shriek zuckte zusammen, drückte sich enger an die Käfigecke, um ihm einen besseren Angriffspunkt auf die schorfige Stelle zu geben. Er zog daran, und er versuchte dabei, vorsichtig zu sein. Ihre ärgerliche Reaktion erfolgte nicht aus Schmerz, sondern aus Ungeduld.

Keine Zeit, das vorsichtig zu machen, dachte sie ihm zu. *Halte so fest du kannst!*

Er drückte ihr die Finger gegen das Fleisch. Die Haut war rauh, wenngleich nachgiebig, und er war in der Lage, die Fingerspitzen ein wenig tiefer unter den Schorf zu graben.

Halte fest! sendete sie, und als er den Griff verstärkte, riß sie sich von den Stangen weg. Alles, was er tun konnte, war, nicht aufzuschreien, als ihm ihr Schmerz ins Gehirn schlug. Er schaute an der eigenen Schulter herab und erwartete halb, daß ihm selbst ein Arm fehlte.

Er erholte sich und mußte vor Erstaunen nach Luft schnappen. Der Schorf war in einem einzigen schildähnlichen Stück abgegangen, das er jetzt zwischen den Fingerspitzen hielt. Das Ganze war nicht geschehen, um den Schorf zu benutzen. Es war geschehen, um den neuen Arm zu befreien, der unter diesem Schorf zusammengerollt lag, einen Arm, den Shriek jetzt wie ein Tentakel ausstreckte und zusammenzog.

Er war noch nicht ganz fertig, sagte sie zu Clive. *Aber da kann man jetzt nichts mehr machen. Für heute muß er genügen.*

Der Arm wurde sichtlich steifer und dicker.

Er nimmt das auf, was du Blut nennen würdest, erklärte sie, als sie seine Frage las. *Einen Augenblick noch, dann werde ich in der Lage sein, ihn zu benutzen. Er wird unbeholfen sein. Aber er sollte den Zweck erfüllen.*

Er verschob das Stück des chitinösen Materials so, daß er in der Lage war, es mit den Fingern einer Hand zu ergreifen, dann zog er die Hände vom Käfig zurück. Ein vertrauter Schrei stieg aus der Gruppe auf, die um den Altar stand. Der schreckliche Laut zog Clives Aufmerksamkeit auf sich. Als er aufschaute, fing er einen blutigen Geruch auf, der durch die Luft trieb. Der Magen drehte sich ihm, aber es war nichts übriggeblieben, das er hätte ausspeien können.

Shriek zerrte an seiner Aufmerksamkeit. *Ich werde damit beginnen, die übrigen zu befreien. Wenn wir alle losgebunden sind, komm um den Käfig herum. Wenn die Priester erscheinen, um sich die nächsten Opfer zu holen, werde ich zwei Stachel vorbereiten. Sobald die Aufmerksamkeit aller auf die Priester gerichtet ist, werden Horace und ich die Wächter beseitigen. Wenn du sie fallen siehst, öffne die Tür.*

Clive signalisierte sein Einverständnis, und Shriek machte sich daran, an Horace's Fesseln zu arbeiten. Während Clive zuschaute, befühlte er den Rand des Schorfs, den er noch immer in der rechten Hand hielt.

Die grüne Scheibe war spröde, wenngleich außerordentlich scharf. Vielleicht war seine ursprüngliche Annahme dessen, was Shriek vorhatte, nicht völlig abwegig. Er winkte Annie zu, und als sie ihm den Rücken zuwandte, begann er, an den Leinen zu sägen, die ihr die Hände zusammenhielten. Mehr als einmal zerbröselte die Kante der chitinösen Scheibe. Aber mehr als einmal trennte sich ein Strang der starken Leine unter seinem Angriff ab.

Du bist sehr findig, sendete Shriek, als sie bemerkte, was er tat.

Und du bist sehr tapfer, entgegnete Clive, während er damit fortfuhr, an Annies Leine zu sägen.

Annie räusperte sich warnend, und Clive duckte sich, als einer der Wächter sich umwandte und in den Käfig schaute. Der abgewrackte Fred hatte sich so hingestellt, daß Shrieks freier Arm von ihm gedeckt war. Sie fuhr mit der Arbeit fort, selbst als der Wächter in den Käfig blickte. Clive spürte ihre Enttäuschung, die sie in Wellen sendete, die beinahe so stark waren wie das sexuelle Verlangen, das sie ausgedrückt hatte, während sie im Ma-Sand war. Das Seil war stark, und die Kneifzangen am Ende des neuen Arms noch immer weich. Es fiel ihr ziemlich schwer, die Fibrillen zu durchschneiden.

Clive wandte seine Aufmerksamkeit wieder der eigenen Arbeit zu. Aber die chitinöse Scheibe zerbrach mit einemmal in mehrere Stücke, und die Scherben fielen zu Boden, so daß er nur noch ein winziges Teil zwischen den Fingern hielt.

»Verdammt«, flüsterte er. Während er sein Werkzeug verlor, sendete ihm Shriek eine Triumphbotschaft. Sie hatte den Strick durchschnitten, der Horace gefesselt hatte.

Horace schüttelte sich von den Fesseln frei und rieb sich die Hände. Er beugte sich sofort nieder und arbeitete an den Fesseln um Shrieks Beine.

Clive wußte, daß dies die gefährlichsten Augenblicke waren. Wenn sich gerade jetzt einer der Wächter umdrehte, wäre alles verloren. Aber deren volle Aufmerksamkeit war auf das blutige Spektakel vor ihren Augen gerichtet. Und es gab nur wenig Grund dafür, darauf aufzupassen, was in den Käfigen geschah — die Gefangenen waren gefesselt, und sie selbst waren nur dazu da, die Ordnung aufrechtzuerhalten, wenn die Priester herankamen und die Opfer auswählten.

Clive kroch um die Ecke des Käfigs. *Sollen wir jetzt handeln?* fragte er.

Warte, entgegnete Shriek. *Ihre Aufmerksamkeit ist abgelenkt. Aber die Priester können jeden Augenblick zurückkommen. Wir wollen nicht mittendrin erwischt werden.*

Clive signalisierte seine Zustimmung. Das Warten war nervenaufreibend. Weil nun die unmittelbare Aufgabe, die Freunde von den Fesseln zu befreien, beendet war, wurde er sich im wachsenden Ausmaß der unheiligen Vorgänge in der Runde bewußt. Ihn überfiel eine weitere Frage.

Was ist mit Chang Guafe geschehen?

Shrieks Antwort trug den Stachel der Trauer mit sich. *Soviel ich sagen kann, ist der Cyborg tot. Die Priester betrachteten ihn als ungenießbar und haben ihn kurz nach deinem Verschwinden von uns getrennt — eine Sache, über die ich, ganz nebenbei, etwas mehr erfahren möchte. Auf jeden Fall habe ich aus dem Geplauder der Priester und Wächter den Eindruck gewonnen, daß unser Freund einen bemerkenswerten Kampf geführt hat, schließlich jedoch überwältigt worden ist. Sie haben ihn am frühen Abend beerdigt.*

Clive spürte einen Stich des Bedauerns. Trotz aller Konflikte hatte er eine gewisse Zuneigung zu dem Cyborg entwickelt, wenngleich vielleicht nur deshalb, weil sie so viele Gefahren miteinander geteilt hatten.

Wenigstens steht einer derjenigen, die Chang Guafe verwundet haben, heute abend auf der Speisekarte, kommentierte Shriek.

Clive signalisierte Unverständnis. Er hätte gedacht, daß vom Standpunkt der Insulaner aus jemand, der den Feind geschlagen hatte, ein Held wäre.

Verstehst du denn nicht die Natur dieser Zeremonie? fragte Shriek. *Die ausgewählt sind, sind...* Die Übertragung wurde durch die Rückkehr der Priester unterbrochen. *Halt dich bereit!* warnte sie. Während er um die Ecke des Käfigs spähte, spürte Clive, wie sein Herz wild pochte, als er sah, wie die Priester die Tür des ersten Käfigs öffneten, um ihre Auswahl zu treffen. Wie lang würde dieses Blutbad noch weitergehen? Planten sie tatsächlich, alle Wesen in beiden Käfigen heute nacht zu töten? Der düstere Gedanke, daß das wahrscheinlich mehr Fleisch war, als die Menge verzehren konnte, wurde von Shrieks Befehl unterbrochen: *Jetzt!*

Mit grimmigem Vergnügen sah er, wie zwei Stacheln der Spinnenfrau zwischen den Stäben des Käfigs hindurchgeworfen wurden. Lautlos brachen die Wächter auf dem Boden zusammen. Er fragte sich, ob sie sie getötet oder nur vorübergehend außer Gefecht gesetzt hatte.

Sei nicht sentimental! befahl Shriek. *Setz dich in Bewegung!*

Aber er rutschte bereits um die Ecke des Käfigs herum. Den Riegel anzuheben und die übrigen herauszulassen, war das Werk eines Augenblicks. Horace, Fred und Annie kamen als erste und drückten sich gegen den Käfig. Shriek wartete, denn sie mußten die Tür für ihren ausgeprägten Unterleib weiter öffnen. Clive sah, daß eine Frau im anderen Käfig ihre Flucht bemerkt hatte. Würde sie Alarm schreien — aus Gehässigkeit oder aus irgendeiner seltsamen Loyalität ihrer Art gegenüber?

Aber die Frau blieb ruhig. Ein Schrei stieg aus der Versammlung empor, als Shriek um die Ecke des Käfigs verschwand.

Clive wollte ihr in den Wald folgen, zögerte jedoch.

Er schaute auf den anderen Käfig zurück.

Konnte er wirklich diese Leute hierlassen, damit sie umkämen?

Er wandte sich erneut um, um seinen Freunden zu folgen, wandte sich dann zurück. Er kniete sich nieder und nahm die schmalen Dolche, die die Wächter an den Seiten trugen.

Shrieks Signal war eine Mischung aus Ärger und Drängen: *Komm schon!*

Einen Augenblick!

Du bringst uns alle in Gefahr!

Sie hatte recht. Aber die übrigen ...

Er schien auf der Schneide einer Rasierklinge zu balancieren, Tod auf der einen Seite, moralische Verzweiflung auf der anderen.

Die Qual der Unentschiedenheit war kurz; sie endete, als Shriek die Angelegenheit selbst in die Hände nahm.

KAPITEL 31

Inselspringen

Clive wachte von dem Geruch der Meeresbrise, der Berührung von Gischt und dem Zorn von Shriek auf.

Die ersten beiden Dinge waren unmittelbar einleuchtend; bei letzterem benötigte er ein wenig länger, bis er die Ursache hierfür herausfand.

»Nun, da bist du ja«, sagte Annie, als er die Augen öffnete. »Ich fragte mich allmählich, wann du hier auftauchen würdest.«

»Wo?« fragte Clive unsicher und versuchte dabei, gegen die Rückkehr jenes Gefühls von Verwirrung anzukämpfen, das er zuvor bereits erlebt hatte.

»Hier«, sagte Annie. »Auf dem Floß. Du Clive, ich Annie.« Sie machte eine Pause und fügte hinzu: »Oh, schon gut, du kannst nich' verstehen, wovon ich rede.«

»Wie bin ich hierhergekommen?« fragte Clive.

»Shriek hat dich getragen. Ich glaub', sie is' stinksauer, aber ich bin mir nich' sicher. Sie sendet im Augenblick nich' viel.«

Clive setzte sich auf.

»Aha, da sind Sie ja wieder, Sör«, sagte Horace, der gerade um die Ecke der Kajüte kam. »Frühstück ist in 'ner Minute fertig. Tomàs hilft mir gerade beim Zubereiten.«

»Wie lange habe ich geschlafen, Sergeant Smythe?«

Horace rollte die Augen nach innen, als wollte er eine Art innerer Uhr befragen. »Fünf oder sechs Stunden, würd' ich sagen.«

Clive schaute sich um. »Was ist geschehen?« fragte er schließlich.

Ich hab' dich rausgeholt, damit dein dämliches Mitleid

nicht dazu führte, daß wir alle erneut gefangengenommen würden.

Die Stimme in seinem Kopf klang hart und ärgerlich.

Wer ist der Anführer der Gruppe? entgegnete Clive scharf.

Im Augenblick du. Aber es gibt viele Arten, die Führerschaft zu verlieren. Eine davon ist die, daß diejenigen, die geführt werden, entscheiden, daß du ihrer nicht würdig bist. Und eine weit schlimmere Art ist die, daß du auf dämliche Art und Weise die Leben derer fortwirfst, für die du verantwortlich bist.

Verschwinde aus meinem Kopf! sagte Clive wütend. Er zog die mentalen Barrieren zu, die er zwischen sich und Shrieks Telepathie zu errichten gelernt hatte.

Er brauchte Zeit, um nachzudenken; es war unmöglich, sich mit jemandem auseinanderzusetzen, wenn man dabei beobachtet wurde, wie sich die Ideen formten. Er wußte, daß Shriek in gewisser Weise recht hatte: Seine Handlung *hatte* sie alle in Gefahr gebracht. Aber er wollte nicht glauben, daß es annehmbar wäre, die anderen Opfer einfach ihrem Schicksal zu überlassen. Er schüttelte den Kopf. Es war alles zu verwirrend.

Annie sah ihn neugierig an. »Was ist los?«

Er zögerte. »Shriek und ich hatten wegen vergangener Nacht eine Auseinandersetzung. Was ist geschehen, nachdem sie mich schachmatt gesetzt hat?«

»Wir haben uns aus dem Dschungel geschlichen.« Annie schaute unglücklich drein.

»Was fehlt dir?« fragte er und berührte sie am Arm.

Jetzt war sie an der Reihe zu zögern. Sie hob die Schultern. »Ich weiß nicht. Schätze, ich hab' — an die anderen gedacht.«

Er nickte, erfreut zu hören, daß er nicht der einzige mit solchen Gedanken gewesen war.

»Ich frage mich, wie eine Religion so pervertiert werden kann«, sagte er ruhig.

»Shriek hat 'n bißchen Haschmich-Fühlmich mit einem der Wächter gespielt«, entgegnete Annie. »Sie hat 'ne Menge verrücktes Zeugs ausgegraben. Vielleicht kannst du sie dazu kriegen, es dir zu erzählen.«

»Ich weiß nicht«, sagte Clive. »Sie ist im Augenblick nicht sonderlich gut auf mich zu sprechen.«

»Ich weiß. So was liegt in der Luft.« Sie machte eine Pause und sagte dann: »Horace hat was zu dem Anzug erklärt, nachdem du verschwunden bist. Es war so verrückt, dich dabei zu beobachten, wie du einfach so verschwunden bist! Ich hab' gedacht, wir würden dich niemals wiedersehen. Was war das für eine Überraschung, als du da hinter dem Käfig entlanggekrochen kamst. Sozusagen im richtigen Augenblick. Auf jeden Fall, was ist dir denn zugestoßen? Wohin hat dich der Anzug gebracht? Hast du was erfahren?«

Ehe Clive antworten konnte, schob Horace den Kopf erneut um die Ecke der Kajüte. »Frühstück, Sör«, sagte er.

Clive stand ein wenig unbeholfen auf. Er war erfreut zu entdecken, daß er nicht die gleiche Schwäche erlebte, die er gespürt hatte, als er sich von Shrieks Betäubungsmittel erholte.

Er war noch mehr erfreut, als er um die Ecke der Kajüte herumging und Chang Guafe entdeckte, der an der Kajütenwand lehnte und seine Tentakel ordnete.

»Ich dachte, du wärst tot!« rief Clive aus.

»Ich war beerdigt«, sagte Guafe. »Das ist nicht dasselbe.«

»Verbindungsfehler«, entgegnete Clive, indem er einen von Annies alten Ausdrücken gebrauchte.

Der Cyborg nahm zwei Tentakel ab und deponierte sie in einer kleinen Öffnung, die sich in der Körpergegend aufgetan hatte, die eine grobe Analogie zu einem Unterleib darstellte. »Als ich bemerkte, daß die Insulaner versuchen würden, mich zu töten, habe ich einfach meine Systeme abgeschottet. Sie beschlossen, ich wäre tot, und sie haben mich beerdigt. Ich habe einige Stunden gewartet und mich dann wieder ausgegraben. Ich war gerade zum Strand zurückgekehrt, da sah ich Shriek, wie sie mit dir über der Schulter aus dem Dschungel gelaufen kam.«

»Danach gab's noch 'n bißchen verrücktes Durcheinander, Sör«, fiel Horace ein. »Stellte sich raus, daß Oma und Tomàs und Finnbogg beinahe ebenfalls gefangengenommen worden wär'n. Sie hatten sich in einem Loch am Strand versteckt, und als sie uns aus dem Wald rausrennen sahen, stürmten sie gleichfalls raus und sind mit uns gekommen. Alles, was wir noch tun konnten, war, das Floß zurück ins Wasser zu schieben; diese Kannibalen hatten es fast bis zum Waldrand hochgezogen. Wir waren kaum weg, als sie auch schon aus dem Wald kamen.« Er kicherte. »Sie hätten den Krach hören soll'n, den sie vollführt haben, als sie sahen, daß wir ihnen zwischen den Fingern entschlüpft war'n.«

Die Kajütentür öffnete sich, und Finnbogg trat heraus, dicht gefolgt vom abgewrackten Fred.

»Der mächtige Folliot hat sich wieder erholt!« rief der Zwerg glücklich aus.

Clive spürte, wie er errötete. Shriek, die während Horace's Ansprache um die Ecke der Kajüte gekommen war, nahm sich die Freiheit und sendete ihm eine Botschaft: *Die übrigen wissen nicht genau, was vergangene Nacht geschehen ist. Ich habe ihnen gesagt, daß du von einem zeitweiligen Unwohlsein befallen worden wärst und daß das ein seltener, wenngleich nicht unvorhersehbarer Nacheffekt des Betäubungsmittels gewesen sei, das ich dir gegeben hätte.*

Das war sehr eigenmächtig von dir, schoß Clive zurück.

Wenn du willst, daß sie wissen sollen, was wirklich geschehen ist, hast du, bitte schön, die Freiheit, ihnen zu sagen, was los war, entgegnete Shriek wütend.

Clive fühlte sich nahe dran zu explodieren. Aber er blieb ruhig. Während des Essens erzählte er den übrigen alles, was ihm von seiner zweiten Begegnung mit dem mysteriösen Green im Gedächtnis haften geblieben war.

»Was ich mir einfach nicht vorstellen kann, ist, auf wessen Seite er ist«, sagte Horace, nachdem Clive seine Geschichte beendet hatte.

»Unserer«, sagte Clive.

»Das weiß ich, Sör. Aber auf wessen Seite sind wir? Ich krieg' allmählich das Gefühl, daß so was wie 'n Krieg zwischen den Ren und den Chaffri abgeht. Aber ich weiß nich', wer von beiden der Feind is'.«

»Beide«, sagte Chang Guafe einfach.

»Das ist ganz gut möglich«, sagte Clive.

»Scheiße«, sagte Fred. »Genau wie zu Hause.«

Als der Tag weiter voranschritt, steckte die Spannung zwischen Clive und Shriek den Rest der Gruppe an. »Ich wünschte mir, ihr beide würdet euch küssen und umarmen«, sagte Annie am späten Nachmittag. »Ihr geht mir allmählich auf die Nerven.«

Sie schnitt gerade die Augen aus einer der kleinen bitteren Knollen, die die Tondaner ihnen gegeben hatten. Das braune, eiförmige Gemüse war zusammen mit dem Fisch der Hauptbestandteil ihrer Ernährung während der Reise geworden. Clive setzte sich neben sie und nahm ein hölzernes Messer. Er bearbeitete ebenfalls eine der Knollen. Tomàs stand am Ruder. Ein leichter Wind blähte die Segel. Die meisten der übrigen dösten, einige in der Kajüte, andere auf dem Deck ausgestreckt, um die Nachmittagssonne zu genießen.

Während Clive noch immer über Annies Klage nachdachte, stolperte der abgewrackte Fred in die Kajüte. Er blinzelte im Sonnenschein, streckte sich und gähnte. »Sonnenschein und frische Luft«, sagte er liebenswürdig. »Machen dich schweinemäßig kaputt.«

»Vergiß die Schweine und hilf lieber bei den Knollen«, sagte Annie, bevor Clive eine Klage über Freds Umgangston anbringen konnte. Sie deutete auf den Haufen Knollen.

Zwischendurch: ▬▬▬▬▬▬▬▬▬▬▬▬▬
▬▬▬▬▬▬▬▬▬▬▬▬▬▬▬▬▬▬▬▬
▬▬▬▬▬▬▬▬▬▬▬▬▬▬▬▬▬▬▬▬
▬▬▬▬▬▬▬▬▬▬▬▬▬▬▬▬▬▬▬▬
▬▬▬▬▬▬▬▬▬▬▬▬▬▬▬▬▬▬▬▬
▬▬▬▬▬▬▬▬▬▬▬▬▬▬
▬▬▬▬▬▬▬▬▬▬▬▬▬▬▬▬
▬▬▬▬▬▬▬▬▬▬▬▬▬▬▬▬▬▬▬▬
▬▬▬▬▬▬▬▬▬▬▬▬▬▬▬▬▬▬▬▬
▬▬▬▬▬▬▬▬▬▬▬▬▬▬▬▬▬▬▬▬
▬▬▬▬▬▬▬▬▬▬▬▬▬▬▬▬▬▬▬▬
▬▬▬▬▬▬▬▬▬▬▬▬▬▬▬▬▬▬▬▬

▬▬▬▬▬▬ Bestimmt würden wir alle gerne einmal die Knollen der Tondananer probieren – doch dafür müßten wir uns auf eine lange Reise begeben... ▬▬▬▬
▬▬▬▬▬▬▬▬▬▬▬▬▬▬▬▬▬▬▬▬
▬▬▬▬▬▬▬▬▬▬▬▬▬▬▬▬▬▬▬▬
▬▬▬▬▬▬▬▬▬▬▬▬▬▬▬▬▬▬▬▬
▬▬▬▬▬▬▬▬▬▬▬▬▬▬▬▬
▬▬▬▬▬▬▬▬▬▬▬▬▬▬▬▬▬▬▬▬
▬▬▬▬▬▬▬▬▬▬▬▬▬▬▬▬▬▬▬▬
▬▬▬▬▬▬▬▬▬▬▬▬▬▬▬▬▬▬▬▬
▬▬▬▬▬▬▬▬▬▬▬▬▬▬

▬▬▬▬▬▬ Eine kleine Mahlzeit für zwischendurch aber muß schnell und problemlos zubereitet sein – so wie die...
▬▬▬▬▬▬▬▬▬▬▬▬▬▬▬▬▬▬▬▬
▬▬▬▬▬▬▬▬▬▬▬▬▬▬▬▬▬
▬▬▬▬▬▬▬▬▬▬▬▬▬▬▬▬▬
▬▬▬▬▬▬▬▬▬▬▬▬▬▬▬▬▬
▬▬▬▬▬▬▬▬▬▬▬▬▬▬▬▬▬
▬▬▬▬▬▬▬▬▬▬▬▬▬▬▬▬▬
▬▬▬▬▬▬▬▬▬▬▬▬▬▬▬▬▬

Zwischendurch:

Die kleine, warme Mahlzeit in der Eßterrine. Nur Deckel auf, Heißwasser drauf, umrühren, kurz ziehen lassen und genießen.

Die 5 Minuten Terrine gibt's in vielen leckeren Sorten – guten Appetit!

Fred lächelte und setzte sich zu ihnen.

»Tomàs und der da geben ein prächtiges Paar ab«, sagte Annie, während sie mit dem Messer auf Fred zeigte, dabei jedoch so tat, als wäre er nicht anwesend. »Der eine denkt, er erlebt 'ne religiöse Heimsuchung, der andere läßt sich einfach nicht davon überzeugen, daß das Ganze nicht das Ergebnis dessen ist, was er zuletzt geraucht hat.«

»Ich bin überzeugt«, sagte Fred. »Selbst meine schlimmsten Trips haben niemals so lange gedauert.«

»Für euch Typen dauert nichts lang«, sagte Annie. Die Bemerkung hätte harsch sein können, wurde jedoch durch ihren Tonfall zu so etwas wie einem gutmütigen Sticheln entschärft.

Clive schaute von der Knolle hoch, mit der er gerade beschäftigt war. War es möglich, daß sein Nachkömmling mit diesem schmuddeligen Menschen flirtete? Er warf Fred einen Blick zu. Clive bemerkte, daß der Neue bei Licht betrachtet hinter dem langen Haar und dem ungepflegten Bart tatsächlich ziemlich nett war.

Annie deutete mit dem Messer auf eine Inschrift auf der Weste des Mannes. »Du bist 'n Deadhead?« fragte sie.

»Nö, bin nur drei Wochen, bevor ich hierhergekommen bin, zu 'nem Konzert gegangen«, entgegnete er.

Sie strahlte. »Erzähl schon«, befahl sie mit der kurz angebundenen Art, in der sie manchmal sprach.

Das verwickelte die beiden in eine Unterhaltung über Musik — zumindest schien es um Musik zu gehen —, die Clive völlig entnervend fand. Nach einiger Zeit legte er das Messer hin und entfernte sich.

Das Deck der *Kühne Fahrt* wirkte auf einmal schrecklich einsam. Nach der Entdeckung der fremden Implantate fühlte er sich nie mehr so ganz wohl mit Horace. Annie schien von dem Neuen eingewickelt worden zu sein. Shriek war ihm immer noch böse.

Er starrte verdrießlich aufs endlos scheinende Meer.

Er nahm es Shriek nicht übel, daß sie auf ihn böse war. Er war auf sich selbst böse. Sein Benehmen war närrisch gewesen. Unpragmatisch, wie Chang Guafe gesagt hätte. Und dennoch — und dennoch was? Was hätte er für diese verlorenen Seelen in dem anderen Käfig tun können?

Weil ihn nach so etwas wie hündischer Treue verlangte, ließ er sich schließlich neben Finnbogg nieder, der unruhig im Sonnenschein döste. Als der Zwerg um sich trat, als träumte er, legte ihm Clive eine Hand auf die Schulter und sprach ihm beruhigend zu. Vor ihm und rechts von ihm sprang ein Schwarm Fische aus dem Wasser. Clive beobachtete sie einen Augenblick und richtete dann die Aufmerksamkeit auf etwas anderes. Die Fische gehörten hierher. Er wurde sich schmerzlich bewußt, daß er's nicht tat.

Er bemerkte Oma, die an eine Wand der Kajüte gelehnt saß. Sie starrte mit grämlichem Ausdruck hinaus übers Wasser. Er wußte, woran sie dachte, und er ertappte sich dabei, wie er selbst die Tränen zurückhalten mußte, als er sich daran erinnerte, wie 'Nrrc'kth in ihr nasses Grab gefallen war. Er erinnerte sich an Ka, der ihm erzählt hatte, was die Leute des Meeres mit den Überresten der smaragdhaarigen Frau getan hatten, und er fragte sich, ob auf dieser Ebene des Dungeon der Kannibalismus beheimatet war.

Am späten Nachmittag kamen sie an einer weiteren Insel vorüber. Sie entschlossen sich, nicht anzulegen. Ziemlich bald würden sie wieder an Land gehen müssen, aber im Augenblick waren sie einfach glücklich darüber zu segeln, so lange sie's konnten.

Der nächste Tag fand die Mannschaft der *Kühne Fahrt* jedoch in wachsendem Ausmaß ruhelos und unbehaglich. Sie hatten sich so lange Zeit aus eigenen Kräften voranmühen müssen, daß es ihnen nun schwerfiel, die Tatsache zu akzeptieren, daß ihr Vorwärtskommen jetzt von der Natur bestimmt war. Gleich, wie schwer sie arbeiteten, sie konnten den Wind nicht dazu bringen, heftiger zu blasen oder die Strömung dazu, schneller zu fließen. Während die Tage in einer Art träumerischer Benommenheit dahingingen, entspannten sie sich schließlich und paßten sich der Gangart an, die ihnen das Meer auferlegte.

Das einzige Mal waren sie auf der Hut, als sie zu einer Insel kamen. Dann besprachen sie untereinander, ob sie landen sollten oder nicht. Nachdem dies zum ersten Mal geschehen war, wurde Clive klar, daß der Vorgang eine Änderung seiner Stellung innerhalb der Gruppe widerspiegelte. Er wußte, daß sie sich vor dem Abenteuer mit den Kannibalen seiner Meinung gefügt hätten. Sie hätten ihn vielleicht gefragt, aber sie hätten es ganz bequem gefunden, daß er sich behauptet hätte. Das war jetzt nicht mehr der Fall. Er empfand einen Anflug von Verzweiflung, als er bemerkte, daß ihm die Anführerschaft der Gruppe aus den Händen glitt.

Shriek war in dieser Sache keine Hilfe. Wenngleich sie sich niemals gegen ihn stellte, bot sie ihm auch nicht länger ihre lautlosen Ratschläge an. Sie schien nicht wirklich böse zu sein, aber sie zeigte weiter ihre Mißbilligung und blieb distanziert.

Ihre Zurückhaltung schmerzte ihn, aber er bemerkte, daß er ihr gleichfalls böse war. Trotz der Gegebenheiten war er nicht davon überzeugt, daß sie nicht doch die übrigen Gefangenen hätten retten können. Sie hatten das Unmögliche schon zuvor bewältigt. Warum nicht auch dieses Mal?

Nach etwa einer Woche gab die Insel, die sie ausmachten, den Reisenden Grund zu einer neuen Debatte. Einige aus der Mannschaft, insbesondere Horace und Finnbogg, betrachteten die Versorgung mit Frischwasser als ihre dringlichste Sorge. Sie waren immer dafür zu landen, selbst wenn die Wasserbehälter erst zu einem Viertel geleert waren. Clive war gleichfalls dafür zu landen, denn ihm war klar, daß sie jeden, den sie konnten, nach Informationen über die Schleuse des Westens ausfragen sollten. Die übrigen, insbesondere Annie und Shriek, waren gegen alles eingestellt, was sie als unnötiges Risiko erachteten, und sie sprachen sich gegen eine Landung aus, solange die Vorratskammern noch ziemlich gefüllt waren. Fred und Oma war es einfach gleichgültig.

Auf einem dieser Zwischenhalte erhielten sie die etwas beunruhigende Information, daß sie, um in die Schleuse des Westens zu gelangen, zunächst durchs ›Maul der Hölle‹ hindurch müßten.

»Gefällt mir gar nicht, wie das klingt, Sör«, sagte Horace, nachdem der große, schlanke Oktopus, den sie am Strand eines kleinen Atolls getroffen hatten, die Information geliefert hatte.

Indem er Annie als Dolmetscherin benutzte, versuchte Clive, weitere Informationen aus dem Wesen herauszuquetschen. Aber dieses Häppchen war alles, was es anzubieten hatte. Sie dankten ihm, und bevor sie es verließen, tauschten sie einige der kleinen Knollen, deren sie herzlich überdrüssig waren, gegen eine gute Menge herber, saftiger Früchte — etwas, von dem der Oktopus behauptete, ihrer überdrüssig zu sein.

In der Nacht, als die meisten anderen schliefen, holte Clive das Tagebuch hervor. Er durchblätterte eilig die Seiten und erinnerte sich dabei der Inhalte einiger der seltsamen Botschaften, die darauf gestanden hatten.

Es war so lange her, seitdem er zuletzt eine neue Botschaft erhalten hatte, daß er ziemlich überrascht war, als er ein Blatt des Buchs umwandte und eine kurze Bemerkung in Nevilles deutlicher Handschrift entdeckte. Seine Überraschung wandelte sich zu Entsetzen, als er die Worte im Licht des nahezu vollen Mondes las.

Bruder: Alles ist anders geworden. Die Mission, auf der du dich gerade befindest, kann zum Tode führen. Kehr um! Ich beschwöre dich, wenn dir dein Leben lieb ist, kehr um!

Clive schloß mit zitternden Händen das Buch und starrte hinaus auf die mondbeschienene See.

KAPITEL 32

Gur-nann

Nachdem Clive am nächsten Morgen Nevilles neueste Botschaft wiederholt hatte, setzte diese eine weit gereiztere Debatte in Gang als alle, in die die Reisenden bisher verstrickt gewesen waren.

»Wohin umkehren?« wollte Chang Guafe wissen. »Sollen wir gegen Wind und Strömung nach Tondano zurückkreuzen und dort ein Leben in Beschaulichkeit führen? Irgendwie glaube ich nicht, daß das möglich ist.«

»Der Wind mag sich später im Jahr drehen«, sagte Tomàs bescheiden. »Ich hätte nichts gegen den Rückkehrversuch einzuwenden.«

»Ich glaube, Chang Guafe meint, daß es nicht so aussieht, als wäre uns erlaubt, friedlich zu leben«, sagte Horace.

»Warum nicht?« fragte Fred. »Wenn wir niemanden behelligen, sollten sie uns in Ruhe lassen.«

»Bist du noch immer stoned?« fragte Annie. »Hast du jemanden behelligt, als sie dich hierhergebracht haben? Hast du die Missionare behelligt, als sie sich entschlossen hatten, dich zu fressen? Sei mal 'n bißchen realistisch, Fred.«

»Wir können genausogut hier anhalten wie überall«, sagte Oma, und Clive schmerzte die stille Resignation in einer Stimme, die einmal so energisch gewesen war.

»Nein«, sagte Shriek und griff zur Bestärkung auf das gesprochene Wort zurück. »Wir müssen weitergehen. Was auch immer Neville Folliot sagt, die Antwort auf all das liegt vor uns.«

Und so redeten sie weiter, immer und immer im Kreise herum. Die Diskussion wogte noch immer, als nördlich von ihnen ganz schwach eine große Insel auftauchte, und diese setzte allein durch ihre Gegenwart auf der Stelle eine zweite Diskussion über die Frage in Gang, ob sie landen sollten oder nicht.

Als Clive schließlich vorschlug, daß es ein guter Ort für sie wäre, sich auszuruhen und das zu durchdenken, was sie als nächstes zu tun hätten, stimmten die anderen bei, einige widerstrebender als die übrigen, und Tomàs steuerte sie zur Küste.

Wachsam geworden durch ihre Erfahrungen mit der Kirche des Heiligen Kannibalen, gingen sie langsam den Strand hinauf, bewaffnet und bereit zum Kampf. Wenngleich er die Notwendigkeit eines solchen Vorgehens einsah, fürchtete Clive stets, daß sie so kriegerisch wirkten, daß sie jemanden, auf den sie stießen, zum Angriff verleiteten, der sich nur selbst verteidigen wollte.

In diesem Fall jedoch stieß ihr Vorstoß auf Gelächter. Ein ungeheuer großer Mann stand am Ende des Strands, von überhängendem Dschungelfarn gedeckt. Die Haut war so blau wie der Strand, das Haar so weiß wie Omas Haut. Er war fast so groß wie Shriek. Der Körper war rundlich, die Arme und Beine stämmig. Auf den ersten Blick erschien er fett. Bei näherem Hinsehen entschied Clive, daß das Fleisch fest und stark war.

Er zögerte. Wäre der Mann allein, wäre er kein Problem. Wenn es auf der Insel mehr von ihnen gäbe, und wenn sie feindlich gesinnt wären, käme der kleine Trupp Reisender in einige Schwierigkeiten.

»Sind das Waffen zur Verteidigung oder zur Eroberung?« fragte der Mann, wobei er auf die Klinge deutete, die Clive am Gürtel seines Anzugs trug.

»Zur Verteidigung«, sagte Clive und ergriff dabei die Gelegenheit, als Sprecher der Gruppe zu handeln. Er hoffte, daß es ihm dabei helfen würde, seinen Anspruch auf Anführerschaft wiederherzustellen.

»Brauchst sie nich'«, sagte der Mann. »Die Insel von

Gur-nann sein Fremden gegenüber freundlich gesinnt, wenn die Fremden sein freundlich gesinnt ihr.«

Clive hatte seit seiner Ankunft im Dungeon zu viel Verrat erlebt, um sich von einer einfachen Feststellung beschwichtigen zu lassen.

»Bist du allein hier?« fragte er.

Der blauäugige Mann lachte. »Denkste, ich bin blöd genuch, das zu sagen?«

Clive mußte einfach grinsen. »Wie heißt du?« fragte er.

»Ich bin Gur-nann. Das ist meine Insel. Die da sin' deine Frauen?« Er schaute um Clive herum, um Annie und Oma zu bewundern.

Eine Woge von Gelächter rollte aus dem Dschungel hinter ihm heran. Gur-nanns Mund zog sich unwillig zusammen. Aber der Ausdruck besänftigte sich zu einem Lächeln, als er mit dem massigen Arm eine Bewegung machte, woraufhin mehrere Dutzend kleiner Leute, die den Tondanern sehr ähnlich sahen, unter den Bäumen hervorgekrochen kamen. »Das sind meine Leute. Ihr wollt meine Leute sein, ihr könnt bleiben. Ich sein Boß. Klar?«

»Klar«, sagte Clive. Er hätte Gur-nann beinahe gesagt, daß einige von ihnen in der Tat bleiben wollten, aber er entschied, daß es töricht wäre, den Riß zu zeigen, der quer durch die Gruppe lief. Er entschloß sich, die Worte zu gebrauchen, die er auf einigen anderen Inseln gebraucht hatte: »Wir haben nicht den Wunsch zu bleiben. Wir bitten nur darum, unsere Wasser- und Lebensmittelvorräte auffüllen zu können und alles zu erfahren, was ihr uns über die Schleuse des Westens sagen könnt.«

Gur-nann blickte finster drein. »Warum Schleuse?«

»Wir reisen dorthin, um meinen Bruder zu suchen.«

»Ihr sein große Dummköpfe. Die Schleuse liegt hinter Maul der Hölle. Ihr wollt zu Hölle gehen?« Er grinste bei seinem Witz. Clive bemerkte, daß Gur-nanns

Fleisch nicht wabbelte, während er sich vor Vergnügen schüttelte.

»Ich fühl' mich manchmal so, als wär'n wir schon da«, entgegnete er ruhig.

»Nicht hier!« sagte Gur-nann eisern. »Insel von Gur-nann sein guter Ort. Blöde Reisende legen Waffen hin. kommen, schauen. Vielleicht sogar bleiben.«

Shriek, die keine Waffen trug, trat vor und faßte Gur-nann bei der Hand. Er schaute sie überrascht an. Clive bemerkte, daß sie eine neue Kommunikations-Verbindung aufbaute. Sie ließ die Hand fallen und wandte sich an die übrigen.

Alles in Ordnung, sendete sie, und Clive fühlte einen Stich, als er bemerkte, daß es eine allgemeine Botschaft war, daß sie nicht zu ihm allein sprach. *Er ist sich seiner Macht so sicher, daß er keinen Gedanken an Verrat hegt. Wir können sein Gebiet gefahrlos betreten.*

Gur-nanns Ausdruck hatte sich in Erstaunen gewandelt. Clive verstand das: Er würde niemals vergessen, wie er sich gefühlt hatte, als Shriek ihn in das Netzwerk ihres Bewußtseins eingewoben hatte. Er wußte, daß sie im Augenblick des Kontakts dem Insulaner vielleicht das meiste dessen übermittelt hatte, was der Gruppe in den vergangenen Wochen zugestoßen war.

»Ihr sein mächtige Krieger«, sagte er und wandte sich dabei an die Gruppe. »Ihr seht Zorn sowohl Ren als auch Chaffri ins Gesicht, aber ihr seid auf der Insel von Gur-nann willkommen.«

Der Himmel verfärbte sich allmählich rot und purpur. Für Clive war der Tag auf der Insel angenehm, wenngleich ein bißchen enttäuschend gewesen. Nachdem er sie herumgeführt hatte, hatte sie Gur-nann mit den stärksten möglichen Ausdrücken dazu gedrängt, sich die Zeit zu nehmen und das Floß mit weiteren Seilen zu verstärken, damit es etwas Schutz vor den vielfältigen Wesen erhielte, von denen er behauptete, daß sie im Ozean vor ihnen lauerten. Nach einigem Debattieren hatte sich die Gruppe dafür entschieden, daß das eine gute Idee wäre. Selbst diejenigen, die sich nicht sicher waren, ob sie die Reise fortsetzen wollten, waren gewillt zu helfen — zum Teil, argwöhnte Clive, weil es den Tag der Entscheidung hinausschöbe.

Die Insulaner hatten ein großes Mahl aus Früchten und Fisch vorbereitet, das sie den Reisenden unter großem zeremoniellen Gepränge reichten. Gur-nann war reichlich betrunken und fing an, obszöne Geschichten zu erzählen. Clive war unruhig geworden und hatte sich von den übrigen abgesetzt mit der Absicht, einen Spaziergang am Strand zu machen. Als er Annie sah, die am Rand der Gruppe saß und in die Ferne starrte, lud er sie ein, mit ihm zu kommen.

Eine Weile lang gingen sie schweigend, und Annie spielte Fangen mit den Wellen. Schließlich entschloß er sich, ein Thema anzuschneiden, das ihm in den vergangenen Tagen im Magen gelegen hatte.

»Du scheinst sehr von dem jungen Fred eingenommen zu sein«, sagte er unbeholfen.

Sie lachte. »Eifersüchtig, Großpapa?« fragte sie in ihrer direkten Art, die er so schrecklich verstörend fand.

Er beschloß, sich hinter einer Formalität zu verstecken.

»Ist es mir nicht gestattet, mir Gedanken über die Gesellschaft zu machen, in der meine vielfache Urenkelin verkehrt?«

»Du kannst dir soviel Gedanken machen, wie du willst«, sagte Annie freundlich. »Das würde nichts ändern.«

Clive blickte finster drein, und sie lachte und zwickte ihn in die Nase. »Hör zu, Großpapa. Der abgewrackte Fred ist die erste Person, die ich hier getroffen habe, die aus der Nähe meiner eigenen Zeit kommt. Ich kann mit ihm über Dinge reden, die niemand sonst verstehen würde. Und mein Gott, was ich alles von ihm lernen kann! Vergiß nicht, daß ich zu Hause Musikerin war. Eine Menge Lieder, die ich spiele, haben ihre Wurzeln in dem, was geschah, als Fred sich herumtrieb. Er ist kein Musiker. Aber steckte halt mittendrin in dem Zeugs. Er kann mir alles über diese Leute sagen. Ich meine, er hat regelmäßig den *Rolling Stone* gelesen, damals, als er noch immer über Musik schrieb.«

»Also hast du kein romantisches Interesse an ihm?« beharrte Clive. Er wünschte in dem Augenblick, als er die Worte herausgebracht hatte, er könnte sie wieder zurücknehmen.

Annie lachte. »Er ist vielleicht gut für 'n Fick im Heu. Aber er is' nich' der Stoff, aus dem Ehemänner sin'.«

Diese Bemerkung verärgerte Clive dermaßen, daß er für die nächsten fünfzehn Minuten kein Wort mit ihr wechselte.

Später in der Nacht, als sich die Gruppe zum Schlafen am Strand versammelt hatte, bummelte sie zu der Stelle, an der er sich im Sand ausgestreckt hatte.

»He, Großpapa«, sagte sie. »Biste mir immer noch böse?«

Clive grunzte unverbindlich.

»Nun, wenigstens bist du dir nicht sicher«, sagte sie, kreuzte die Beine und ließ sich anmutig in den Sand fallen.

»Sterne sind hübsch heut' abend, nicht wahr?« sagte sie nach einer Weile.

»Sie erinnern mich an die Nacht, als wir versuchten, George du Maurier eine Botschaft zu senden«, entgegnete er.

»Hast du je eine Antwort erhalten?« fragte Annie boshaft.

Er lächelte. »Da die ganze Idee darauf beruhte, den Baalbec A-9 zu benutzen, um unsere gemeinsamen mentalen Kräfte zu verstärken, wäre sie genauso zu dir wie zu mir zurückgekommen.«

»Nun, ich hab' kürzlich von niemandem mit Namen

George du Maurier gehört. Was meinst du, versuchen wir's noch mal?«

Clive schaute hinauf zu den Sternen. Was war dieses Dungeon, daß eine seiner Ebenen ein solch funkelndes Firmament haben konnte? Sicherlich handelte es sich um etwas Komplexeres als das schlichte Übereinander von Ebenen. War es vielleicht eine Serie von Welten, die in irgendeiner wissenschaftlichen oder sogar mystischen Weise verbunden waren?

Die Vorstellung war unfaßbar. Aber dann, erinnerte er sich selbst, war dieses gesamte Erlebnis etwas, das über jedes rationale Verständnis hinausging. Wenn er das, was geschehen war, soweit als real akzeptierte — nun, dann war der einzige logische Schluß, daß *alles* möglich war. Einschließlich, so nahm er an, dieser lächerlichen Idee, daß er durch Zeit und Raum zurückgreifen und mit seinem Freund du Maurier Kontakt aufnehmen könnte.

»Warum nicht?« sagte er schließlich, als Antwort auf Annies Frage.

Sie faßte ihn an der Hand, und sie legten sich hin und starrten die Sterne an. Er fragte sich einen Augenblick lang, ob sie wirklich nur jene Nähe suchte, die sie geteilt hatten, als sie dieses Experiment das letzte Mal gemacht hatten.

Nimm dich selbst nicht so wichtig, Folliot, dachte er scharf.

»Laß mich den Baalbec justieren«, sagte Annie, während sie mit der freien Hand in das Oberteil ihres weißen Anzugs langte.

Er wartete und genoß dabei den Geruch der Brise, die von der See herüberwehte.

»Gut«, sagte sie. »Schießen wir los. Gleiche Übung wie zuvor?«

Er nickte, und sie legten sich beide in den Sand zurück und starrten den Himmel an.

Du Maurier, bist du dort draußen? dachte er. *Kannst du*

mich hören? Er fühlte sich von heftigen Zweifeln gepackt, ob er mit seinem alten Leben Verbindung aufnehmen könnte, indem er versuchte, all das, was er gesehen, alles, was er erlebt hatte, in die Verbindung zu gießen. Er wollte du Maurier dazu drängen, mit Annabella Leighton Kontakt aufzunehmen, ihr zu sagen, was geschehen war. Er unterdrückte diesen Gedanken rasch. Was würde geschehen, falls du Maurier die Botschaft tatsächlich erhielte und Annabella sagte, sie sollte auf Clive warten? Er warf seinem jungen Nachkömmling einen nervösen Seitenblick zu, als erwartete er, sie würde jäh aus dem Dasein verschwinden.

Zu seiner stürmischen Erleichterung war sie so handfest und erfreulich anzuschauen wie immer.

»Nun«, sagte Annie. »Wenn er uns gehört hat, hat er mit Sicherheit nichts zu mir gesagt.«

»Auch zu mir nicht«, sagte Clive.

Sie sahen weiter die Sterne an. Nach einer Weile schliefen sie ein.

Während sich die Reisenden daran machten, das Floß zu verbessern, verblaßte der Eindruck von Nevilles Botschaft allmählich immer mehr. Beim Mithören ihrer Unterhaltungen merkte Clive, daß sich der Gruppenkonsens allmählich dahin verschob, die Reise fortzusetzen. Er erklärte Annie eines Abends nach dem Essen, daß er dieselbe Entscheidung getroffen hatte, kurz nach dem Lesen der ersten Botschaft, und zwar zum Teil, weil er zu weit gekommen war, um jetzt umzukehren, und zum Teil, weil er es leid war, immer nach Nevilles Pfeife zu tanzen.

Die Arbeit am Floß wurde, zu seiner gelinden Überraschung, in weniger als drei Tagen beendet. Die freundliche Hilfe der Insulaner hatte die Arbeit tatsächlich erträglich gemacht. Noch erfreulicher aus Clives Sicht war die Tatsache, daß er Oma wieder lächeln sah. Sie schien einen Blick auf den derben Gur-nann geworfen zu haben, und am Spätnachmittag des dritten Tages brachten sie seine saftigen Späße über alles und jedes tatsächlich zum Lachen.

Daher war Clive überrascht, wenngleich nicht erstaunt, als die ältere Frau durchblicken ließ, sie wollte die Reise nicht fortsetzen.

»Gur-nann hat mich gebeten, hierzubleiben und seine Braut zu werden«, verkündete sie der versammelten Gruppe am Morgen der Abreise. »Denkt nicht schlecht von Oma, daß sie euch auf diese Weise verläßt. Aber für mich gibt es keinen Grund mehr weiterzureisen. Ihr anderen, ihr habt noch einiges zu erledigen — Versprechen zu halten, Vergeltung zu suchen, Fragen zu beantworten. Für mich gibt es vor uns nichts. An wem sollte ich mich rächen? Nur an N'wrbb, und der ist weit hinter uns. Laßt mich hier ohne Bedauern zurückbleiben.«

»Ich kann dir nur alles Gute wünschen«, entgegnete Clive und legte dabei die Hände auf die breiten Schultern der smaragdhaarigen Frau. Aber er fragte sich, ob sie selbst auf dieser abgeschiedenen Insel vor dem Krieg sicher wäre, der rings um sie her tobte.

Er umarmte Oma und wandte sich dann ab, überrascht darüber, wieviel Zuneigung er zu der mürrischen alten Frau gefaßt hatte.

Die übrigen verabschiedeten sich einer nach dem anderen. Annie war die letzte, und obgleich Clive nicht verstehen konnte, was zwischen den beiden Frauen vorging, schien es doch etwas Versöhnliches zu sein. Als Annie schließlich loskam, wollte sie für sich allein bleiben.

Clive war sich nicht sicher, aber er glaubte, daß sie weinte.

KAPITEL 33

Ein Krake!

Nach einiger Zeit gab es keine Inseln mehr. Das Floß bewegte sich weiter mit der Strömung westwärts, aber die Oberfläche des Meeres war Tag für Tag immer gleich glatt, abgesehen von einem gelegentlichen Fisch, der aus dem Wasser sprang.

Mit der gleichen Neugier, die einen dazu bringt, einen Wundschorf abzukratzen, überprüfte Clive jeden Morgen Nevilles Tagebuch, wenngleich er sich nicht sicher war, was er täte, wenn er tatsächlich eine weitere Botschaft auf diesen mysteriösen Seiten fände.

Am Morgen des sechsten Tages, nachdem sie zuletzt Land erblickt hatten, saß er im Bug des Floßes und lehnte sich an eines der neuerrichteten Geländer. Während er das kleine Buch in der Linken hielt, blickte er hinaus übers Wasser und fragte sich, wie sie jemals in diesem öden Ozean die Schleuse des Westens finden könnten.

Er seufzte und schaute auf das Tagebuch hinab und wünschte sich dabei, daß, wenn Neville etwas schriebe, es etwas Nützlicheres wäre als die üblichen Ermahnungen und schrecklichen Warnungen. Er ließ die Fingerspitzen über den schwarzen Ledereinband laufen, öffnete dann das Buch und durchblätterte die Seiten. Zu seiner Überraschung und — zunächst einmal — Freude entdeckte er eine neue Eintragung.

Aber als er mit den Augen die Seite überflog, begannen ihm die Hände zu zittern.

»Was ist, Sör?« fragte Horace, der Clives Reaktion beobachtet hatte.

Clive zögerte. Schließlich entschied er sich, die Botschaft laut zu lesen. »Hör zu«, sagte er. »Ich weiß nicht recht, was ich damit anfangen soll, obgleich es erklären mag, warum einige der Botschaften, die wir erhalten haben, so seltsam und widersprüchlich waren.«

Er richtete die Augen wieder auf das Buch und las laut:

>»Bruder, sei vorsichtig; das Buch ist gefälscht. Daß du bis jetzt überlebt hast, ist ein Wunder. Ich entschuldige mich zutiefst für alles. Ich habe erst jetzt entdeckt, daß der Feind Zugriff zu diesem Werkzeug erlangt und daß er dir in meinem Namen falsche Botschaften gesandt hat.

Hüte dich vor dem Tagebuch. Hüte dich vor jedem! Ich kann nicht mehr weiter schreiben, denn ...«

Clive schaute auf. »Die Botschaft bricht hier ab«, sagte er grimmig. »Das ist alles, was da steht.«
»Hört sich nich gut an, nich wahr, Sör?«
»Nein, Horace, das tut's nicht.«
Er wandte seine Aufmerksamkeit erneut dem Meer zu und fragte sich dabei, was seinem Bruder wohl geschehen sein mochte.

Wind und Strömung wurden stärker, und obgleich sie keine wirklichen Inseln mehr erblickten, kamen sie gelegentlich an großen Klippen vorüber, deren Felsspitzen übers Wasser ragten. Diese Gebilde machten Tomàs nervös, und er bestand darauf, daß sie die Felsen dazu benutzten, des Nachts zu ankern, denn er fürchtete, daß sie in der Dunkelheit aufliefen und das Floß beschädigten. Dies erforderte manchmal eine Menge Manövrierarbeit, die Clive extrem ermüdend fand. Er war froh, darum, der Armee und nicht der Marine beigetreten zu sein.
Eines Morgens, kurz nachdem sie die Segel gesetzt hatten, saß die Mannschaft der *Kühne Fahrt* an Deck und teilte eine karge Mahlzeit aus Fisch und Knollen, als eine Schule fliegender Fische an der Steuerbordseite des Floßes auftauchte. Statt jedoch von ihnen wegzudrehen,

wie sie's gewöhnlich getan hatten, nahmen die Wesen Kurs auf das Floß.

Zunächst fand Clive das amüsant. Er hatte sich oft gewünscht, diese Wesen aus der Nähe zu betrachten. Aber als Fred vor Schmerz aufschrie, als der erste Fisch übers Deck flog, verwandelte sich seine Heiterkeit in Sorge. Er selbst verspürte einen jähen brennenden Stich auf der Wange. Um ihn herum erhoben sich erstaunte Ausrufe, als weitere Fische übers Deck flogen.

»Gift!« schrie er. »Sie spucken Gift! Ab in die Kajüte!«

Sie drängten sich in die kleine Kajüte. Bald befanden sich alle außer Shriek und Chang Guafe im Innern. Von der anderen Seite der hölzernen Wände vernahm Clive das *Wieek, Wieek!* der Fische, während sie weiterhin über sie wegflogen. Er hörte gleichfalls, wie entweder die Arachnida oder der Cyborg einen befriedigten Ausruf ausstieß.

»Ihr könnt jetzt herauskommen«, sagte Chang Guafe nach einigen Minuten. »Die Viecher sind verschwunden.«

Clive war überrascht, als er die Tür öffnete und sah, daß überall auf dem Deck Körper der gefährlichen Fische verstreut lagen. Viele von ihnen hatten Verwundungen, von denen er annahm, daß sie das Werk des einen oder anderen von Chang Guafes speziellen Tentakeln wären. Andere hatten Verwundungen von der Länge von Shrieks Seide.

»Eine gute Jagd«, klickte die Spinnenfrau, »obgleich der Cyborg ein wenig besser war als ich, da er seine Augen nicht zu schützen brauchte.«

Clive bemerkte gelbe Schmutzflecken auf dem chitinösen Außenpanzer, die seiner Vermutung nach die Überreste des verspritzten Gifts waren.

Etwa ein Halbdutzend Fische zappelten noch immer matt auf dem Deck. Ein paar andere keuchten und schlugen mit den Flügeln. Die meisten lagen völlig leblos da, und die Augen trübten sich allmählich im Tod.

Clive beugte sich herab, um einen zu untersuchen.

»Ich würde ihn nicht anfassen«, sagte Chang Guafe. »Der Fisch könnte deine Haut reizen.«

Clive nickte und zog die Hand zurück.

Der Fisch hatte etwa die Länge eines Unterarms. Der Körper war größtenteils weiß, wenngleich er sich zum Bauch hin zu einem grünlichen Gelb verdunkelte. Er hatte lange, steife Flossen, die er wie Flügel benutzte, um sich durch die Luft zu schwingen. Clive steckte ihm ein Messer ins Maul und erblickte eine Doppelreihe nadelscharfer Zähne.

Er dachte an Darwins umstrittene Theorien und fragte sich, welche Umweltbedingungen die Entwicklung einer solchen Kreatur veranlaßt haben mochten.

Sie entschieden sich am Ende gegen einen Versuch, den Fisch zu essen, und Shriek und Chang Guafe schaufelten die meisten Körper vom Deck zurück ins Meer, abgesehen von einem Dutzend, die der Cyborg zu etwas aufhob, das er experimentelle Zwecke nannte. Als ihn Clive fragte, warum er so viele der Tiere getötet hatte, schien der Cyborg über diese Frage erstaunt zu sein, und er wies darauf hin, daß er alles töten würde, das ihn angriffe.

Während die Tage dahingingen, wurden die Gefahren des Meers immer größer. Zweimal glitt eines der großen dunklen Wesen, das sie schon früher auf der Reise gesehen hatten, unter dem Floß dahin. Obgleich sie sich nicht weiter bedrohlich benahmen, war ihre schiere Masse erschreckend — besonders, als das zweite das Floß tatsächlich mit dem Rücken streifte und dabei eine Seite um einen halben Meter anhob. Einen schrecklichen Augenblick lang schien es, als würden sie kentern. Jeder, der sich nicht in der Kajüte aufhielt, stolperte zur Backbordseite, und Annie rutschte lediglich deshalb nicht über Bord, weil sie sich an der Reling festhielt, bei dessen Anbringung ihnen die Leute von Gur-nann geholfen hatten.

Clive wünschte sich, er hätte ein etwas besseres Schreibwerkzeug zur Verfügung als die Holzkohlestückchen, damit er einige ihrer Abenteuer in Nevilles Tagebuch aufschreiben könnte. Die langen Abschnitte des ruhigen Segelns förderten Tagträumereien, und er phantasierte oftmals darüber, wie er dem Dungeon entkäme, das Buch schriebe, das ursprünglich seine Abenteuer in Afrika beschreiben sollte — wie harmlos erschien das jetzt alles! —, und wie er schließlich Annabella Leighton heiratete. Aber immer, wenn seine geistigen Wanderungen diesen Punkt erreichten, wurde er unruhig, weil sich die Frage, was das für Benutzer Annie bedeutete, in seine angenehmen Vorstellungen drängte.

Er hätte noch immer gern seine Eindrücke der verschiedenen Gefahren, denen sie ins Auge geblickt hatten, aufgezeichnet: die haifischähnlichen Wesen, die sich aus dem Wasser geschleudert hatten, jedoch von den Leinen der Gur-nanns zurückgehalten worden waren; der kurze, aber heftige Sturm, der sie beinahe alle über Bord gespült hätte; das lange Tentakel mit den vielen Saugnäpfen, das eines Nachmittags übers Deck gekrochen kam und sich um Finnboggs Bein gewunden hatte, als die meisten von ihnen dösten. Er wußte, daß das gute Geschichten ergäbe, und er wünschte, er könnte mehr Einzelheiten davon festhalten, als das mit einer Holzkohlen-Skizze möglich war.

Er fragte sich vergebens, was Maurice Carstairs, der Zeitungsfritze, der dabei geholfen hatte, seine Reise nach Afrika zu finanzieren, von solch schockierenden Artikeln hielte. Wie lange war es übrigens her, seitdem er Carstairs einen Artikel geschickt hatte? Wie lange wanderten sie schon in dieser verfluchten Welt umher?

Sie trieben jetzt ziellos dahin und stritten sich darum, ob sie bereits am Maul der Hölle und der Schleuse des Westens vorüber wären. Die Wasser- und Lebensmittelvorräte gingen allmählich zur Neige. Das mit den Lebensmitteln war nicht so schlimm, weil es so aussah, als könnten sie stets Fische fangen. Aber das Wasser wurde allmählich zum ernsten Problem. Manchmal, wenn sie des Nachts an einer einsamen Felsspitze festgemacht hatten, fanden sie etwas Regenwasser, das sich in den Einschnitten des Felsens gesammelt hatte. Sie prüften zuerst, ob das Wasser nicht von der Gischt der Wogen salzig geworden war, und benutzten dann Freds Hemd — die weißen Anzüge nahmen kein Wasser auf —, um die Lachen aufzusaugen und das Wasser in die Behälter zu bringen.

Am Ende eines dieser endlos erscheinenden Tage lag Clive auf dem Bauch und starrte hinaus auf den Horizont; er bastelte sich gerade einen imaginären Herausgabevertrag für Maurice Carstairs zurecht, als er im Wasser vor sich eine Unruhe bemerkte. Zunächst war sie nur geringfügig, ein leichtes Kräuseln, wie von einer verirrten Böe hervorgerufen. Aber dann bewegte sich das Wasser heftiger. Plötzlich sah er, wie sich eine schuppige Schlange übers Wasser hob.

Zu seiner Überraschung war einer der Meermenschen in der Schlange verstrickt, schweigend und verzweifelt um sein Leben kämpfend.

»Kampf hinter uns!« rief Clive. Ohne auf die anderen zu warten, sprang er über Bord und schwamm auf den Kampf zu.

Während Clive auf das aufgewühlte Wasser zuschwamm, wo der Meermensch kämpfte, fragte er sich einen Augenblick lang, was er da tat. Ehe er wirklich Zeit fand, diese Frage zu überdenken, spürte er, wie sich ihm ein Tentakel ums Bein wand. Er schrie auf, als er merkte, wie es versuchte, ihn unters Wasser zu ziehen.

Als der Druck auf das Bein stärker wurde, schlug er wild um sich in dem verzweifelten Versuch, an der Oberfläche zu bleiben. Sowie ihm klar wurde, daß dies unmöglich war, holte er so viel Luft wie möglich und tauchte zu dem Tentakel hinab.

Er öffnete die Augen. Die Welt um ihn herum war

blau und grün, dämmrig, geheimnisvoll. Sein Herz machte einen Sprung, als er das lange Tentakel erblickte, das sich vom Bein hinunter in die dunkleren Wasserschichten erstreckte. Die Tatsache, daß er den Gegner nicht wirklich erkennen konnte, machte alles irgendwie noch schlimmer.

Er zog das Messer aus dem Gürtel. Wenngleich die Klinge in höchstem Maße ungeeignet für diese Aufgabe erschien, griff er sich das Tentakel etwa einen halben Meter unter ihm, wo es sich um sein Bein schlang, und hackte auf das sich windende, schleimige Fleisch ein.

Zunächst verstärkte sich der Griff um sein Bein. Dann jedoch, während er den Angriff fortsetzte, merkte er, daß er sich allmählich löste. Wenn er nur den Atem lange genug anhalten könnte, um die Sache zu vollenden! Er griff fester zu und machte sich daran, an dem Tentakel zu sägen. Blut sickerte ins Wasser und trieb wie seltsame dunkle Blüten von dem Tentakel davon. Plötzlich löste es sich von seinem Bein, schlüpfte ihm zwischen den Händen hindurch und schlängelte sich hinab, bis es außer Sicht gekommen war.

Clive stieß sich empor, durchbrach die Oberfläche und sog gierig die Luft ein, wobei er sich an dem Wasser verschluckte, das ihm das Gesicht hinunter in die Nase strömte. Er sah Horace auf sich zu schwimmen. Finnbogg paddelte unbeholfen hinter ihm her. Als er an ihnen vorbeischaute, sah er voller Entsetzen, daß das Floß mit hoher Geschwindigkeit von ihnen wegsegelte. *Warum hielten sie nicht an?* dachte er, ehe er sich daran erinnerte, wie schwierig es war, das Schiff zu steuern. Er sah, wie die Segel fielen, und er bemerkte, daß Tomàs sein Bestes gab, die Geschwindigkeit des Schiffs herabzusetzen. Selbst so schien es durchaus möglich, daß das Floß ihren Blicken entschwände, bevor der Kampf vorüber wäre.

Er wandte sich um und machte sich erneut zum Ort des Kampfes auf. Das Herz hämmerte ihm gegen die

Rippen, als er bemerkte, daß sich jede Sekunde ein weiteres dieser Tentakel von unten hochschlängeln und ihn zurück unter die Oberfläche ziehen könnte. Noch während ihm dieser Gedanke durch den Kopf ging, sah er, wie eines etwa zehn Meter vor ihm durch die Wasseroberfläche brach. Ihm folgte ein weiteres, dann ein drittes. Sie schwangen wie gigantische Stränge irgendeines seltsamen Seegrases über den Wellen. Ein viertes Tentakel schoß jäh himmelwärts und versprühte Wasser in alle Richtungen. Der um sich schlagende Meermensch wurde von seinem Griff gepackt und schrie dabei ärgerlich in der seltsamen, gutturalen Sprache, an die sich Clive von seiner ersten Unterhaltung mit Ka am Strand von Tondano her erinnerte.

Nun, mein Held, dachte Clive, *jetzt bist du hier, und was machst du nun?*

Er brauchte nicht länger über die Frage nachzugrübeln. Horaces Warnung wurde von dem Klatschen eines weiteren Tentakels ertränkt, das hinter ihm durchs Wasser brach. Ehe er ausweichen konnte, hatte es sich ihm um die Schultern geschlungen und zog ihn erneut unter die Wasseroberfläche.

Seine Augen öffneten sich weit, als er den grünen, dunklen Schatten erblickte, zu dem er hingezogen wurde. Es war ein sich verjüngender Zylinder von der halben Größe eines Eisenbahnwaggons. Das ihm zugewandte Ende schien aus kaum mehr als einem großen Schlund zu bestehen, der von einem Ring sich windender Tentakel umgeben war, von denen einige gewaltig groß, Dutzende der übrigen relativ klein waren — nicht länger als zwei oder drei Meter. Versteckt hinter dem Ring von Tentakeln erblickte er ein riesiges Auge, das ihn kalt in der Dunkelheit anstarrte.

Ein Krake! dachte er, während er sich der legendären Seemonster erinnerte, von denen er als Kind so viel gelesen hatte.

Mit äußerster Kraftanstrengung gelang es ihm, das

Messer in die andere Hand zu nehmen. Aber jetzt hatten sich ihm einige weitere Tentakel um den Körper geschlungen. Er wurde mit wachsender Geschwindigkeit auf das gähnende Maul zu gezogen.

Er kämpfte verzweifelt darum, sich zu befreien. Aber der Krake hatte jetzt die Oberhand gewonnen. Weitere Tentakel kamen zu den anderen hinzu. Einer davon, schleimig und mit schleimigen Saugnäpfen besetzt, kroch ihm übers Gesicht. Es brannte, und er war dankbar für den weißen Anzug, der das meiste seiner Haut bedeckte. Er fragte sich plötzlich, ob ihn der Anzug von der Kreatur wegtragen würde, wenn er dem Tode nahe wäre. Sein Bewußtsein, das mit unglaublicher Geschwindigkeit arbeitete, bot ihm gleich mehrere Möglichkeiten, wie er rascher zu Tode kommen könnte, als ihn der Anzug retten könnte, beginnend mit Enthauptung.

Beide Arme waren jetzt bewegungsunfähig. Er kämpfte, aber das schien keinerlei Effekt zu haben.

Plötzlich war Finnbogg neben ihm und zerrte mit den mächtigen Kieferknochen an den Tentakeln. Blut quoll ins Wasser und bildete eine dunkle Wolke um den grimmigen Zwerg. Clive spürte, wie ein Schaudern durch die Tentakel lief, die ihn hielten. Etwas, das vielleicht ein Schrei sein mochte, riß sich von dem unteren Teil des Monsters los.

Seine Arme waren wieder frei, und er stach auf die restlichen Tentakel ein. Als der letzte abfiel, langte er nach Finnbogg und sie schwammen beide hinauf zur Oberfläche.

Sie kamen in einer blubbernden Hölle heraus. Zerrissene und zerfetzte Tentakel schossen überall um sie herum aus dem Wasser, spritzten Blut in alle Richtungen und schlugen das Wasser zu einem purpurroten Schaum. Er versuchte, Finnbogg eine Warnung zuzurufen, aber sein Ruf verhallte in dem spritzenden und schäumenden Wasser.

Er schwamm vorwärts, bahnte sich dabei einen Weg durch den Wald von Tentakeln und hieb auf eines der sich windenden Anhängsel ein, die den Meermenschen umklammerten. Ihm wurde klar, daß das Opfer der Krake einer Gefahr ins Auge blickte, die völlig verschieden von der eigenen war: Wenn es dem Monster gelänge, den Mann lange genug aus dem Wasser heraus zu halten, würde er an der Luft ersticken.

Clive grub das Messer durch das muskulöse Fleisch, zog es abwärts und öffnete dabei eine blutige Bahn. Das Tentakel zuckte, löste den Griff um den Meermenschen und zog sich ins Wasser zurück. Ein weiteres warf sich empor, um dessen Stelle einzunehmen und stieß ihn dabei durch die Kraft der Bewegung beiseite. Er war einen Augenblick lang benommen, schluckte Wasser und schlug um sich, um an die Oberfläche zurückzukommen.

Horace und Finnbogg steckten jetzt mitten im Kampf, und Horace schlug mit dem Messer um sich, während Finnbogg mit dem mächtigen Kiefer zog und zerrte. Es gelang ihnen, die Kreatur dahin zu bringen, den Meermenschen loszulassen, der sofort unter der Oberfläche verschwunden war.

Clive hörte, wie ihn eine Stimme, kaum vernehmbar im Platschen und Schlagen des Wassers, beim Namen rief. Er wandte sich um und schrie vor Wut auf, als er sah, daß Annie auf ihn zu schwamm. Sie hatte einen Holzstab bei sich. Der abgewrackte Fred war nicht weit hinter ihr.

»Zurück!« rief er, bevor sich ein Tentakel ihm ums Bein wand und er seine Aufmerksamkeit abwenden mußte, um es loszuschneiden. Er konnte ihre Antwort nicht genau verstehen, aber es klang wie ›Arschloch‹.

Jetzt, da der Meermensch sich wieder auf der Oberfläche befand, stach er mit dem eigenen Messer auf die Tentakel ein. *Wir können trotzdem gewinnen!* dachte Clive überschwenglich.

Einen Augenblick später, als er sah, wie sich ein großes Etwas der Oberfläche entgegenhob, bemerkte er, daß ihr Erfolg auch ihren Fall bedeuten könnte. Statt daß sie das Monster zum Rückzug getrieben hatten, hatten es ihre Attacken lediglich dahingebracht, heftiger anzugreifen. Hinter dem Ring von Tentakeln loderte das riesige orangenfarbene Auge durchs Wasser wie Lampen im Londoner Nebel. Plötzlich durchbrach das Monster die Oberfläche. Wasser strömte ihm über den breiten Rücken herab. Es hielt die Tentakel vor sich ausgestreckt, wobei diese das Wasser peitschten, bis es so aussah, als kochte es vor Blut.

Eine Flucht kam nicht in Frage. Sie konnten nichts tun als weiterzukämpfen. Clive spürte, wie er in die Höhe gehoben wurde. Er versuchte, nach dem Tentakel zu fassen, das ihn festhielt, aber es war dick voll Schleim, und die Hand rutschte davon ab. Er schlug mit dem Messer danach. Es ließ ihn fallen, und er prallte auf das Wasser, daß es ihm den Atem nahm.

Die Welt schien aus Blut und Wasser gemacht zu sein. Die Ohren dröhnten ihm von den Flüchen der Freunde, dem Grollen des Kraken, dem donnernden Klatschen des Wassers.

Zu seinem Schrecken sah er, wie Annie noch immer durch den Aufruhr direkt auf den Körper des Kraken zu schwamm. Er versuchte, ihr eine Warnung zuzurufen, wurde jedoch von einem Tentakel unterbrochen, das sich ihm um den Nacken schlang. Er hielt ein Auge auf die schlanke Gestalt seines Nachkömmlings gerichtet, während er auf das sich windende Fleisch einhackte, das ihm das Leben aussaugen wollte.

Sie hielt noch immer den Holzstab. Aber jetzt hatte die Kreatur sie gepackt. Sie hob sie dem gigantischen Maul entgegen, das groß genug war, sie alle auf einen Sitz hinunterzuschlucken. Clive durchtrennte das Tentakel, das ihn hielt, schnappte nach Luft und schrie entsetzt auf, als er sah, wie nahe Annie dem Maul der Kreatur war.

Plötzlich wandte sie sich herum und stieß mit dem hölzernen Schaft, den sie bei sich trug, zu.

Ein durchdringender Schrei erschütterte die See bis zum Grund, als sich das Holz durch die orangefarbene Lampe des Auges der Kreatur bohrte.

Die Tentakel fingen an zu zucken. Sie schlugen durchs Wasser und spien dabei wie Geysire Wasser durch die Luft. Ein weiterer Schrei entriß sich der Kehle der Kreatur.

Und dann war alles ruhig. Die Tentakel zuckten matt auf der Oberfläche der Wellen.

Der Kampf war vorüber.

KAPITEL 34

Das Maul der Hölle

Von allen Überraschungen, die das Dungeon ihnen bereitet hatte, schien keine ungewöhnlicher zu sein als die Vorstellung, daß der abgewrackte Fred von Nutzen sein könnte, dachte Clive. Aber Tatsache war, daß sie ohne ihn verloren gewesen wären. Als er gesehen hatte, wie die anderen ins Wasser sprangen, und als ihm klargeworden war, daß das Floß nicht umdrehen konnte, hatte sich Fred an die Geschichten erinnert, die ihm über den Abstieg vom Himmel an Shrieks Leine erzählt worden waren. Sie hatten rasch miteinander beratschlagt, und sie hatte eine seidene Schnur gesponnen, die er sich um den Leib geschlungen hatte, und dann war er auch schon den anderen auf der Fährte; die Arachnida spulte die Seide ab, während er hinter den anderen her schwamm. Sobald er den Ort des Kampfes annähernd erreicht hatte, war er zurückgeblieben, aus Furcht, daß ihre einzige Verbindung zum Floß beschädigt werden könnte.

Aber Shriek war nicht das einzige zurückgebliebene Bordmitglied, das eine Rolle in den Geschehnissen gespielt hatte. Der Grund, warum Annie in der Lage gewesen war, den Kraken mit der dünnen Lanze zu töten, war der gewesen, daß das Ende des Holzes mit einem starken Gift getränkt worden war, das Chang Guafe aus etwa einem Dutzend der fliegenden Fische extrahiert hatte, die er sich zu ›experimentellen Zwecken‹ aufbewahrt hatte.

Clive erfuhr dies, während sich die matten Krieger langsam an dem Strang der Seide zurückbewegten, der sie mit dem Floß verband. Sie zogen den Meermenschen mit sich, denn er hatte zu dem Zeitpunkt, als die

Schlacht vorüber war, das Bewußtsein verloren, und obgleich sie ihn nicht an Bord des Floßes bringen konnten, war es sicher falsch, ihn einfach im Wasser treiben zu lassen.

Der Meermensch war die letzte Überraschung all dieser Ereignisse, denn es war kein anderer als ihr alter Freund Ka.

In gewisser Weise war Clive froh darum, denn es half dabei, das zu rechtfertigen, was, wie er wußte, Chang Guafe ein ›unpragmatisches‹ Benehmen genannt hätte, nämlich über Bord zu springen, um einen Fremden zu retten. Selbst so fühlte er sich ein wenig beschämt, weil er sich fragte, ob die Dinge nicht einfacher gewesen wären, wenn er gewartet hätte, um sich mit den übrigen zu beratschlagen, wie es Fred und Annie getan hatten.

Jedoch: hätte er's getan, hätte Ka da nicht in der Zwischenzeit umkommen können?

Er schüttelte den Kopf, als ihn eine Welle überrollte. Manchmal schien es so, als wäre die Suche nach dem Sinn des Lebens so ähnlich wie die nach einer perfekten Tasse Tee — etwas, für das er im Augenblick einige seiner Zähne hingegeben hätte.

Ah, ein alter Freund, signalisierte Shriek, als sie sich dem Floß näherten und sie sehen konnte, wen sie mitbrachten.

Ja, und ein reichlich zerschlagener, entgegnete Clive. *Wir können ihn nicht an Bord des Floßes bringen, noch können wir ihn einfach davontreiben lassen. Kannst du so etwas wie ein Netz oder eine Schlinge weben, so daß wir ihn während der Fahrt hinter uns herschleppen können?*

Das ist möglich.

Er bemerkte traurig, daß sie nicht das zärtlich-respektvolle ›o Folliot‹ anhängte, mit dem sie einmal die meisten ihrer Bemerkungen abgeschlossen hatte.

An Bord des Fahrzeugs tauschten sie Geschichten, Glückwünsche und Umarmungen aus. Clive strich besonders seinen Glückwunsch an Chang Guafe heraus, weil dieser so vorausschauend gewesen war, den tödlichen Extrakt zu bereiten, der dem Kraken den Rest gegeben hätte.

»Ein interessantes Experiment«, entgegnete der Cyborg.

Clive dankte gleichfalls Finnbogg für die Rettung, als ihn der Krake hinabgezogen hatte.

Später benutzten Tomàs und Horace die letzten Früchte dazu, ein besonderes Mahl zur Feier des Sieges über die Krake zu bereiten.

Die Dunkelheit brach rasch herein, wenngleich nicht völlig, da die dreifachen Monde in dieser Nacht ziemlich hell schienen. Der Wind war abgeflaut, und die See vor ihnen schien klar und offen zu sein, und einige wenige Felsspitzen waren in Sicht. Nach kurzer Debatte entschieden sie sich dafür, nicht zu ankern, sondern sich lieber mit der Strömung durch die stille Nacht treiben zu lassen, Ka hinter sich im Schlepptau.

Chang Guafe meldete sich freiwillig, die Wache zu übernehmen, was er ziemlich gut mit Viertelkraft tun konnte. Clive beneidete den Cyborg um dessen Fähigkeit, sich auszuruhen, ohne fürchten zu müssen, daß er einschliefe. Noch etwas, das fürs Militär ganz nützlich wäre!

Er war sich nicht sicher, wie lange er geschlafen hatte, als er von einem Wut- und Angstschrei aus dem Schlaf gerissen wurde. Seine Reflexe arbeiteten wegen der im Dungeon ständig lauernden Gefahren sehr rasch, und so war er fast augenblicklich wach und sprang beim ersten Anzeichen von Schwierigkeiten auf die Füße.

Es war Ka gewesen, der geschrien hatte, der, als er wieder zu sich gekommen war und sich von einem Netz umschlungen gesehen hatte, mit einer Stimme brüllte, bei der sich buchstäblich die Balken bogen.

Die anderen erwachten und liefen zu Clive, der am Heck der *Kühne Fahrt* stand.

»Ka!« rief er. »Ka, ich bin's — Folliot. Du bist in Sicherheit. Du bist unter Freunden!«

Der Meermensch heulte und schlug um sich und verstrickte sich dabei in der Schlinge, die Shriek zu seiner Sicherheit hergestellt hatte. Clive erinnerte sich daran, was ihm Ka erzählt hatte, nämlich was geschah, wenn einer seiner Leute in einem Netz gefangen war, das den Insulanern gehörte.

»Ich schwimme raus zu ihm«, sagte er zu den übrigen.

Er rutschte über den Rand des Floßes und glitt in die mondbeschienene See.

Das Wasser war angenehm warm. Clive sprach beruhigend auf Ka ein, während er der seidenen Leine folgte, die den Meermenschen mit dem Floß verband. Gleichzeitig hoffte er, daß die Bewegung seiner Füße nicht irgend etwas Großes mit vielen Zähnen anlockte, das in den Wassern unten lauerte.

»Ka«, sagte er immer und immer wieder. »Ich bin's — Folliot. Du bist nicht gefangen. Wir wollen dir nichts antun. Beruhige dich.«

Plötzlich war der Meermensch still.

»Tut mir leid«, sagte er. Die Stimme war heiser und kratzig. »Ich hab es nicht bemerkt. Als ich erwachte und mich in diesem Netz fand, bin ich in Panik geraten. Ich bin verlegen.«

Letzteres sprach er dermaßen beschämt, daß Clive der Mann leid tat.

»Du brauchst dich nicht zu schämen«, sagte er sanft, während er Wasser trat. »Du warst wegen deines Kampfes mit dem Kraken durcheinander.«

»Du hast mich gerettet«, sagte Ka.

»Wir haben eine Gefälligkeit zurückbezahlt«, entgegnete Clive. »Obgleich ich, um die Wahrheit zu sagen, zu der Zeit nicht wußte, daß du's warst. Aber deine Leute haben uns einen Gefallen erwiesen. Wir mußten uns also erkenntlich zeigen, als wir sahen, daß einer von euch in Schwierigkeiten steckte.«

»Nichtsdestoweniger bin ich zutiefst dankbar. Ich wäre sogar noch dankbarer, wenn du mir dabei helfen würdest, mich aus diesem Netz zu entwirren. Bei der Berührung allein schlägt mir das Herz bis zum Hals.«

»Ich will dich gern befreien«, sagte Clive. Er schwamm mit einem leichten Stoß zu Ka hinüber, wobei er sich sagte, daß die Furcht, die er jetzt verspürte, unbegründet war. Ka war groß und stark. Er sah im Mondlicht seltsam und erschreckend aus. Aber er war ein Freund.

»Ich bin überrascht, dich hier so weit entfernt von den Wassern deiner Leute zu finden«, sagte Clive, während er das Messer dazu benutzte, Shrieks seidene Schnüre durchzuschneiden.

»Ich habe dir gesagt, daß deine Reise unsere Neugier geweckt hatte«, sagte Ka. »Meine Leute haben mich dazu bestimmt, euch unablässig zu folgen, um zu sehen, was ihr vorhabt.«

Sie schwammen gemeinsam zum Floß zurück. Eifrige Hände streckten sich ihnen entgegen, um sie an Deck zu ziehen. Ka zögerte, nahm das Angebot dann an.

»Ich kann für kurze Zeit bei euch sitzen«, sagte er. »Dann muß ich ins Wasser zurück.«

Seine feuchte Haut schimmerte graugrün im Mondlicht. Die Muskeln, die sich unter dieser Haut bewegten, waren dick und kräftig.

»Die Kreatur, von der ihr mich befreit habt, ist sehr selten«, fuhr Ka fort und sprach jetzt zu der Gruppe insgesamt. »Obgleich es jedes Jahr mehr von ihnen zu geben scheint. Dem Sittensprecher zufolge kommen sie entweder von den Ren oder von den Chaffri.«

»Was meinst du damit, *von* ihnen?« fragte Clive. »Haben sie diese Monster von irgendwo hergebracht?«

»Nein. Wir befürchten noch etwas Schlimmeres. Wir glauben, daß sie diese Kreaturen aus anderen Wesen gezüchtet haben, die bereits hier auf der dritten Ebene leben. Sowohl die Ren als auch die Chaffri verfügen über große Macht, und sie haben keinerlei Skrupel, sie auch anzuwenden. Sie brüten Dinge aus — neue Dinge, die nie zuvor gesehen worden sind. Einige von ihnen sind sehr schlimm, wie das Ding, das ihr Krake nennt.«

Clive nickte. »Was weißt du von der Schleuse des Westens?«

»Warum fragst du?« entgegnete Ka.

»Wir haben die Absicht, dorthin zu gehen, obgleich wir uns nicht ganz sicher sind, wie wir sie finden sollen. Uns wurde gesagt, daß wir durch das Maul der Hölle hindurch müßten, um sie zu erreichen.«

»Das ist schrecklich«, rief Ka. »Ihr müßt zurück!«

»Warum?«

»Vom Maul und von der Schleuse spricht unser Volk nur flüsternd untereinander. Sie sind äußerst gefährlich. Ihr müßt umkehren.«

»Aber wo sind sie?« fragte Clive.

»Das Maul sind ein Paar Felswände, sehr glatt, sehr hoch. Sie stehen nahe am Ende des Ozeans. Das Wasser fließt mit hoher Geschwindigkeit hindurch. Was sich hinter dem Maul befindet, weiß niemand, denn niemand, der hindurchgegangen ist, ist je zurückgekehrt.«

»Weißt du, wo sie sich befinden?«

Ka zögerte, ehe er Antwort gab. »Alle Menschen des Meers wissen, wie man das Maul findet.«

»Wirst du uns dorthin führen?«

»Sollte ein Freund einen Freund ins sichere Verderben führen?«

»Nicht ins Verderben, sondern ans Ziel«, sagte Clive.

»Oh, sehr schön, Großpapa«, flüsterte Annie. »Sehr poetisch.«

Er funkelte sie an, würdigte die Bemerkung jedoch keiner Antwort. »Wirst du uns dorthin bringen?« wiederholte er.

Ka starrte hinaus über die See. »Ich schulde euch mein Leben«, sagte er etwas bitter.

»Nein«, sagte Clive. »Sag lieber, daß wir dir nicht länger das unsere schulden. Das war ein fairer Ausgleich. Ich bitte dich wie ein Freund den Freund, nicht, damit du eine Schuld begleichen sollst.«

Plötzlich rutschte der Meermensch über den Rand des Floßes. Einen Augenblick lang glaubte Clive, er würde sie sich selbst überlassen. Aber er war nur ins Wasser zurückgekehrt, wohin er gehörte.

Der Kopf ragte im Mondlicht aus dem Wasser. »Gut«, sagte er. »Ich werde euch führen.«

Annie war die erste, die zwei Tage später das Maul ausmachte, obgleich sie dachte, als sie zum ersten Mal die vertikale Linie erspähte, die sie am Horizont bildeten — eine Linie, die vom Meer direkt in den Himmel ragte —, es wäre eine optische Täuschung. Nach einer Weile rief sie die übrigen, weil sie sich noch immer nicht sicher war, was sie da sah.

»Das ist euer Ziel«, sagte Ka, der vor dem Floß herschwamm. »Das ist das Maul der Hölle.«

Den Rest des Tages schauten sie, gleich, was sie sonst taten, immer wieder hinauf zu dem Wunder, das den Himmel vor ihnen teilte.

»Unglaublich«, flüsterte Annie am Abend zu Clive. Sie saßen im Bug des Floßes und sahen dem Sonnenuntergang zu. Während sich der glänzende orangefarbene Ball aufs Meer senkte, schien er vom Maul in zwei Hälften zerschnitten zu sein.

Finnbogg, der hinter ihnen stand, machte einen nervösen Eindruck. »Finnbogg sieht nur eine Maulhälfte«, knurrte er. »Wo ist die andere?«

»Das weiß ich nicht, Finn«, sagte Clive. »Aber ich nehme an, daß wir's bald genug herausfinden werden.«

Trotz der Tatsache, daß sie den restlichen Nachmittag ein gutes Stück vorangekommen waren, war es klar, daß sie sich noch immer in einer großen Entfernung von der Felssäule befanden, deren Spitze in einer Wolkenbank steckte, die sich ständig um sie herum zu drehen schien. Wenigstens nahmen sie an, daß die Spitze in den Wolken verborgen war. Horace wies darauf hin, daß sich der Felsen womöglich immer weiter nach oben verschob.

Bevor er ins Dungeon gekommen war, hätte Clive eine solche Äußerung mit Hohn und Spott bedacht. Jetzt schaute er die steinerne Säule einfach an und wunderte sich.

Es dauerte noch drei Tage, bis sie schließlich ihr Ziel erreichten. Ka hatte schon längst bedauernd um Abschied gebeten.

»Die Freundschaft hat mich so weit gebracht«, hatte er gesagt. »Da jedoch euer Ziel so deutlich vor euch liegt, würde mich nur die Dummheit weiterziehen lassen.«

Clive hatte Verständnis dafür gehabt, obgleich er seinen Freund zutiefst vermißte. Ka hatte ihm viele interessante Dinge über das Leben unter Wasser berichtet, während er neben dem Floß hergeschwommen war. Clive hatte seinerseits dem Meermenschen von der Heimat erzählt. Sie teilten die Verpflichtungen von Männern, die sich weit entfernt von dem Ort aufhalten, an den sie gehören, und die dorthin zurückkehren wollen. Der Unterschied war nur der, daß Ka sich nun auf dem Weg zurück nach Hause befand, während Clive noch immer auf einem unbekannten Pfad reiste.

Und so näherte sie sich dem Weg aus der dritten Ebene hinaus genauso, wie sie sie betreten hatten: allein.

Aber in anderer Hinsicht sind die Dinge völlig verschieden, dachte Clive, während er das Floß überblickte und die Veränderung überdachte, die in der Gruppe stattgefunden hatte — Oma und 'Nrrc'kth waren nicht mehr dabei, während der abgewrackte Fred langsam, aber sicher, seinen Platz in der Gruppe eingenommen hatte. Clive fragte sich, ob er sich selbst jemals wieder wirklich als ihr Anführer fühlen würde. Gleichzeitig fühlte er sich von einem beinahe unerträglichen Stolz auf sie alle überwältigt.

Tomàs betete nahezu unablässig. Abgesehen davon erwähnte niemand außer Fred, dem solche Abenteuer noch fremd waren, sehr viel von der drohenden Gefahr. Die Strömung war jetzt stärker und zog sie immer rascher ihrem Ziel entgegen.

Am Morgen des letzten Tages sah Clive, daß sich die Felsoberfläche des Mauls von ihnen wegzudrehen schien. Obgleich sie das Maul die ganze Zeit über als eine Säule betrachtet hatten, bemerkte er jetzt, daß sie dazu keine Veranlassung gehabt hatten. War es wirklich eine Säule, deren Felsen einen kompletten Kreis beschrieben? Oder erstreckte sich dahinter eine lange, schmale Passage? Und war es nur das, was sich auf der anderen Seite des Mauls befand?

»Wir holen besser das Segel ein«, sagte Tomàs ein paar Stunden später. »Wir bewegen uns so schnell, daß ich das Floß kaum mehr beherrschen kann.«

Clive half den anderen dabei, das gewebte Segel einzurollen. Als er sich erhob, nachdem das Segel angebunden worden war, sah er zum ersten Mal, warum ihr Ziel das *Maul* der Hölle genannt wurde.

Die Felssäule, die so massiv erschienen war, war in Wahrheit geteilt und bildete eine Öffnung, durch die das Wasser des Ozeans mit zunehmender Geschwindigkeit hindurchfloß. Dabei erzeugte sie eine Strömung, die das Floß jetzt mit atemberaubendem Tempo vorwärtstrug.

Nach der langen, langsamen Annäherung schien das Maul jetzt mit jedem Augenblick, der verstrich, größer zu werden.

Das Brüllen stürzenden Wassers erfüllte die Luft und machte es beinahe unmöglich, sich durch Sprechen zu verständigen.

Der Spalt zwischen den beiden Felswänden war nahezu dreißig Meter breit. Dort hindurchzusteuern wäre sehr einfach gewesen, wären da nicht die Reihen scharfer, wie Fänge drohender Felsen gewesen, die sich über die Öffnung erstreckten.

»Dieses Maul hat scharfe Zähne«, schrie Horace, wobei er sich zu Clives Ohr hinüberbeugte.

Clive nickte und sah wieder nach vorn.

In der hochaufragenden Säule hinter der Öffnung konnte er eine offene Stelle ausmachen, und dann weitere Felsen, die darauf hindeuteten, daß die Formation in Wahrheit ein riesiger Zylinder war.

Jetzt befand sich die Öffnung nur noch wenige hundert Meter vor ihnen. Die große Steinsäule erfüllte fast ihr ganzes Blickfeld. Der Ozean strömte irgendwo zur Rechten und zur Linken vorbei. Clive legte den Nacken zurück und sah hinauf. Das Maul erstreckte sich senkrecht in die Höhe, bis es in den Wolken verschwand, als wollte es am Bauch des Himmels kratzen.

»Alles an Steuerbord!« brüllte Tomàs und lehnte sich gegen das Ruder, als sie auf der Oberfläche des gurgelnden Wassers krängten. Clive krabbelte zusammen mit den anderen das sich neigende Deck hinauf, um zu verhindern, daß das Fahrzeug kenterte. Shriek taumelte voran und hielt sich dabei an der Reling fest, um nicht hinunterzurutschen. Rasch band sie jeden von ihnen mit ihrem Gewebe an die Reling und vergewisserte sich, daß jeder ein Messer bei sich trug, um sich notfalls loszuschneiden.

Von den Wellen herumgestoßen, nahm das Floß Kurs auf einen der drei großen Fänge, die ungefähr dreißig oder vierzig Meter direkt aus dem Wasser emporragten. Tomàs lehnte sich erneut gegen das Ruder. Das Floß streifte die Felsformation, rüttelte sie unbarmherzig durcheinander, schoß dann jedoch seitlich daran vorüber.

Clive verspürte eine Woge des Triumphs. Sie hatten das Maul der Hölle überlebt!

Dann schaute er voraus, und ihm wurde klar, daß die Schwierigkeiten erst begannen. Etwa hundert Meter vor ihnen fiel das Wasser über den Rand einer Klippe. Der Bereich dazwischen war von weiteren der tödlichen Felsen übersät.

Er hörte hinter sich einen Schrei der Verzweiflung. Als

er sich umwandte, sah er Tomàs, der sich ans Ruder klammerte. Er bewegte das Ruder verzweifelt hin und her. Aus seinem leichten Spiel konnte man klar erkennen, daß es zerbrochen war. Ohne jede Führung begann sich die *Kühne Fahrt* zu drehen, während sie über die Wogen glitt.

Clive war von den schäumenden Wellen völlig durchnäßt. Shriek versuchte, ihm etwas zuzurufen, aber ihre Stimme verlor sich im Gebrüll des Wassers. Er hörte die Planken des Floßes ächzen, als eine der Leinen mit einem Knall zerriß, der sogar in dem tosenden Wasser zu hören war.

Sie schlugen gegen einen der gigantischen Felsen, daß seine Füße geschüttelt wurden. Das gnadenlose Wasser zog sie weiter, und sie schossen über den Rand des Falls!

Das Floß neigte sich, bis es nahezu senkrecht stand. Nur Shrieks Leinen bewahrten sie davor, daß sie alle ins Wasser fielen, als sie über die Oberfläche des unheimlichen Falls hinabstürzten.

Clive spürte, wie er hinabgestoßen, wieder angehoben, dann erneut hinabgestoßen wurde, bevor er auch nur Atem holen konnte. Sie überschlugen sich im tosenden Wasser. Und plötzlich, als es so aussah, als könnte er nicht mehr länger den Atem anhalten, stieß das Teil des Floßes, an das er noch immer angebunden war, durch die Oberfläche.

Wir haben's geschafft! dachte er und sog triumphierend die Luft ein. *Wir haben das Maul überlebt!*

Der Augenblick des Triumphs war vorüber, als er sich das Spritzwasser aus den Augen schüttelte und schließlich die Schleuse des Westens erblickte.

KAPITEL 35

Der Wurm

Sidi Bombay war dabei, sich seinen Weg durch Raum und Zeit zu bahnen, als er spürte, wie ihn L'Claar zurück in die treibende Welt des Schmerzes zog, die seine eigene war.

Warum hast du das getan? fragte er ärgerlich.

Sie zog sich zurück. *Warum bist so ärgerlich?* fragte sie.

Das Gefühl hinter dieser Frage war unerträglich heftig.

Ein anderes Bewußtsein hat das meine berührt, dachte er und fühlte sich dabei, als wäre er irgendwie wortbrüchig geworden. *Es ist schwach. Es verwirrt mich. Aber ich kann ihm nicht widerstehen. Es bringt mich woanders hin, und der Schmerz läßt ein wenig nach. Aber ich kann die Orte nicht sehen, zu denen wir gehen. Ich spüre einen Unterschied, aber ich kann ihn nicht verstehen. Dennoch fühle ich, daß ich's eines Tages vielleicht kann. Was ist das, L'Claar? Wer berührt mich auf diese Weise? Ist das ein Weg nach draußen?*

In ihrer Antwort lag eine seltsame Mischung aus Furcht und Stolz. *Ein Wurm,* antwortete sie. *Nur die Starken können so verbunden werden. Nur die Tapferen überleben. Aber die Priester werden dich jetzt mehr denn je haben wollen. Die Ernte naht, und ich weiß nicht, was ich tun soll.*

Wird die Ernte alles ändern? fragte er.

Sie signalisierte eine Bestätigung.

Wie kann es dann möglicherweise noch schlimmer werden? fragte er.

Ich weiß es nicht, antwortete sie. *Ich weiß nur, daß ich verloren bin, wenn das geschieht. Ich will das nicht.*

Er versuchte zu antworten, aber die Gegenwart des zweiten Bewußtseins, desjenigen, das nicht von L'Claar war, trat dazwischen.

Geh nicht! bat sie.

Er bemühte sich, die Verbindung aufrechtzuerhalten. Aber als sie widerwillig schwand, kehrte der andere zurück und überwältigte ihn.

Die Zeit ging dahin. Nach einer Weile war die Verbindung nahezu dauerhaft. Er war nur deshalb in der Lage, mit L'Claar in Verbindung zu treten, weil das andere Bewußtsein die meiste Zeit über träge zu sein schien, und ihre Verbindung war noch immer klar und direkt und schnitt durch den anderen wie ein fester Draht, der durch einen dicken Pudding gezogen wird.

Ich verliere dich, wimmerte sie. Er versuchte, sie zu beruhigen, aber das war schwer, denn das, was sie sagte, war wahr. Er spürte, daß er mehr und mehr mit dem anderen verschmolz und dabei immer weniger er selbst blieb.

Aber dann kam sie eines Tages in heller Aufregung zu ihm. *Halte durch, halte durch*, wisperte sie ihm ins Bewußtsein. *Ich habe eine große Vision. Die, die dir helfen werden, sind unterwegs. Halte durch!*

Aber Sidi Bombay befand sich fest im Griff des anderen Bewußtseins und vermochte nicht zu antworten.

KAPITEL 36

»Mein Name ist L'Claar«

Die Schleuse des Westens war ein enormer Strudel von mindestens hundert Metern Durchmesser. Selbst am äußeren Rand kreiste das Wasser mit verwirrender Geschwindigkeit, und der Strudel verengte sich dann rasch zu einem dunklen, mysteriösen Tunnel. Die Überbleibsel des Floßes, an denen Clive jetzt hing, wurden vom unerbittlichen Strom des Ozeans auf den Strudel zu gezogen.

Er schüttelte erneut den Kopf und bemerkte, daß er nicht allein war. Das Floßteil, an dem er angebunden war, war mindestens drei Meter lang. Annie, Finnbogg und Chang Guafe teilten es ihm mit. Annies Augen standen weit offen, und sie starrte entsetzt auf den Wirbel, der im Begriff war, sie zu verschlingen.

Eine Welle überspülte ihn und füllte ihm Augen und Mund mit Wasser, Clive merkte jäh, wie sich die Fahrtrichtung änderte. Statt sich weiter voran zu bewegen, wurden sie heftig zur Seite geschleudert, als die Ausläufer des Strudels sie packten. Die Geschwindigkeit des Wassers war atemberaubend. Obwohl er von Shrieks Leine sicher angebunden war, umklammerte Clive instinktiv die Reling, als sich das Floß nach und nach in das Zentrum des Wirbels neigte. Sie drehten ihre erste Runde im Griff des erbarmungslosen Wassers. Das Zentrum des Strudels erschien Clive wie ein dunkles, gähnendes Maul, das darauf wartete, sie zu verschlingen.

Der Neigungswinkel betrug 45°, als Clive über den Wirbel hinüberschaute und ein zweites Teil des Floßes erblickte. An dem hingen weitere Gestalten. Er versuchte zu zählen, zu erkennen, ob die übrigen alle da wären, aber es war unmöglich. Er glaubte, daß ihm das Brüllen des Wassers den Schädel zersprengen würde.

Das Floß flog immer schneller dahin. Mit jeder Runde im Strudel bewegten sie sich ein Stückchen weiter abwärts in den Tunnel. Mit jeder Runde wurde der Weg kürzer, heftiger, der Neigungswinkel größer.

Das Tosen des Wassers war ohrenbetäubend, während sie sich langsam in den dunklen Tunnel hineinarbeiteten. Er hörte, wie Annie kreischte. Dann wurde alles schwarz um ihn.

Clive erwachte, das Gesicht gegen feuchten Sand gedrückt. Sein Kopf war von tosendem Lärm erfüllt. Zunächst dachte er, der Lärm käme aus ihm selbst heraus, ein Nacheffekt des Pochens, das er gerade überlebt hatte. Aber nach einem Augenblick wurde ihm klar, daß der Lärm von außen kam.

Er wimmerte und wälzte sich herum. Die Luft war von kühlem und nassem Dunst erfüllt. Gelegentlich spritzten ihm große Tropfen auf die Haut. Er bemerkte, daß sich seine Füße noch immer im Wasser befanden.

Er schüttelte den Kopf und rieb sich das Gesicht. Der Nebel im Gehirn wich allmählich. Während er sich mit den Händen über die Wangen rieb, schaute er nach vorn und zuckte furchtsam zurück.

Keine fünf Meter vor ihm stand eine enorme Wassersäule. Sie war die Ursache für den ohrenbetäubenden Lärm, den er vernahm.

Die Säule drehte sich rasch um sich selbst und erfüllte dabei die Luft mit Gischt. Er schaute hinauf und hielt den Atem an. Der blaue Wasserzylinder ragte mindestens einhundert Meter direkt in die Höhe. An dieser Stelle spreizte er sich, noch immer umherwirbelnd, so daß er eine Art riesiger, rastloser Decke weit über ihm bildete. Die tosenden Wasser breiteten sich aus, bis sie auf irgendeine felsige Formation trafen. Clive ließ den Blick zurück über den Fels wandern und stellte fest, daß die Formation sich zur Wand neigte, die ihre Basis irgendwo im Blattwerk hinter ihm hatte. Das ganze erweckte den Eindruck eines gigantischen felsigen Zylinders, durch dessen Zentrum der große Wirbel lief, der sie aus der dritten Ebene oben in das hineingezogen hatte, von dem er annahm, daß es die vierte Ebene des Dungeon war.

Der Wirbel peitschte den runden Wasserkörper zu seinen Füßen zu einem erfrorenen wilden Jagen. Er fragte sich, ob das Wasser, wenn er wieder hineinging, ihn hinunter auf die fünfte Ebene zöge. In Anbetracht der Tatsache, daß jeder Zentimeter seines Körpers zerschunden war, entschied er, daß das jetzt nicht die geeignete Zeit wäre, um das herauszufinden.

Ganz in der Nähe vernahm er ein Ächzen. Er wandte den Kopf und sah, wie Finnbogg wieder auf die Beine kam. Auf der anderen Seite lag die reglose Gestalt von Tomàs. Hinter dem kleinen Seemann erkannte er Shriek. Waren sie alle hier? Und wenn dem so wäre, waren sie alle am Leben? Er bekämpfte den Drang, zurück auf den Sand zu fallen, kam wieder auf die Beine und ging zu dem Zwerg hinüber.

»Los, alter Freund«, schrie er, um über dem Tosen des Wassers verständlich zu sein, »wir wollen schauen, ob wir die übrigen finden können.«

Er blieb kurz bei Tomàs stehen, um sich zu vergewissern, daß er atmete und keine offensichtlichen Verletzungen hatte, dann gingen sie um die wirbelnde blaue Säule herum. Während er hinaufschaute, wurde Clive klar, daß sie sich tatsächlich nach außen krümmen mußte. Hier an der Basis, wo sie sich in einen kreisförmigen Teich von etwa zwanzig Metern Durchmesser entleerte, besaß die Säule selbst nicht mehr als zehn Meter Durchmesser. Die Tatsache, daß sie hier beinahe genauso breit erschien wie an der fernen Spitze, mußte bedeuten, daß sie dort in Wahrheit viel breiter war.

Clive blieb stehen, um sich die Gischt aus dem Gesicht zu wischen. Er bemerkte, daß Shriek mit dem Gesicht nach unten auf dem dunklen Sand lag, die acht Gliedmaßen gespreizt, als wollten sie die Haupt- und Nebenrichtungen auf einem Kompaß anzeigen. Er rannte ihr zur Seite und stolperte dabei über zersplitterte Teile der *Kühne Fahrt.*

»Shriek«, rief er und schüttelte sie bei einer der oberen Schultern. »Shriek, bist du in Ordnung?«

Sie gab keine Antwort. Er hielt inne, fragte sich, wie er feststellen könnte, ob sie noch Anzeichen von Leben gäbe. Der steife chitinöse Rücken würde keinerlei Zeichen von Atemtätigkeit zeigen.

Er schüttelte ihr erneut die Schulter und spürte einen vertrauten Zug im Bewußtsein. Ihm wurde überrascht klar, wie sehr er diese Verbindung vermißt hatte.

Hier, sendete sie schwach. *Brauche Zeit. Kümmere dich um die anderen.*

Die Welle von Erleichterung verlief nahe an der Grenze zur Freude. Sie mußte das gelesen haben, denn sie entgegnete: *Ich bin froh, daß du noch lebst, mein Herz.* Dann schien sie wegzudämmern. Er hielt inne. War sie tatsächlich so in Ordnung, wie sie behauptet hatte? Oder war sie in Schwierigkeiten?

Kümmere dich um die anderen, wiederholte sie.

Er hörte Finnbogg nicht weit vor sich vor Freude aufschreien. »Liebe Annie ist in Ordnung«, schrie er. »Liebe Annie geht es gut.« Als Clive weiter den kreisförmigen Strand herumging, erblickte er Annie, die mit hochgezogenen Knien dasaß. Finnbogg schlug um sie herum Kapriolen, seine Wangen zitterten vor freudiger Aufregung. Sie beobachtete den Zwerg mit einem Ausdruck, der zusammengesetzt schien aus Heiterkeit und Ärger.

Nicht weit hinter ihr erblickte Clive den abgewrackten Fred, der jetzt wirklich abgewrackt aussah. Er trabte weiter.

»Hee, Großpapa, willst du nicht hallo sagen?« rief Annie. Dann erkannte sie den Ernst auf seinem Gesicht. Sie blickte in die Richtung, in die er lief, schrie auf und sprang auf die Beine.

»Ist er in Ordnung?« fragte sie nervös, während sie auf die zusammengekrümmte Gestalt des bärtigen Mannes hinabsah.

»Er lebt«, sagte Clive, der neben Freds Schulter kniete. »Aber der Arm hier ist gebrochen. Wir müssen ihn richten. Wenn Shriek wieder soweit ist, müssen wir ihm ein Betäubungsmittel geben, so eines wie jenes, das sie mir für den Zahn gegeben hat.«

»Drogen«, sagte Annie. »Das wird er mögen.«

Humpelnd und ihre Verletzungen untersuchend trafen nach und nach die übrigen ein. Zu Clives Erleichterung waren alle außer Fred nicht nur am Leben, sondern auch gehfähig. Selbst Shriek stand wieder auf den Beinen, wenngleich sie auf eine Art müde ausschaute, die Clive an ihr noch nie zuvor gesehen hatte.

»Ich frage mich, ob diese gesamte Ebene so abgeschlossen ist«, sagte er, während er zu den Klippen und der tosenden ozeanischen Decke hinaufsah. »Das dort direkt über uns scheint der Grund der dritten Ebene zu sein.« Ihn schauderte. Bei dem Anblick fühlte er sich wie gefangen, als steckte er in einer Höhle fest. Und diese Gegend hier hatte etwas von einer enormen Höhle, wie ihm klar wurde. Er fragte sich, ob es wohl irgendwo in den Felswänden, die sie umgaben, eine Öffnung gäbe.

Shriek betäubte Fred, der offenbar auch einen Schock erlitten hatte. Clive und Horace durchsuchten das üppige Blattwerk rings um den kreisförmigen Strand nach einigen geraden Holzstücken, um diese als Schienen zu verwenden. Als sie zurückkehrten, sahen sie, daß Chang Guafe den gebrochenen Knochen schon gestreckt und gerichtet hatte.

»Für jemanden, der die menschliche Gebrechlichkeit so sehr verachtet, würdest du einen guten Arzt abgeben«, sagte Clive, nachdem er die Bemühungen des Cyborgs untersucht hatte.

»Mich interessiert, wie die Dinge funktionieren«, entgegnete er.

Da es ihm nicht gelang, den eigenen leinenähnlichen Anzug zu zerreißen, um eine Schlinge herzustellen, zog Clive Fred die Weste aus.

»Nicht die Weste«, sagte Annie in einer merkwürdigen Mischung aus Heiterkeit und Zärtlichkeit. »Nimm statt dessen das Hemd.«

Nicht nötig, sendete Shriek. *Mein Gewebe erfüllt den gleichen Zweck.*

Danke, entgegnete Clive. Dann sah er bewundernd zu, wie die Arachnida ihre Seide zunächst dazu benutzte, den Arm und die Schiene zusammenzubinden und dann eine Schlinge zu formen, die den Arm festhielte.

Dank Shrieks Betäubungsmittel war Fred unempfindlich gegen den Schmerz. Schließlich fing er an davon zu singen, ein ›Rolling Stone‹ zu sein. Clive wurde klar, daß es gut war, daß der ›Hippie‹, wie ihn Annie gerne nannte, keinen von Greens weißen Anzügen trug. Andernfalls wäre er vielleicht einfach verschwunden — wo auch immer die Anzüge einen hintrugen.

Während Shriek noch die letzten Handgriffe an der Schlinge tat, hörte Clive im Blattwerk hinter sich ein Rascheln. Er wandte sich um und war erstaunt, ein sehr kleines Mädchen zu erblicken — nicht mehr als sechs oder sieben Jahre alt, wie es aussah —, das auf den Sand heraustrat. Die Haut war sehr bleich, beinahe so weiß wie das einfache Hemd, ihr einziges Kleidungsstück. Sie hatte langes schwarzes Haar und große dunkle Augen.

»Seid ihr die Freunde, die kommen sollen?« fragte sie.

»Wie bitte?« sagte Clive.

»Mein Name ist L'Claar«, sagte sie und sah ihm dabei direkt in die Augen. »Ich muß wissen, ob ihr die Freunde von Sidi Bombay seid. Er hat auf euch gewartet. Aber er ist fast verschwunden. Wenn ihr mir folgt, werde ich euch zu ihm führen.«

KAPITEL 37

Willkommen im Fegefeuer

Annie stieß Clive in die Rippen. »Sieht so aus, als könntest du wirklich ein Versprechen halten, Großpapa«, flüsterte sie, wobei sie sich auf den Eid bezog, den er in den blauen Gängen unterhalb des Schlosses von N'wrbb geleistet hatte.

Er zog es vor, sie zu ignorieren.

»Wo ist Sidi Bombay?« fragte er L'Claar.

»Vielleicht bei dem Wurm«, entgegnete sie ernst. »Er kommt jetzt oft zu ihm. Er steckt tief drin.«

Clive lief es kalt den Rücken hinunter. Diese seltsame Feststellung war noch unheimlicher, da sie dieses Kind mit den großen Augen gemacht hatte. »Ich verstehe nicht«, sagte er. »Welchen Wurm meinst du? Ist Sidi irgendwohin gebracht worden?«

»Einen der großen Würmer. Aber er steckt nicht wirklich drin. Ist eine Sache des Bewußtseins. Sein Körper befindet sich nicht weit weg von hier, im Tempel Derer-Die-Leiden. Wenn ihr ihn befreit, können wir ihn vielleicht retten.«

Horace war so blaß geworden, daß er von der gleichen Rasse wie Oma und 'Nrrc'kth hätte abstammen können. Er kniete sich nieder, um L'Claar ins Gesicht zu sehen. »Hat Sidi noch immer Schmerzen?« fragte er.

L'Claar nickte ernst. »Sie sind jetzt etwas schwächer, wegen dem Wurm und weil so viel weggebrannt worden ist. Aber die Schmerzen sind noch immer bei ihm.«

Horace schloß die Augen und wandte sich ab.

»Befindet sich der Tempel weit von hier?« fragte Clive.

L'Claar schüttelte den Kopf. »Ganz nah.«

»Können wir ihn ohne Schwierigkeiten betreten, oder wird er bewacht?«

»Es ist nicht schwer, den Tempel zu betreten. Aber mit der Kammer, in der Sidi hängt, ist es etwas anderes. Um zu ihm zu kommen, müssen wir warten, bis die Stadt schläft. Selbst dann müssen wir vorsichtig sein. Aber es sollte uns möglich sein, hineinzugelangen.«

»Hängt?« fragte Horace mit zugeschnürter Kehle.

»In seinem Ei«, sagte L'Claar.

»Was meinst du damit?«

»Seinem *Ei*«, sagte sie mit kindlicher Ungeduld wegen seiner Begriffsstutzigkeit.

Die Antwort sowie der Ton, in dem sie sie gab, erinnerte Clive daran, daß sie tatsächlich nur ein Kind war — eine Tatsache, die er während der Unterhaltung fast vergessen hatte.

»Wir werden ihn bald genug sehen, Horace«, sagte er sanft. »Im Augenblick sind wir alle müde und zerschlagen. Gibt es einen Ort, an dem wir uns ausruhen können, L'Claar, und vielleicht etwas zu essen bekommen können?«

Das Kind zögerte. »Ich werde euch zu mir bringen«, sagte sie schließlich. »Folgt mir.«

Clive warf Fred einen Blick zu. Er sagte, weil er sich seiner eigenen Erfahrungen mit Shrieks Betäubungsmittel erinnerte: »Unser Freund wird nicht in der Lage sein zu gehen. Wir müssen uns etwas einfallen lassen.«

L'Claar nickte mit weit geöffneten Augen, das Gesicht so ernst wie immer. Sie benutzten Shrieks Gewebe dazu, einige Stämme zusammenzubinden, so daß sie eine Trage hatten, auf der sie Fred befördern konnten. Finnbogg, klein, jedoch kräftig, stellte sich freiwillig zur Verfügung, das Ding zu ziehen.

»Folgt mir«, sagte L'Claar. Sie führte sie zu einem kaum sichtbaren Pfad, der sich durchs Unterholz schlängelte, bis sie schließlich einen schmalen Tunnel in der Felswand erreichten. Als sie auf der anderen Seite herauskamen, schaute Clive ängstlich nach oben. Es war so, wie er befürchtet hatte: Der Himmel war kaum weiter als hundert Meter entfernt. Was auch immer dieser Himmel sein mochte, woraus er auch immer hergestellt war, er schien durchtränkt zu sein von einem schwachen Glanz. Das Licht, das er spendete, war gleichförmig, jedoch trostlos. Als er nach vorn sah, bemerkte er, daß Himmel und Land scheinbar zusammentrafen, genauso, wie sich parallele Schienen in der Entfernung zu treffen schienen. Er kam sich vor wie in einem Grab.

»He!« sagte Annabelle, als sie aus dem Tunnel trat. »Ein Stromausfall!«

»Dort lebe ich«, sagte L'Claar und zeigte auf eine Stadt mit Mauern darum, die sich etwa über einen Kilometer von der Stelle entfernt befand, an der sie standen.

Clive sah sich um. Die Landschaft war rauh und öde, die nackte Erde schien nichts weiter als Geröll und hochragende Felsen hervorzubringen. Die wenigen Bäume und Büsche, die er sah, waren schwach und kränklich, eine Tatsache, die mit dem Licht zusammenhängen mochte, wie er sich überlegte.

Als alle aus dem Tunnel heraus waren, machten sie sich auf den Weg in Richtung auf die Stadt zu.

»Wie wird dieser Ort hier genannt?« fragte Clive L'Claar. Das Kind ging neben ihm. Hier und da blieb sie stehen, um einen glatten Stein aufzulesen, den sie in eine Tasche steckte, die mit groben Stichen auf das weiße Hemd gestickt war.

»Diese Stadt wird das Fegefeuer genannt«, antwortete sie.

»Das gefällt mir nicht besonders, wie das klingt, Sör«, sagte Horace ruhig.

»Warum nennt man sie so?« fragte Clive.

L'Claar verzog das Gesicht, als wollte sie sich das ins Gedächtnis zurückrufen, was sie in einigen langweiligen Schulstunden gelernt hatte. »Die Priester, die in der Stadt herrschen, sagen, daß die Leute, die hierhergebracht worden sind, nicht schlecht genug waren, um in die Hölle zu kommen, aber auch nicht gut genug, um in den Himmel zu kommen. Sie sagen, daß der Herr, nachdem wir gestorben sind, nicht wußte, was er mit uns anfangen sollte, also wurden wir hier ins Fegefeuer geschickt, um für unsere Sünden zu büßen. Wenn wir uns anständig benehmen und lange genug warten, werden wir schließlich in den Himmel kommen.«

»Glaubst du das auch?« fragte Clive sanft.

Das kleine Mädchen lachte, und Clive traf es wieder, wie deplaziert dieser lustige Klang in der öden Umgebung zu tönen schien. »Wie kann das denn wahr sein?« fragte sie. »Jeder weiß, daß die Welt von den drei Gottheiten regiert wird. Sie würden niemals etwas so Dämliches erfinden wie dieses Fegefeuer der Priester.«

»Sie ist ein Dämon«, flüsterte Tomàs ehrfürchtig. Er bekreuzigte sich und betastete seinen Rosenkranz. »Siehst du?« sagte er, indem er sich an Shriek wandte. »Ich hatte die ganze Zeit über recht. Das ist das Werk unseres Herrn. Er hat uns hierhergebracht, um uns zu prüfen und damit wir für unsere schlechten Taten auf der Erde büßen sollen.«

»Halts Maul, Tomàs«, sagte Chang Guafe.

»Aber die Priester ...«

»Etwas wird nicht dadurch wahrer, daß es von einem Narren oder von hundert Narren geglaubt wird. Hör mit deinem Gequatsche auf.«

»Das wird dir noch leid tun«, grummelte Tomàs, während er den Rosenkranz betete. »Der Herr hat seine eigenen Wege.«

»Ich hab das Gefühl«, sagte Clive zu Horace, »daß die Lage hier sehr stark derjenigen auf der Insel der Kannibalen ähnelt. Die Leute, die diesen Ort beherrschen, waren vielleicht auf der Erde streng religiös. Als sie an diesen Ort gebracht wurden, der offensichtlich weder Himmel noch Hölle ist, wäre es für sie einfach genug gewesen zu sagen, daß sie tatsächlich ins Fegefeuer geworfen worden sind. Wenn sie als Gruppe gekommen sind — und nicht allein, wie Tomàs —, könnten sie alles auf dieser Vorstellung aufgebaut haben. Wenn's genügend wären, könnten sie's jedem aufschwatzen.«

Er wandte sich wieder an L'Claar. »Wer hat hier das Sagen? Habt ihr einen König, einen Gouverneur oder so etwas?«

»Die Priester haben das Sagen«, sagte sie. »Ihnen ist das Fegefeuer überantwortet worden.«

»Ergibt irgendwie Sinn«, sagte Horace grimmig.

Tomàs blickte finster drein und erhöhte die Lautstärke seiner Gebete.

»Das wichtigste, das man wissen muß«, sagte L'Claar, »ist, daß niemandem erlaubt wird zu gehen. Die Priester sagen, daß das deshalb so ist, weil wir durch den Willen des Herrn hier sind, und daß der Versuch einer Flucht Sünde ist. Sie sagen, wenn man weggehen will, wird das zur ewigen Verdammnis führen.«

»Genau das, was wir brauchen«, sagte Horace, »eine ganze Stadt voll schwachsinniger Papisten.«

»*Madre de Dios!*« grummelte Tomàs entsetzt über die Blasphemie.

Trotz der Stadtmauern trat ihnen niemand entgegen, als sie sich den Toren näherten. Zunächst hatte Clive gefürchtet, daß sie unliebsame Aufmerksamkeit erregen würden, wenn sie durch die Stadt gingen. Nach einer Weile bemerkte er jedoch, daß es schwerfiel, an einem Ort herauszustechen, wo es weder Einheitskleidung noch einen Einheitskörper gab. Wie Go-mar war Fegefeuer eine große Mixtur aus Rassen, die aus vielen Welten und vielen Zeiten stammten.

Dennoch, laut dem, was L'Claar gesagt hatte, mußte ein Gruppe — die religiösen Anführer — die Herrschaft errungen haben.

»Zum Tempel geht es hier entlang«, sagte L'Claar, faßte Clive bei der Hand und führte ihn zwischen zwei Ständen hindurch. Im Stand zur Linken verkaufte eine menschliche Frau gebratenes Fleisch. Rechts verkaufte etwas, das an einen behaarten Baum erinnerte, Gemüse. Nachdem er um die Stände herumgegangen war, fand er sich auf einer breiten Durchgangsstraße wieder, die direkt auf etwas zuführte, das nur der Tempel Derer-Die-Leiden sein konnte.

Clive war von dem Anblick überrascht. Er hatte sich an die rohen und einfachen Gebäude gewöhnt, die die dritte Ebene beherrschten. Obgleich seine Höhe durch den niedrigen ›Himmel‹ eingeschränkt war, war dieser Tempel ein genauso beeindruckendes Gebäude wie jede der großen Kathedralen, die er auf seinen Reisen auf dem europäischen Kontinent gesehen hatte. Er war aus weißem Stein errichtet und wurde von vier Ecktürmen flankiert, und davor befand sich ein Teich, aus dem in regelmäßigen Abständen zwei Wasserfontänen hervorschossen. Die Straße aus rotem Kopfsteinpflaster, auf der sie standen, war mäßig belebt, und einzelne Personen wie auch Gruppen betraten sie aus zahllosen Seitenstraßen und verließen sie auch wieder auf dem gleichen Weg.

Als sie näher kamen, sah Clive, daß das Gebäude mit Bildern von berühmten gepeinigten Personen geschmückt war. Die Bilder, deren Höhe er auf etwa drei Meter schätzte, waren von großen Ovalen umrahmt. Sie erstreckten sich als eine Reihe des Schmerzes und der Qualen über die gesamte Vorderfront des Tempels, etwa sieben Meter über die Spitze der Haupttore.

»Ich dachte, wir wollten jetzt noch nicht in den Tempel«, sagte er.

»Ich werde euch hinführen, so daß ihr auch den oberen Teil sehen könnt«, sagte L'Claar. »Wir werden später zurückkehren, um Sidi aufzusuchen.«

Während sie die Stufen zum Tempel hinaufstiegen, vernahm Clive aus dem Inneren ein schmerzliches Singen. Als sie den Eingang betraten, vernahm er ein anderes Geräusch, das ihm so abartig vorkam, daß er zunächst dachte, er hätte sich geirrt. Aber als sie das Schiff betraten, sah er, daß ihn seine Sinne nicht betrogen hatten, und er mußte alles daran legen, nicht bei dem brutalen Opfer aufzuschreien, das vorn im Tempel dargebracht wurde.

»Vorsicht«, flüsterte Annie und legte ihm die Hand auf den Ellbogen. »Wenn wir in Rom sind, Großpapa, sollten wir uns auch wie die Römer benehmen.«

Clive nickte. Aber er war außerstande, den Blick vom Anblick eines Priesters in einer wallenden weißen Robe abzuwenden, der einen alten Mann auspeitschte, der ausgestreckt auf einem hölzernen Tisch lag. Selbst von dort, wo er stand, vermochte Clive die roten Striemen auf dem Rücken des Mannes zu erkennen. Der Priester hob den Arm, und die Peitsche pfiff ein weiteres Mal durch die Luft. Der alte Mann schrie vor Schmerz auf — genau wie die Leute, die vereinzelt in den Kirchenbänken saßen und sich anhörten, als hätten sie selbst die Peitsche bekommen.

Hinter der blutigen Szenerie stand ein Chor kapuzenbedeckter Mönche. Als Clive nach und nach die einzelnen Geräusche unterscheiden konnte — das Pfeifen und Klatschen der Peitsche, die Schmerzensschreie und die Stimmen der Mönche —, bemerkte er, daß sie eine Hymne zum Lobpreis des Schöpfers sangen, der so gnädig war, dem Menschen zu gestatten, für die Sünden zu büßen, statt sie einfach den Feuern der ewigen Verdammnis zu übergeben.

Zur Rechten des Podiums stand eine Reihe von Leuten. Clive fragte sich, warum sie dort stünden, bis der Priester die Peitsche beiseite legte und die Fesseln des alten Mannes löste. Der Mann kletterte mit langsamen, qualvollen Bewegungen vom Tisch und kniete sich dann nieder, um die Füße seines Folterers zu küssen. Der Priester langte hinab und zog den Mann sanft in die Höhe. Er küßte ihm beide Wangen.

Clive hoffte, daß die Zeremonie damit beendet wäre.

Das war jedoch nicht der Fall. Der Priester wandte sich um und griff in eine silberne Urne zu seiner Rechten. Er holte zwei Handvoll eines weißen Puders heraus und schmierte diese dem Mann auf den Rücken.

Sein Schrei hallte durch den ganzen Tempel. Die Betenden in den Bänken seufzten befriedigt.

Aber das war noch immer nicht das Ende. Als der alte Mann nach links weghumpelte, trat die nächste Person in der Reihe vor, eine dunkelhaarige junge Frau. Sie ließ das Gewand fallen und entblößte dabei zwei runde, volle Brüste. Dann bestieg sie den Tisch, wo sie sich mit dem Gesicht nach unten in die gleiche Stellung legte wie der alte Mann, der vor ihr an der Reihe gewesen war.

»Für wen erhältst du diese Peitschenhiebe, mein Kind?« fragte der Priester. Clive war entsetzt, daß die Stimme, wenngleich tief und mächtig, gleichzeitig auch seltsam sanft war.

»Für meinen Bruder und meinen Vater«, sagte die Frau, »mit der Bitte, daß sie durch diese Handlung den Toren zum Paradies etwas näher kommen.«

Der Priester hob die Peitsche an die Lippen, küßte sie, betete darüber und machte sich erneut an die Arbeit.

KAPITEL 38

Die Würmer
von Q'oorna

Clive war entsetzt bei der Vorstellung, daß L'Claar dem perversen Ritual im Tempel zuschaute — und noch entsetzter, als ihm klar wurde, daß es für sie ein alltägliches Ereignis war. Das Herz tat ihm weh, als sie sie aus dem Tempel und zurück über die Hauptverkehrsstraße führte, anschließend durch ein Labyrinth von Alleen und Seitenstraßen zu einem ausgebrannten Gebäude, vor dem sie nur kurz zögerte, bevor sie ihr Geheimnis offenbarte; das dunkle, kühle Erdgeschoß, das sie zu ihrer Heimat gemacht hatte.

»Lebst du wirklich hier?« fragte Clive höflich.

»Eine dumme Frage«, entgegnete sie mit vollkommen ernsthafter Stimme.

Annie kicherte.

»Aber warum?« fragte Clive. »Es gibt doch sicherlich Leute in der Stadt, die dich aufnehmen, sich um dich sorgen würden ...«

»Sie würden mich bestrafen«, unterbrach das Kind.

»Warum?« fragte Clive.

»Damit ich rascher in den Himmel käme. Und indem sie mir dabei helfen, in den Himmel zu kommen, würden sie auf dem eigenen Weg voranschreiten. Also würde ich oft geschlagen.«

Clive fiel nichts ein, was er dazu hätte sagen können.

Die Gruppe kauerte sich in dem feuchten Raum eng aneinander, das einzige Licht war ein dämmriges Leuchten, das Chang Guafe hervorbrachte.

Nach einer Weile bot ihnen L'Claar Brot und Früchte an. Auf Clives Einwand, sie wollten nicht ihre gesammelten Vorräte verzehren, erklärte sie, daß Nahrung kein Problem wäre, da sie durchaus in der Lage wäre, sich mit Betteln und Stehlen durchzubringen.

Während sie aßen, huschte etwas über den Boden. Abgesehen von der Tatsache, daß es völlig harmlos war, war das Wesen einer Ratte bemerkenswert ähnlich.

Tomàs grummelte und zählte weitere Perlen am Rosenkranz ab.

Clive machte sich Sorgen um den kleinen Seemann. Er spürte, daß Tomàs trotz aller Perversität — oder vielleicht gerade deswegen — von diesem Ort angezogen wurde. Er fröstelte und wandte seine Aufmerksamkeit wieder L'Claar zu, die sich an den abgewrackten Fred gelehnt hatte.

Während er das Kind betrachtete, überfiel Clive so etwas wie Verzweiflung. Es war schlimm genug, daß er und die übrigen in dieses Höllenloch gezogen worden waren. Die Vorstellung, daß ein Kind hierhergebracht worden war, war unerträglich. Schlimmer als das, der Anblick dieser verlassenen Waise lenkte die Gedanken auf sein eigenes Kind, das er unwissentlich zurückgelassen hatte.

War es — sie — bereits geboren?

Er schüttelte den Kopf. Natürlich war sie geboren worden: Annie war ihr Nachkömmling. Aber das bedeutete, daß das Kind zur Frau herangewachsen war, geboren hatte, gestorben war. Wie konnte das sein? Es war sicherlich weniger als ein Jahr her, daß er an jenem nebeligen Morgen im London des Jahres 1868 seinen Abschied von Miss Annabella Leighton genommen hatte.

Wie gewöhnlich, wenn er versuchte, über die Natur der Zeit nachzudenken, wie sie in bezug auf das Dungeon stand, wurde es ihm lediglich schwindelig.

Annie regte sich neben ihm. »Wie bist du hierhergekommen, L'Claar?« fragte sie sanft.

»Ich bin im Leib meiner Mutter nach Fegefeuer gekommen«, antwortete das Kind. »Wie sie hierhergebracht worden ist, weiß ich nicht. Zwei Jahre, nachdem ich geboren wurde, wurde meine Mutter von einem Wurm genommen. Ich sollte bei jemand anderem leben.«

Sie schloß die Augen. »Mir gefiel es da nicht besonders«, sagte sie. Die Stimme zitterte ihr ein wenig, und Clive überlegte, welche Schrecknisse hinter diesen einfachen Worten verborgen lagen.

»Wie die Spinnenfrau konnten meine Mutter und ich ohne laut zu sprechen miteinander reden. Als der Wurm also zurückkehrte und meine Mutter im Tempel Derer-Die-Leiden zurückließ, wußte ich das. Sie rief mich zu sich, und ich ging zu ihr. Aber ich konnte sie nicht retten.«

L'Claar schwieg einen Augenblick lang. Obgleich ihr der Mund zitterte, hielt sie die Tränen zurück. Clive spürte, wie Annies Hand über den Boden kroch, um die seine zu berühren.

»Damals war ich noch klein«, sagte L'Claar, »nicht mehr als vier Zyklen alt. Jetzt gehe ich oft in die Kammer der Ehrwürdigen, um nachzusehen, ob es dort irgendwelche Seelen gibt, die ich berühren kann. Manchmal kann ich ihnen die Zeit erleichtern. Aber ich kann sie niemals retten. Ich möchte es. Aber ich weiß nicht, wie.«

Schließlich lief ihr eine Träne aus dem Winkel des linken Auges, rollte über die Wimper und tropfte ihr an der linken Wange herab. Dennoch änderte sich der Gesichtsausdruck nicht. Sie sah nicht so aus, als wollte sie Mitleid erhaschen.

Finnbogg schniefte entsetzlich.

»Lange Zeit gab es niemanden, den ich erreichen konnte. Dann hat einer der Würmer Sidi Bombay hergebracht. Er ist gut und stark. Ich liebe ihn sehr. Wir müssen ihn retten.«

»Was sind das für Würmer, von denen du redest?« fragte Horace.

L'Claar öffnete die Augen. »Was macht *das* für einen Unterschied?« fragte sie, als ob sie die Frage erstaunte.

Clive dachte, daß es an der Zeit wäre, die Unterhaltung in eine pragmatische Richtung zu lenken. »Welchen Hindernissen werden wir uns auf dem Weg zu jener Kammer gegenübersehen?« fragte er.

»Ein Priester und zwei Wächter bewachen den Haupteingang zu den unteren Ebenen«, sagte sie. »Wir werden vielleicht ein paar weiteren Priestern in den Hallen begegnen. Ich denke, daß ebenfalls ein Priester am Eingang zur Kammer stehen wird. Ich kenne einen Geheimgang zur Kammer, den ich benutze, wenn ich nicht gesehen werden will. Aber er ist sehr klein. Ich glaube kaum, daß ihr euch durchquetschen könnt.«

»Was für Waffen tragen die Soldaten?« fragte Shriek.

»Summer«, sagte L'Claar.

»Summer?« fragte Clive.

»Ja. Du weißt schon — sie zeigen auf dich, und sie machen ein summendes Geräusch, und dann bist du nicht mehr da. Du mußt vor diesen Summern sehr auf der Hut sein.«

Clive schauderte. »Ich glaube, wir machen am besten einen Plan«, sagte er zu den übrigen.

L'Claar schloß die Augen erneut. »Ich bin müde«, sagte sie, während sie sich an Fred lehnte. Der Hippie legte den gesunden Arm um sie, und ehe Clive mitbekam, was geschah, war das Kind eingeschlafen. Sie sah zerbrechlicher aus denn je.

Clive überlegte, ob er sie wecken sollte, entschied sich dann jedoch dagegen. Er dachte, daß sie alles erfahren hatten, was zur Zeit nötig war.

Er besprach mit den übrigen seine Vorstellungen darüber, wie man mit dem, was vor ihnen lag, umgehen sollte. Zu seiner Überraschung stimmten sie ihm ohne größere Diskussion zu.

Und jetzt denke ich, daß wir alle schlafen sollten, **sendete** Shriek in der Art, die Clive als eine Botschaft für alle erkannte. *Oder wenigstens die meisten. Ich fürchte, wir haben eine arbeitsreiche Nacht vor uns.*

»Ich werde Wache halten«, sagte Chang Guafe. »Ich werde euch wecken, wenn der Lärm der Stadt abgeklungen ist.«

Clive dankte dem Cyborg. Er versuchte zu ruhen, aber der Schlaf wollte nicht so einfach kommen. Er fühlte, daß sie sich am Rand eines großen Mysteriums befanden. Er fühlte gleichfalls, daß sie sich in große Gefahr begeben würden. Annie lehnte an seiner Schulter, und ihr Atem ging bald langsam und regelmäßig. Einer nach dem anderen schliefen sie ein, bis die einzigen, die noch nicht schliefen, Horace, Clive und, natürlich, der Cyborg waren.

»Es wird jetzt nicht mehr lange dauern, Sör«, sagte Horace, und obwohl er flüsterte, war seine Stimme belegt vor Aufregung. »Sie hatten recht, damals in den Gängen, als Sie gesagt haben, daß wir Sidi Bombay wieder über 'n Weg laufen würden. Aber ich mach mir Sorgen, bin beinahe krank vor Sorgen. Man kann einfach keine direkte Antwort aus dem Kind herausbekommen, und ich weiß nicht, was wir vorfinden werden, wenn sie uns zu Sidi bringt.«

»Ich weiß, was du meinst, Sergeant Smythe«, sagte Clive. »Ihre Andeutungen waren beinahe zum Verrücktwerden. Und dennoch zögert man, sie zu sehr in die Enge zu treiben. Sie ist so — zerbrechlich.«

»Werd nicht sentimental, Folliot«, sagte Chang Guafe. »Wenn das Kind zerbrechlich wäre, hätte es nicht überlebt.«

Clive seufzte tief. Der Cyborg hatte natürlich recht. Aber als er zu L'Claar hinüberschaute, mit dem glatten und unschuldigen Gesichtchen, während sie in Freds Armen schlief, fiel es schwer zu glauben, daß sie eine zähe Überlebende des Straßenlebens war.

»Nur ein weiteres von den kleinen Geheimnissen des Dungeon, Sör«, sagte Horace.

»Ich nehme an, daß du recht hast, Sergeant Smythe.«

Clive schloß die Augen und war sich unsicher, was ihnen bevorstand, fühlte sich jedoch beruhigt durch die Anwesenheit guter Freunde. Er erwartete nicht, wirklich schlafen zu können, aber die Anstrengungen der Abenteuer des Tages überkamen ihn, und er fiel rasch in einen totenbleichen Schlaf.

Er öffnete die Augen erneut, als er spürte, wie ihm ein metallenes Tentakel an die Stirn tippte. Er fragte sich, ob der Cyborg, den er stets als humorlos eingeschätzt hatte, dies lustig fand.

Wie als Antwort hob Chang Guafe das Tentakel, brachte das Ende zum Glimmen und sagte: »Auf, auf, die Sonne lacht!«, indem er die Worte wiederholte, die er oftmals früh am Morgen von Horace gehört hatte.

Clive war sich noch immer nicht sicher, ob der mechanische Mann tatsächlich versuchte, einen Witz zu machen. Er dachte daran zu fragen, aber als er in Betracht zog, welchen Verlauf Unterhaltungen mit dem Cyborg gewöhnlich nahmen, entschied er sich dafür, die Frage für einen geeigneteren Augenblick aufzusparen.

»Ich glaube nicht, daß wir das tun sollen«, sagte Tomàs. »Die Priester werden das nicht mögen.«

»Tomàs«, sagte Clive fest, »das hier ist *nicht* das Fegefeuer, von dem deine Religion spricht. Es ist einfach nur eine weitere Ebene des Dungeon — höllisch genug. Das garantiere ich dir. Aber ich bin davon überzeugt, daß die Wesen, die es gemacht haben, aus Fleisch und Blut sind, genau wie du und ich. Nur weil ein paar Männer entschieden haben, was wir glauben sollen, heißt das noch lange nicht, daß wir's auch glauben müssen.«

»Eine treffende Beurteilung aller Religionen«, sagte der Cyborg.

Clive überlegte sich noch immer eine scharfe Erwiderung, als L'Claar mit der Aufforderung unterbrach, daß sie sich auf den Weg machen sollten.

»Das Kind ist die einzige, die die Sache nicht aus den Augen verliert«, sagte Annie.

Sie folgten L'Claar schweigend durch die verdunkelten

Straßen. Es war kalt, und abgesehen von der gelegentlichen Gestalt eines heimatlosen Burschen, der in einem Eingang schlief, war weit und breit niemand zu sehen.

Der schimmernde Himmel war jetzt dämmrig, beinahe dunkel. Clive konnte kaum sehen. L'Claar bewegte sich jedoch mit ruhiger Sicherheit.

»Versperren sie des Nachts die Stadttore?« flüsterte er, während sie die leere Hauptverkehrsstaße entlanggingen, die zum Tempel führte.

»Warum sollten sie das tun?« fragte sie.

»Du hast gesagt, daß die Priester eine Flucht als großes Sakrileg ansehen; ich dachte, daß sie vielleicht jeden in der Stadt halten wollten.«

»Es kümmert sie nicht, wenn die Leute aus der Stadt entkommen«, entgegnete L'Claar. »Sie wollen nur nicht, daß sie dem Dungeon selbst entkommen. Weißt du, daß es ungesetzlich ist, diesen Namen hier auszusprechen? Die Priester betrachten es als Ketzerei und bringen Leute, die darauf beharren, ihn zu benutzen, vor die Inquisition. Trotz ihrer Lügen wissen die meisten von uns, daß es hier eine Menge Ebenen gibt. Wie dem auch sei, ich glaube, der wirkliche Grund dafür, warum sich die Priester um eine Flucht Sorgen machen, ist der, daß es unterhalb der Stadt einen Weg aus dem Dungeon gibt.«

Clive blieb stehen, und Shriek wäre deshalb fast über ihn gestolpert.

»Einen Weg hinaus?« zischte er ungläubig.

»Das haben mir einige gesagt«, sagte sie. »Die Priester sind stolz auf mich, weil ich so fromm in der Kammer der Ehrwürdigen bete. Einige von ihnen sagen mir manchmal was.«

»Aber wo ist der Ausgang?« fragte Clive.

»So viel erzählen sie mir auch wieder nicht! Alles, was sie sagen, ist, daß er sich unterhalb der Stadt befindet. Wer weiß. Vielleicht lügen sie auch.«

Clive wurde schwindelig. Ein Weg nach draußen!

»Ein weiterer Priester hat mir gesagt«, fuhr L'Claar

fort, »daß niemand weiß, wohin einen das Tor bringen wird. ›Ein Weg nach draußen‹, sagte er. Aber wohin nach draußen?«

Clive merkte, wie ihm der Mut sank. So sehr er auch dem Dungeon entkommen wollte, so wenig sinnvoll war es, durch eine Tür zu gehen, die ihn vielleicht — nun, zu Shrieks Heimat brächte, zum Beispiel. Das mochte für sie eine Verbesserung sein. Aber kaum eine für ihn.

Er blieb still, bis sie den Tempel erreichten. Das große Gebäude war dunkel. Die Türen waren jedoch unverschlossen geblieben.

»Jeder mag hier zu jeder Zeit eine Zufluchtsstätte suchen«, sagte L'Claar als Antwort auf Clives geflüsterte Frage. »Die unteren Ebenen werden am stärksten bewacht.«

In dem schwachen Licht, das Chang Guafe erzeugte, führte sie sie durch das Schiff hinter den Altar, auf dem früher am Tag die rituellen Auspeitschungen stattgefunden hatten, zu einer Tür im hinteren Teil der Apsis. Sie war verschlossen, aber für Chang Guafe stellte sie keine Schwierigkeit dar; er steckte eines der metallenen Tentakel durch das Schlüsselloch und rüttelte an dem Riegel.

»Der 'borg hätte einen großartigen Einbrecher abgegeben«, flüsterte Annie, als die Tür aufschwang.

Sie begannen ihren Abstieg in das Innere des Tempels.

KAPITEL 39

Die Ehrwürdigen

L'Claar streckte die Hand aus, um zu verhindern, daß sie weitergingen.

Sie befanden sich in einem schmalen Gang. Wände, Boden und Decke bestanden aus glatt poliertem schwarzen Stein. Schwache blaue Lichter standen in ausgesparten Nischen, jede etwa zwanzig Schritte von der nächsten entfernt. Clive fragte sich, wie sie funktionieren mochten.

Der Tempel schien sich langsam zu verändern, während sie sich tiefer hineinbewegten. Wie schon die Stadt Fegefeuer selbst war Clive der obere Teil so erschienen, als entstammte er einer früheren Aera als der expandierenden Welt des Entdeckens und der wissenschaftlichen Forschung. Aber hier ließ sich dieses Gefühl nicht mehr aufrechterhalten. Kleinigkeiten — wie die Lichter und die Art, wie sich die Mauern anfühlten — drückten etwas aus, das auf eine andere Ebene wissenschaftlicher Erkenntnisse hindeutete.

Und dennoch verlief der Übergang langsam. Er überlegte, ob die Priesterschaft, die im Tempel diente, hierarchisch geordnet wäre, so daß einem, je weiter man aufgestiegen wäre, erlaubt wäre, immer tiefer in den Tempel hineinzugehen.

L'Claar unterbrach seine Überlegungen. »Wir werden bald auf einen breiten Gang stoßen«, sagte sie. »Von da ist es nur eine kurze Entfernung bis zu den Wachen.«

Clive nickte und bedeutete Shriek und Horace, zu ihm zu kommen.

Es ist Zeit, sendete er der Spinnenfrau zu.

Sie bestätigte die Botschaft und benutzte die beiden unteren Arme, den alten und den noch immer etwas dürftigen neuen, um sich zwei Stacheln aus dem Unterleib zu ziehen. Diese überreichte sie Clive und Horace.

Seid vorsichtig damit! dachte sie ihnen mit Nachdruck zu. *Solltet ihr euch zufällig selbst damit stechen, würdet ihr für Stunden bewußtlos sein.*

Clive nickte und wünschte ihr Glück. Sie wandte sich um und krabbelte die Wand hinauf. Sie drückte sich gegen die Decke und kroch dann den Gang entlang. Sowohl die Höhe der Decke als auch das dämmrige Licht ließen sie nahezu unsichtbar werden.

»Wir sind bereit«, sagte Clive ruhig. Er wunderte sich über die Art, wie L'Claar einfach nickte und weiterging. *Wieso ist sie so tapfer?* fragte er sich.

Vielleicht macht es ihr nichts mehr aus, sendete Shriek. Sowohl aus dem Tonfall als auch aus dem Inhalt erkannte er, daß diese Botschaft nur für sein Bewußtsein bestimmt war. In ihr schwang ein Gefühl mit, das er seit einiger Zeit nicht mehr erfahren hatte.

Ich habe dich vermißt, meine Freundin, entgegnete er voller Wärme.

Und ich dich. Aber jetzt ist keine Zeit dafür, von dem, was war, zu sprechen. Wir können unsere Differenzen später besprechen. Gegenwärtig wirst du das benötigen, was meine Augen sehen. Ich werde jetzt um die Ecke spähen. Ich komme gleich zurück.

Er tippte L'Claar auf die Schulter, bedeutete ihr, einen Augenblick lang stehenzubleiben, und wartete auf Shrieks Bericht.

Das meiste davon erreichte ihn in Bildern, die er folgendermaßen in Worte übersetzte: *Rechts von der Ecke, etwa hundert Schritte entfernt, sitzt ein Priester in einem hohen Alkoven. Er ist mit etwas bewaffnet, das aussieht wie ein dicker Holzstab. Es wäre jedoch töricht anzunehmen, daß es nur ein Stab ist. Der Gang hinter dem Priester ist von zwei hölzernen Türen verschlossen.*

Clive hoffte, daß L'Claar recht gehabt hätte, als sie ihnen sagte, daß sich auf der anderen Seite der Tür nur zwei Wächter befänden. Er überlegte, warum diejenigen, die für die Tempel verantwortlich waren, nämlich die Priester, vor und die Wächter hinter der Tür postiert waren, und er kam zu dem Schluß, daß es zwei mögliche Gründe hierfür gab: entweder war die Hauptaufgabe der Wächter, die Leute *drinnen* und nicht draußen zu halten, oder sie waren hinter den Priestern versteckt, um das Bild einer gewissen kirchlichen Ordnung aufrecht zu erhalten.

Laßt uns wie geplant weiter vorgehen, sendete er Shriek. Sein Herz machte bei ihrer Antwort einen Freudensprung. *Es soll geschehen, wie du es wünschst, o Folliot.*

Clive und Horace ließen die anderen an der Ecke stehen und gingen auf den Priester zu. Sie bewegten sich langsam, um keinen Verdacht zu erregen — sie hatten sich aus dem gleichen Grund zuvor dafür entschieden, den größten Teil der Gruppe versteckt zu halten. Jetzt versuchten sie lediglich, seine Aufmerksamkeit von Shriek abzulenken, während sie an der Decke des Gangs entlangkroch.

Sobald er sah, wie Clive und Horace den Gang betraten, stand der Priester auf. Horace sprach ihn mit einem der eigenartigen Dialekte an, die er während seiner Reisen erlernt hatte, wobei er versuchte, das Interesse des Mannes zu gewinnen, ohne ihm tatsächlich etwas zu sagen.

Der Priester sah verwirrt drein, jedoch nicht besorgt. Er hielt den Stab vor sich.

Als sie nur noch zehn Schritte von ihm entfernt waren, fiel Shriek von der Decke wie der Zorn Gottes. Sie hatte ihr Gewebe über den Kopf des Priesters gezogen, ehe dieser wußte, was ihn erwischt hatte. Horace und Clive, die hinter ihr hergelaufen waren, standen bereit, die mit Betäubungsmitteln gefüllten Spitzen, die sie ihnen gegeben hatte, in die Wächter zu stoßen, sobald sie die Türe durchschritten hatten.

Der Kampf war kurz und lautlos; die überraschten

Wächter seufzten nur kurz auf, als sie zu Boden fielen. Danach war es eine Sache von Augenblicken, den drei Männern die Kleider abzustreifen.

Shriek ging zurück, um die anderen zu rufen. Ohne den geheimnisvollen Anzug abzulegen, den ihm Green gegeben hatte, hatte Clive die Uniform einer der Wächter übergestreift. Der abgewrackte Fred zog die andere Uniform über, wenngleich er mit dem Arm in der Schlinge kein völlig überzeugendes Bild eines Soldaten im Dienst abgab. Wie geplant zog Horace die Kleidung des Priesters an. Nachdem er die Robe des Klerikers übergestreift hatte, wischte er sich mit einer Geste übers Gesicht, die Clive das erste Mal gesehen hatte, als der Sergeant in der Verkleidung als chinesischer Mandarin damals auf der *Empress Phillippa* bei ihm erschienen war.

Die übrigen schrien überrascht auf. Selbst Clive, der dies doch zuvor schon gesehen hatte, war überrascht über die Veränderung, die im Gesicht seines alten Freundes vonstatten gegangen war. Er überlegte, wieviel davon auf Horace angeborenen Fähigkeiten beruhte und wieviel von den Implantaten herrührte, die er auf jener schicksalsträchtigen Reise nach Tibet erhalten hatte.

»Nehmt ihre Summer«, sagte L'Claar und zeigte dabei auf die Röhren, die die Wächter getragen hatten und die zu Boden gefallen waren, als Clive und Horace sie bewußtlos gemacht hatten.

Clive hob eine der Röhren auf. Er untersuchte sie neugierig.

»Wie funktionieren sie?« fragte er.

»Das weiß ich nicht«, sagte L'Claar. »Aber sie sind sehr mächtig. Wie dem auch sei, ihr seht nicht wie Wächter aus, wenn ihr keine tragt.«

Er schob die Waffe durch die Schlinge im Gürtel, die laut L'Claar dazu gedacht war, die Waffe zu halten. Dann reichte er Fred den anderen ›Summer‹.

Widerstrebend, jedoch aus Hochachtung vor Clives

Wünschen, hatte Shriek davon Abstand genommen, die bewußtlosen Männer zu töten. Sie ließen sie im Alkoven zurück, festgebunden in Shrieks Gewebe.

Sie gingen weiter, wieder unter L'Claars Führung. Clive dachte, daß sie als offizielle Gruppe ziemlich überzeugend ausgesehen haben mußten, denn die drei Priester, denen sie begegneten, taten nichts weiter, als in ihre Richtung zu nicken.

Sie stiegen eine weitere breite Treppenflucht hinab.

»Dies ist nicht der einzige Weg zur Kammer«, sagte L'Claar als Antwort auf eine Frage von Horace. »Es gibt noch einen anderen, breiter und direkter. Jeder in Fegefeuer kennt diesen Weg, denn er ist jeden dritten Tag für die Beteiligten geöffnet. Weil er so gut bekannt ist, ist dieser Weg auch viel sorgfältiger bewacht.«

»Keiner der Priester schien überrascht zu sein, dich zu sehen«, sagte Fred.

L'Claar lächelte jetzt tatsächlich. »Sie nennen mich die kleine Priesterin«, entgegnete sie, »wegen meines hingebungsvollen Dienstes in der Kammer.«

Sie gingen schweigend weiter, abgesehen von gelegentlichen Fragen an L'Claar. Clive fiel auf, daß es allmählich wärmer wurde.

Er fragte sich gerade, wieweit sie wohl noch zu gehen hätten, als ihn L'Claar am Arm berührte. »Hier«, flüsterte sie. Sie standen vor einer ziemlich scharfen Biegung im Gang. »Die Kammer ist nicht weit vor uns. Wir müssen hier warten, während Horace vorangeht und sich um die Priester an der Tür kümmert.«

Shriek reichte Horace einen Stachel. Er ließ die mächtige Waffe mit aller Vorsicht in seinen Ärmel gleiten. Dann ging er um die Ecke.

Clive blieb wachsam, bereit für jedes Anzeichen von Schwierigkeiten, das von vorn auftauchen mochte. Einen Augenblick später vernahm er Stimmen.

Die erste war die des wachhabenden Priesters: »Hoi, Bruder, was bringt dich zu dieser Nachtzeit hierher?«

»Ich hab 'ne Nachricht von oben«, sagte Horace Smythe, womit er klug die Tatsache verschleierte, daß er keine Ahnung hatte, wie die Oberen der Priester genannt werden mochten.

»Gibt's Schwierigkeiten?« fragte der andere.

»Sie haben mich die Nachricht nicht lesen lassen«, sagte Horace in einem Tonfall, der bestimmt dafür sorgte, daß sich der andere ziemlich dämlich vorkam. »Sie haben mir nur gesagt, daß ich sie euch bringen soll.«

Ein kurzer Schrei, das Geräusch, wie wenn jemand auf dem Boden zusammenbrach, und dann erschien Horace wieder an der Ecke und winkte ihnen zu, daß sie ihm folgen sollten.

Sie setzten sich erneut in Bewegung. Es war nur eine kurze Strecke bis zu der hölzernen Tür, an der die jetzt bewußtlosen Priester Wache gestanden hatten.

»Er hätte mich hereingelassen, wenn ich allein gekommen wäre«, sagte L'Claar versonnen. »Er war einer derjenigen, die mich die kleine Priesterin genannt haben.«

»Krieg ist die Hölle, mein Herz«, sagte Fred und nahm sie bei der Hand. »Wir wollen mal nach deinem Freund sehen.«

Clive schwang die massive hölzerne Tür auf und ermöglichte ihnen damit einen dermaßen höllischen Anblick, daß es leicht fiel zu glauben, die Stadt oben wäre tatsächlich das Fegefeuer.

Der Boden des Raums war mehr als zwei Zentimeter hoch mit irgendeiner schleimigen, zähen, klebrigen und schlüpfrigen Substanz bedeckt. Von den Wänden und von der Decke hingen wie Girlanden dicke Stränge einer gelben, gewebeartigen Substanz sowie einige hundert gelatinöser Eierbeutel herab. Die Beutel schienen lebendig zu sein, so wie sie sich wanden und krümmten. Das Ganze wurde von einem schwachen gelben Licht erleuchtet, das aus den Wänden selbst herauszukommen schien.

»Was ist das hier?« fragte Clive mit vor Ekel belegter Stimme. »Wo ist Sidi Bombay?«

»Er befindet sich in einem der Eier«, sagte L'Claar in dem Ton, den sie stets anschlug, wenn sie auf dumme Fragen antwortete.

Annie legte dem Kind die Hand auf die Schulter. »Wie ist er hierhergekommen?« fragte sie mit zitternder Stimme.

»Ein Wurm hat ihn gebracht«, sagte das Kind. Ihr Gesichtsausdruck deutete an, daß sie es wirklich satt hatte, solche dummen Fragen zu beantworten. »Dies ist die Kammer der Ehrwürdigen. Hier habe ich meine Mutter gefunden, wenngleich es zu spät war, sie zu retten. Jeder hier wurde von einem Q'oornan'schen Wurm verschluckt, während er zwischen den Welten umherreiste. Hier leiden sie. Hier werden sie geprüft. Die meisten werden sterben, aber einige werden sich mit den Würmern vereinigen.«

»Aber wozu das Ganze?« fragte Horace. »Warum werden sie die Ehrwürdigen genannt?«

»Weil sie so schrecklich leiden«, sagte L'Claar. »Die Priester sagen, daß die Leute in den Beuteln ganz besondere Seelen sind, dazu auserwählt, das Gewicht der Sünden der anderen zu tragen. Ihr Leiden ist so gewaltig, daß es jeden näher ans Paradies bringt. Darum werden sie an einem hochehrwürdigen Platz gehalten.«

»Ekelhaft!« sagte Finnbogg heftig, während er den Fuß aus der zähen Masse hob, in der sie standen. »Ekelhaft, ekelhaftes Zeug. Schlechter Geruch tut Finnboggs Nase weh.«

Clive konnte das verstehen. Er vermochte selbst kaum den widerlichen Gestank in der Kammer zu ertragen. Für Finnboggs empfindliche Nase mußte er überwältigend sein.

Er ging in dem höllischen Raum umher und benutzte dabei den kurzen Summer, den er dem Priester abgenommen hatte, um die klebrigen Stränge des gelben Gewebes beiseite zu schieben. Durch die transparenten Hüllen der gelben Beutel sah er gelegentlich eine Gestalt, die sich vor Qualen wand. Einige von ihnen waren menschenähnlich; andere nicht. Die Haltung kam ihm bekannt vor, und ein paar Augenblicke später erkannte er sie als diejenige, die in die Außenwand des Tempels gemeißelt war.

Die Atmosphäre der Kammer schien schwer vor Leid zu sein.

»Das da ist Sidi Bombay«, sagte L'Claar, ließ ihre Hand in Clives Hand gleiten und deutete auf einen Beutel, der sich weit entfernt zu seiner Rechten befand.

Mit Ehrfurcht und Entsetzen näherte er sich langsam der Stelle. Durch die transparente bernsteinfarbene Hülle des Beutels erblickte er die Umrisse eines Mannes.

L'Claar starrte den Beutel fast ehrfürchtig an. In ihren Augenwinkeln standen Tränen.

»Ich kann ihn nicht erreichen«, wisperte sie. »Ich will ihm sagen, daß wir hier sind. Aber er steckt tief im Wurm. Er ist weit weg.«

Clive langte in das Gewand des Wächters und zog sein eigenes Messer heraus. Unbekümmert um das Sakrileg, das er beging, schlitzte er den Beutel auf, der Sidi Bombay enthielt.

Er sprang mit einem Schrei des Ekels zurück, als ein Schwall stinkender Flüssigkeit aus dem Beutel spritzte. Sein Schrei wurde zu einem Ausruf des Erstaunens, als er näher untersuchte, was aus der entzweigeschnittenen Membran herausgestürzt war und nun sich windend ihm zu Füßen lag.

KAPITEL 40

Die Ernte
der Seelen

Zunächst begriff Clive nicht, daß die zuckende Gestalt, die in der Lache stinkender Flüssigkeit ihm zu Füßen lag, tatsächlich Sidi Bombay war. Was sich geändert hatte, was es so erschwerte, den ehemaligen Anführer wiederzuerkennen, war die Tatsache, daß die Zeit im Ei all die Jahre von ihm abgestreift zu haben schien.

Der Sidi Bombay, den Clive damals zuerst in Afrika getroffen hatte, war hager und runzelig gewesen, fast ein alter Mann. Der dunkelhäutige Mann, den er jetzt vor sich hatte, war glatthäutig, mit gerundeten Gliedmaßen und ohne jede Spur von Weiß in den Haaren.

»Was ist mit ihm geschehen?« rief Horace. »Was ist mit Sidi Bombay geschehen?«

»Der Wurm hat seine Vergangenheit verschlungen«, sagte L'Claar. Sie war an Sidis Seite geeilt. Sie kniete jetzt neben ihm und achtete nicht weiter auf den widerlichen Schleim, der den Boden bedeckte. Sie strich Sidi mit der winzigen Hand über die Stirn. »Die Priester sagen, daß die Würmer von dem leben, was eine Person darstellt, was sie getan, gesehen, erlebt hat. Im Gegenzug machen sie die Person zu einem Teil ihrer selbst. Daß Sidi als Nahrung für das Bewußtsein des Wesens benutzt wurde, mit dem er verbunden war, bedeutet, daß die Verbindung ein völliger Erfolg war.« In ihrer Stimme lag unzweideutig eine Spur von Stolz. »So etwas kommt sehr selten vor. Es bedeutet, daß Sidi zur Erntezeit von großem Wert gewesen wäre. Die Heiligen können jemanden wie ihn gut gebrauchen, wenngleich ich nicht weiß, wofür.«

Sie sah sich nervös um. »Sie haben gewußt, daß er

hier war und auf die Erntezeit wartete. Sie werden sehr zornig sein, wenn sie herausfinden, was geschehen ist. Der Zorn der Heiligen ist, wie man sagt, in der Tat ein gewaltiger.«

Sidi blinzelte. Plötzlich zuckte sein Körper. Der Schrei, der ihm entfuhr, schien endlos lange von den Wänden der Kammer widerzuhallen. Die anderen Eierbeutel wanden sich wie aus Mitleid. Mit geschlossenen Augen streckte er die Hand aus, als er versuchte, etwas Undefinierbares zu ergreifen. Er begann zu zittern und zu weinen.

»Was geht da vor?« wollte Horace wissen.

»Die Verbindung ist durchtrennt worden«, flüsterte L'Claar. »Er ist nicht mehr mit dem Wurm vereint. Irgend etwas tief in seinem Innern ist weggerissen worden.«

Sie beugte sich über den sich windenden Mann und flüsterte ihm etwas ins Ohr. Clive konnte die Worte nicht verstehen, aber Sidis Zittern ließ allmählich nach. Die Lider zuckten, die Augen öffneten sich, öffneten sich dann noch weiter. Er schloß sie, als versuchte er, etwas Unmögliches abzuschotten, öffnete sie dann erneut.

»Du bist's!« sagte er. Die Stimme war schwach. Er schaute sie erneut an. »Du bist nicht so, wie ich mir's vorgestellt habe«, flüsterte er.

»Aber ich bin hier«, antwortete sie.

Er schloß die Augen, und eine große dunkle Hand umfaßte fest die ihre. Ein weiteres Zucken folterte seinen Körper.

»Wo bin ich gewesen?« wimmerte er. »Ich komme mir so vor, als fehlte ein Teil meiner selbst — als wäre da ein Loch mitten in mir.«

»Du warst mit dem Wurm zusammen«, sagte L'Claar.

Sidi öffnete die Augen und blickte das Kind staunend an. Dann bemerkte er seinen Arm, der zwischen ihren zusammengelegten Händen herausragte. Er schaute an seinem Körper hinab.

»Was ist mit mir geschehen?« rief er.

Plötzlich wurde sich Clive der Tatsache bewußt, daß Sidi nackt war. Er legte die Tunika des Wächters ab, die er getragen hatte, und legte sie Sidi über Bauch und Beine.

»Ein prüder Viktorianer, wie er im Buche steht«, flüsterte Annie, aber der Tonfall schien weniger höhnisch denn wohlwollend ironisch zu sein.

»Du wirkst ziemlich verjüngt«, sagte Horace, der sich bemühte, einen gleichmütigen Tonfall zu wahren. Er kniete sich neben Sidis linke Seite, L'Claar gegenüber. »Erinnerst du dich, wie's geschehen ist?«

»Ich war so weit weg«, murmelte Sidi. »Ich habe viele seltsame Dinge gesehen, bin zu so vielen entfernten Orten gegangen. Gleichwohl scheine ich mich nicht an sie zu erinnern. Wohin sind sie verschwunden, L'Claar?«

»Kümmre dich nicht darum, alter Knabe«, sagte Horace und strich seinem alten Freund über die Stirn. »Das ist jetzt alles vorbei. Wir haben dich gefunden. Du bist wieder bei uns, da, wo du hingehörst.«

»Wo ich hingehöre?« fragte Sidi distanziert, und Clive begriff sehr wohl, daß Sidi, zumindest für den Augenblick, nirgendwohin gehörte. Es war, als wäre seine Seele frei vom Körper umhergewandert und wäre unschlüssig, wie sie ihren Weg zurückfinden sollte.

»Schon gut, Sidi«, sagte Horace. »Du ruhst dich eben ein wenig aus. Wir sind dazu da, dich von hier wegzuholen. Du erinnerst dich an mich, nicht wahr? Dein alter Kamerad Horace — dein Blutsbruder.«

Seine Stimme klang beinahe verzweifelt.

Sidi öffnete erneut die Augen. »Ich erinnere mich«, flüsterte er. »Aber es ist so, als sähe ich das alles durch einen Nebel. Alles ist so düster und verschwommen.«

»Erinnerst du dich, wie du hierhergekommen bist?« fragte Annie.

Sidi zögerte, nickte dann. »Nach der Schlacht auf der Brücke«, sagte er ruhig. »Ich erinnere mich daran, wie ich die mechanischen Klauen, die wir von dem anderen

Wesen abgemacht hatten, dazu benutzte, um an den Tentakeln dieses monströsen Wurms hinaufzuklettern. Sie waren glitschig, und da sie mir unter den Händen und Füßen vor- und zurückschlugen, ist es mir ein Rätsel, wie ich so weit kam, wie ich gekommen bin. Als ich sie schließlich erklommen hatte, merkte ich, daß es sinnlos gewesen war. Das Ding hat nur den Mund vorgestreckt — er war wie eine lange Röhre — und mich eingesogen.«

Ein Schaudern erschütterte seinen Körper.

»Selbst als ich drinnen war, hackte und schnitt ich noch mit der Klaue wild drauf los, aber es half nichts mehr. Ich merkte bald, wie ich durch so etwas wie einen fleischigen Tunnel rutschte. Er drückte mich und zog an mir, knetete mich, als wäre ich ein Stück Teig. Gleich, wie sehr ich auch kämpfte, er zog mich immer weiter. Es war düster! Es war so düster, Horace. Ich habe niemals eine solche Dunkelheit erlebt. Und dann ...«

Sidi legte eine Pause ein, und ein dünner Tränenstrom rann ihm unter den geschlossenen Lidern hervor. Seine Stimme war belegt vom Schmerz der Erinnerung.

»Und dann bin ich in einer dicken Flüssigkeit herausgekommen, die mir das Fleisch von den Knochen zu brennen schien. Ich schrie und schrie, aber kein Ton kam heraus. Ich weiß nicht, wie ich geatmet habe. Vielleicht überhaupt nicht. Es war so dunkel. Ich hatte solche Schmerzen. Nach einer Weile stießen Dinge in der Dunkelheit nach mir, stachen mich, streichelten mich — beleckten mich.«

Annie drückte sich näher an Clive. Er legte den Arm um sie.

»Nach einer Weile bemerkte ich, daß mich irgend etwas umschlossen hielt. Obgleich es dunkel war, sah ich manchmal Dinge in meinem Bewußtsein. Ich verstand sie nicht, kann mich kaum an die Bilder erinnern. Ich meine mich daran zu erinnern, wie ich eine lange Zeit durch glatte blaue Gänge geglitten bin.«

Clive merkte, wie ihm eine Idee im Hinterkopf pochte. Aber sie wollte nicht ans Tageslicht treten, wo er sich mit ihr befassen könnte.

»Später fühlte ich einen enormen Druck, als würde ich durch ein schmales Loch gequetscht. Und dann gab es nichts mehr außer Dunkelheit und Schmerz, bis L'Claar zu mir kam.«

Er drückte ihr die Hand.

»Das ist äußerst befremdlich«, sagte Chang Guafe tonlos. »Dieses Wesen — du hast es mir so beschrieben, als hätte es das Gesicht deines Bruders, als du mir zum ersten Mal von deinen Erlebnissen erzähltest, Folliot — scheint die Wesen, die es verschlingt, in diesen Membranen hier einzuschließen. Dann bringt es sie hierher und scheidet sie aus. Warum? Sicherlich nicht nur als Abfall — dieser Ort hier sieht dafür zu sehr nach einem Nest aus, als daß das Sinn ergäbe. Aber was kann der Zweck des Ganzen sein? Vielleicht als Futter für die Jungen?«

Clive war verärgert über die Gleichgültigkeit des Cyborg. Aber bei dessen Spekulationen wurde er sich erneut bewußt, was ihn umgab. Während er sich in der höllischen Kammer umschaute, durchflutete ihn die helle Wut. Zwischen dem Gewebe waren Hunderte der Beutel verteilt, die in dem schwachen bernsteinfarbenen Licht zuckten. Und in jedem dieser Beutel steckte ein lebendiges Wesen — irgendein Mann oder irgendeine Frau oder sogar ein Fremdwesen — und litt, wie Sidi Bombay gelitten hatte.

Er ging auf den ihm am nächsten hängenden Beutel zu.

»Was machst du da?« fragte Annie.

Bevor er zu antworten vermochte, schlingerte der Beutel zur Seite. Clive fuhr angeekelt zurück, als ihm die schleimige Membran übers Gesicht streifte. Durch die transparente Hülle sah er, wie sich das Wesen im Beutel in Qualen wand.

Ohne weiter darüber nachzudenken, hob er das Messer und öffnete den Beutel mit einem Schnitt. Heiße Flüssigkeit quoll heraus und zusammen damit ein Bündel rohes, leberfarbenes Fleisch, das einmal ein Mann gewesen sein mochte, aber jetzt mit Sicherheit keiner mehr war. Es landete mit einem weichen *Plop* in dem Schleim, zuckte elendiglich und stieß dabei den Klumpen, der einst der Kopf gewesen sein mußte, gegen den Fußboden. Eine Öffnung, die vielleicht einmal ein Mund gewesen war, formte sich zu einem Schrei, wenngleich kein Laut herauskam.

Clive spürte, wie sich ihm der Magen hob, und eine heiße Bitterkeit stieg ihm in der Kehle hoch. Er schloß die Augen und durchbohrte das Ding. Wenn es ein Mord war, dann war's ein Mord. Er durfte sich nicht Mensch nennen, wenn er ein solches Leid geschehen ließe.

»Horace, hilf mir!« schrie er. »Wir müssen diesem Greuel ein Ende bereiten!«

Ohne auf Antwort zu warten, ging er zum nächsten Beutel und schlitzte ihn auf. Das Wesen, das auf der Stelle herausfiel, schlang Clive ein Tentakel ums Bein. Es schrie sogar dann noch, als es den Fuß zum Mund zerrte. Clive rutschte aus und stürzte in den gefährlichen Schleim. Der Magen hob sich ihm vor Ekel, während er sich voranzog und dem Wesen mit dem Messer übers Gesicht fuhr. Es starb kreischend.

Clive erschauderte. Er versuchte gerade, sich darüber klarzuwerden, ob er den nächsten Beutel öffnen sollte, als ihm die Entscheidung durch die Ankunft eines Heiligen mit zwölf Priestern abgenommen wurde.

Sie kamen durch ein Loch im Fußboden herein, das wie durch Magie in der Mitte der Kammer erschien. Eine Plattform trug die dreizehn Männer rasch und still in den Raum. Einer der Männer — der Heilige, wie Clive später erfuhr — trug eine weiße Robe mit Kapuze. Er hatte langes schwarzes Haar und Augen, die aussahen, als könnten sie eine Lokomotive auf den Schienen anhalten.

»Du wirst auf der Stelle mit diesem Sakrileg aufhören«, befahl er. »Diese Kammer gehört den Heiligen des Fegefeuers. Die Ehrwürdigen dürfen nicht berührt werden.«

Clive zitterte vor Wut. »Das ist unheilig«, sagte er. »Wie können Sie so etwas rechtfertigen?«

Er ging auf den nächsten Beutel zu.

»Ich glaube, Sie verstehen nicht«, sagte der Heilige. Er zog die Hand aus dem Ärmel und zog einen schmalen Stab hervor, etwa von der Dicke des Daumens eines Mannes und etwa dreimal so lang.

Clives erste Reaktion war Belustigung. War dieser beschränkte Priester etwa nicht besser als ein Medizinmann im Dschungel, daß er glaubte, er könnte sie mit einer religiösen Version eines magischen Stabs aufhalten?

Er setzte sich in Bewegung. Der Priester machte nur eine kleine Bewegung mit der Hand, und ein Energiestrahl traf den Fußboden vor Clive. Er hörte lediglich ein summendes Geräusch. Aber an der Stelle, an der der Strahl den Fußboden getroffen hatte, hatte er ein Loch von der Größe einer Faust eingebrannt. Schleim tropfte über den Rand und füllte das Loch, während er zusah.

»Summer«, sagte L'Claar ganz einfach.

Ehe Clive antworten konnte, erschien ein Dutzend weiterer Priester in der Tür, durch die seine eigene Gruppe gekommen war. Sie alle waren mit der gleichen Art von Waffe ausgerüstet.

»Ich weiß, daß wir auf diese Weise schon einmal in Schwierigkeiten geraten sind«, sagte Clive ruhig. »Aber ich glaube, wir tun besser das, was sie sagen.«

Selbst so gab es Schwierigkeiten, als die Priester sie mit Hilfe der Waffen zusammentrieben und aus der Kammer drängten. Einen Augenblick lang dachte Clive, sie würden Horace verlieren.

»Nein«, sagte Horace. »Ich gehe nicht, wenn wir nicht Sidi Bombay mitnehmen.«

»Sei kein Narr«, sagte der Heilige. »Der Ehrwürdige

hat ernsthafte traumatische Schäden erlitten. Er muß eine geeignete Behandlung erhalten, oder er wird nicht länger von Nutzen sein.«

Er schickte erneut einen Blitzstrahl aus dem Summer und trieb damit ein Loch in den Boden, knapp eine Handbreit von der Stelle entfernt, an der Horace neben Sidi Bombay kniete.

»Das ist meine letzte Warnung«, sagte der Heilige. »Wenn es nicht so wäre, daß sich die Inquisition mit dieser Blasphemie beschäftigen wollte, würde ich dich mit Freuden gleich auf der Stelle beseitigen. Gib mir noch einen Grund, und ich könnte mich dazu entschließen, mich lieber mit der Inquisition anzulegen, als noch einmal zu zögern.«

»Pragmatismus«, sagte der Cyborg. »Überlebe jetzt, hab' dafür später eine Chance. Stirb jetzt, und du minderst deine Chancen erheblich.«

Horace stand auf und ging zu den übrigen hinüber.

»Es tut mir leid zu sehen, daß du dazu gehörst, kleine Priesterin«, sagte einer der Männer zu L'Claar. »Du bist dir darüber im klaren, daß es für dich keine Gnade gibt.«

»Das weiß ich«, sagte L'Claar mit der matten Stimme einer Person, die schon längst gelernt hatte, daß Schmerz unausweichlich war.

»Bruder Daniel, würdest du dich bitte um die Gefangenen kümmern?« sagte der Mann in Weiß.

»Jawohl, Eure Heiligkeit«, sagte ein großer schlanker Mann mit sauertöpfischem Gesicht.

»Eure Heiligkeit?« fragte Tomàs mit zitternder Stimme.

»Ich bin einer der Heiligen«, sagte der Mann in Weiß. Und fügte dann mit der Sicherheit eines Fechters, der eine Schwachstelle beim Gegner entdeckt, hinzu: »Und ich bin überhaupt nicht einverstanden mit dem, was ihr heute getan habt.«

Tomàs schrie verzweifelt auf und umklammerte seinen Rosenkranz.

Bruder Daniel gab einen Befehl, und die Gefangenen wurden aus der Kammer in eine Halle getrieben, von wo aus sie durch etwas hindurchgingen, das wie ein endloses Labyrinth von Gängen anmutete. Schließlich erreichten sie einen Gang, in dessen Wänden massiv aussehende Türen aneinandergereiht waren. Einer der Priester öffnete eine der Türen zur Rechten. Die anderen zwangen die Gefangenen unter Einsatz der Summer, durch die Tür zu gehen.

Bruder Daniel machte sich die Mühe, Clive ins Gesicht zu spucken, als dieser die Zelle betrat. »Blasphemiker«, sagte er. Die Tür schlug zu und ließ sie in Dunkelheit — ein Umstand, von dem Chang Guafe gewillt war, ihn auf unkonventionelle Weise zu ändern.

Einige lange und unselige Stunden später glitt ein kleines Panel beiseite und zeigte eine Öffnung, die mit einem festen Gitter gesichert war.

»Ihr seid wegen Hochverrats gefangengenommen worden«, sagte eine ernste Stimme von der anderen Seite der Tür. »Ihr werdet vor die nächste Versammlung der Großen Inquisition gebracht werden, die in drei Tagen beginnen wird.«

»Wessen sind wir ...«, begann Clive. Aber das kleine Panel glitt zurück und ließ sie erneut in der Dunkelheit zurück.

Nach einer Weile kam ein anderer Mann. Dessen Stimme, die sie in diesem Fall durch einen kleinen Schlitz unten an der Tür vernahmen, klang alt und müde.

»Nun, versucht nicht, mich hereinzulegen«, sagte er, während er eine Schale lauwarmen Wassers durch den Schlitz schob. »Ich hab keinen Schlüssel, also würd's euch ohnehin nichts nutzen. Ihr habt euch in 'nen schönen Schlamassel reingeritten«, fuhr er freundlich fort und ließ dem Wasser eine Schale Haferschleim folgen.

»Ich tät's wieder, hätte ich die Möglichkeit dazu«, sagte Clive mürrisch.

»Helden«, sagte Annie, wenngleich sie das Wort so neutral herausbrachte, daß er keine Ahnung hatte, was sie damit wirklich meinte.

»Der Großinquisitor wird erfreut sein, wenn du das sagst«, sagte der Mann. »Das wird ihm die Arbeit vereinfachen.«

»Was für ein Gericht wird das sein?« fragte Clive. »Wird es Schöffen geben?«

»Was ist das: Schöffen?« fragte der alte Mann.

Als Clive es ihm erklärte, brach der alte Mann in Gelächter aus und sagte: »Überhaupt nicht. Verhandlungen werden hier vor dem Großinquisitor geführt, und der braucht keine Geschworenen, die ihm dabei helfen, sich ein Urteil zu bilden. Wir haben seit kurzem einen neuen, und er ist, was ich so gehört hab, ein ganz harter. Bischof Neville nennen sie ihn, und ich bezweifle, daß er bei solchen wie euch Gnade walten lassen wird.«

KAPITEL 41

Bischof Neville

Wenn das Entwirren von Rätseln an sich schon eine ausreichende Beschäftigung für Körper und Geist war, dann hätte Clives kleiner Trupp während der drei Tage ihrer Gefangenschaft mehr als genug zu tun gehabt.

Zunächst einmal waren da die Angelegenheit mit Sidi Bombay und die versteckten Anspielungen, die L'Claar auf die meisten ihrer Fragen über die gesamte Lage gemacht hatte, bei denen sie fast verrückt geworden waren. Nur weil sie jetzt ein wenig mehr wußten, war es ihnen möglich, Fragen zu stellen, durch die sie einige wirklich neue Informationen sammeln konnten.

Dann war da die Angelegenheit mit Neville — oder ›Bischof Neville‹, wie der Großinquisitor genannt wurde.

»Hat die Boshaftigkeit meines Bruders eigentlich niemals ein Ende?« Clive hatte vor Wut gekocht, als der Mann, der ihnen diese wenigen Informationen gegeben hatte, sich getrollt hatte.

»Seien Sie jetzt nicht so hart zu dem Burschen, Sör«, sagte Horace. »Zunächst einmal wissen Sie gar nicht, ob er es ist. Es mag irgendein bizarres Zusammentreffen sein. Er ist nicht der einzige Neville in der Welt, wissen Sie.«

»Nun, sein Name scheint hier in diesem verdammten Dungeon häufiger aufzutauchen, als ›Peter Müller‹«, erregte sich Clive. Aber er wußte, daß Horace recht hatte. Es war zu früh, um wegen der ganzen Sache beunruhigt zu sein. Er wußte ja wirklich nicht, ob sein Bruder der Inquisition vorstand, der sie gegenübertreten müßten.

Die Sache wurde noch verwirrender während einer jener Perioden, als Chang Guafe für ein wenig Licht in der kleinen Zelle sorgte und Clive sich entschloß, mit einem gewissen Grad an Perversität, die er selbst nicht richtig verstand, das verrückte kleine Tagebuch durchzublättern, das bislang seine einzige Verbindung zu Neville gewesen war, seitdem sein ruheloser Bruder vor beinahe zwei Jahren im afrikanischen Busch verschwunden war.

Er war sowohl erschrocken als auch erfreut, eine neue Botschaft zu entdecken!

Clive — ich glaube, ich habe die Teufel an der Nase herumgeführt. Ich weiß, daß ich dir gesagt habe, du solltest jede weitere Botschaft ignorieren, weil das Tagebuch gefälscht worden sei. Glücklicherweise kannst du diese Warnung in den Wind schlagen.

Beachte hingegen diese neue Anweisung. Hüte dich vor den Priestern der vierten Ebene! Sie predigen ein seltsames Glaubensbekenntnis, nämlich Erlösung durch Strafe; sie sind ganz verrückt danach, ihren Glauben zu verfolgen, und es ist einfacher, sie zu beleidigen, als du dir vorstellen kannst. Vermeide um jeden Preis, ihnen in die Hände zu fallen.

Die Dinge entwickeln sich phantastisch schnell. Eile und hole mich ein, denn ich habe dir viel zu sagen.

Wie immer der deine, Neville.

»Nun, das is ja mal 'ne ermutigende Nachricht«, sagte Horace, nachdem Clive sie laut verlesen hatte. »Mach das nich, was du bereits getan hast, weil wir sonst in der Scheiße stecken!«

»Oh, es ist trotzdem eine gute Nachricht«, sagte Clive. »Siehst du das denn nicht — sie bedeutet, daß wir dem Tagebuch wieder vertrauen können. Nevilles Anweisung war in diesem Fall korrekt, wenngleich sie ein bißchen spät kam. Und er sagt, daß er das Problem gelöst hat.«

»Bist du einfach nur beschränkt oder einfach zu gutmütig, um einen Verrat zu durchschauen, wenn er dir so ins Gesicht springt?« fragte Tomàs in einem etwas schärferen Tonfall, als er ihn Clive gegenüber normalerweise anschlug.

»Was meinst du damit?« fragte Clive ein wenig streitlustig.

»Ich meine, welche bessere Möglichkeit gäbe es für jemanden, der dein Vertrauen zurückgewinnen will, als dir eine wirklich nützliche Nachricht im Namen deines Bruders zukommen zu lassen? Nur weil die Worte diesesmal wahr sind, heißt das noch lange nicht, daß die Absicht, die dahintersteckt, gut ist. Und wie nützlich ist eine Botschaft, wenn sie uns etwas sagt, das wir bereits wissen?«

»Vielleicht habe ich das Buch nur nicht rechtzeitig gelesen«, sagte Clive verunsichert. »Wir waren in letzter Zeit ganz schön beschäftigt.«

Aber es war zu spät; sein Vertrauen in die Botschaft war bereits zerstört. Sie mochte tatsächlich aufrichtig gemeint sein. Dem Buch mochte man vielleicht wieder Vertrauen schenken können — und es mochte wertvoller denn je sein, weil er sich nämlich jetzt des vorangegangenen Verrats bewußt war, was solche Botschaften erklären würde wie die verhängnisvolle Anweisung, den Gong im Schwarzen Turm zu schlagen, eine Handlung, aufgrund derer sie sofort von Kräften angegriffen worden waren, die nur darauf gewartet hatten, von dem Klang herbeigerufen zu werden.

Aber es gab keine Möglichkeit, sich völlig sicher zu sein. Jede Botschaft wäre nun verdächtig, jedes bißchen Information eine zweischneidige Sache. Er steckte das Buch mit einem mißmutigen Seufzer zurück in den Anzug.

War denn je irgend etwas in diesem verdammten Dungeon das, was es zu sein schien?

Und so ging die Zeit dahin, sie zankten sich untereinander, sie machten sich Sorgen darüber, was mit Sidi

Bombay geschehen sein mochte, nachdem er jetzt zu den Heiligen gebracht worden war, und sie erinnerten sich in ruhigeren Augenblicken sogar der vergangenen Abenteuer, erzählten einander Geschichten wie alten Freunden, die man nach längerer Abwesenheit wiedertrifft und mit denen man einen trinken geht und dabei die Erinnerungen an die alten Tage auffrischt.

Sowohl Horace als auch L'Claar waren besonders bestürzt darüber, daß sich Sidi Bombay in den Händen der Heiligen befand. Während Horace indessen im allgemeinen wegen dieser Sache stoische Ruhe bewahrte, mußte L'Claar häufiger weinen. Wenn dies geschah, nahm sie der abgewrackte Fred in die Arme und wiegte sie und summte dabei lächerliche Lieder über Affen und Bären. Angesichts der Anzahl und Verschiedenheit dieser kleinen Liedchen argwöhnte Clive, daß er sie erfand, nur um sich selbst zu unterhalten, während er die Kleine beruhigte.

Chang Guafe verbrachte unzählige Stunden mit dem Versuch, Annies frühere Bemerkung, er hätte das Zeug für einen großartigen Einbrecher, in die Tat umzusetzen. Er war jedoch nicht imstande, eine Tentakelkombination zu finden, die ihre Gefängnistür öffnete — vor allem deshalb, nahm Clive an, weil es auf dieser Seite der Tür kein Schlüsselloch gab.

Es war in der Tat diese Zelle, die ihnen die meisten Unannehmlichkeiten bereitete. Sie war so schmal, daß niemals mehr als drei gleichzeitig Seite an Seite stehen konnten. Sie war lediglich mit einer eisernen Bank ausgestattet, die so kurz war, daß nur L'Claar oder Finnbogg sich darauflegen konnten, und der arme Zwerg war so breit gebaut, daß auch er's sich nicht recht gemütlich darauf machen konnte. Ein rundes Loch in der Ecke des Raums war der einzige Ort, an dem sie sich erleichtern konnten, eine Tatsache, die Clive äußerstes Unbehagen bereitete und weswegen er die Dunkelheit so schätzte.

Er schätzte die Dunkelheit noch mehr bei den Gelegenheiten, zu denen Shriek hinauslangte, um mit ihm privat zu kommunizieren. Er saß an die Wand gelehnt, hielt die Arme um die Kehle geschlungen und überdachte, was L'Claar ihm zuvor über den Ausgang aus dem Dungeon gesagt hatte, von dem es gerüchteweise hieß, daß er sich irgendwo unterhalb des Tempels befände. Als er sie erneut danach gefragt hatte, hatte sie zugegeben, daß viele Leute glaubten, der Ausgang würde einen dahin zurückbringen, woher man gekommen wäre.

Er mußte einfach mit dieser Vorstellung herumspinnen. Könnte er den Ausgang doch nur finden und zu einem Zuhause zurückkehren, das plötzlich kostbarer erschien, als er es sich jemals vorgestellt hätte, nach Hause zu Annabella Leighton und ihrem gemeinsamen Kind — und natürlich wurde die Vorstellung an dieser Stelle schräg, denn eine Rückkehr würde irgendwie einen Knoten in der Zeit und Geschichte erzeugen, die zu der Geburt von Benutzer Annie geführt hatten.

Nichts ist einfach, dachte er bitter, bevor die Dinge komplizierter denn je wurden.

Clive, ich möchte mit dir sprechen.

Er war überrascht; er konnte sich nicht daran erinnern, daß ihn Shriek je beim Namen angesprochen hätte.

Was ist los, große Kriegerin? fragte er und fühlte dabei eine Welle echten Stolzes für die Arachnida, trotz des Grabens, der zwischen ihnen seit der Episode auf der Insel der Kannibalen existierte.

Eine Zeitlang gab sie keine Antwort, und Clive überlegte allmählich, ob sie eingeschlafen wäre. *Shriek?* fragte er.

Ich bin hier, sendete sie. *Aber ich weiß nicht so recht, was ich sagen soll.*

Das sieht dir gar nicht ähnlich, entgegnete er sanft.

Ich habe so vieles erlebt, das für mich neu ist, seitdem ich dir begegnet bin, Clive.

Da war's wieder: sein Taufname.

Wir alle haben hier im Dungeon neue Dinge erlebt, gab er zur Antwort.

Was ich jetzt fühle, ist seltsamer als alles. Ich bin Abenteuer und Gefahr in vielen Formen gegenübergetreten. Meine Welt ist ein seltsamer und manchmal fürchterlicher Ort, obgleich ich sie sehr liebe. Aber ich habe zuvor niemals jemanden wie dich getroffen, einen so einfachen Geist — bitte mißverstehe meine Worte nicht —, einen Geist, der so einfach und unverdorben ist, so loyal und wagemutig. Weißt du, wie die anderen von dir denken, Clive?

Er spürte, wie ihm die Röte in die Wangen stieg, und er hoffte, daß Chang Guafe nicht gerade diesen Augenblick dazu wählte, ihre Zelle plötzlich zu erleuchten.

Ich schätze, das ändert sich von Tag zu Tag, dachte er leichthin.

Auf der einen Ebene. Manchmal sind wir wütend auf dich oder von dir enttäuscht, oder wir finden dich einfach unerträglich dämlich. Nein! Du brauchst dich nicht zu verteidigen. Das ist nicht nötig. Weil es darüber hinaus Tatsache ist, daß wir alle soweit gekommen sind, dich zu lieben. Versuche nicht, darüber zu streiten, mein Herz, denn ich weiß, daß das die Wahrheit ist. Vor mir ist nur wenig wirklich verborgen, weißt du. Und ich glaube, daß ich dich am meisten von allen liebe, Clive. Darum war ich so zornig auf dich. Und auch deshalb, weil mich dieses Gefühl erschreckte. Wütend zu sein gab mir die Möglichkeit, eine hohe Mauer zu errichten zwischen dir und dem Gefühl, das du in mir erregt hast. Du bist doch ein erfahrener Mann, Clive Folliot. Was macht man mit solch lächerlichen Gefühlen wie diesen?

Die ganze Zeit über, während er diese Botschaft empfing, versuchte Clive verzweifelt, nicht zu denken, aus Furcht, er könnte seine geschätzte, schreckenerregende Freundin mit einer unbedachten Reaktion verletzen. Aber das fiel schwer, denn unter der Botschaft verspürte er ein Verlangen nach physischer Nähe, von dem er wußte, daß er es niemals erwidern könnte.

O weh, die verschlagene Shriek kannte ihren Mann nur zu gut, als daß er sich hätte verstecken können.

Du hast mich einmal gefragt, ob auf meiner Welt niemand seine Privatsphäre hätte, sendete Shriek. *Ich habe dein Unbehagen ans Licht gebracht. Aber jetzt erkenne ich seine Ursache, und ich entschuldige mich dafür. Vielleicht wegen unserer Natur, vielleicht wegen der Art, wie wir miteinander kommunizieren, sind die Gefühle meiner Leute einfacher und direkter. Ich habe zuvor noch niemals diese komplizierten und subtilen Gefühle verspürt oder erlebt, die du in mir erregt hast. Jetzt wünschte ich gleichfalls, daß ich mich vor dir verbergen könnte. Ich hätte dich meine Wünsche nicht wissen lassen sollen, denn ich kenne dich gut genug, um zu wissen, daß du sie niemals erwidern kannst, nicht einmal dann, wenn du die Spanne eines Lebens für den Versuch daransetztest, den Schrecken und den Widerwillen zu überwinden, den die Vorstellung in dir hervorruft. O Folliot, ich habe einmal zu dir gesagt, du solltest nicht um Shriek weinen. Aber jetzt kannst du weinen, wenn du es möchtest, denn ich bin in einem Netz gefangen, das ich nicht selbst hergestellt habe, ich bin dir mit einer Art von Strängen verbunden, die ich niemals die Absicht hatte zu weben. Ja, weine um Shriek, die dich so liebt und die im gleichen Augenblick, in dem sie ihre Gefühle ausdrückt, jede Kleinigkeit deiner Reaktionen kennt und die bis zum Kern ihres Wesens durchbohrt ist und keine Antwort weiß, deinem kostbaren, bitteren Messer zu entkommen.*

Und genauso, wie es gewesen war, als sie sich im Masand befunden hatte und er von ihrem Verlangen überwältigt worden war, so wurde er nun von ihrer Verzweiflung überschwemmt, und er weinte tatsächlich, legte den Kopf auf die Knie und versuchte dabei, das Geräusch des Weinens zu unterdrücken, während die Tränen über den weißen Anzug liefen, der sie nicht aufzusaugen vermochte.

Clive schlief, als die Kompanie Priester und Wächter kam, um sie zur Inquisition zu geleiten. Clive überlegte, ob sie von Natur aus so vorsichtig waren oder ob sie irgendwie erraten hätten, welche Kräfte in der kleinen Gruppe verborgen waren, denn sie öffneten das kleine Panel, steckten eine der Waffen, die Summer genannt wurden, hindurch und befahlen Shriek und Chang Guafe, das Gesicht an die Rückwand zu drücken. Sie öffneten dann die Tür einen Spaltbreit und nahmen sich L'Claar, wobei sie die übrigen darüber informierten, daß beim ersten Anzeichen von Widerstand das Kind umgebracht würde. Einer nach dem anderen wurden sie aus der Zelle herausgebracht, und bei jedem wurde die Warnung erneuert: der Widerstand eines einzelnen bedeutete den Tod aller übrigen.

Sie gingen den umgekehrten Weg zurück und erreichten allmählich die oberen Ebenen des Tempels, und Clive begriff, daß es sich bei dem Tempel um eine weitaus größere Anlage handelte, als er selbst nach dem imposanten Äußeren angenommen hatte. Als sie die unteren Ebenen verließen, wurden die glimmenden blauen Lichter durch Fackeln ersetzt, und er hatte erneut irgendwie das Gefühl, sich durch die Zeit zu bewegen, als kehrten sie in eine frühere, technologisch weniger fortgeschrittene Aera zurück.

Als sie die Große Halle der Inquisition erreichten, war das flackernde Licht der Fackeln kaum ausreichend, den großen Raum zu erhellen. Qualvoll verzerrte Gestalten schielten aus den schattigen Winkeln der Gewölbedecke zu ihnen herab.

Priester in schwarzen Roben säumten die Halle und stimmten einen ernsten und traurigen Gesang an, als die Gefangenen an ihnen vorübergeführt wurden.

Am Ende des Raums stand eine große Richterbank, zu der mehrere breite Stufen hinaufführten. Auf jeder der Stufen stand ein stämmiger Wächter, der ein Schwert und eine Peitsche umklammert hielt.

Clive überlegte, ob die Priester auf dieser Ebene tatsächlich die Summer benutzten, oder ob diese für die unteren Ebenen des Tempels reserviert wären. Da er wußte, daß beide Priester, die ihn bewachten, mit den tödlichen Waffen ausgerüstet waren, könnte er es natürlich ausprobieren, indem er versuchte wegzulaufen. Er entschied sich dafür, daß in diesem Fall Ignoranz, wenngleich sie nicht die himmlische Glückseligkeit verspräche, einer leibhaftigen Demonstration der Wahrheit vorzuziehen wäre.

Plötzlich erscholl der Klang einer Trompete. Das Singen ebbte ab. Ein Schweigen senkte sich über den großen Raum, als der Großinquisitor eintrat. Er war in eine schwarze Robe gekleidet, und eine riesige Kapuze verhüllte sein Gesicht. Angespannt, wie er war, vermochte Clive nicht zu sagen, ob unter dieser dunklen Kutte tatsächlich sein Bruder verborgen war. Auch so fing sein Puls an zu hämmern. War es möglich, daß nach all der Zeit Neville sich tatsächlich hier befand, direkt vor ihm? Aber welche verdrehten und wahnsinnigen Überlegungen mochten ihn dazu gebracht haben, in dieser verrückten Umgebung die Rolle eines Großinquisitors einzunehmen? Und falls es wirklich Neville wäre, was täte er, wenn Clive und seine Freunde vor ihm standen?

Die Inquisition begann.

Clive bemerkte rasch, daß der ihre nicht der einzige Fall dieses Tages war. Während andere, weniger bedeutende Angelegenheiten vor die Inquisition gebracht wurden, argwöhnte er allmählich, daß sie für den Höhepunkt aufgespart wurden.

Zu seiner überaus großen Enttäuschung zog der Inquisitor — Bischof Neville — nicht einmal die Kapuze zurück oder sprach ein Wort, sondern saß nur da und hörte sich den Vorfall an, und dann nickte er übereinstimmend mit dem Mann, von dem Clive allmählich glaubte, daß er der Ankläger-Priester wäre. Auspeitschungen und Schlimmeres wurden großzügig verteilt, und zwar für die Verbrechen der Habsucht und der Leidenschaft, während der Morgen oder der Abend, oder was auch immer es sein mochte, dahinging. Es sah so aus, als gäbe es keine der Sieben Todsünden, deren sich einer der Einwohner von Fegefeuer nicht schuldig gemacht hätte, und die Priester besaßen offenbar ein äußerst wirkungsvolles Netzwerk von Spionen und Informanten, die ein solches Verhalten herausfanden. Clive stellte fest, daß das Leben hier in Fegefeuer vielleicht noch unangenehmer war, als er ursprünglich gedacht hatte.

Er schwitzte allmählich, wenngleich er nicht sagen konnte, ob das von der Nervosität herrührte oder von einem tatsächlichen Anstieg der Temperatur.

Gleichzeitig gelangweilt und entsetzt langte er zu Shriek hinaus, zögerte und bemerkte dann, daß der Gedanke natürlich rascher war als das Bedauern, so daß der Kommunikationsstrang bereits geöffnet war.

Aber sie war ruhig und still und sendete ihm zärtliche Grüße sowie erheiternd ätzende Kommentare zum Benehmen sowohl der Priester als auch der unglücklichen Sünder, die vor sie gebracht wurden.

Er schätzte sie wie nie zuvor.

»Clive Folliot, tritt vor die Richterbank!«

Sein Bewußtsein war einen Augenblick lang ganz leer, und dann wurde es von so vielen verirrten Gedanken überschüttet, daß sie einander auf die Zehen traten. Wurde nur er selbst aufgerufen, ohne die übrigen? Er hatte geglaubt, sie würden als Gruppe behandelt. Woher wußten sie seinen Namen? Natürlich, falls es sich *tatsächlich* um Neville handelte, der unter der Kapuze steckte, dann würden sie automatisch wissen, wer er wäre, aber wenn es Neville war, warum stand er überhaupt vor Gericht, außer daß Neville vielleicht nicht die Macht besäße, es zu verhindern, was ihm nicht ähnlich sähe und überhaupt ...

Das verrückte Wirrwarr von Gedanken wurde von der Stimme des Priesters unterbrochen: »Clive Folliot, du bist der Blasphemie und der Ketzerei angeklagt. Du hast in voller Absicht das heiligste Gebiet von Fegefeuer betreten, wo du zwei von denen angegriffen und getötet hast, die äußerst verehrungswürdig sind, und du hast vorzeitig eine Seele freigelassen, die sich auf dem Weg zum Himmel befand. Dies wird von vielen Priestern bezeugt. Deine Schuld steht außer Frage, nur die Art und die Dauer deiner Folterung nicht, die zu deinem Tode führen wird, eine Folter, die dir nichts nutzen wird, da deine Seele sicherlich bereits für die niederen Regionen der Hölle bestimmt ist. Der Vorschlag dieses Gerichtshofs lautet ...«

»Augenblick mal!« sagte Clive, und der Ausbruch war so unerwartet, daß der Priester tatsächlich in seiner Tirade lange genug innehielt, um Clive die Möglichkeit zum Sprechen zu geben.

»Habe ich nicht die Möglichkeit, mich vor dem Urteil zu verteidigen?« fragte er.

Der Priester wollte etwas einwenden, aber der Inquisitor winkte mit der Hand und deutete damit an, daß Clive die Erlaubnis zum Sprechen hätte.

Er zögerte. Jetzt, da er an Boden gewonnen hatte, was sollte er sagen?

Er senkte den Kopf und schaute dann auf. »Eure Heiligkeit«, sagte er und überlegte gleichzeitig, wen er wirklich anredete, »meine Freunde und ich, wir sind eine große Strecke gereist und haben extreme Mühsal auf uns genommen, um zwei Männer zu suchen. Der eine ist mein Bruder, mit dem ich viele Differenzen habe. Dennoch ist er Blut meines Blutes und Fleisch meines Fleisches, und ich habe meinem Vater einen Eid geschworen, daß ich versuchen würde, ihn zu finden. Unterwegs haben wir einen guten Mann verloren, einen ehrenhaften und aufrichtigen, den wir in der Kammer unten wiedergefunden haben.«

»Das Motiv steht nicht zur Debatte«, unterbrach der Ankläger.

»Laß mich ausreden«, sagte Clive wild.

Der Inquisitor winkte erneut mit der Hand.

Clives Kehle war trocken, seine Hände zitterten. Er war sich wohl bewußt, daß dies die letzten Worte sein könnten, die er jemals spräche. Er machte jetzt stärkeren Druck, nicht um Zeit zu gewinnen oder in der Hoffnung, er könnte sich selbst und die übrigen retten, denn all das schien hoffungslos verloren zu sein. Er sprach nur, weil es seine letzte Chance sein mochte, und es gab einige Dinge, die er zu sagen hatte.

»Lange Zeit wollte ich nur zwei Dinge: die Liebe meines Vaters und die meines Bruders. Nach einer Weile merkte ich jedoch, daß dies die Dinge waren, die mir für immer versagt bleiben würden. Mein Vater, sehen Sie, hat mich immer für den Tod meiner Mutter verantwortlich gemacht. Ich habe das aus seinem eigenen Mund gehört, und er hat mir gleichfalls von dem Haß berichtet, den er mir gegenüber deshalb in sich trüge. Mein Bruder war stets der Bevorzugte, das Hätschelkind. Er konnte nichts falsch machen. Alles flog ihm wie von selbst zu. Trotz der Tatsache, daß wir Zwillinge waren, schien ich immer hinter ihm herzuhinken. Ich war niemals so schnell, so stark, so nett.

Trotz der Tatsache, daß er so viel hatte und ich so wenig, hat sich mein Bruder dennoch niemals meiner angenommen. Er hat mich weitaus öfter gequält. Lange Zeit habe ich ihn dafür gehaßt, wenngleich ich jetzt verstehe, daß sein Benehmen lediglich eine kindische Attitüde war, die er von unserem Vater erlernt hatte.

Darüber hinaus betrachte ich dieses harte Verhalten jetzt als ein Geschenk. Denn obgleich ich nicht so stark, so schnell, so nett war, haben mich seine Quälereien abgehärtet. Sie haben mich überleben lassen. Ich glaube kaum, daß ich die vergangenen Monate überlebt hätte, wenn ich nicht durch die Verachtung meines Bruders so gereizt worden wäre.«

Er machte eine kurze Pause und sprach rasch weiter, bevor der Priester ihn unterbrechen konnte.

»Die Sache ist die, daß ich bereits meine Zeit im Fegefeuer gehabt habe, und ich verspüre nicht den Wunsch, noch länger hier zu bleiben, falls der Tod jetzt mein Schicksal ist. Aber falls dies meine letzte Chance ist zu sprechen, dann muß ich sagen, daß ich schließlich gelernt habe, meinem Bruder für das zu vergeben, was zwischen uns in der Vergangenheit war. Trotz des Schwurs meinem Vater gegenüber ist der wahre Grund dafür, daß ich ihn in den vergangenen Monaten gesucht habe, der, daß er mein Bruder ist und daß ich ihn liebe.«

Und dann senkte er den Kopf, weil er alles gesagt hatte.

Ein überraschtes Quietschen des Anklägers ließ ihn wieder aufschauen.

Der Inquisitor hatte sich erhoben. Er trat um die große Richterbank herum und stieg die breiten Stufen hinab, bis er auf der ersten Stufe stehenblieb, kaum drei Meter von Clive entfernt.

Er hob die Hand zur Kapuze und zog sie langsam herunter.

In diesem Augenblick brach die Hölle los.

KAPITEL 42

Wurm

Es begann mit dem Meuchelmord am Großinquisitor. »Tod dem Verräter!« rief eine Stimme aus dem Hintergrund des Raums. »Tod den Schachfiguren der Außenseiter!«

Clive vernahm ein Geräusch, als wäre ein Stück Schinken auf einen heißen Rost gelegt worden. Die Gestalt vor ihm seufzte und fiel zu Boden wie ein Blatt, das vom Baume fällt. Clive wollte hinlaufen, wurde jedoch von mehreren Händepaaren von hinten gepackt.

»Laßt mich los!« schrie er, während er gegen sie kämpfte. »Ich muß ihn sehen!«

Aber in der gesamten Halle war ein so heftiger Tumult ausgebrochen, als wäre der Mord das Präludium zu einer langgeplanten Revolution gewesen. Eine Masse kämpfender Männer, Kleriker und Wachen und andere, die keinerlei identifizierbare Insignien trugen, schoben sich zwischen Clive und den gefallenen Inquisitor und schotteten seinen Blick sowohl vor dem Mann als auch vor dem merkwürdigen Ding ab, von dem er glaubte, daß er es vor dem Mord hinter der Richterbank gesehen hätte.

»Laßt mich los!« schrie er erneut.

»Du wirst nirgendwohin als direkt zur Hölle gehen!« knurrte eine vertraute Stimme. Clive wandte den Kopf und sah, daß der Ankläger von irgendwoher aus seiner Robe einen Summer hervorgezogen hatte. Er hielt ihn direkt auf Clive gerichtet, und es war deutlich, daß er beabsichtigte, Clive im abgekürzten Schnellverfahren hinzurichten.

Aber jetzt gab es eine weitere Unterbrechung, und sogar der Kampf, der um sie her tobte, hörte auf, als ein dumpfes und mächtiges Rumpeln, das mit jedem Augenblick mächtiger zu werden schien, den Fußboden erzittern und Steinbröckchen von der Decke herabfallen ließ.

Clive hielt den Atem an, während die Intensität des Erdbebens, denn als solches betrachtete er es, stetig anschwoll. Der gesamte Raum bebte jetzt. Im Fußboden erschienen große Risse, und Männer, die noch Augenblicke zuvor in einen Kampf auf Leben und Tod verstrickt gewesen waren, schrien vor Entsetzen auf und trampelten einander nieder, als sie versuchten, aus dem Raum zu flüchten.

Und dann schwollen die Entsetzensschreie und der nackte Geruch der Furcht ums Zehnfache an, weil sich die wahre Ursache des Bebens zeigte, denn der steinerne Fußboden zersprang, als wäre darunter ein Vulkan ausgebrochen, und der große Kopf einer der riesigen Würmer von Q'oorna schob sich in den Raum.

Fegefeuer war nun tatsächlich zur Hölle geworden, und die Schreie, die jetzt durch den ausgedehnten Raum hallten, hätten leicht die der verlorenen Seelen sein können.

Für Clive war der Anblick der Kreatur nicht weniger erschreckend, trotz der Tatsache, daß er sie ein zweites Mal erblickte. Diesesmal trug sie jedoch nicht das Gesicht seines Bruders. Es war ganz einfach ein großes blindes Geschiebe von Muskeln, die noch immer durch das Loch aufstiegen, das sie geschaffen hatten. Die Tentakel — wie es schien, Aberhunderte von den Dingern — schlugen wild um sich, schleuderten Männer von sich, die mehr als zwanzig Meter entfernt waren, und die Männer hinterließen einen Streifen von Blut und Gehirnmasse dort, wo sie von den Steinwänden herabrutschten, gegen die sie geschleudert worden waren.

Und noch immer floß die gesamte Länge des Wurms aus dem Loch, und der Zorn des Wurms drückte sich in einem Brüllen aus, das Clive den Schädel zu zersprengen drohte.

Er hielt die Hände über die Ohren und warf dann jede Würde beiseite und schrie vor Schrecken, als ihn der Wurm ergriff und voranzog. Er kämpfte verzweifelt, wurde dann jedoch plötzlich still, als er sich der furchteinflößenden Erkenntnis gegenübersah, daß der Wurm dabei war, ihn zu retten, etwas das er verstand, als er ihn in den Tentakelring zog und ihn neben Shriek, neben Annie, neben all die lieben Freunde setzte, und vor allem neben einen lächelnden Sidi Bombay, der diese Kreatur irgendwie herbeigerufen und sie dazu gebracht hatte, das Verfahren zu beenden, genau wie die gesamte Inquisition.

Die Schreie der Sterbenden, das Summen der Waffen, das Rumpeln der herabfallenden Steine schien sich in einer einzigen verrückten Symphonie des Todes zu vereinigen, als sich der Wurm um das Loch drehte und ohne Unterschied Priester und Sünder beiseite fegte.

Und dann zog er sich jäh zurück und schlüpfte zurück in das Loch, aus dem er hervorgebrochen war. Clive war sich nicht sicher, aber er glaubte, gehört zu haben, wie das große Bogendach über ihnen zusammenstürzte. Er sah einen vertrauten blauen Tunnel vor sich, die gleiche Art von Tunnel, durch die sie so lange unterhalb von N'wrbbs Schloß gewandert waren, und er erkannte schließlich, was sie waren: ein Anzeichen für den Weg der großen Würmer von Q'oorna.

Er blinzelte vor Erstaunen, als sie anscheinend durch drei Steinböden hindurchtrieben, und zwar in weniger Zeit, als ein Atemzug benötigte.

Der Wurm kam in einer ungeheuer großen Kammer zur Ruhe.

Sie war durch und durch blau, glatt wie Fliesen, wenngleich Clive jetzt verstand, daß es keine Fliesen waren, daß es überhaupt nichts war, das der Mensch hergestellt hatte.

Und dann war der Wurm still.

»Runter!« rief Sidi Bombay. »Runter, runter, so lange

wir können, oder er wird uns wer weiß wohin bringen.«
Er krabbelte durch das Dickicht von Tentakeln und
rutschte zu Boden. Die anderen waren ihm dicht auf den
Fersen. Kaum war L'Claar Fred in den unverletzten Arm
gesprungen, als die Tentakel begannen herumzuschwirren, und mit einer Geschwindigkeit, die für ein Wesen
von der Größe des Wurms kaum möglich schien, schoß
er vorwärts und verschwand *durch* die Wand.

Einen Augenblick lang sprach niemand ein Wort.
Plötzlich begann Clive zu lachen, ein lautes, stürmisches
Gelächter, das von den blauen Wänden der Kammer widerhallte. Als erster stimmte Horace ein, dann Sidi, und
bald waren alle außer Chang Guafe von einer Art Hysterie angesteckt, in der Clive rasch nichts weiter als das
Abreagieren einer nahezu unerträglichen Anspannung
erkannte.

Clive fand seine Sinne wieder, als ihm bewußt wurde,
daß er Annie, die krampfhaft kicherte, auf eine etwas zu
intime Weise hielt für jemanden, der sein Nachkomme
war.

Langsam gewann die Gruppe ihre Nüchternheit wieder zurück. Clive ergriff Sidi Bombay bei den Schultern.
»Mein Gott, tut das gut, dich wieder bei uns zu haben«,
rief er aus.

»Es tut gut, wieder bei euch zu sein«, sagte Sidi. »Und
ich habe viel zu erzählen. Aber bevor ich das tue, sollten
wir verschwinden, denn es ist hier nicht mehr sicher für
uns.«

»Wo sind wir?« fragte Clive, während er sich mit einer
gewissen Ehrfurcht umsah.

»Dies ist ein Wurmloch. Es liegt unter dem Tempel
Derer-Die-Leiden, wenngleich sich die Priester nicht bewußt sind, daß es sich hier befindet. Die ›Heiligen‹ jedoch — die mit den Priestern nur dadurch verbunden
sind, daß sie sie zum Narren halten und sie die Dreckarbeit erledigen lassen — werden möglicherweise in Kürze
erscheinen. Sie sind mit keinem von uns sehr glücklich.

Die Würmer sind sehr mächtig und sehr nützlich für diejenigen, die wissen, wie man diese Macht anzapfen kann. Sie können durch Raum und Zeit reisen. Aber sie sind vor langer Zeit betrogen worden, und zwar von einer Rasse, die zunächst behauptet hatte, sich mit ihnen befreunden zu wollen, und dann einen Weg fand, ihr Bewußtsein zu umnebeln und ihre Macht zu beschränken. Es sind alte Wesen, die sich allein mit Willenskraft von Ebene zu Ebene durch das Dungeon bewegen können. An gewissen Stellen können jedoch andere ihre Tunnel als Durchgangsstellen benutzen, wenn auch als gefährliche.

All das habe ich von den Heiligen erfahren, als ich mich in ihren Händen befand. Sie haben vor mir frei heraus gesprochen, denn ich habe Bewußtlosigkeit vorgetäuscht, als wäre ich noch immer im Griff des Wurms. Und das war ich tatsächlich die meiste Zeit über, denn ich war dabei, ihn mit aller Kraft unserer Verbindung heranzurufen.«

Sidi legte eine Pause ein und schien sich wie eine Mondblume bei der Dämmerung zusammenzufalten.

»Ich bin sehr verschieden«, sagte er, »auf eine Weise, die ich noch nicht einmal beginne zu verstehen. Ich fürchte mich, und ich bin verwirrt. Ich kann Dinge spüren — so weiß ich zum Beispiel, daß uns der blaue Kreis in der Wand vor uns, nicht weit von der Stelle, wo mein Wurm verschwunden ist, zur fünften Ebene des Dungeon bringen wird.

Ich weiß auch, daß der Kreis zur Linken ganz aus dem Dungeon hinausführt.«

»Das hab ich dir gesagt«, sagte L'Claar triumphierend.

Sie sahen einander unbehaglich an.

»Ich werde weitergehen«, sagte Clive schließlich. »Denn wenn mein Bruder noch lebt, bin ich davon überzeugt, daß er sich noch tiefer in diesem Mysterium finden wird.«

»War das nun Neville unter der Robe oder nicht?« wollte Annie wissen.

»Ich weiß es nicht«, sagte Clive. »Ich glaube, daß er's vielleicht war, zumindest zeitweilig. Aber ich frage mich, ob mein Bruder nicht einen weiteren Schalter gedreht hat. Ich habe heute etwas sehr Merkwürdiges gesehen: Kurz nachdem der Inquisitor getötet wurde, und bevor der Kampf mir die Sicht genommen hat, konnte ich jemanden ausmachen, der hinter der Richterbank davonstürzte und der sehr gut hätte Neville sein können.«

Aus einem Impuls heraus griff er in seinen Anzug und zog das Tagebuch heraus. Er durchblätterte die Seiten und fand eine neue Botschaft. Sie war lediglich zwei Worte lang: *Folge mir.*

Tomàs schnaubte. »Das Tagebuch ist ein Werk des Teufels«, sagte er. »Du kannst keinem Wort vertrauen, das du dort liest.«

»Und wir müssen dennoch eine Wahl treffen, wohin wir als nächstes gehen werden«, sagte Sidi, »und sie muß rasch getroffen werden, denn die Heiligen werden bald hier sein. Was mich betrifft, so habe ich noch etwas im Dungeon zu erledigen. Ich werde mit Clive Folliot gehen.«

»Genau wie ich«, sagte Horace.

»Und ich«, sagte Shriek.

Tomàs hob die Schultern. »Ich glaube, ihr alle seid *muy estupido*. Ich denke, daß die Priester schon recht hatten — dies ist der Wille Gottes, und man sollte nicht versuchen zu entkommen. Aber ...«, er hob erneut die Schultern, als würde er den unerbittlichen Willen des Schicksals akzeptieren, »... ich komme mit euch.«

»Mich verlangt noch immer nach Rache«, sagte Chang Guafe.

Finnbogg rang die Hände.

Annie und Fred sahen einander mit so etwas wie Bedauern an. »Ich möchte nach Hause«, sagte Annie verzweifelt, beinahe entschuldigend.

»Ich versteh schon«, sagte Clive. Er verfluchte sich selbst dafür, daß er nicht in der Lage war, sie dringender zu bitten. Wenn er ein rechter Ur-Ur-Großvater wäre, würde er sie einfach bei Kopf und Fuß packen und sie durch das Loch werfen, dahin zurück, wo sie sicher wäre, und dann wäre die Sache erledigt.

Finnbogg hatte keine solchen Vorbehalte.

»Geh nicht!« jammerte er und warf sich dabei Annie zu Füßen. »Bleib bei Finnbogg und Clive. Folliot lieben Annie.«

»Und Annie lieben Finnbogg«, sagte sie sanft. »Aber Annie muß nach Hause.«

Während Annie versuchte, sich von Finnbogg zu lösen, starrte L'Claar das Loch mit einem Ausdruck hilflosen Verlangens an.

»Ich weiß nicht, wo mein Zuhause ist«, sagte sie schließlich.

Fred strich ihr übers Haar. Dann nahm er sie mit dem unverletzten Arm hoch. Er trug sie, während er der Gruppe zu der Öffnung folgte, von der Sidi behauptet hatte, daß sie aus dem Dungeon zurück nach Hause führte.

Annie zögerte. »Nun, ich schätze, jetzt heißt es, sich zu verabschieden, Großpapa«, sagte sie und legte Clive eine Hand auf die Brust. »Ich hoffe, daß du eines Tages deinen verrückten Bruder findest. Ich kann nicht sagen, daß ich hoffe, daß du tatsächlich hier herauskommst. Du verstehst schon ...«

Sie hielt inne, als ihr irgend etwas in die Kehle stieg.

»Ich versteh schon«, sagte Clive.

Sie ließ ihm die Hand auf die Schulter gleiten. Aber als er sich herabbeugte, um sie zu küssen, kamen die Heiligen hereinmarschiert.

Clive fuhr beim Geräusch ihrer Ankunft herum. Sie hatten die Kammer auf der anderen Seite betreten, so daß sie sich noch immer weit entfernt befanden. Aber sie waren mindestens zwanzig, und jeder, den Clive sah, hielt einen Summer in der Hand. Die Heiligen liefen sofort auf den kleinen Trupp zu. Die Energiestöße der

Summer blitzten an den blauen Wänden rund um sie her.

»Raus!« sagte Clive zu Annie. »Geh, so lang du noch kannst!«

Aber Finnbogg hielt ihre Füße geklammert, und so erreichte Fred das Loch als erster. Er drückte L'Claar gegen die Brust und hechtete in die Öffnung.

Mann und Kind verschwanden.

Das Loch flackerte grün auf. Dann verschwand es gleichfalls.

Annie riß sich von Finnboggs Griff los. »Verdammt!« kreischte sie. Sie lief zu der Wand und hämmerte mit der Hand gegen die leere blaue Stelle. »O verdammt, verdammt, verdammt!«

»Finnbogg leid tun!« jammerte der Zwerg und hielt sich vor Kummer den Kopf. »Finnbogg sehr leid tun, Annie!«

»Halts Maul und setz dich in Bewegung!« rief Clive. Er faßte Annie beim Arm und zog sie von der Wand weg.

Vor ihren Füßen traf ein Energiestoß den Boden.

»Los«, befahl er. »Wir müssen hier raus! Jetzt!«

Annie nickte. Hand in Hand rasten sie mit Finnbogg auf den Fersen zu dem blauen Loch, von dem Sidi Bombay gesagt hatte, daß es sie zur nächsten Ebene des Dungeon bringen würde. Die anderen waren schon hindurch. Aber anders als der Weg nach Hause war dieses Loch nicht verschwunden.

»Verdammt!« sagte Annie erneut.

Clive zog sie zu sich. Er riß sie am Arm und hechtete voran.

Während die Welt zu einem Blau explodierte, entkamen sie Fegefeuer und begannen den Abstieg ins Inferno.

▪ AUSWAHL ▪

AUS DEM SKIZZENBUCH VON MAJOR CLIVE FOLLIOT

Die folgenden Zeichnungen entstammen Major Clive Folliots privatem Skizzenbuch, das auf mysteriöse Weise auf der Schwelle des *London Illustrated Recorder and Dispatch* zurückgelassen wurde, jener Zeitung, die einige Mittel für seine Expedition bereitgestellt hatte. In dem Paket fand sich keine Erklärung, abgesehen von einer rätselhaften Eintragung von der Hand Major Folliots selbst.

Erneut konnte ich auf dieser verwirrenden Suche innehalten, und mir bleibt ein wenig Zeit, die besonderen Eigenheiten dieser Reise aufzuzeichnen. Ich halte so kurz inne, wie es mir die Geschehnisse erlauben, in der Absicht, Ihnen weitere Bilder meiner Begegnungen mit dem Phantastischen innerhalb des Dungeon zu senden.

Ich bete darum, daß mein visuelles Tagebuch dieser Phänomene Sie erreicht und daß es Licht in die Besonderheiten dieser Welt bringt. Wie weit entfernt von Britannien muß ich mich aufhalten!

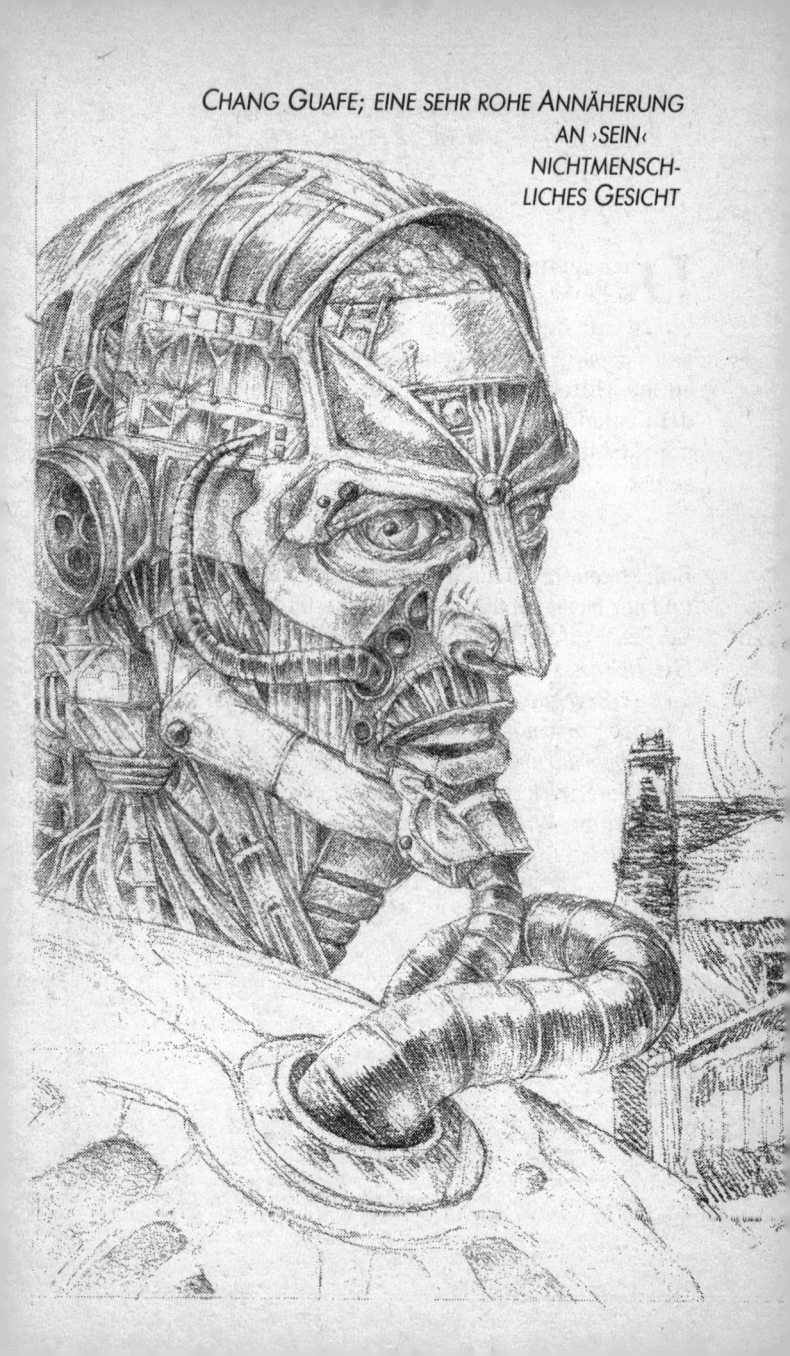

CHANG GUAFE; EINE SEHR ROHE ANNÄHERUNG AN ›SEIN‹ NICHTMENSCHLICHES GESICHT

Eine Taverne in Go-Mar;
weniger freundlich,
als sie erscheint

DIE HÖHLE DES ZERBERUS
MIT IHREM STEINERNEN WACHHUND

DIE
FALLTÜR
IN DER
HÖHLE DER
FINNBOGGI

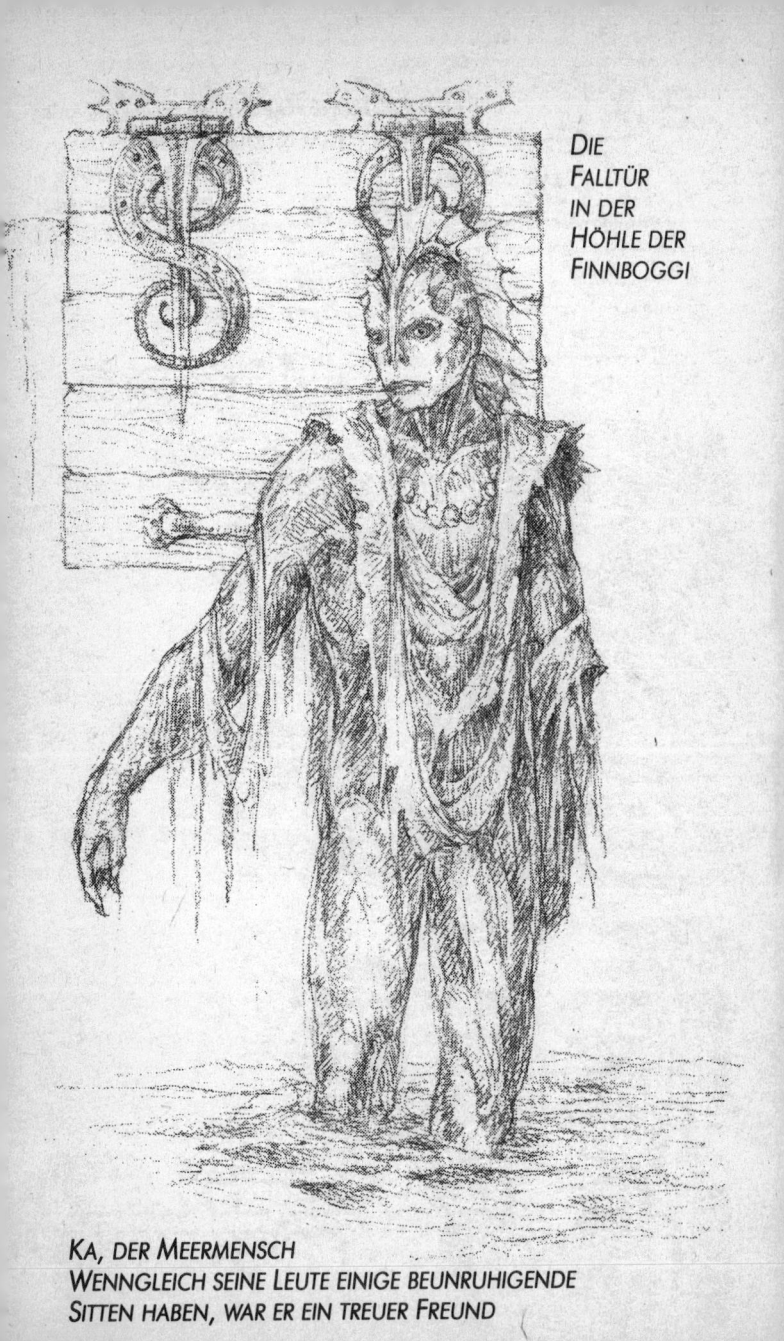

KA, DER MEERMENSCH
WENNGLEICH SEINE LEUTE EINIGE BEUNRUHIGENDE
SITTEN HABEN, WAR ER EIN TREUER FREUND

Der grüne Hafen; ein wundersamer Landsitz; Wohnhaus des mysteriösen Manns, der als ›Green‹ bekannt ist

DIE RIESENSCHLANGE AUF DER INSEL TONADANO, WIE SIE MEINE NACHFAHRIN ANNIE ANGREIFT

DAS STARKE SCHIFF, DIE KÜHNE FAHRT

DER ABGEWRACKTE FRED;
EIN SELTSAMER
MANN AUS
ANNIES ZEIT

DIE KIRCHE DES
HEILIGEN KANNIBALEN
UND IHR PRIESTER

GUR-NANN;
HERR SEINER
INSEL UND
BESCHÜTZER
UNSERER
OMA

DIE GIFTIGEN FLIEGENDEN
FISCHE, DIE UNS
AUF DEM FLOSS ANGRIFFEN

DER KRAKE

DER WIRBEL,
DURCH DEN WIR
DIE VIERTE EBENE
ERREICHTEN

DIE EIERBEUTEL
DER GROSSEN WÜRMER
VON Q'OORNA

HEYNE FANTASY

Romane und Erzählungen internationaler Fantasy-Autoren im Heyne-Taschenbuch.

Paula Volsky
DIE LADY DES ZAUBERERS
06/4735

Paula Volsky
DAS VERMÄCHTNIS DES ZAUBERERS
06/4736

ROBERT DON HUGHES
Der Prophet von Lamath
Erster Roman des Pelmen-Zyklus
06/4537

ROBERT DON HUGHES
Der doppelköpfige Drache
Zweiter Roman des Pelmen-Zyklus
06/4538

ROBERT DON HUGHES
Die Macht und der Prophet
Dritter Roman des Pelmen-Zyklus
06/4539

Bruce Fergusson
Der Schatten seiner Flügel
Das meisterhafte Debüt eines großen Fantasy-Autors
Roman
06/4691

Sheri S. Tepper
Erbe des Blutes
Badger Ettison glaubt weder an Dämonen, noch an Zauberei, doch gegen das Ding, das ihn bedrängt, helfen nur alte Blutrituale.
Roman
06/4692

John Maddox Roberts
CONAN DER CHAMPION
33. Roman des Conan-Zyklus
06/4701

SUSAN DEXTER

ALLAIRE, der große Fantasy-Zyklus vom königlichen Zauberlehrling Tristan und seinem Kampf gegen Nímir, den Fürsten der Eishölle.

Ein Erlebnis für jeden Fantasy-Fan!

SUSAN DEXTER
Der Ring von Allaire
Erster Roman des Allaire-Zyklus

06/4614

SUSAN DEXTER
Das Schwert von Calandra
Roman des Allaire-Zyklus

06/4615

SUSAN DEXTER
Die Berge von Channadran
Dritter Roman des Allaire-Zyklus

06/4616

**Wilhelm Heyne Verlag
München**

H. RIDER HAGGARD

HEYNE BÜCHER

Sir Henry Rider Haggards exotische und farbenprächtige Fantasy-Epen spielen vornehmlich im dunklen Herzen Afrikas, das zu jener Zeit noch weitgehend unerforscht und von wilden Völkerschaften bewohnt war.

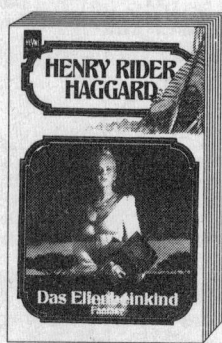

06/4367 — Allan Quatermain der Jäger
06/4368 — Allan Quatermain und die Eisgötter
06/4369 — Das Elfenbeinkind
06/4370 — Der gelbe Gott
06/4466 — Heu Heu oder das Monster
06/4467 — Nada die Lilie
06/4545 — Der Schatz im See
06/4601 — Marie

CYBERPUNK

Die postmoderne Science Fiction der achtziger Jahre

HEYNE SCIENCE FICTION

06/4480	Greg Bear,	**Blutmusik**
06/4400	William Gibson,	**Neuromancer**
06/4468	William Gibson,	**Cyberspace**
06/4529	William Gibson,	**Biochips**
06/4681	William Gibson,	**Mona Lisa Overdrive**
06/4758	Richard Kadrey,	**Metrophage**
06/4704	Michael Nagula (Hrsg.),	**Atomic Avenue**
06/4498	Rudy Rucker,	**Software**
06/4802	Rudy Rucker,	**Wetware**
06/4555	Lucius Shepard,	**Das Leben im Krieg**
06/4768	Lewis Shiner,	**Verlassene Städte des Herzens**
06/4684	John Shirley,	**Ein herrliches Chaos**
06/4721	John Shirley,	**Eclipse**
06/4722	John Shirley,	**Eclipse Penumbra**
06/4723	John Shirley,	**Eclipse Corona**
06/4544	Bruce Sterling, (Hrsg.),	**Spiegelschatten**
06/4556	Bruce Sterling	**Schismatrix**
06/4702	Bruce Sterling,	**Inseln im Netz**
06/4709	Bruce Sterling,	**Zikadenkönigin**
06/4636	Michael Swanwick,	**Vakuumblumen**
06/4524	Walter Jon Williams,	**Hardware**
06/4578	Walter Jon Williams,	**Stimme des Wirbelwinds**
06/4668	Jack Womack,	**Ambient**
06/4790	Jack Womack,	**Terraplane**

Wilhelm Heyne Verlag München

ISAAC ASIMOV

Vier Romane aus dem legendären Roboter- und Foundation-Zyklus. Romane, in denen geheimnisvolle außerirdische Wesen Herr über Raum und Zeit sind.

01/6401

01/6579

01/6607

01/6861

01/7815

Wilhelm Heyne Verlag München